# A CIDADE DOURADA

#  JOHN TWELVE HAWKS

## A CIDADE DOURADA

Tradução de Alyda Sauer

Rocco

Título original
THE GOLDEN CITY

Este livro é uma obra de ficção. Nomes, personagens, negócios, organizações, lugares, acontecimentos e incidentes são produtos da imaginação do autor ou foram usados de forma fictícia. Qualquer semelhança com pessoas reais, vivas ou não, acontecimentos ou localidades é mera coincidência.

Copyright © 2009 by John Twelve Hawks

Todos os direitos reservados

Edição brasileira publicada mediante acordo com a Doubleday, uma divisão da Random House, Inc.

Direitos para a língua portuguesa reservados com exclusividade para o Brasil à
EDITORA ROCCO LTDA.
Av. Presidente Wilson, 231 – 8º andar
20030-021 – Rio de Janeiro – RJ
Tel.: (21) 3525-2000 – Fax: (21) 3525-2001
rocco@rocco.com.br
www.rocco.com.br

Printed in Brazil/Impresso no Brasil

preparação de originais
FÁTIMA FADEL

CIP-Brasil. Catalogação na fonte.
Sindicato Nacional dos Editores de Livros, RJ.

T92c    Twelve Hawks, John
        A cidade dourada / John Twelve Hawks; tradução de Alyda Sauer. – Rio de Janeiro: Rocco, 2011.

        Tradução de: The golden city
        ISBN 978-85-325-2639-7

        1. Romance norte-americano. I. Sauer, Alyda Christina. II. Título.

11-0674                    CDD-813
                            CDU-821.111(73)-3

# Nota do autor

Há sete anos, tive uma visão que se transformou em *O Peregrino*, o primeiro livro da Trilogia do Quarto Mundo. Olhando para trás, percebo que uma vida de ideias e de experiências foi passada para essa obra de ficção. Tanto a história como seus personagens não podiam se limitar a um país, nem mesmo a uma realidade específica.

*A cidade dourada* é o último livro da trilogia, e parece que estou saindo de um lugar que conheço bem. Estou triste de seguir em frente, mas sinto que explorei todos os cantos desse cenário.

Algumas pessoas gostaram de ler os livros como entretenimento, mas outras se inspiraram a criar sites na internet e grupos que estão começando a resistir às diversas manifestações da Imensa Máquina. Vou continuar a apoiar essas iniciativas de todos os modos possíveis.

O terceiro livro é dedicado aos meus leitores. Foi um privilégio me comunicar com vocês. Espero que vocês e aqueles a quem amam sejam envolvidos pela Luz.

– John Twelve Hawks

# PRELÚDIO

Embora desse para ver que não havia nenhum outro carro trafegando pela Sycamore Lane, Susan Howard ligou a seta e espiou pelo espelho retrovisor antes de virar. Susan morava numa casinha de dois quartos com roseiras ladeando a entrada da frente. Nos fundos tinha um vidoeiro e uma garagem separada que parecia um curral, coberto de hera.

A garagem era cheia de caixas de papelão e mobília velha da casa da mãe dela. Sempre que Susan chegava em casa tinha uma breve sensação de culpa. Eu precisava me livrar de tudo, pensava. Vender o sofá da mamãe, as cadeiras da sala de jantar ou simplesmente dar tudo para alguém. Por causa daqueles móveis tinha de deixar o carro na entrada da casa. Quando nevava, ela passava vinte minutos aquecendo o motor do carro e removendo o gelo do para-brisa.

Mas agora era primavera, e a única coisa que ela notou ao descer do carro foi o som das cigarras e o cheiro de grama molhada. Susan olhou para o céu noturno, à procura da Ursa Maior. Costumava ficar satisfeita de viver bem longe da cidade de Nova York e por isso poder ver as constelações, mas aquela noite seus olhos focalizaram o espaço escuro e frio entre as estrelas. Eles a observavam. Dava para sentir. Alguém a observava.

– Pare com isso – ela disse em voz alta. E o tom calmo da própria voz a fez sentir-se melhor.

Susan tirou um punhado de contas e de catálogos da caixa de correio, depois destrancou a porta da frente. Ouviu um familiar ip-ip!, e um cocker spaniel saiu correndo da cozinha, fazendo aquele barulhinho de unhas no linóleo. Era maravilhoso ser recebida por um amigo quando se chega em casa, e Charlie era realmente seu pequeno amigo. Mas o cão era matreiro também, especialmente quando Susan se atrasava. Ela percorreu a casa para verificar se não havia acontecido nenhum acidente antes de dar um biscoito para Charlie e soltá-lo no quintal dos fundos. Até alguns meses atrás ela seguia a mesma rotina. Soltava o cachorro, servia-se de uma taça de Chablis e então ligava o computador para responder aos e-mails. Mas agora raramente usava o computador, e beber a fazia ficar desleixada e desatenta. Estava sendo observada. Susan tinha certeza de que alguém a observava. E agora tinha desrespeitado as regras e feito uma coisa muito perigosa.

SUSAN ERA programadora de computador e trabalhava para o Centro de Pesquisa da Fundação Sempre-Verde, no município de Westchester. Estava criando a interface de software para o novo computador quântico, e tinha feito parte do pequeno grupo na galeria de observação quando Michael Corrigan saiu do corpo dele e foi para outro mundo. O Projeto Travessia era do maior sigilo, mas a equipe de Susan recebeu a informação de que o trabalho tinha relação com a segurança nacional e a guerra contra o terrorismo.

Talvez isso fosse verdade, mas mesmo assim foi estranho passar parte do seu horário de trabalho olhando para um homem deitado numa mesa com fios ligados ao cérebro. Por algumas horas tiveram dificuldade para captar as pulsações do sr. Corrigan. Então, de repente, ele abriu os olhos, desceu da mesa e saiu da sala arrastando os pés.

Algumas semanas depois todos os empregados da Fundação foram chamados ao prédio da administração para saber do novo programa, o Norma-Geral. O slogan do programa era: "Um bom

# A CIDADE DOURADA

amigo zela por você." A jovem animada do departamento de Recursos humanos explicou que Norma-Geral ia monitorar automaticamente a saúde física e mental deles. Havia um formulário para dar permissão (que todos assinaram), e então a sua equipe de pesquisa voltou ao trabalho.

Susan foi a única que pegou o folheto com informações sobre o programa. Leu na hora do almoço. Norma-Geral era algo que chamavam de "programa de parâmetro pessoal". Milhares de pessoas que trabalhavam para o Ministério de Defesa dos Estados Unidos tinham sido monitoradas por cinco anos e isso estabeleceu os padrões do comportamento aceitável. Cada pessoa recebia um número, uma espécie de equação, que mudava aos poucos conforme o computador tivesse mais dados sobre o estilo de vida dela. Se o número estivesse fora de certo parâmetro de normalidade, então era provável que o empregado tivesse problemas mentais e físicos.

Poucos dias depois apareceram câmeras de raios infravermelhos em todos os prédios. As câmeras examinavam automaticamente o corpo das pessoas e registrava pressão arterial, batimentos cardíacos e temperatura. Havia rumores que os telefonemas no centro de pesquisa da Fundação eram avaliados por um programa de computador que media o nível de estresse na voz e o uso de várias palavras-chave.

A maior parte desse monitoramento era discreta. Norma-Geral podia rastrear o movimento do seu carro e avaliar as compras que você fazia com seu cartão do banco. Susan ficou imaginando qual o peso que davam para certos atos negativos. Uma equação pessoal certamente seria prejudicada por uma prisão por dirigir embriagado, mas quanto será que esse número mudava quando você pegava um livro "negativo" numa biblioteca pública?

Havia boatos de que duas pessoas tinham sido demitidas devido a equações Norma-Geral inadequadas, e que alguns estagiários não foram admitidos por isso. Em um mês a equipe de pesquisa de Susan parou de conversar sobre qualquer assunto polêmico. Os três tópicos de conversa aceitáveis eram compras, esportes e programas de televisão. Uma sexta-feira foram todos a um bar para comemorar o aniversário de um colega. Quando pediram uma terceira rodada de drinques, um programador brincou dizendo que aquilo ia estragar as equações Norma-Geral deles. Todos riram, mas ninguém comentou. Eles simplesmente recomeçaram suas conversas sobre os novos modelos de carros híbridos, e fim de papo.

Susan tinha passado a vida toda trabalhando com computadores e sabia como era fácil rastrear números de IP na internet. Em março ela parou de usar o computador pessoal doméstico, comprou um notebook usado numa reunião de escambo e começou a acessar a conexão sem fio num café local. Susan se sentia como uma alcoólatra ou viciada em drogas, alguém com um problema vergonhoso que era incapaz de controlar. Quando saía do trabalho e ia em seu carro até o café, tinha a sensação de estar entrando numa parte ruim da cidade, com postes quebrados e prédios abandonados. Em salas de bate-papo desconhecidas, pessoas que se denominavam Corredores Livres faziam alegações sobre a Fundação Sempre-Verde. Para eles a Fundação era a fachada pública de uma organização secreta chamada Tábula, que queria acabar com a liberdade. Fazia oposição a esse plano uma aliança que se denominava de Resistência.

No início Susan não fazia nada além de ler as várias discussões. Mas três dias atrás ela dera o primeiro passo, começou a conversar com alguns Corredores Livres baseados na Polônia.

*Eu trabalho para a Fundação Sempre-Verde*, digitou ela. *Estamos prestes a começar a testar uma nova versão de um computador quântico.*

*Onde você está?*, perguntou uma pessoa.

*Você está em perigo?*, perguntou outra. *Podemos ajudá-la?*

Susan desligou o notebook e saiu imediatamente do café. A caminho de casa respeitou o limite de velocidade e esperou alguns segundos a mais quando o sinal abriu.

★ ★ ★

ELA COLOCOU um prato congelado no micro-ondas e foi para o quintal procurar Charlie. O cão tinha desaparecido e ela viu que a porta da garagem estava entreaberta. Isso não era normal. Em duas ocasiões o jardineiro tinha esquecido de trancar, mas ele não ia lá às quartas-feiras. Cuidadosamente ela parou na porta, encontrou o interruptor e acendeu a luz. Nada aconteceu. E então ouviu o cachorro ganindo na escuridão.

– Charlie?

Um homem surgiu do escuro e agarrou os braços dela. Susan reagiu, esperneou e gritou. De repente a luz acendeu e ela viu um segundo homem de pé numa cadeira de cozinha. Alguém tinha afrouxado a lâmpada e agora aquele homem estava enroscando-a de novo no soquete. Susan parou de lutar e olhou para quem segurava seus braços. Era Robert – não, todos os chamavam de Rob –, um homem grande, trinta e poucos anos, que trabalhava como guarda no prédio da administração.

– O que você está fazendo? – ela perguntou.

– Não me chute – disse Rob. Ele parecia um menininho magoado.

O homem de pé na cadeira tinha cabelo cortado à reco e era magro. Quando desceu e se aproximou dela, Susan viu o rosto dele. Era Nathan Boone, chefe da segurança da Fundação Sempre-Verde.

– Não se preocupe, Susan. – A voz de Boone era calma, pausada. – Seu cachorro não está machucado. Mas nós precisamos conversar com você.

Rob levou-a até o centro da garagem e a fez sentar na cadeira. Charlie estava preso pela guia numa coluna. O cachorro viu Rob se abaixar e prender os tornozelos e os pulsos de Susan com fitas de plástico.

Boone tirou um biscoito do casaco de náilon e deu para Charlie comer. O cachorro balançou a cauda e ficou esperando mais.

— Os cães são como os humanos – disse Boone. — Dão valor a pequenas recompensas e a linhas nítidas de autoridade. Ele desamarrou a guia e deu para Rob.

— Leve o cachorro lá para fora enquanto eu converso com Susan.

— Sim, senhor.

A sombra de Boone cobriu Susan e depois deslizou para um lado quando ele começou a andar pela garagem.

— Você sabe quem eu sou?

— Claro que sei. O sr. Boone.

— E sabe por que estamos aqui.

— Não, eu...

— Não fiz uma pergunta, Susan. Estamos aqui porque você foi desleal e porque tentou entrar em contato com os nossos inimigos.

— Sim – sussurrou Susan. Ela teve a sensação de que esse "sim" foi a única coisa verdadeira que disse em toda a sua vida.

— Ótimo. Obrigado. Isso poupa bastante tempo. – Boone olhou para a direita quando Rob voltou para a garagem.

— Grande parte dos nossos empregados aceitaram nosso sistema, mas alguns ignoraram seus compromissos e resolveram ser desleais. Eu quero entender esse fenômeno, Susan. De verdade. Estudei seus dados de Norma-Geral com muita atenção e não encontrei nada de estranho no seu perfil. Sua equação pessoal estava bem dentro do parâmetro de comportamento aceitável. Então o que a levou a violar as regras e agir com tanta perversidade? Você deu as costas deliberadamente para um sistema que protege o que é bom e é direito.

Silêncio. As fitas de plástico estavam tão apertadas que os tornozelos de Susan começaram a doer.

— Eu sou apenas... apenas teimosa. É só isso.

— Teimosa? – Boone balançou a cabeça como se aquela não fosse uma resposta adequada.

— É, eu sempre tive temperamento muito independente. Quero tomar minhas próprias decisões, sem que ninguém fique me vigiando.

– Nós vigiamos vocês pelo seu bem e pelo bem da sociedade.
– As pessoas sempre dizem coisas como essa quando estão prestes a fazer algo muito egoísta e perverso.
– Você violou nossas regras, Susan. Seus próprios atos provocaram o castigo apropriado.

Boone estendeu o braço e pegou uma corda que tinham amarrado num caibro do telhado. Abaixou a ponta, pôs em volta do pescoço dela e apertou.

– Uma mulher solitária sucumbe à depressão – murmurou Boone, fazendo um sinal para Rob. Foi como se o homem grandalhão a envolvesse num abraço de amantes, quando ele levantou Susan e a fez ficar de pé na cadeira.

Não posso morrer agora, ela pensou. Não é justo. Tinha muitas ideias que jamais seriam expressadas e todos aqueles sonhos que nunca sairiam pelo mundo.

– Existe um movimento chamado Resistência – ela disse. – As pessoas estão despertando e vendo o que está acontecendo.

Rob olhou para trás e Boone meneou a cabeça. Sim, ele sabia tudo sobre a Resistência.

– Vamos enfrentar vocês e não vamos recuar! Porque o povo quer a liberdade de poder escolher o próprio...

Rob chutou a cadeira e Susan balançou para lá e para cá. Seus pés ficaram a poucos centímetros do chão. Boone ficou ao lado dela como um amigo dedicado, verificando o nó e a corda. Quando teve certeza de que estava tudo em ordem, ele cortou as fitas com uma faca, pegou os pedaços amarelos brilhantes e seguiu Rob para fora da garagem.

Ela ainda estava viva, agarrada à corda que esmagava sua traqueia. E então os pensamentos inundaram o seu cérebro, numa onda final de consciência. A mãe dela no leito do hospital. Uma caixa de presente de Dia dos Namorados no ensino médio. O pôr do sol numa praia da Jamaica. E onde estava o Charlie? Quem ia tomar conta do Charlie? Será que já estava morto? Ou tinha finalmente sido libertado?

Ninguém a observava mais.

# 1

No início da noite uma tempestade do mar do Norte varreu o interior da Alemanha e alagou Berlim. Gotas de chuva martelavam o vidro das estufas de plantas e de laranjas no parque Babelsberg. Os chorões em volta do lago balançavam de um lado para outro como plantas aquáticas e um bando de patos se agrupava em sua pequena ilha. Nas ruas em volta da Potsdamer Platz o trânsito era lento, os carros paravam muitas vezes, os táxis cor creme buzinavam uns para os outros nos cruzamentos, vans e caminhões de entrega resmungavam como grandes criaturas desajeitadas. Os para-brisas tinham rios de água e era difícil ver a cara dos motoristas. As calçadas do bairro Mitte estavam vazias, era como se grande parte da população de Berlim tivesse desaparecido. Mas as câmeras de vigilância continuavam lá, feito guardiãs mudas da cidade. Elas acompanharam uma jovem que protegia a cabeça com um jornal enquanto corria da porta de um prédio de escritórios para um carro. Seguiram um entregador de restaurante de bicicleta pela rua. A vida revelada em uma série de imagens granuladas em preto e branco: um rosto desesperado com o cabelo grudado na testa, pernas se movendo freneticamente e um poncho vagabundo de plástico se debatendo na ventania.

Na Friedrichstrasse uma câmera num prédio que varria as placas dos automóveis fotografou um Mercedes preto parado no sinal. O número da placa foi registrado e verificado automaticamente num banco de dados central. Michael Corrigan e a sra. Brewster estavam sentados no banco de trás desse carro que aguardava o sinal abrir. A sra. Brewster tinha tirado um batom da bolsa e estudava seu rosto num espelhinho de pó compacto. Esse era um comportamento que não combinava com a atual chefe da diretoria executiva da Irmandade. A não ser que houvesse uma festa ou qualquer outro tipo de evento especial, a sra. Brewster não dava muita atenção à sua aparência pessoal. Era o tipo de mulher que usava conjuntos de tweed e sapatos práticos, cujo único gesto de vaidade era a cor artificial do cabelo castanho.

– Meu Deus, estou com cara de cansada – ela disse. – Vou precisar me esforçar para aguentar esse jantar com Hazelton e os amigos dele.

– Se quiser, pode deixar que eu converso com eles.

– Isso seria maravilhoso, Michael. Mas não precisa. Houve uma mudança de planos.

A sra. Brewster fechou o pó compacto com um gesto exagerado de deliberação, deixou-o cair dentro da bolsa e colocou óculos escuros. As lentes escuras cobriam seus olhos e a parte de cima das maçãs do rosto como uma meia máscara.

– Terry Dawson acabou de me mandar um e-mail do centro de pesquisa em Nova York – ela disse. – Acabaram de concluir a nova versão do computador quântico, e Dawson estava testando o sistema. Quero que você esteja lá amanhã à tarde, quando o computador estará plenamente operacional.

– Talvez eles possam adiar tudo por alguns dias, para eu poder ir à reunião da diretoria executiva.

– O Projeto Travessia é bem mais importante do que qualquer reunião. A versão original desse computador nos pôs em contato com uma civilização mais adiantada que passou a nos fornecer dados técnicos. O dr. Dawson quer que você esteja lá, caso essa civilização entre em contato conosco de novo.

O Mercedes dobrou outra esquina. Michael ficou olhando fixo para a sra. Brewster alguns segundos, mas os óculos escuros e a pouca luz impediam de saber o que ela pensava. Estava dizendo a verdade ou aquilo era só uma estratégia para separá-lo do resto da Irmandade? A boca e o pescoço exibiam alguma tensão, mas não havia nada de incomum nisso.

— Acho que seria mais fácil se entrevistássemos Dawson com uma câmera de videoconferência — disse Michael.

— Eu quero uma avaliação completa do projeto, e você só poderá fazer isso se estiver lá no laboratório. Suas roupas estão na mala e à sua espera no hotel. Um jato fretado está abastecendo no aeroporto de Schönefeld.

— Temos nos reunido com pessoas nesses últimos três dias...

— É. Eu sei. Tudo está frenético demais. Mas o computador quântico sempre foi nossa prioridade máxima. Depois que destruíram o primeiro computador, encerramos o programa de pesquisa genética para poder aumentar os recursos do Dawson. Kennard Nash estava convencido de que essa outra civilização queria enviar milagres tecnológicos para nós. Antes de gastar mais dinheiro, precisamos ver se essa nova máquina realmente funciona.

O nome de Nash pôs um ponto final na conversa. Tanto Michael como a sra. Brewster tinham visto Nathan Boone matar o presidente da Irmandade quando ele almoçava na Dark Island. Era como se Nash ainda estivesse com eles, sentado no banco da frente e franzindo a testa como um pai irritado com as atividades dos filhos.

O carro parou na frente do Hotel Adlon e a sra. Brewster disse alguma coisa em alemão para o motorista. Minutos depois levaram a bagagem de Michael do hotel para a mala do carro.

— Muito obrigada por fazer isso, Michael. Não posso contar com mais ninguém.

— Não se preocupe. Cuido disso. Trate de descansar.

A sra. Brewster deu-lhe um dos seus sorrisos mais simpáticos. Então desceu do carro e correu para o hotel.

Quando o Mercedes se afastou, Michael usou o notebook para acessar o sistema de segurança da Wellspring Manor, a propriedade rural do sul da Inglaterra controlada pela Fundação Sempre-Verde. Moveu o cursor e clicou nos vídeos de vigilância da porta da frente, da porta dos fundos e... sim, lá estava a imagem em preto e branco do corpo do seu pai deitado numa mesa de cirurgia. Matthew Corrigan parecia morto, mas os sensores presos ao corpo dele indicavam batimentos esporádicos do coração.

O Peregrino levantou a cabeça e espiou pela janela do carro. Ainda está lá, mas não está lá, pensou. Um recipiente vazio.

O JATINHO FRETADO desceu no Maine para reabastecer e passar pela inspeção da alfândega, depois seguiu para o aeroporto de Westchester, na periferia da cidade de Nova York. Havia um carro parado na pista e um membro da equipe de segurança ao lado, feito um guarda de honra. Então foi: "Sim, sr. Corrigan. Espero que tenha feito boa viagem, sr. Corrigan", e o carro o levou por uma estradinha rural de duas pistas. Passaram por muros de pedra que outrora cercavam pomares de macieiras e vacas leiteiras. Hoje em dia a terra era cara demais para agricultura e pecuária, e a área era salpicada de sedes de empresas e de casas de fazenda reformadas cujos donos eram banqueiros.

O centro de pesquisa da Fundação Sempre-Verde ficava no fim de um longo caminho de cascalho. Canteiros de flores e pinheiros eram uma agradável distração do muro alto que mantinha de fora o resto do mundo. O conjunto era dominado por quatro prédios de aço e vidro que abrigavam a biblioteca, o laboratório genético, o centro administrativo e as salas de pesquisa de informática da fundação. No centro desse quadrado ficava o prédio da cibernética neurológica, onde Michael foi um dia ligado aos sensores do computador quântico.

Michael ligou seu notebook e verificou os compromissos diários. Essa era uma atividade que realmente lhe dava prazer. Toda manhã ele recebia uma agenda que dizia o que ele ia fazer em segmentos de quinze minutos. As atividades e o horário apertado confirmavam que ele era um membro importante de uma organização poderosa. Quando lembrava do seu passado em Los Angeles, havia sempre horas e às vezes até dias em que nada acontecia. O tempo ocioso fazia com que se sentisse fraco e patético. Agora que Michael era um Peregrino, a agenda ajudava a mantê-lo concentrado na realidade diante dele. Quando pensava nisso, com bastante atenção, os outros mundos faziam o mundo humano parecer falso ou irreal. Mas esse era um caminho certo para a loucura. Os seus horários e compromissos demonstravam que todos os seus atos tinham ordem e significado. Mesmo atividades comuns como "almoçar" e "dormir" estavam na lista. Seus encontros casuais com prostitutas entravam na categoria de "entretenimento".

– E agora, o que vai ser? – Michael perguntou para o motorista. – A agenda não diz onde vou encontrar o dr. Dawson.

O motorista pareceu confuso.

– Desculpe, sr. Corrigan, mas ninguém me deu nenhuma instrução.

Michael desceu do carro e subiu uma ladeira de lajotas que dava no centro administrativo. Ele ainda tinha o chip Elo Protetor implantado sob a pele das costas da mão direita. Quando se aproximou do prédio, o dispositivo captou sua chegada, verificou sua identidade e confirmou que ele tinha passado pelo portão principal. A porta de vidro se abriu e ele entrou no saguão.

Não havia necessidade de guarda de segurança ou recepcionista. Os scanners do saguão rastrearam a passagem dele. Mas, quando Michael chegou aos elevadores, nada aconteceu. Ele se sentiu como um hóspede indesejado e abanou a mão para as portas dos elevadores. Naquele momento o saguão estava muito vazio e silencioso, e Michael ficou pensando no que devia fazer.

Ele ouviu um clique agudo, virou-se e viu Nathan Boone chegando pela porta lateral. O chefe da segurança da Fundação Sempre-Verde usava um terno preto, sem gravata. Boone tinha abotoado o botão do colarinho da camisa branca e esse pequeno detalhe deu-lhe uma aparência muito séria.

– Bom-dia, sr. Corrigan. Bem-vindo de volta ao centro de pesquisa.

– Por que não posso entrar nos elevadores?
– Tivemos um problema com o pessoal alguns dias atrás, e eu restringi o acesso aos escritórios. Vou autorizar o seu chip esta tarde, mas neste momento precisa ir se encontrar com o dr. Dawson.

Saíram juntos do saguão e atravessaram a área entre os prédios.

– Que tipo de problema? – perguntou Michael.

Boone ergueu as sobrancelhas.

– O que disse?

– Você mencionou um problema com a equipe. Como representante do conselho executivo tenho de saber o que está acontecendo aqui.

– Uma funcionária chamada Susan Howard se matou. Teve uma crise de depressão e entrou em contato com a chamada Resistência usando uma sala de bate-papo da internet. Achamos melhor mudar nossos códigos de segurança.

Será que ele a matou?, imaginou Michael. Ficava muito irritado com o fato de Boone poder destruir alguém sem a autorização do conselho, mas antes de poder perguntar qualquer outra coisa eles entraram no prédio do computador e Terry Dawson saiu apressado para recebê-los. O cientista era um homem mais velho, de cabelo branco e rosto largo e gorducho. Parecia aflito para mostrar o computador para Michael.

– Bom-dia, sr. Corrigan. Nós nos conhecemos alguns meses atrás, quando o general Nash o trouxe para conhecer o centro de pesquisa.

– Sim. Eu me lembro.

– A morte súbita de Nash foi um verdadeiro choque para todos nós. Ele era a força principal que alimentava o projeto do computador quântico.

– O conselho resolveu trocar o nome do seu prédio para Centro de Informática Kennard Nash – disse Michael. – Se o general ainda estivesse vivo, também ia querer ver alguns resultados. Já houve atrasos demais nesse projeto.

– Claro que sim, sr. Corrigan. Concordo plenamente. – Uma porta se abriu automaticamente e Dawson os levou por um corredor. – Preciso dizer uma coisa antes de entrarmos no laboratório. A nossa equipe de pesquisa é dividida em dois grupos, com exigências de segurança diferentes. Os técnicos e o grupo de manutenção têm acesso de nível azul. Um grupo central, bem menor, com acesso de nível vermelho, sabe das mensagens que recebemos dos nossos amigos.

– Como sabe que são amigos? – perguntou Michael.

– Esse era o ponto de vista do general Nash. Ele acreditava que as mensagens vinham de uma civilização avançada em um dos diferentes mundos. Qualquer um que nos desse dados técnicos tão úteis tinha de ser considerado amigo.

Os três entraram numa sala de controle cheia de monitores de computador e painéis de equipamentos que brilhavam com luzes verdes e vermelhas. Uma janela dava para uma sala bem maior onde uma mulher vestindo um xador e dois rapazes bem mais jovens de jaleco testavam o computador quântico. O próprio computador não era nada impressionante, uma caixa de aço inoxidável mais ou menos do tamanho de um piano em pé. Grandes cabos elétricos estavam ligados à base dessa caixa, e cabos menores a um lado.

– Esse é o computador quântico? – perguntou Michael. – Parece muito diferente do que eu lembro.

– É uma abordagem completamente nova – explicou Dawson. – A antiga versão usava elétrons flutuando em hélio super-resfriado. Esse novo computador usa um campo elétrico oscilante para controlar a direção do giro de cada elétron. Os elétrons servem de qubits, os bits quânticos, da nossa máquina.

– Então a tecnologia é diferente, mas funciona do mesmo jeito?

– É. É o mesmo princípio. Um computador comum, por mais poderoso que seja, armazena e processa informação com bits que existem em um de dois estados: um ou zero. Mas um qubit pode ser um, zero ou uma superposição dos dois valores ao mesmo tempo, permitindo um número infinito de estados. Por isso a nossa máquina consegue calcular problemas difíceis muito mais rápido do que qualquer computador em operação hoje.

Michael se aproximou do computador, mas manteve as mãos longe dos cabos.

– E como isso leva a mensagens de outra civilização?

– A teoria quântica nos diz que os elétrons podem estar em vários lugares ao mesmo tempo. É por isso que os átomos de uma molécula não se estilhaçam quando batem uns nos outros. Os elétrons agem como partículas e ondas ao mesmo tempo, formam uma espécie de nuvem que mantém os átomos unidos. Neste momento os nossos elétrons qubits existem aqui, dentro desta máquina, mas também "vão embora" por um instante muito breve.

– Eles não podem simplesmente desaparecer – disse Michael. – Têm de ir para algum lugar.

– Temos motivo para acreditar que os elétrons entram num mundo paralelo e, então, quando observados, retornam para a nossa realidade específica. Está claro que nossos amigos distantes criaram um computador quântico muito mais sofisticado. Eles capturam as partículas, reordenam essas partículas em mensagens e mandam de volta para nós. Os elétrons viajam de um mundo para outro com tanta rapidez que só detectamos o resultado, não o movimento em si.

Um dos rapazes bateu com os nós dos dedos no vidro. Dawson meneou a cabeça e ligou um intercomunicador.

– Fizemos a verificação do sistema três vezes – disse o técnico. – Está tudo pronto para funcionar.

– Ótimo. Vamos ligar agora. Dra. Assad, venha para a sala de controle, por favor.

Dawson desligou o interfone quando a jovem com o véu de xador entrou na sala de controle. Ela tinha o rosto redondo e sobrancelhas muito escuras.

– Quero apresentar a dra. Assad. Ela nasceu na Síria, mas passou a maior parte da vida aqui nos Estados Unidos. Com a permissão do sr. Boone, recebeu o acesso de nível vermelho da segurança.

A dra. Assad sorriu timidamente e evitou olhar nos olhos de Michael.

– É uma honra conhecê-lo, sr. Corrigan.

Todos se sentaram e o dr. Dawson começou a digitar comandos. Boone foi o último a encontrar uma cadeira, mas não relaxou em nenhum momento. Ficava observando as pessoas na sala ou então analisando a tela do computador.

Na primeira hora seguiram um protocolo já estabelecido. Michael ouviu um zumbido elétrico que começava, parava e começava de novo. Às vezes ficava tão alto que a janela de observação chegava a vibrar. Enquanto os diferentes níveis do computador eram testados, a dra. Assad falava com uma voz calma.

– Os primeiros dez qubits estão operantes. Agora estamos ativando o grupo dois.

O computador despertou e se conscientizou do seu poder. Dawson explicou que a máquina era capaz de aprender com os próprios erros e abordar problemas complexos de ângulos diferentes. Na segunda hora a dra. Assad pediu para o computador usar o algoritmo de Shor, uma sequência de comandos que transformava números extensos em divisores menores. Na terceira hora a máquina começou a examinar as simetrias de uma coisa chamada E8, um sólido geométrico que tinha cinquenta e sete dimensões. Depois de cinco horas a tela do monitor da dra. Assad ficou branca por alguns segundos, então os cálculos continuaram sem outra pausa.

– O que acabou de acontecer? – Michael perguntou.

Os dois cientistas se entreolharam.

– Foi o que vimos na última vez – disse Dawson. – Em certo ponto o computador começa a enviar quantidades substanciais de partículas para outro mundo.

– Então, é como sinais de rádio enviados para o espaço?

– Não exatamente – disse Dawson. – As ondas de rádio e o sinal da televisão levam anos-luz para chegar a outra galáxia. Os elétrons do nosso computador vão para um lugar que não fica tão distante, é um nível paralelo da realidade.

Por volta da sexta hora mandaram um dos técnicos providenciar o nosso jantar. Todos mastigavam batata frita e sanduíches quando a tela do monitor piscou algumas vezes. A dra. Assad largou a caneca de café e Dawson rolou sua cadeira até a bancada de trabalho dela.

– Está chegando – ele disse.
– Do que vocês estão falando? – perguntou Michael.
– Das mensagens dos nossos amigos. Isso aconteceu antes. Uma parede escura de sinais de adição apareceu na tela. Então apareceram espaços entre eles, como furos num muro. Poucos minutos depois o computador começou a criar desenhos geométricos. Os primeiros eram chatos como flocos de neve recortados em papel, mas depois ganharam dimensão e simetria. Esferas, cilindros e cones flutuaram na tela como se fossem levados por correntes marítimas.

– Ali! – gritou Dawson. – Bem ali! Estão vendo?
E todos olharam para o primeiro número: um três.
Apareceram mais números. Grupos deles. Michael achou que eram ao acaso, mas a dra. Assad sussurrou:
– Isso já aconteceu antes. São números especiais. Todos primos.

A tela mostrou equações usando símbolos diferentes e então as equações desapareceram e formas surgiram novamente. Michael achou que eram como balões, só que viraram coisas vivas, células globulares gordas, que se dividiam em duas, se reproduzindo.

E depois vieram as letras. Pelo menos foi isso que Dawson disse, que eram letras. No início rabiscos geométricos que pareciam grafite desenhado numa janela. Então esses símbolos ficaram sólidos e mais familiares.

– Isso é hebraico – sussurrou a dra. Assad. – Isso é árabe, definitivamente. Chinês... eu acho. Não tenho certeza.
Até Boone ficou encantado.

## A CIDADE DOURADA

– Estou vendo um A e um T – ele disse. – E aquilo ali parece um G.

As letras se arrumaram em linhas. Eram um código ou apenas grupos aleatórios? Então apareceram espaços entre as letras, formando segmentos de três letras, cinco letras e doze letras. Aquilo era uma palavra?, Michael se perguntou. Eu estou vendo palavras? E aí apareceram palavras em várias línguas.

– Essa é a palavra ler em francês – disse a dra. Assad. – E aquela é a palavra ver em polonês. Passei um mês em Varsóvia quando estava...

– Continue traduzindo – disse Michael.

– *Azul. Macio.* Em alemão. Essas palavras novas parecem copta. Agora em inglês. *Infinito. Confusão...*

As palavras se juntaram umas às outras, formando frases que pareciam poesia surrealista. *Cão segue estrada estrela. A faca ao acaso com bigode.*

Na oitava hora mensagens eram enviadas em diversas línguas, mas Michael se concentrou em nove palavras escritas em inglês.

*venham a nós*
*venham a nós*
VENHAM A NÓS

## 2

Ao terminar seus problemas de geometria, Alice Chen desceu do banco, pegou um bolinho da caixa de pão e abriu a pesada porta da cabana da cozinha. Estava frio e ventando na Skellig Columba, mas Alice deixou seu casaco de lã xadrez aberto. Suas tranças negras balançaram para frente e para trás quando ela trilhou apressada o caminho que ligava os três terraço no extremo norte da ilha. Duas cisternas para captação de água da chuva e um jardim com canteiros de pastinaga e repolho ficavam no último terraço, depois o caminho desaparecia. Ela seguiu pelo terreno pedregoso, salpicado de azedeiras e de serralhas.

Alice subiu numa rocha chutando pedaços de líquen negro como se fossem cinzas de um incêndio antigo. Quando chegou ao topo virou para trás lentamente e examinou a ilha feito um guarda que acabara de subir numa torre de vigília. Alice tinha doze anos de idade, uma menina pequena e séria que já tinha estudado violoncelo e construído fortes na areia do deserto com os amigos. Agora vivia numa ilha isolada com quatro freiras que pensam que cuidavam dela, sem se dar conta que era exatamente o contrário. Quando Alice ficava sozinha, podia assumir sua nova identidade: a Princesa Guerreira de Skellig Columba, Guardiã das Clarissas Pobres.

Sentiu o cheiro da fumaça de turfa que vinha da cabana da cozinha e o odor podre das plantas aquáticas colhidas na praia que usavam para fertilizar o jardim. O vento gelado que vinha do

# A CIDADE DOURADA

mar tocou a gola do casaco e fez seus olhos se encherem de água. Lá embaixo ficavam a capela e as quatro cabanas do convento, todas parecidas com uma colmeia, com janelas estreitas e portas embutidas. Olhando para o mar ela via a espuma branca nas ondas e uma linha escura no horizonte que marcava a circunferência do seu mundo.

As Clarissas Pobres preparavam pratos especiais para Alice, remendavam suas roupas rasgadas e derramavam potes de água quente numa banheira galvanizada para ela curtir o banho semanal. Irmã Maura fazia Alice ler peças de Shakespeare e poesia irlandesa, e a irmã Ruth, a freira mais velha, a orientava com um livro da era vitoriana sobre a geometria euclidiana. Alice dormia com as freiras na cabana dormitório. Havia sempre um lampião a óleo aceso no quarto dela. Quando Alice acordava no meio da noite via as cabeças das freiras no centro de seus travesseiros de penas de ganso.

Ela sabia que aquelas mulheres devotadas e gentis gostavam dela, talvez até a amassem, mas não podiam protegê-la dos perigos do mundo. Alguns meses antes os mercenários da Tábua desceram na ilha de helicóptero. Alice e as freiras se esconderam numa caverna, os homens da Tábua derrubaram a porta da cabana que servia de armazém e mataram Vicki Fraser. Vicki era muito bondosa e era doloroso lembrar da sua morte.

Alice acreditava que tudo teria sido diferente se Maya estivesse na ilha. A Arlequim teria usado sua espada, suas facas e arma de fogo para destruir todos os homens do helicóptero. Se Maya estivesse morando na Nova Harmonia quando a Tábua chegou lá, teria protegido a mãe de Alice e os outros habitantes do lugar. Alice sabia que todos em Nova Harmonia estavam mortos, mas eles continuavam com ela. Às vezes quando fazia alguma coisa perfeitamente comum, como amarrar os sapatos ou amassar as batatas com um garfo, ela via a mãe se vestindo ou ouvia o amigo Brian Bates tocando seu trompete.

Alice pulou da pedra, deu as costas para o convento e foi para o oeste pelo terreno rochoso. A ilha tinha se formado quando dois picos de montanhas se elevaram no mar e o calcário cinza-azulado era cheio de cavernas e escoadouros naturais. Naqueles meses em que estava na Skellig Columba Alice tinha feito muitas pilhas de pedras, algumas para marcar os diferentes caminhos que ela percorria na ilha, enquanto outras eram pistas falsas capazes de levar um invasor incauto a despencar da beira de um abismo.

O lugar em que ela guardava coisas era uma toca do tamanho de um texugo escondida dentro de uma touceira de mato. Alice tinha ali um facão de cortar carne enferrujado que tinha achado na cabana depósito e uma faca de trinchar furtada da cozinha do convento embrulhada num pedaço de plástico. Alice enfiou o facão de açougueiro no cinto, como se fosse uma espada curta, e prendeu a faca de trinchar no braço com dois elásticos grossos.

Não havia árvores na ilha, mas ela havia encontrado um bastão perto do cais lá embaixo e o usava como ferramenta para explorar lugares misteriosos. Agora que estava armada, tentou andar como um Arlequim, calma mas alerta, sem medo e sem incertezas.

Depois de caminhar por cerca de vinte minutos ela chegou ao extremo oeste da ilha. O ataque constante das ondas tinha arrancado nacos de calcário, e o penhasco parecia cinco dedos cinzentos avançando na água gelada do mar. Alice foi até o dedo maior e ficou na beirada. Era um salto de dois metros por cima de uma fenda para chegar à próxima sequência do penhasco. Se ela escorregasse e caísse teria uma queda longa até as pedras pontudas que recebiam o impacto de cada onda.

O desfiladeiro entre as duas partes do penhasco era bastante largo para dificultar o pulo, mas não para torná-lo impossível. Alice já tinha imaginado qual seria a sensação se não chegasse do outro lado. Seus braços bateriam loucamente no ar como um pássaro abatido por um tiro. Ela teria apenas tempo suficiente para ouvir as ondas e ver as pedras antes de ser levada pela escuridão.

Um bando de cagarras voava em círculos no céu, umas chamando as outras com gritos tremidos que faziam Alice sentir solidão. Olhando para o centro da ilha dava para ver o monte de pedras que marcava a cova de Vicki. Hollis Wilson tinha cavado o buraco e empilhado as pedras feito louco. Ele se recusava a falar e o único ruído era o da pá batendo no solo cheio de pedras. Alice virou e olhou para o horizonte vazio. Podia ir embora dali, voltar para o calor da cabana da cozinha, só que assim nunca saberia se era corajosa como Maya. Alice deixou a bengala que usava como cajado perto de um tufo de capim e arrumou as duas facas para que não balançassem quando fizesse qualquer movimento rápido. Recuou até o mais longe que pôde no penhasco e viu que tinha apenas uns três metros de espaço para correr e pegar impulso antes de dar o salto sobre o desfiladeiro. Faça, Alice disse para si mesma. Não pode hesitar. Cerrou os punhos, respirou fundo e partiu correndo. Quando se aproximou da beirada, parou de repente. Com o pé esquerdo chutou uma pedrinha branca no abismo. A pedra quicou nas paredes da fenda e desapareceu na escuridão lá embaixo.

– Covarde – Alice sussurrou quando recuou de novo. – Você *é* covarde.

Sentindo-se pequena, fraca, como a menina de doze anos de idade que era, ela olhou para as gaivotas planando nas correntes de ar e subindo para o céu.

Deu alguns passos para trás até chegar a um plano horizontal e viu uma forma preta subindo o penhasco. Era irmã Maura, de rosto vermelho e ofegante. O vento puxava seu véu e as mangas do vestido.

– Alice! – gritou a freira. – Estou aborrecida com você. Bastante aborrecida. Você não terminou a análise das frases e a irmã Ruth disse que não descascou as cenouras. Volte para a cabana. Sem demora. Você conhece a regra, nada de brincadeira sem terminar o trabalho.

Alice deu mais alguns passos para trás e se concentrou numa mancha de líquen vermelho do outro lado do abismo. Devia haver alguma coisa na postura dela que indicou para irmã Maura o que ia acontecer.

– Pare! – berrou a freira. – Você vai se matar! Você...

Mas as palavras seguintes foram absorvidas pelo vento quando a Princesa Guerreira correu para o precipício.

E saltou.

# 3

Hollis Wilson portava sua nova arma numa caixa de violão cheia de jornal amassado. Algumas semanas antes tinha pedido para Winston Abosa um rifle de repetição capaz de atingir o alvo a pelo menos cem metros de distância. Winston era dono de uma loja de instrumentos de percussão em Camden Market e usou seus contatos para comprar um Lee-Enfield roubado. O rifle Lee-Enfield original foi usado na Primeira Guerra Mundial; esse número quatro Mark T com mira telescópica foi criado na década de 1930. Depois que Hollis atirasse com o rifle, planejava deixá-lo no telhado e ir embora.

Os policiais de Londres costumavam observar Hollis quando ele caminhava pela calçada ou sentava nos trens do metrô. Até quando estava de terno e gravata, havia nele um jeito de se portar que parecia seguro demais, quase desafiador. A caixa de violão era a camuflagem perfeita. Quando Hollis encontrou uma policial perto da entrada da estação de metrô Camden Town, a jovem olhou para ele apenas um segundo e virou para o outro lado. Ele era um músico, só isso, um negro de sobretudo surrado indo tocar numa esquina qualquer.

O rifle balançou dentro da caixa quando ele passou pela roleta. Para Hollis, o metrô de Londres sempre pareceu menos intenso do que o de Nova York. Os vagões eram menores, quase aconchegantes, e o trem fazia um ruído suave de ar comprimido quando entrava na estação.

## A CIDADE DOURADA

Hollis pegou a Northern Line até a estação Embankment e, então, passou para a Circle Line. Desembarcou na Temple, andou pela margem do rio alguns minutos, depois subiu a escada para a New Bridge Street. Devia ser oito horas da noite. A maior parte dos usuários de trens, que moravam na periferia da cidade, já tinha deixado o trabalho e corrido para casa, para a luz acolhedora de seus aparelhos de televisão. Como de costume, alguns ainda estavam trabalhando, varrendo as ruas, pintando as unhas dos pés das mulheres, entregando comida em domicílio. Seus rostos estampavam fome e exaustão, um desejo avassalador de deitar e dormir. Um cartaz pendurado na lateral de um prédio mostrava uma jovem loura com expressão de êxtase pegando uma colherada de um doce novo numa caixa de papelão. Está feliz hoje?, perguntava o cartaz. Hollis sorriu. Não estou feliz, ele pensou. Mas posso ter alguma satisfação.

NAQUELES ÚLTIMOS meses a vida dele tinha se transformado. Saiu da cidade de Nova York, foi para a Irlanda ocidental e enterrou Vicki Fraser na ilha Skellig Columba. Uma semana depois disso estava em Berlim resgatando Madre Blessing, carregando-a para fora do centro subterrâneo de computação da Tábula, enquanto os alarmes disparavam e a fumaça subia pelas escadas. Antes de a polícia chegar teve apenas tempo suficiente para andar dois quarteirões e esconder o corpo da Arlequim atrás de uma caçamba de lixo. Tirou então seu casaco manchado de sangue e foi pegar o carro que tinham deixado perto da danceteria na Auguststrasse.

Demorou algumas horas para voltar ao lugar onde tinha deixado o corpo e pô-lo no porta-malas do Mercedes-Benz. A polícia berlinense tinha cercado a área em torno do centro de computação e ele viu as luzes de caminhões dos bombeiros e ambulâncias piscando. Depois de um tempo um repórter ia aparecer e receber a história oficial: LOUCO MATA SEIS – A POLÍCIA PROCURA EMPREGADO VINGATIVO.

Hollis saiu de Berlim antes do sol raiar e parou num centro comercial de um posto perto de Magdeburg. Numa pequena loja comprou um mapa rodoviário, um cobertor de lã e uma pá de acampamento. Sentou no restaurante do centro comercial, bebeu café puro e comeu pão com geleia, enquanto a garçonete bocejava o tempo todo. Ele queria dormir no banco de trás do carro, mas precisava sair da Alemanha. Os mecanismos de busca da Tábula estavam navegando pela internet, comparando a fotografia dele com as imagens capturadas pelas câmeras de vigilância. Ele tinha de se livrar do carro e encontrar algum lugar que estivesse fora da Grade.

Mas o enterro era seu principal objetivo. Hollis seguiu o mapa até um lugar chamado Steinhuder Meer, um parque natural a noroeste de Hanover. Uma placa descritiva em quatro idiomas mostrava um caminho que ia até Dead Moor, uma área baixa e pantanosa de urzes e capim marrom. Era dia de semana, pouco antes do meio-dia e havia poucos carros na área. Hollis seguiu alguns quilômetros por uma estradinha de terra, enrolou Madre Blessing no cobertor e a carregou através do brejo até um grupo de arbustos e de salgueiros-anões.

Quando era viva, Madre Blessing irradiava uma raiva constante que as pessoas sentiam assim que a viam. Deitada de lado na cova rasa, a Arlequim irlandesa parecia menor do que Hollis lembrava, menos poderosa. O rosto dela estava sob o cobertor e Hollis não queria ver os olhos dela. Quando jogou a terra molhada com a pá, viu duas mãos pequenas e brancas, ainda cerradas.

Hollis abandonou o carro perto da fronteira com a Holanda, pegou a barca para Harwich e depois um trem para Londres. Quando chegou ao apartamento escondido atrás da loja de Winston Abosa, encontrou Linden, o Arlequim francês, sentado à mesa da cozinha, lendo um manual de banco roubado, sobre transferências de dinheiro.

– O Peregrino voltou.

– Gabriel? Ele voltou? O que aconteceu?

– Ele foi capturado no Primeiro Mundo. – Linden tirou a rolha de uma garrafa de Burgundy que já estava na metade e serviu

um pouco de vinho em um copo. – Maya o salvou, mas ela não conseguiu voltar para este mundo.
– O que você está dizendo? Ela está bem?
– Maya não é um Peregrino. Uma pessoa comum só pode fazer a travessia por um dos poucos pontos de acesso que existem no mundo. Os Antigos sabiam onde eram esses pontos. Agora quase todos estão perdidos.
– Então o que aconteceu com ela?
– Ninguém sabe. Simon Lumbroso ainda está na igreja de Santa Maria de Sião na Etiópia.

Hollis fez que sim com a cabeça.
– Foi onde ela fez a travessia.
– *C'est correct*. Já passaram seis dias, mas Maya não reapareceu no santuário.
– Existe algum plano para salvá-la?
– Tudo que podemos fazer é esperar. – Linden bebeu um gole de vinho. – Recebi o seu e-mail sobre o que aconteceu em Berlim. Você deixou o corpo de Madre Blessing no centro de computação?
– Fui de carro para o norte e a enterrei no campo. Mas não botei uma lápide, nem qualquer tipo de identificação.
– Madre Blessing não ia se importar com isso. Ela teve uma Morte Digna?

Hollis ficou um tempo confuso, mas depois lembrou que Maya tinha usado essa expressão.
– Ela matou seis homens e então alguém atirou nela. Você resolve se essa foi uma Morte Digna. – Hollis abriu o tubo de metal, tirou a espada de Madre Blessing e a pôs na mesa da cozinha. – No último momento ela me deu isso.
– Por favor, seja preciso, sr. Wilson. Madre Blessing lhe *deu* a espada ou você a *tirou* do corpo dela?
– Ela me deu, eu acho. Por isso estou devolvendo.
– Talvez ela quisesse que você aceitasse o compromisso dela.
– Isso não vai acontecer. Não fui criado numa família de Arlequins.

— Nem eu — disse Linden. — Fui soldado do Primeiro Regimento de Paraquedistas da Infantaria da Marinha, até me desentender com um superior. Trabalhei como guarda-costas por dois anos em Moscou e depois Thorn me contratou como mercenário. E logo de cara eu soube que tinha nascido para fazer isso. Nós Arlequins não perdemos nosso tempo defendendo os ricos e os poderosos. Nós protegemos os profetas e os visionários, aqueles Peregrinos que empurram a história para um novo rumo.
— Faça o que quiser, Linden. Eu tenho objetivos próprios.

Linden esperou alguns segundos, como se quisesse confirmar o que tinha acabado de ouvir, então foi como se desligasse um dos compartimentos do seu cérebro. Moveu os dedos em sinal de despedida e foi só. Hollis saiu do apartamento.

MUITO CONSCIENTE do rifle escondido, Hollis virou à direita na Ludgate Hill e pegou a primeira à esquerda para a Limeburner Lane. A Fundação Sempre-Verde ocupava um grande prédio de vidro e aço que ficava a uns cem metros dali, naquela rua. Vigas pretas de sustentação e painéis de granito negro emolduravam as janelas de vidro com películas escuras. De longe parecia que uma imensa rede vertical tinha caído no meio de Londres.

O prédio era guardado por uma equipe de seguranças armados. Hollis fingiu ser um ciclista mensageiro e conseguira entrar lá uns dias antes para pedir orientação. Qualquer um que fosse visitar a Fundação tinha de passar por um corredor pequeno em forma de L, feito de vidro verde, onde uma máquina de raios X o examinava por baixo da roupa.

No outro lado da rua havia um edifício comercial da era vitoriana. Uma firma internacional de arquitetura era o único inquilino e tinham posto fotografias de prédios em Dubai e na Arábia Saudita na janela do andar térreo. Hollis tinha estudado as fotos e concluiu que os arquitetos simplesmente pegaram os projetos de uma prisão e acrescentaram palmeiras, chafarizes e uma piscina.

Ele tocou a campainha da firma de arquitetura e esperou para ver se alguém ia atender à porta. Ninguém apareceu, então Hollis ficou bem na frente da porta de entrada e desabotoou seu sobretudo. Um pé de cabra pendia de uma corda amarrada ao seu pescoço. Ele forçou a ponta do pé de cabra entre a porta e a tranca, e empurrou de lado com toda a força que tinha. Os parafusos que prendiam a tranca foram arrancados e a porta abriu.

Ao entrar no prédio, Hollis tirou um calço de aço do bolso e enfiou com o pé na fenda embaixo da porta, para não abrir mais. Resolveu evitar o elevador e subiu pela escada de incêndio até o último andar. Dentro do banheiro masculino uma pequena escada de parede levava a uma claraboia de plástico no teto. Hollis empurrou o fecho com uma mão e estava no telhado segundos depois.

O vento gelado da noite tocou na sua pele e ele ouviu o barulho de um ônibus subindo a rua. Hollis escorregou um pouco nas lajes molhadas e chegou à proteção de ferro na beirada do telhado. Sentou e abriu a caixa de violão.

O Lee-Enfield era um rifle comprido e pesado que tinham modificado para disparar cartuchos de 7,62 milímetros. Hollis puxou o pino da trava todo para trás e enfiou um pente de balas no carregador na frente da trava do gatilho. Quando empurrou o pino para frente e para baixo, um cartucho se alojou na câmara de disparo. Hollis teve a sensação de que fazia parte da arma, travada, carregada e pronta para disparar. Espiou pela mira telescópica e viu duas linhas que se cruzavam bem no centro da porta do outro lado da rua.

O ódio que ele sentia pela Tábula era uma emoção poderosa, constante, diferente de tudo que jamais tinha vivenciado no passado. Depois de enterrar Vicki na ilha, ele cobriu a cova com uma pilha de grandes pedras cinzentas. Às vezes tinha a impressão de que seu corpo tinha absorvido uma daquelas pedras.

Ficou aguardando que algum alvo aparecesse, mas não sabia o que esperar. Poucos minutos depois um Land Rover parou na frente do prédio da Fundação e duas pessoas desceram do carro.

Hollis levantou o rifle e espiou pela mira. Viu um homem careca de sessenta e poucos anos e uma jovem com um sobretudo castanho-claro. Quando pararam na calçada para dar instruções ao motorista, um homem louro carregando uma pasta chegou caminhando pela rua e juntou-se a eles. O homem louro disse alguma coisa e a jovem riu, enquanto o Land Rover se afastava.

Hollis apontou o rifle para a cabeça do homem louro. Uma rajada de vento provocou arrepios e ele percebeu que tinha o rosto coberto de suor. Acalme-se, pensou ele. Respire devagar. E então apertou o gatilho.

Ele esperava um forte estampido e um coice, mas nada aconteceu. Sem tirar o olho da mira telescópica, Hollis moveu o fecho do rifle. O cartucho que falhou foi cuspido fora e uma nova bala entrou na câmara de disparo. Mais uma vez ele apertou o gatilho.

Não aconteceu nada. O tempo tinha desaparecido e a única realidade era o momento presente, o rifle e a cabeça do homem louro no círculo da mira. Mova o fecho outra vez. Snap. Clique. Nada.

O terceiro cartucho caiu ao lado do seu pé direito. Quicou no telhado e caiu na calçada lá embaixo. Ninguém ouviu o barulho. Os três alvos já tinham subido a escada e estavam entrando no prédio.

Hollis ouviu passos no telhado e virou para trás. Linden estava atrás dele, a uma distância de três metros, espiando a rua. O Arlequim francês usava um sobretudo de lã preta. Com os ombros largos, a cabeça raspada e o nariz grosso, ele parecia uma criatura mecânica, construída para imitar um ser humano.

– Não há nada de errado com o rifle – disse Linden. – Eu disse para Winston dar balas de festim para você.

– Se você não queria que eu usasse esta arma, por que deixou que eu viesse até aqui?

– Você tinha algum tipo de plano. Eu queria ver o que ia acontecer. – Linden indicou o prédio da Fundação com a cabeça.

– Agora eu sei.

– Você matou muita gente, Linden. Então não venha me dizer que isso é errado.

Linden enfiou as mãos nos bolsos do sobretudo e deslizou o pé direito alguns centímetros para frente. Hollis sabia que era impossível impedir que o francês sacasse a arma e disparasse contra ele. Um minuto antes Hollis era um ser humano com nome e passado. Agora era apenas um alvo.

– Arlequins não são terroristas nem assassinos, sr. Wilson. Nosso único dever é defender os Peregrinos.

– Por que se importaria com o que eu faço da minha vida?

– Seus atos só atrairão uma atenção indesejada para o Peregrino e não posso permitir isso. O que quer dizer que você tem duas opções. Pode deixar a Grã-Bretanha ou...

A ameaça não foi verbalizada, mas o recado era bem claro. Uma bala da arma de Linden jogaria Hollis por cima da mureta. Hollis visualizou mentalmente seu corpo caindo, uma confusão de braços e pernas e depois imobilidade. Depois que a polícia fotografasse seu corpo, ele seria tirado da calçada, etiquetado e descartado como lixo. Aquela visão não o assustava, mas também não aplacava sua raiva. Se ele morresse, a lembrança de Vicki morreria com ele. Ela morreria uma segunda vez.

– E qual é a sua resposta? – perguntou Linden.

– Eu... eu vou embora.

Linden deu as costas para Hollis e desapareceu pela claraboia aberta. Hollis ficou sozinho de novo, ainda agarrado com a arma inútil.

## 4

Hollis acordou na manhã seguinte no seu quarto alugado na Camden High Street. Sentiu-se como o último homem vivo quando começou sua rotina diária: duzentas flexões e o mesmo número de abdominais no tapete manchado, seguidas de uma série de exercícios de artes marciais. Quando sua camiseta ficou ensopada de suor, ele tomou uma ducha e cozinhou um mingau de aveia na chapa que ficava perto da pia do banheiro. Limpou tudo, não deixou nenhum sinal visível da sua presença e saiu.

Havia pouca gente na rua, a maioria donos de lojas recebendo as entregas matinais de mercadoria e varrendo seus pequenos pedaços de calçada. Hollis caminhou lentamente pela High Street, atravessou o Regent's Canal, e entrou no labirinto de lojas e barracas de comida que ocupavam a área em volta de Camden Lock. Era sábado, por isso o mercado ia começar a ficar muito movimentado por volta das dez ou onze horas. As pessoas iam ao mercado para fazer tatuagens tribais, enquanto seus amigos compravam calças de couro preto e potes de oração tibetanos.

As "catacumbas" eram o sistema de túneis construídos sob a linha de trem elevada que atravessava o mercado. No século XIX esses túneis tinham sido usados como estábulos para os cavalos do canal, mas agora essa região subterrânea estava ocupada por lojas e estúdios de artistas. Na metade de um dos túneis, Hollis encontrou a loja de instrumentos de percussão de Winston Abosa.

O africano estava ao lado de uma mesa nos fundos, no salão principal, pondo leite numa grande xícara de café.

Quando Winston viu Hollis, foi para trás de uma escultura de uma mulher grávida com dentes de marfim.

– Bom-dia, sr. Hollis. Espero que esteja tudo bem.

– Estou deixando o país, Winston. Mas queria me despedir do Gabriel.

– Sim, é claro. Ele está na loja de falafel em reunião com algumas pessoas.

A Tábula estava à procura dele, por isso Gabriel tinha de passar a maior parte do tempo no apartamento escondido atrás da loja de Winston. Quando membros da Resistência queriam se reunir, ele os encontrava em outro lugar. Uma família de libaneses tinha uma loja de falafel num prédio do mercado, com vista para o canal. Por um preço módico, deixavam Gabriel usar o depósito no segundo andar.

Na loja de falafel, Hollis desviou de uma menina mal-humorada picando salsa e passou por uma porta escondida atrás de uma cortina de contas. Quando subiu a escada para o depósito, ficou surpreso de ver a quantidade de gente esperando. Gabriel estava perto da janela, conversando com uma freira que usava o hábito preto das Clarissas Pobres. Linden estava de guarda perto da porta, com os braços muito fortes cruzados sobre o peito. Assim que viu Hollis, pôs as mãos nos bolsos do sobretudo.

– Pensei que tínhamos nos entendido – disse Linden.

– E nos entendemos. Mas eu queria me despedir do meu amigo.

Linden avaliou o pedido de Hollis e então apontou para uma das cadeiras.

– Espere a sua vez.

Hollis sentou e examinou as pessoas em volta. Falavam polonês, alemão e espanhol. Os únicos que reconheceu foram dois Corredores Livres ingleses, um jovem atarracado chamado Jugger e seu amigo calado, Roland. Estava claro que pessoas do mundo inteiro tinham ouvido falar do Peregrino.

Quando vivia em Los Angeles, Gabriel usava o cabelo castanho comprido e uma jaqueta de couro manchada. Tinha o sorriso fácil e também demonstrava raiva com rapidez, uma combinação de inocência aprendida em casa e fanfarronice de caubói. No tempo que passaram na Cidade de Nova York, Hollis ajudou Gabriel a cozinhar espaguete e ouvia quando ele cantava desafinado num bar de karaokê. Agora estava tudo mudado. Gabriel parecia sobrevivente de um naufrágio, com o rosto emaciado e a camisa sobrando de todo lado. Havia alguma coisa estranha nos olhos, estavam cristalinos e muito intensos.

Depois que cada pessoa terminava sua conversa com Gabriel, Linden a levava para fora e apontava para o próximo da fila. Gabriel se levantava para cumprimentar a todos com um aperto de mão, sentava e ouvia, concentrado no rosto dos seus seguidores. Todos tinham a oportunidade de expressar suas ideias, então ele se inclinava para frente e falava em voz baixa, quase um sussurro. Ao terminar ele segurava as mãos das pessoas novamente, olhava bem em seus olhos e dizia "obrigado" na língua delas.

Os dois Corredores Livres ingleses foram os últimos a estar com o Peregrino, e Hollis ouviu cada palavra da conversa que tiveram. Alguém chamado Sebastian tinha viajado para a França para organizar a resistência à Tábula, e Jugger achava que ele não estava seguindo as ordens.

– Quando iniciamos o movimento, criamos algumas regras.
– Para ser exato, seis – disse Roland.
– Isso mesmo. Seis regras. E uma delas era que cada equipe planejaria a própria estratégia. Meus amigos em Paris dizem que Sebastian está falando de organizar um comitê geral...

Gabriel não disse nada até Jugger terminar a frase. Mais uma vez o Peregrino falou com uma voz tão suave que os dois Corredores Livres tiveram de chegar para frente para escutar cada palavra. Aos poucos eles começaram a relaxar e ambos menearam a cabeça.

– Então, estamos de acordo? – perguntou Gabriel.
– Acho que sim. – Jugger olhou para o amigo. – Tem alguma coisa para dizer, Roland?

O grandalhão deu de ombros.
– Problema nenhum.
Os Corredores Livres se levantaram e apertaram a mão de Gabriel. Depois que os dois saíram do depósito, Linden inclinou a cabeça na direção de Hollis. *É a sua vez.* Então o Arlequim desceu pisando forte na escada, até a loja de falafel.

Hollis caminhou entre as mesas e sentou diante de Gabriel.
– Eu vim aqui para me despedir.
– É. Linden me contou o que aconteceu.
– Você ainda é meu amigo, Gabe. Jamais faria qualquer coisa para pô-lo em perigo.
– Sei disso.
– Mas alguém tem de ser punido pela morte de Vicki. Não consigo esquecer o que fizeram com ela. Fui eu que encontrei o corpo e cavei a cova.

O Peregrino se levantou, afastou-se da mesa, foi até a janela e espiou o canal.
– Quando agimos como os nossos inimigos, corremos o risco de nos tornar igual a eles.
– Não estou aqui para ouvir sermão. Combinado?
– Estou falando da Resistência, Hollis. Você viu as duas mulheres de Seattle? Tiveram acesso a todas as câmeras de vigilância que ficam do lado de fora dos prédios da Fundação Sempre-Verde. É a primeira vez que usamos a Imensa Máquina para vigiar a Imensa Máquina. É um plano muito bem organizado que não expõe a vida de ninguém, só que de qualquer maneira me incomoda. Tenho a sensação de que estou construindo uma casa, mas não sei como vai ficar quando terminar a obra.
– Aquela freira também faz parte da Resistência?
– Não exatamente. É outro tipo de problema. As Clarissas Pobres da Skellig Columba acham que Alice Chen está muito rebelde, completamente fora de controle. Vão trazê-la para Londres e teremos de encontrar um lugar seguro para ela ficar. Gostaria que Maya estivesse aqui. Ela saberia o que fazer.

— É possível que Maya nunca mais volte para o nosso mundo? Gabriel voltou para a mesa e se serviu de chá.

— Eu poderia atravessar de novo para o Primeiro Mundo, mas não conseguiria trazê-la de volta. Simon Lumbroso está pesquisando antigos manuscritos e livros de história. Precisa encontrar outro ponto de acesso, um lugar onde uma pessoa comum possa fazer a travessia e depois voltar. Há milhares de anos as pessoas sabiam onde eram esses pontos de acesso. Construíam templos neles. Agora esse conhecimento se perdeu.

— E o que acontece se Simon encontrar um desses pontos de acesso?

— Aí eu vou atrás dela.

— Linden não vai gostar... e seus novos seguidores também não ficarão muito felizes com isso.

— Por que pensa assim?

— Essas pessoas com quem você acabou de conversar estão assumindo riscos e mudando a vida delas por sua causa. Se você voltar para o Primeiro Mundo, estará dizendo para elas basicamente o seguinte: "A Resistência não é tão importante assim. Porei essa única pessoa acima dos nossos problemas e talvez eu nunca mais volte."

— É uma pessoa *muito* específica, Hollis.

— Maya não ia querer que você corresse esse risco. Você é um Peregrino, Gabe. Tem uma responsabilidade maior.

— Eu preciso dela. — A voz de Gabriel estava cheia de emoção. — Quando você e eu nos conhecemos em Los Angeles, eu não sabia quem eu era, nem o que ia fazer da vida. Agora atravessei barreiras e visitei dois outros mundos. Aqueles lugares são tão reais como esta mesa e esta sala. Quem passa por uma experiência dessa muda muito. Hoje em dia sinto que não tenho mais *ligação* com nada. Maya é um fio amarrado no meu coração. Sem ela eu sairia flutuando para longe.

— Você acha que seu irmão tem o mesmo problema?

— Duvido que Michael se preocupe com qualquer outra pessoa. Ele só pensa em poder e controle.

— Não há nada de errado com o poder – disse Hollis. – Nosso único problema é que não temos poder para destruir a Tábula.

— Não podemos simplesmente destruir nosso inimigo. Temos de oferecer uma alternativa. Linden contou que você anda se arrastando pelos telhados com um rifle de atirador de elite.

— Foi a escolha que eu fiz.

— Estou apenas tentando entender os seus atos.

— Você não tem o direito de me julgar. Nesse último ano você tem sido protegido pelos Arlequins. Eles são capazes de matar qualquer um.

— Você leu *O caminho da espada*. Os Arlequins são controlados e disciplinados. Só agem em defesa própria e dos Peregrinos. Não buscam vingança.

— Eu não sou Arlequim, por isso não tenho de seguir as regras deles. A Tábula matou Vicki, e eu vou destruir todos eles.

— Ainda gosta dela?

— Claro que sim!

— E lembra que tipo de pessoa ela era?

— Lembro...

— Realmente acredita que ela ia querer que fizesse isso?

Gabriel olhou para ele, e Hollis sentiu todo o poder do Peregrino. Naquele momento sentiu-se como uma criança. Abrace-me. Console-me. Mas então ele lembrou da pedra dentro de si e cobriu o peito com os braços.

— Nada que você diga me fará mudar de ideia.

— Está bem. Não dê ouvidos ao que eu digo. Mas por que não pergunta para a Vicki? E se pudesse falar com ela uma última vez?

Hollis teve a sensação de que Gabriel tinha chegado para frente e dado uma bofetada nele. Isso é possível? Um Peregrino era capaz de fazer isso? Claro que não. Furioso, Hollis socou a mesa.

— Não quero ouvir nenhuma dessas besteiras espirituais. Vicki está morta. Eu a enterrei na ilha. Ela não vai voltar.

— Eu não disse que ela vai voltar. Quando uma pessoa morre, a Luz deixa seu corpo para sempre. Mas em certas circunstâncias...

um suicídio, uma morte violenta... a Luz permanece por um tempo neste mundo. Um pequeno grupo de pessoas tem a habilidade de canalizar essa energia. No passado eram chamadas de xamãs ou de médiuns.

– Eu sei do que você está falando. Fantasmas e duendes. Ciganos e bolas de cristal. Isso é tudo falso.

– A maior parte das vezes, você tem razão. Mas algumas pessoas realmente conseguem se comunicar com os mortos.

– Você consegue?

Gabriel balançou a cabeça.

– Não. Eu não tenho esse dom. Mas Simon Lumbroso me falou de outra possibilidade. Quando Sparrow era o último Arlequim que restava no Japão, o pai de Maya foi a Tóquio para encontrá-lo. Sparrow levou Thorn para ver uma médium tradicional que vivia na costa norte da ilha principal. Thorn disse que a mulher era muito poderosa... era autêntica.

– Devia ser alguma espécie de truque.

– Você não tem mais um lar, Hollis. Não pode voltar para Los Angeles. Se tem de sair de Londres, por que não vai para Tóquio?

– Você está me manipulando...

– Estou oferecendo a você um tipo diferente de viagem. Qualquer um de nós pode dedicar a vida ao ódio. Acontece todo dia. Esta é a sua oportunidade de considerar uma alternativa. Vá para o Japão. Procure essa mulher espiritualizada. Talvez não a encontre. Talvez volte e me diga que temos de ser como nossos inimigos para derrotá-los. Se disser isso, se *acreditar* nisso, ouvirei o que tem a dizer.

Passos na escada. Hollis olhou para trás e viu Linden voltando com uma xícara de café na mão enorme.

– Vou pensar nisso – disse Hollis. – Mas ainda não acredito que se pode falar com os mortos.

# 5

Maya subiu ao quarto andar do prédio abandonado e passou lentamente pelo corredor central, procurando novas pegadas na poeira. Quando teve certeza de que ninguém tinha entrado no prédio desde a última vez que ela esteve lá, espalhou cacos de vidro no chão do corredor e foi para as salas que um dia tinham sido ocupadas por uma seguradora. Pôs a mão no cabo da espada e se preparou para atacar.

Fez o mínimo de barulho possível e chegou à recepção. *Pare. Ouça.* Não havia ninguém ali. Maya empurrou uma mesa para a porta de entrada e abriu uma grade de ventilação no corredor para poder ouvir qualquer um que se aproximasse. Não havia eletricidade na ilha e a única luz da sala vinha de um escapamento de gás em chamas lá fora, na rua. O fogo oscilava de um lado para outro, emitindo uma luz laranja-escuro. Formava sombras na mobília antiquada de escritório e na parede com arquivos enferrujados. Em uma de suas primeiras visitas àquele lugar, Maya tinha vasculhado os arquivos e encontrado pastas com manchas de água cheias de contratos de seguro e recibos de pagamentos.

Maya entrou em uma das salas, viu uma cadeira de executivo e espanou a poeira. Alguma coisa se mexeu na sala ao lado e ela desembainhou a espada. Os habitantes da ilha podiam ser divididos em duas categorias: as "baratas" eram homens fracos e medrosos que tentavam sobreviver escondidos nas ruínas; os "lobos" eram muito mais agressivos, vagavam em grupos pela cidade, à procura de presas.

Ela ouviu o barulho de novo. Espiou pela nesga da porta e viu um rato correr e desaparecer dentro da parede. Havia ratos por toda a ilha, e também animais cinzentos que pareciam doninhas, e que viviam no mato dos parques abandonados. Nenhum perigo, pensou Maya. Posso descansar aqui. Ela guardou a espada na bainha e empurrou a cadeira estofada para a sala da recepção. Verificou pela última vez a porta, sentou e procurou relaxar. No chão, perto do seu pé, havia um porrete com ponta de aço e uma bolsa a tiracolo que continha uma garrafa de água. Nada para comer.

Aquele mundo escuro tinha muitos nomes: Primeiro Mundo, Hades, Sheol ou Inferno. Foi descrito em muitos mitos e lendas, mas uma regra era sempre a mesma: um visitante igual a ela não podia comer nada enquanto estivesse ali. Nem uma refeição caprichada, oferecida em bandejas de ouro. Os Peregrinos deixavam seus corpos reais no Quarto Mundo e podiam escapar daquele perigo, mas se uma pessoa comum engolisse uma casquinha de pão era capaz de ficar presa lá por toda a eternidade. Maya se sentia como uma das chamas que ardiam nos entulhos, um ponto luminoso que se consumia lentamente. A maior parte dos espelhos da ilha tinha sido destruída, mas ela vira sua imagem num caco de vidro de janela perto do museu abandonado da cidade. O cabelo estava sem brilho e os olhos mortos.

Sua aparência não a incomodava tanto quanto a deterioração da sua memória. Às vezes era como se períodos inteiros de sua vida estivessem evaporando. Ela guardava as lembranças vívidas que ainda existiam. Muito tempo atrás Maya passou um dia de inverno na New Forest observando uma manada de cavalos selvagens galopar no pasto coberto de neve. Dentro da sua cabeça ela via pernas fortes, crinas despenteadas, cascos chutando a neve para cima e vapor branco da respiração pairando no ar.

Conseguia lembrar de momentos dispersos com o pai e a mãe, com Linden, Madre Blessing e os outros Arlequins, mas a única

## A CIDADE DOURADA

voz que ouvia era a de Gabriel, o único rosto que ainda via era o dele. Até ali o amor havia protegido essas lembranças, mas era cada vez mais difícil trazê-las de volta. Será que Gabriel estava se apagando como uma fotografia exposta ao sol, as cores menos vívidas, as formas menos distintas? Se o perdesse pela segunda vez, então ela se tornaria igual aos outros na ilha, mortos por dentro, mas ainda vivos.

MAYA OUVIU alguma coisa arranhando no corredor e abriu os olhos. Teve poucos segundos para sacar sua espada antes de a porta abrir alguns centímetros e bater na mesa. Ela pegou a bolsa a tiracolo, pendurou a alça no ombro esquerdo e ficou prestando atenção. O intruso bateu na porta.

– Você está aí? – perguntou uma voz suave. – É o Pickering. O sr. Pickering. Sou amigo do Gabriel.

– Não existe nenhum amigo nesta ilha.

– Mas é verdade – disse Pickering. – Juro que é verdade. Eu ajudei Gabriel a primeira vez que ele veio para cá e então os lobos nos capturaram. Abra a porta. Por favor. Eu estava à sua procura.

Ela lembrou vagamente de um homem maltrapilho. Ele tinha sido acorrentado a um cano na escola abandonada usada como sede dos lobos. Quando Maya vagava sozinha pela cidade, tinha encontrado alguns poucos humanos baratas que se escondiam dentro das paredes ou sob os assoalhos. Sempre pareciam amedrontados, assustados, e falavam rápido, como se o fluxo constante das palavras provasse que ainda estavam vivos. As baratas eram os intelectuais do Inferno... cheias de grandes planos e explicações demoradas.

Maya guardou a espada na bainha de couro, foi até a porta e afastou um pouco a mesa. Pickering devia ter ouvido as pernas da mesa rangendo no chão, porque ele girou a maçaneta imediatamente. Dessa vez a porta abriu o bastante para ele enfiar a cabeça dentro da sala.

– Sou o sr. Pickering, ao seu dispor. Tive um ateliê de costura antes de os problemas começarem. As melhores roupas de senhoras. – Ele respirou fundo. – E quem tenho a honra de conhecer?
– Maya.
– Maya... – Ele saboreou o nome. – Lindo nome.
Pickering tinha o dom de uma doninha de se espremer por qualquer abertura onde coubesse a sua cabeça. Antes de Maya poder reagir, ele passou pela fresta da porta e de repente estava dentro da sala. Ele era um homem trêmulo e esquálido, de barba e cabelo compridos. Um pedaço de seda verde enrolado no pescoço parecia um nó de forca, mas Maya se deu conta de que era um objeto ainda mais esdrúxulo... uma gravata.
– E então, como foi que me encontrou?
– Conheço todos os esconderijos nesta ilha. Vim aqui uma vez e vi uma pegada na escada.
– Contou para alguém?
– Fiquei tentado. Qualquer um ficaria tentado. – Pickering exibiu seus dentes amarelos. – O novo comissário das patrulhas ofereceu cem unidades de comida para quem matar você.
– Se ele realmente me quer morta, devia dobrar a recompensa.
– A maioria dos lobos tem medo de você. Alguns dizem que você é um fantasma ou um demônio. Que não podem matá-la porque já está morta.
Maya recostou na cadeira.
– Talvez isso seja verdade.
– Você está viva. Tenho certeza disso. Gabriel não era um fantasma e você veio para cá para salvá-lo. Mas ficou presa aqui como todos nós.
– E foi por isso que você veio atrás de mim? Para me dizer que estou presa?
– Estou aqui para salvá-la. E para me salvar também, é claro. Mas primeiro temos de ir à biblioteca. Vasculhei o prédio inteiro e finalmente encontrei a sala dos mapas. A porta dessa sala ainda está trancada. Acho que não foi saqueada.

– O povo daqui não liga para mapas. Eles querem comida... e armas.

– Sim, isso é verdade. Eles só querem isso. Mas acredito que tem um mapa da ilha na biblioteca. Sempre houve boatos sobre um túnel embaixo do rio. Um mapa talvez nos mostre como encontrar a entrada desse túnel.

Maya tamborilava os dedos no cabo da espada com nervosismo. A sua passagem de volta para o Quarto Mundo ficava bem no meio do rio. Em duas ocasiões ela foi nadando para tentar encontrá-la, mas a correnteza era muito forte e ela mal teve forças para voltar para a margem. Não fazia ideia do que existia na terra das sombras do outro lado do rio, mas não podia continuar naquela ilha. Com o passar do tempo, seu corpo ia ficando mais fraco. E ia acabar sendo caçada pelos lobos.

– Então por que você não pegou esse mapa e escapou daqui? – ela perguntou.

– Preciso da sua ajuda. – Pickering abaixou a cabeça e olhou para as calças em farrapos e os sapatos, cada pé de um tipo. – Não é fácil entrar naquela sala.

Uma parte da história dele era verdade. Havia uma biblioteca na cidade. Maya tinha passado pelas ruínas algumas vezes, mas nunca entrou. Quando andava pela cidade ela sempre encontrava partes de realidade nos entulhos; e se listas de compras e boletins escolares tinham sobrevivido, então talvez houvesse mesmo um mapa mostrando a saída.

Essa súbita sensação de esperança foi tão poderosa, tão inesperada, que ela não conseguiu falar nem se mexer. Era como encontrar uma brasa viva numa lareira apagada, um pouco de calor e de luz capaz de crescer e de encher uma sala.

– Está bem, Pickering. Vamos até a biblioteca.

– Será um prazer levá-la até lá. E se encontrarmos o mapa certo...

– Sairemos juntos desta ilha.

– Esperava que você dissesse isso. – O homenzinho deu um sorriso de orelha a orelha. – Ninguém mais nesta ilha cumpre uma promessa, só você.

Maya empurrou a mesa contra a parede e saiu da sala atrás de Pickering. Desceram a escada em caracol e foram para a rua cheia de entulho e de carcaças carbonizadas de carros incendiados. A cabeça de Pickering balançava para frente e para trás. Ele era como um pequeno animal que acabava de sair da toca.
– E agora?
– Fique perto de mim e me siga.
Numa extremidade da ilha havia um bosque de árvores mortas e arbustos de espinhos, mas era dominado por uma cidade em ruínas. Maya tinha dado um nome para cada lugar. Havia o prédio da seguradora, o pátio da escola e o bairro dos cinemas. Ela tentava imaginar como teria sido a cidade antes de as lutas começarem. Será que um dia aquelas árvores tiveram folhas? O bonde realmente percorria a avenida central, e o condutor tocava seu pequeno sino de bronze?
Pickering tinha uma visão diferente do Inferno. Ele ignorou as poucas placas de sinalização que restavam, mas parecia saber onde ficava cada cano quebrado que soltava fogo e fumaça. A cidade dele era formada por diferentes intensidades de escuridão e de luz. Na maior parte do caminho ele permaneceu na escuridão, evitando as labaredas e também os túneis negros onde podia ter alguém escondido.
– Por aqui... Por aqui... – ele sibilava.
E Maya tinha de correr para acompanhá-lo.
Entraram numa loja de departamentos que tinha sido saqueada, com vitrines quebradas e uma pilha de manequins. Os bonecos sorriam como se gostassem da destruição. Quando Pickering chegou à entrada da loja, olhou para a biblioteca do outro lado da rua. A biblioteca tinha o mesmo estilo neoclássico dos outros edifícios públicos da cidade. Parecia um templo grego atingido por um bombardeio aéreo. Algumas colunas de mármore estavam reduzidas a entulhos e outras se encostavam inclinadas como árvores mortas numa floresta densa demais. De uma enorme estátua que tinha montado guarda na base da esca-

daria externa restava apenas um pé de sandália e a bainha de uma toga de pedra.
— Temos de atravessar a rua — explicou Pickering. — Eles podem nos ver.
— Continue andando. Eu cuido de qualquer problema que surgir.
Pickering inspirou rapidamente três vezes como alguém que estivesse prestes a afundar na água e então atravessou a rua em disparada. Maya foi atrás dele, caminhando devagar e decidida, para mostrar que não tinha medo.
Ela encontrou Pickering escondido atrás de uma das colunas e eles entraram juntos no saguão principal da biblioteca. Havia pedaços de reboco e concreto espalhados pelo chão e um candelabro de latão tinha sido arrancado do teto. Livros por toda parte cobriam o chão e a escada. Maya pegou um perto do seu pé e folheou. Estava escrito em uma língua que nunca viu antes e tinha desenhos delicados de plantas que pareciam samambaias e palmeiras.
— Nós vamos para o terceiro andar — disse Pickering.
Maya subiu a escada atrás dele. Procurou evitar os livros rasgados e manchados, mas às vezes pisava nas páginas soltas ou os chutava para fora do caminho. A escada era escura. Aquela falta de luz opressiva parecia acrescentar um peso aos ombros dela. Quando chegaram ao fim do primeiro lance da escada, Maya sentia o corpo todo pesado e lento.
No terceiro andar havia livros empilhados contra a parede, como se alguém tivesse tentado arrumar a coleção. Pickering a levou por um corredor, virou e passou por uma porta, e de repente parou.
— Chegamos — anunciou ele. — A sala de leitura...
Eles estavam numa extremidade do grande local público que dominava o último andar do prédio. A sala de leitura tinha um pé-direito de doze metros, e o piso era de mármore verde e branco, como um tabuleiro de xadrez. O lugar estava cheio de compridas mesas de madeira e cadeiras. As estantes ficavam em dois

níveis. Uma fileira delas no chão e mais uma segunda parte que começava na metade da parede. Alguns canos de gás da biblioteca não estavam arrebentados e algumas luminárias de mesa ainda funcionavam. As chamas crepitantes exalavam um cheiro de óleo.

Os ombros de Pickering estavam tensos e os lábios apertados um no outro. Maya ficou imaginando se o fato de ela não sentir medo o deixava nervoso. Ela seguiu seu guia entre as mesas enfileiradas até um ponto mais ou menos na metade da sala, onde o chão desaparecia de repente. Parecia que tinha havido uma explosão ali, depois um incêndio e grande parte da biblioteca tinha desabado.

O que sobrou foi um fragmento de três andares do prédio, um pilar feito de tijolo, pedra e concreto, cercado por seis metros de espaço vazio. No topo desse pilar havia um fragmento da sala de leitura, uma única mesa num pedaço de piso xadrez e uma porta com uma barra que parecia a entrada de uma cela de prisão.

– Lá. Está vendo? – Pickering apontou para a porta. – Aquela é a entrada para a sala dos mapas.

– E como chegamos lá? Podemos subir por dentro?

– Não. Eu tentei. Pensei que você saberia o que fazer.

Maya andou de um lado para outro, procurando um meio de atravessar o espaço entre o pilar e a sala de leitura. Uma corda seria inútil, a menos que conseguisse subir até o telhado. Eles podiam fazer uma escada com pedaços de madeira e pregos velhos, mas isso levaria tempo demais e a atividade deles seria notada pelas patrulhas. Ainda em silêncio, ela se afastou de Pickering e subiu pela escada até o nível mais alto das estantes. Agarrou o corrimão de metal e começou a puxar e empurrar, para trás e para frente. Livros caíram da passarela com um adejar de folhas brancas e foram parar no chão lá embaixo.

Pickering subiu correndo a escada e ficou ao lado dela.

– O que está fazendo?

– Segure o corrimão – ela disse. – Vamos ver se conseguimos arrancá-lo daí.

# A CIDADE DOURADA

Juntos eles puxaram e empurraram o corrimão até que uma parte se soltou da passarela. Maya pôs aquele pedaço na horizontal e empurrou para frente até a ponta ficar apoiada na torre como uma ponte estreita.

– Eu sabia que você ia pensar em alguma coisa – disse Pickering.

Maya arrumou a faixa que segurava a bainha da espada e pisou na ponte improvisada. Ela balançou, mas não caiu. Deu um primeiro passo, depois outro... procurando não olhar para baixo. O corrimão vergou um pouco quando ela chegou à metade dele, mas deu mais alguns passos e chegou ao outro lado.

Ela usou seu porrete como pé de cabra, arrancou a porta das dobradiças e entrou na sala dos mapas. Era um depósito sem janelas, mais ou menos do tamanho de um closet. As paredes eram cobertas de estantes com caixas pretas de papelão. Cada caixa amarrada com uma corda de seda e etiquetada com números desbotados.

Maya tirou uma caixa da estante e botou na mesa. Naquele momento escapar dali pareceu uma possibilidade, mas ela tentou controlar suas emoções. Desamarrou a corda lentamente, abriu a caixa e encontrou uma litografia pálida de uma criatura com forma humana, asas e luz saindo do seu corpo. Um anjo. Embaixo dessa litografia havia outro anjo, com manto de cores diferentes.

Furiosa, Maya rasgou mais duas caixas do depósito e foi empilhando uma em cima da outra. Encontrou imagens coloridas de anjos segurando espadas, com capacetes de ouro. Ilustrações arrancadas de livros. Aquarelas e xilogravuras. Mas o tema era sempre o mesmo, anjos na terra e no céu. Anjos flutuando, voando, sentados em tronos dourados. Anjos negros, anjos brancos, tinha até um com seis braços e a pele verde. Mas nenhum sinal de mapa em lugar algum.

Ela ouviu um barulho fora da sala. Saiu pela porta segurando uma das caixas de papelão e viu que sua ponte improvisada tinha sido chutada e jazia no entulho três andares abaixo.

Pickering estava parado na beirada da passarela, com um sorriso triunfante.

– Não saia daí – ele disse rindo. – Preciso encontrar uma das patrulhas.

– Eles vão te matar.

– Não vão não. Eles me conhecem. Sou capaz de encontrar qualquer pessoa perdida ou desaparecida... até um demônio como você.

– E os mapas, Pickering? Acabei de encontrar um que mostra uma passagem por baixo do rio.

– Mostre para mim. Quero ver.

– Claro. Não tem problema. – Maya acenou com a caixa. – É só me ajudar a sair desta plataforma.

Pickering pensou naquela ideia e então balançou a cabeça.

– Não pode haver nenhum mapa, porque não há como sair da ilha.

– Ajude-me que eu o defenderei dos lobos.

– Se eu ficasse com você, nós dois seríamos mortos. Você ainda tem esperança, Maya. Essa é a sua fraqueza. Foi por isso que consegui trazê-la para este lugar.

Quando ele deu meia-volta e foi embora apressado, Maya enfiou a mão na caixa e jogou um punhado de anjos brilhantes e coloridos para cima. As gravuras e ilustrações flutuaram e caíram na escuridão. *Esperança. Essa é a sua fraqueza.*

Que agora tinha acabado.

## 6

Michael acordou e tomou uma ducha numa suíte decorada com flores. Duas dúzias de rosas vermelhas chamaram a atenção dele para a cômoda do quarto. Um buquê de pilriteiro branco florescia de um vaso de cristal perto da pia do banheiro. Pequenos cartões tinham sido amarrados nessas oferendas, mensagens pessoais da sra. Brewster e de outros membros da Irmandade. BOA SORTE, dizia um. VOCÊ LEVA AS NOSSAS ESPERANÇAS NA SUA VIAGEM.

Michael não tinha ilusões a respeito da sinceridade daquelas afirmações. Ele continuava vivo porque a Irmandade acreditava que ele podia ajudá-los a aumentar seu poder. Quando a tela do monitor acoplado ao computador quântico exibiu as palavras *venham a nós*, ele soube que a diretoria executiva ia exigir que ele fizesse a travessia. Esse era o seu papel, partir para a escuridão e voltar com milagres tecnológicos.

Ele vestiu uma camiseta, uma calça de moletom, e foi para a sala de estar. Uma hora antes a equipe de segurança do centro de pesquisa tinha posto mais um elaborado arranjo de flores na mesa de centro, uma vila japonesa de cerâmica com orquídeas amarelo-palha enrodilhando um pagode.

Michael espiou pela janela e viu o prédio da Pesquisa Cibernética Neurológica, um caixote branco sem janelas que parecia um cubo de açúcar caído do céu. Agora que era um Peregrino, não precisava de drogas especiais, nem de fios enfiados no seu cérebro para fazer a travessia. Mas voltar para aquele prédio era um ato público, uma demonstração do seu poder exclusivo. Estava claro que ele não era mais um prisioneiro, mas o fato de ter se tornado um membro da Irmandade só tinha aumentado o número de inimigos. Se voltasse com algum tipo de nova tecnologia, sua posição seria muito mais forte.

Os seis mundos eram mundos paralelos, realidades alternativas. Ele já tinha atravessado para o Segundo Mundo dos espíritos famintos. O Primeiro Mundo era uma versão do Inferno, e Michael não tinha intenção nenhuma de visitar aquele lugar perigoso. Havia um Terceiro Mundo que era cheio de animais, mas não era o lugar para encontrar uma civilização avançada que usava um computador quântico. Michael tinha resolvido que os seres que enviaram a mensagem deviam estar no Sexto Mundo dos deuses, ou no Quinto Mundo dos semideuses. Ele tinha lido os diários dos antigos Peregrinos, mas nenhum deles era capaz de descrever esses dois mundos com muitos detalhes. Os semideuses deviam ser inteligentes, só que tinham ciúme de todos os outros. Os deuses viviam num lugar difícil de achar... numa cidade dourada.

A Irmandade achava que o controlava, mas Michael tinha objetivos próprios. Sim, ele precisava obter acesso à tecnologia avançada, mas também estava à procura de uma explicação para seus atos. Era perda de tempo estudar filosofia ou rezar em igrejas, se um ser superior podia lhe dar uma resposta direta.

Os deuses tinham poderes mágicos? Podiam voar entre as nuvens e lançar raios com as mãos? Talvez o mundo humano fosse um enorme formigueiro, e os deuses aparecessem para explodir os montes com fogos de artifício ou inundar os caminhos com água. E então, a intervalos de algumas centenas de anos, jogavam lascas de conhecimento na terra de modo que a humanidade se inspirasse para continuar trabalhando.

Alguém bateu de leve na porta. Quando ele foi abrir encontrou Nathan Boone e o dr. Dawson à sua espera no corredor. Boone estava firme como sempre, mas o cientista parecia aflito.

– Como está se sentindo, sr. Corrigan? Teve uma boa noite de sono?
– Acho que sim.
– A equipe está pronta – disse Boone. – Vamos lá.
Pegaram o elevador até o saguão e saíram. O vento soprava de nordeste e o topo dos pinheiros além do muro balançavam como se um exército de lenhadores os atacassem com motosserras. Quando chegaram ao prédio branco, Boone acenou com a mão. Uma porta de aço se abriu, e eles entraram numa grande sala que tinha uma galeria envidraçada seis metros acima do chão de cimento.

Dawson e Boone subiram a escada para a galeria, e enquanto isso Michael tirou os sapatos e deitou na mesa de exames bem no centro da sala. Um médico taiwanês chamado Lau se aproximou e começou a prender sensores nos braços e na cabeça de Michael. Michael sentiu o cheiro de limão da água-de-colônia de Lau e ouviu o barulho de um ar-condicionado. As sombras na parede mudaram quando o médico foi para o outro lado da mesa.

– Tudo pronto – disse em voz baixa o dr. Lau. – O microfone está ligado. Eles podem nos ouvir lá em cima na galeria.
– Certo. Eu estou pronto.

Passaram alguns minutos e nada aconteceu. Michael estava de olhos fechados, mas ele sabia que todos o observavam. Talvez alguma coisa estivesse errada. Se ele falhasse, Nathan Boone contaria para a sra. Brewster, e ela daria início a uma campanha velada contra ele. Michael lembrava do que tinha acontecido com o dr. Richardson alguns meses antes. O neurologista fugiu do centro de pesquisa, mas os homens de Boone o encontraram numa barca que fazia a travessia noturna para Newfoundland e o jogaram no mar.

Ele abriu os olhos e viu o dr. Lau parado ao lado da mesa.
– Está confortável, sr. Corrigan?
– Você já cumpriu sua função. Agora vá embora.

Uma mão de sombra surgiu da sua pele e foi reabsorvida. Michael esqueceu dos observadores na galeria e se concentrou no próprio corpo. Tomou conhecimento da energia dentro dele, a Luz que existia em todo ser vivo. Lentamente aquela energia foi ganhando intensidade, e a sensação era de que ele brilhava. Moveu o braço direito e alguma coisa saiu à força da pele. Lá estava, um braço composto de pequenos pontos de luz, como uma constelação minúscula de estrelas. Em poucos segundos o resto da Luz seguiu o braço e ele se libertou da jaula que o prendia, do peso da carne e dos ossos. Flutuou para cima e sumiu, quando a Luz foi puxada para a curva escura do infinito.

AS QUATRO BARREIRAS DE AR, terra, água e fogo estavam entre ele e os outros mundos. Michael passou por elas rapidamente, movendo-se para cada espaço negro que permitiria que ele continuasse. A barreira do fogo foi a última, e ele parou um pouco por lá, olhando para o altar em chamas antes de entrar na passagem do vitral. Alguma coisa poderosa guiava a sua luz para uma direção específica. Era como se todos os átomos do seu cérebro tivessem se dividido e voltado a se juntar.

Quando aquele instante passou, ele estava acordado e flutuando na água. Michael entrou em pânico, começou a agitar os braços e as pernas. Seus pés encostaram no fundo e ele ficou de pé, piscando e tremendo como uma vítima de naufrágio que acabaram de tirar do mar.

Não havia nenhuma ameaça imediata à sua vida, nenhum sinal de qualquer outra pessoa ou animal. Podia mexer os braços e as pernas. Podia pensar, ouvir e ver. O ar estava quente, e as nuvens lá no alto eram volumosas e cinzentas. Ele estava no meio do que parecia uma imensa plantação de arroz, dividida por uma malha de barragens estreitas. A intervalos de poucos metros emergia um pedaço de pau fino da água.

Ele examinou a área em volta e viu que o que crescia ali não tinha nada a ver com arroz. Havia folhas largas com talos grossos na superfície da água e boiando no meio dessas folhas umas flores que pareciam copos moldados em cera cor de laranja. Cada flor exalava um odor úmido de decomposição.

Antes de poder explorar o lugar, precisava marcar o portal de volta para o seu mundo. Sem tirar os olhos do ponto exato, pegou três pedaços de pau e enfiou na lama, formando um tripé meio tosco. Quando chafurdou na água para pegar mais um galho, sua perna esbarrou em um objeto redondo submerso, mais ou menos do tamanho de uma abóbora.

Michael enfiou a mão na água para investigar e alguma coisa encostou nele. Era um animal que se movia rápido, percebendo o intruso no mundo dele. A criatura resvalou entre as suas pernas, e então dentes afiados e pontudos como fileiras de agulhas furaram sua pele. Michael sacudiu a perna para cima e viu uma criatura preta e brilhante perto da superfície da água. Tinha corpo de cobra e cabeça de enguia.

Berrando e batendo com as mãos na água, Michael correu pela plantação submersa. A perna ferida queimava e ele imaginou se tinha sido envenenado. A alguns metros do brejo ele pisou em um lamaçal mais profundo e teve de fazer muita força para chegar à faixa de terra seca.

Levantou a perna da calça e examinou a ferida, que parecia uma letra V serrilhada, feita de pequenos pontos de sangue. Quando a sensação de ardência passou, ele se levantou e examinou aquele novo mundo. O tripé de pedaços de pau que marcava o portal estava a uns duzentos metros à sua frente, e a água verde-escura dos canteiros se estendia até o horizonte. Diretamente acima dele havia três sóis formando um triângulo e meio escondidos atrás de nuvens cinzentas. Na travessia, Michael se movia para a luz, os chamados mundos mais elevados. Mas não havia nenhuma cidade dourada no meio daquele brejo sujo.

– Alô! – gritou ele – Alô! – Sua voz soou fraca e chorosa.

Michael girou rápido nos calcanhares e viu algo que não tinha notado antes, uma fogueira onde havia mata cerrada e árvores. Sempre em terra seca, ele seguiu pela trilha que cercava o retângulo de água. Um vento fraco formava ondas que batiam na terra marrom-avermelhada. O único outro som que podia ouvir era a própria respiração e o barulho da água esguichando de suas meias encharcadas. Depois de um tempo virou à esquerda, passando para uma nova elevação de terra ao lado de arbustos desgrenhados que o fizeram lembrar de sálvia silvestre, árvores anãs com galhos retorcidos apontavam para o céu.

Ele ouviu vozes e resolveu engatinhar pelo meio da vegetação fechada. Quando chegou a uma moita de plantas com folhas que pareciam tiras de couro velho, moveu-se com mais cuidado. Viu onze homens e mulheres sentados em volta de uma fogueira. Era um grupo miserável, maltrapilho, como os sobreviventes de alguma enchente ou de um furacão. Tanto os homens quanto as mulheres usavam chapéus de abas largas feitos de palha e botas de cano longo, com a boca dobrada na altura dos joelhos. As mulheres usavam saias pretas e blusas, com calças verdes ou vermelhas por baixo, e a roupa dos homens tinha desenhos geométricos coloridos, em geral quadrados e triângulos. Cada um deles também usava o mesmo adereço no pescoço, um colar vermelho de seis centímetros de largura, com fecho prateado. Além disso, a única coisa que tinham eram facas compridas e curvas, presas ao cinto.

O grupo discutia alguma coisa. Quando as vozes se elevaram um homem mais velho ficou de pé. Tinha pernas tortas, cabelo oleoso e uma barriga que caía sobre a fivela do cinto.

– Ele é um ladrão! – anunciou o velho. – Um ladrão grileiro que não se importa com as botas que trabalham ao lado dele. O problema é que ele é o ladrão e somos nós que pagamos.

Uma jovem parou de pôr galhos na fogueira.

– Os rastejadores de água estão vindo para cá. E agora temos uma dúzia menos um.

Michael entendeu quase tudo que diziam, mas o ritmo da fala, a inflexão das palavras pareciam vir de tempos antigos. Engatinhou alguns metros para a direita, procurando não fazer barulho, e viu um homem morto pendurado numa corda amarrada a uma árvore.

Pensou em rastejar de volta pelo meio do mato até o caminho pelo brejo, mas descartou a ideia. *Venham a nós* foi a mensagem que apareceu na tela do monitor. Sim, aquelas pessoas tinham facas, mas as bainhas estavam manchadas e cobertas de terra. Eram ferramentas, pensou Michael. Não eram armas. Ele se levantou, abriu caminho pelo mato rasteiro e entrou na clareira. Todos do grupo se assustaram e o velho começou a piscar bem rápido, como a criatura de uma caverna que é exposta à claridade.

– Qual é o nome deste lugar? – perguntou Michael.
– É... campos aquáticos – gaguejou o velho. – Esse é o nome antigo. Claro que eles podem ter criado um novo.
– E o que vocês fazem aqui?
– Somos servos fiéis, senhor. Todos nós. – O velho pôs a mão no colar. – Estamos aqui para colher a centelha.

Michael apontou para o homem enforcado.

– E quem é ele?
– É um ladrão. – Essa definição provocou resmungos e comentários do resto do grupo. – Sim... um ladrão... pior do que um desrespeitoso...
– O que ele roubou?

O velho ficou espantado com a pergunta.

– Ele se matou e roubou a própria vida, senhor. Os deuses são os donos dela, e só os deuses podem tirá-la de nós.

Michael olhou para o suicida e viu que o galho era baixo demais para uma morte rápida, com o pescoço quebrado. Os olhos do homem estavam abertos e as pontas das botas tocavam o chão, como se ele fosse um dançarino de balé desajeitado.

Um homem de rosto largo se levantou e falou com raiva.

– Chega de conversa fiada. Estamos todos na mesma panela e você a está pondo no fogo.
– Ele não é um servo – disse o velho, apontando para Michael com a cabeça. – E também não é um militante, senão estaríamos em chamas no chão. Não sei o que ele é, nem o que quer, então que mal há em conversar com ele?
– Ele é um guardião – disse a jovem mulher. – Igual aos outros no visionário.
– Isso mesmo – Michael apressou-se em dizer. – Sou um guardião. E estou aqui para ver os campos aquáticos.

– Bem, agora já viu – disse uma voz. – Então volte correndo para o centro.

– Espere! Espere! Deixe-me calcular agora – disse o velho. – Dê-me uma breve medida.

Todos observaram enquanto ele andava de um lado para outro na estreita clareira. Sempre que o velho parava e mudava de direção, chutava um torrão de terra. Depois de mais ou menos um minuto desse ritual, deu uma meia-volta rápida e se aproximou de Michael. Os poucos dentes que lhe restavam eram tortos e manchados, mas o homem deu um largo sorriso.

– Para os seus ouvidos, senhor... sou Verga sire-Toshan. E qual é o seu distintivo?

– Michael.

O nome soou estranho para Verga, mas ele deu de ombros e continuou.

– Bem, você disse que é guardião e que veio aqui ver os campos aquáticos. Mas nós todos ouvimos histórias de desrespeitosos que fogem da cidade com os militantes no seu encalço. Você é como um peixe fora d'água, se debatendo enquanto os pássaros noturnos vão chegando. Mas podemos salvá-lo se nos ajudar com o nosso erro.

– De que tipo de ajuda está falando?

– Devem ser três – cantarolou Verga, como se recitasse uma passagem da escritura. – Se estivermos com um a menos do que três, os militantes da igreja aparecerão. Junte-se a nós. Seja um servo fiel. Ajude-nos a cortar a centelha.

Um murmúrio de aprovação soou entre os outros. Michael se deu conta de que se juntando a eles o número de trabalhadores voltaria a ser múltiplo de três. Ele não tinha ideia de como eram os militantes, mas seria melhor ficar na dele até saber mais sobre aquele mundo.

– Devem ser três – disse Michael e todos sorriram.

Verga se ajoelhou diante do homem morto e começou a tirar as botas dele. Dois homens se afastaram do grupo ao redor do fogo e tiraram o chapéu, as roupas, o cinto e a faca do suicida. Esses bens foram postos aos pés de Michael e a jovem mulher sorriu com timidez. As botas e as roupas do morto tinham cheiro de mofo, mas serviram. Quando Michael acabou de se vestir já tinham tirado o homem da forca e Verga usou sua faca para abrir o fecho de prata e tirar o colar vermelho do morto. Enquanto os outros rolavam o suicida para uma vala rasa, Verga pôs o colar no pescoço de Michael e apertou o fecho de novo. O colar era macio, mas bastante pesado, parecia uma tira grossa de plástico. Michael ficou imaginando se seria algum aparelho de rastreamento eletrônico ou apenas a marca da servidão.

Todos trabalharam rápido para cobrir o morto com galhos e arbustos. Quando terminaram, Michael os seguiu pelo mato até os campos aquáticos. Três das máquinas que eles chamavam de rastejadores de água estavam a oitocentos metros de distância e seguiam na direção da elevação. A maior dessas máquinas parecia uma mistura maluca de um trator de fazenda com uma locomotiva antiga. Tinha um par de rodas grandes na traseira e uma única roda menor na frente, o corpo era comprido e cilíndrico, com uma caixa preta que parecia a casa do leme de uma chata de rio em cima. Uma nuvem de fumaça preta saía de uma chaminé vermelha e se espalhava pela água. As duas máquinas menores que eram como caminhões de lixo de três rodas estavam uma de cada lado do rastejador principal, submissas assistentes do dragão que ruge.

Michael tocou no cabo da faca do homem morto. Esperava um mundo com alta tecnologia, parecido com alguma versão cinematográfica do futuro. Onde estavam os robôs que falam e os enormes arranha-céus que brilhavam como torres de cristal? Onde estavam os veículos espaciais que desciam flutuando do céu e deslizavam para um enorme porto de carga?

Michael percebeu que o rastejador ia destruir os paus que ele pusera na água para marcar o portal. Se o perdesse, ficaria preso para sempre naquele mundo primitivo. Procurou não parecer nervoso e foi falar com Verga.

– Onde vamos colher hoje?
– Apenas siga o bico das suas botas. – O velho apontou para a área diretamente na frente deles.
Michael apontou para o lado do portal.
– Vamos lá também?
– Três sóis passaram. Três sóis ainda vêm – disse Verga como se isso respondesse à pergunta.
– Nós guardiões não falamos desse jeito – Michael disse para ele. – Vamos colher aqui até a noite e depois...
– Três sóis passaram – repetiu Verga.
Enquanto os dois conversavam, os outros segadores prendiam a parte de cima de suas botas aos cintos. Suas pernas ficaram protegidas de qualquer coisa que nadasse na água. Quando os rastejadores de água estavam a cerca de trinta metros deles, começaram a fazer curvas lentamente na água. Um servo controlava cada máquina e meninos jogavam montes de combustível nas fornalhas e regulavam as válvulas.

Verga deu um tapa no ombro de Michael como se ele tivesse acabado de entrar para um time de futebol.
– A partir de agora, você é Tolmo. Era esse o distintivo do ladrão.
– E se alguém perguntar por ele?
– Eles não ligam para os nossos rostos. Isso é patente como as botas que calço. Só os deuses cuidam das nossas vidas.

Os segadores empunharam as facas e davam a impressão de que iam subir e matar todos a bordo. A máquina gemeu, resfolegou e cuspiu pequenos jatos de vapor. De repente Verga enfiou a mão na água e tirou uma planta verde do tamanho de uma abóbora, agarrada às suas gavinhas cheias de folhas.
– Isso aqui é uma centelha. Não sei como vocês, guardiões, a chamam. Agora, você tem de pegar sua faca e cortar em volta da raiz na base. Apare as gavinhas laterais e jogue sua colheita na cevadeira.

Ele pegou uma planta menor.

A CIDADE DOURADA

– Esta aqui ainda está crescendo. E esta...
Verga agarrou a mão de Michael e empurrou para baixo d'água, para ele poder apalpar um objeto grande e liso.
– Essa é a planta mãe. Nós a deixamos aí para gerar a próxima medida.
– Entendo.
– Devagar e firme conquistamos o dia. Não corte sua perna com a faca.
– Há criaturas na água. Eu fui mordido.
Alguns deram risada e Verga puxou a aba do chapéu de Michael para baixo.
– Se um peixe começar a te comer, me avise. Ele acabará na panela.
Agora que o rastejador maior tinha parado, Michael pôde ver o equipamento adaptado na traseira da máquina. Uma armação de metal sustentava uma longa esteira que ficava poucos centímetros acima da água. A correia horizontal levava a centelha colhida até um tubo vertical de arame, com um moedor rodando dentro. Quando a centelha enchia o tubo até em cima, podia ser direcionada para as caçambas carregadas pelas duas máquinas auxiliares.
– Que os deuses nos recompensem – rezou Verga.
Os segadores empunharam suas facas. Tubos de aço que saíam da correia da esteira delimitavam doze áreas de trabalho separadas. Se Michael não tivesse ficado no lugar do morto, ficaria imediatamente claro que faltava alguém. O barulho forte das máquinas e o espaço tremulante dos campos aquáticos eram quase sufocantes. Por um segundo Michael quis dar meia-volta e sair chafurdando de volta para a terra seca.
Um apito a vapor soou com um berro agudo e o rastejador de água começou a avançar. Assustado com essa perturbação, um dos peixes emergiu na água. Uma senhora mais velha agarrou-o pelo rabo e jogou na esteira, onde um homem cortou-lhe a cabeça e outro jogou o corpo na parte de trás da estrutura.

O rastejador tremia todo como se fosse se desmanchar. Michael ficou olhando para a cabeça da enguia com seus dentes de agulha quando passou boiando por ele.

– Tolmo! – berrou Verga. – Qual é a sua tarefa agora? Onde está sua faca?

Michael pegou a faca e alcançou os outros. Os homens e as mulheres trabalhavam muito rápido. Avaliavam o tamanho da centelha invisível com os pés e as pernas, depois enfiavam o braço na água, seguravam o caule e puxavam a planta até a superfície. Com um ou dois golpes de faca soltavam a centelha. Então tinham de alcançar o rastejador e jogar a colheita na esteira.

Michael sentia a centelha embaixo d'água, mas era difícil soltá-la cortando com a faca. Os caules eram grossos e emaranhados. Tudo era um emaranhado de folhas, lama e a confusão que ele enfrentava. *Abaixe-se. Segure. Corte. Não, esse não pode. Pequeno demais. Jogue fora.* Finalmente ele cortou uma planta do tamanho certo e viu que agora o rastejador estava a nove metros de distância. Teve de correr na água lamacenta, espadanando e xingando até poder jogar a centelha na esteira.

Verga sorriu.

– Bom. Essa é uma oferenda para os deuses.

– Quanto tempo temos de ficar aqui fazendo isso?

– Até o descanso do meio-dia.

– E quando é isso?

– O rastejador para e volta quando chega a um marco de fronteira. Você terá tempo para encher os pulmões...

O rastejador tocou o apito e Michael teve de correr de novo para alcançar a máquina. Lá no seu mundo, Gabriel e ele tinham trabalhado num cevador de gado, e em um verão muito quente tiveram de vedar telhados com piche. Mas aquilo não parecia um trabalho. Era uma batalha lamacenta com o mundo vivo, agarrar a centelha, cortar o caule e jogá-la como se fosse a cabeça do inimigo morto.

# 7

O triângulo enevoado de sóis subiu mais no céu e uma das máquinas menores partiu com sua carga de centelha. Ainda rangendo e soltando fumaça, o rastejador principal parou ao lado de uma elevação e os colhedores foram para terra seca. Perto desse lugar de descanso alguém tinha armado um enorme cone de cobre forjado cheio de água limpa. Havia copos presos ao cone com pequenas correntes. Enquanto os segadores se revezavam com os copos, uma jovem abriu um saco e passou adiante pequenos cubos do que parecia uma espécie de pão. Michael pegou um e mordeu um pedaço. A refeição do meio-dia tinha uma cor marrom-alaranjada e textura áspera; tinha gosto de avelãs tostadas.

Verga sentou perto da beira da elevação e devorou aquele pão junto com mais dois que tinha posto no colo.

– Hoje é a centelha-gunder. Pensei que iam servir a centelha-rasten, mas esta é melhor.

– Vocês só comem isso?

– Esqueci que vocês, guardiões, comem mais do mundo. Nós, servos, comemos peixes, shantu e rake, mas é mais a centelha, preparada de formas diferentes.

– Vocês nunca quiseram comer como os guardiões?

– Estou aqui e é aqui que devo estar – disse Verga como se essa única frase servisse para refutar qualquer argumento. – Nós, servos, somos as mãos, os braços e as pernas, firmes no solo. E os militantes estão aqui... – Ele pôs a mão sobre o coração. – E vocês, guardiões, estão aqui... – Ele pôs a mão na cabeça. – Tudo é justo quando cada um faz a sua parte.

Quando reiniciaram a colheita pouco tempo depois, Michael se sentiu mais forte e conseguiu acompanhar os outros. O que parecia uma operação fortuita revelou-se um sistema eficiente de produção. Não havia necessidade de plantar sementes nem de capinar o mato, desde que deixassem em paz as plantas mãe. Canos de drenagem ligavam os campos entre eles e uma correnteza fraca evitava que a água se estagnasse. Até o rastejador barulhento seguia um padrão estabelecido. O servo que operava a máquina a conduzia em linha reta mirando nos paus enfiados na lama.

Quase no final do dia os trabalhadores largaram suas facas, enrolaram as botas até abaixo do joelho e seguiram Verga pelas elevações quadriculadas em direção à terra seca que cercava os campos aquáticos. Depois de vinte minutos de caminhada chegaram a um ponto em que havia três linhas de trilhos de trem sobre uma camada de cascalho. Os trabalhadores cansados se deitaram numa faixa de mato ao lado dos trilhos até uma composição a vapor com vagões abertos de carga chegar. A locomotiva era simples como um bule de chá sobre um vagão de três rodas: um cilindro de vapor e um único pistão transmitiam a energia para o virabrequim que impulsionava o trem.

Seus novos amigos acenaram e chamaram.

– Depressa, Tolmo! Estamos partindo!

Michael pulou em um dos vagões e o trem saiu chacoalhando sobre os trilhos. Seguiram pela borda dos campos aquáticos, parando a cada dez minutos para pegar outro grupo de colhedores. O trem se movia como um corredor de fim de semana, mas havia um clima animado e vivaz no grupo. Todos se conheciam e as pessoas faziam piadas e provocações sobre a quantidade de centelha que cada grupo tinha colhido aquele dia.

Michael sentou numa ponta do vagão, com o chapéu cobrindo o rosto. Lembrou de novo aquele verão em que Gabriel e ele trabalharam na cevadora de gado. Eles quase nunca tinham dinheiro para a gasolina, então, no final do dia de trabalho, um

## A CIDADE DOURADA

senhor chamado Leon lhes dava uma carona para casa na traseira da picape dele. E era exatamente como o que estava vivendo agora, eles seguiam por uma estrada no meio dos campos. Esqueça tudo isso, Michael pensou. Concentre-se na situação atual. Prestou atenção nas conversas em volta e entendeu o sistema de nomes de duas sílabas usado pelos servos. Verga também era chamado de Verga sire-Toshan, que significava que ele era pai do homem chamado Toshan, sentado a poucos metros dali. As mães acrescentavam o nome das filhas mais velhas, por isso a mulher sentada ao lado dele se chamava Molva san-Pali.

Formas grandes e brancas pareciam emergir da terra ao longe. Quando o trem se aproximou, Michael viu que estavam chegando a um conjunto de construções triangulares, com telhados altos. A locomotiva a vapor soprou seu apito bem alto, o maquinista puxou a alavanca do breque e o trem inteiro parou com o ruído típico das rodas raspando nos trilhos. Todos desceram do trem e Michael seguiu Verga por cima dos trilhos. Havia uma fila de vagões ao lado de uma linha secundária. Alguns deles tinham engradados de arame cheios de centelha recém-colhida. Outros vagões tinham pilhas de tijolos e uma equipe de trabalhadores os descarregavam em carrinhos de mão.

Foram por um caminho até um pátio central cercado pelas construções triangulares. O pátio era dominado por estruturas de tijolos brancos, grandes como os celeiros da Dakota do Sul. Perto de uma oficina mecânica uns homens consertavam um veículo que Verga chamou de "rastejador de terra seca". Parecia uma diligência do século XIX, com cabine de condutor e um motor a vapor na frente. Mas tinha também carroças de três rodas puxadas por pôneis peludos de focinho achatado e carrinhos de mão empurrados pelas crianças mais velhas. Uma cozinha a céu aberto ficava numa extremidade do pátio. As mulheres tiravam a polpa cor de laranja das centelhas e formavam os cubos que assavam num forno a lenha.

– Acompanhe as minhas botas – disse Verga.

Michael seguiu o velho pelo meio da multidão até um dos celeiros. Era um salão cavernoso em que a luz do sol entrava por janelas muito altas. A construção era usada como dormitório para todos os homens da comunidade. Havia um monte de palha no centro, pregadores para pendurar cobertores e roupas, e uma vala para as necessidades que era sempre lavada pela água que fluía da área de banho. Michael imitou o velho, lavou o rosto e as mãos sob uma bica de pedra.

– Alguns dizem que os guardiões nunca conseguiriam cortar a centelha nos campos aquáticos – disse Verga. – Mas você manejou sua faca melhor do que aquele ladrão.

– O que acontece agora? Nós vamos comer?

– Coma quanto quiser, Tolmo. Depois é a noite para os visionários...

Michael fez que sim com a cabeça como se soubesse do que o velho estava falando. Voltaram para o pátio e seguiram a multidão até uma área cercada de treliça, onde serviam um cozido; não havia garfos ou colheres, por isso pegavam pedaços de centelha-gunder e usavam para comer.

Verga levou Michael para uma mesa comprida onde a equipe de trabalho deles jantava. Quando se aproximaram dos outros, Michael se espantou com o que viu. A uns cem metros da área do refeitório havia uma tela grande, do tamanho de um quadro de avisos, com uma superfície dourada e tremeluzente. Essa tela ficava a uns dois metros do chão e tinham arrumado bancos em semicírculo diante dela.

Os servos fiéis comiam rindo e tagarelando, mas Michael ficou quieto e examinou uma linha de círculos pretos e brancos na superfície da tela. A intervalos de poucos segundos os círculos mudavam de posição, como um estranho relógio marcando o tempo.

Ele levou algum tempo para entender que os círculos representavam um sistema binário, o mesmo sistema usado pelos computadores no Quarto Mundo. Cada dígito numa série de números era ligado ou desligado, um ou zero. Quando o número onze (•○•○) se transformou no número dez (•○••), as pessoas jogaram seus potes vazios numa lata e foram caminhando lentamente para a área de exibição. Os pais chamaram os filhos e por alguns minutos Michael chegou a ter a impressão de que estava de volta num cinema de cidade pequena, aonde as pessoas chegavam meia hora antes do início da sessão para guardar lugares para os amigos.

Os três sóis estavam à largura de uma mão do horizonte. As cozinheiras terminaram suas tarefas e foram sentar no pequeno anfiteatro. Michael tinha o cuidado de não fazer perguntas demais, mas queria saber o que estava acontecendo.

– Quanto tempo temos de esperar? – perguntou para Verga.
– Pouco. Quando o céu ficar escuro. – O velho inclinou a cabeça para a tela. – Fique olhando para o visionário.

Com a chegada da noite ouviram um canto coral nos alto-falantes escondidos, depois a imagem de uma esfera de cristal apareceu na tela. Estrelas flutuavam na superfície da esfera, mudando de posição enquanto ela rodava no espaço. A câmera passou através da superfície transparente para outra esfera que tinha o trio de sóis, e depois para uma terceira esfera que continha cometas e asteroides. No centro de tudo isso havia um disco redondo, colorido de azul e verde. Como um anjo vingador, a câmera desceu do céu e Michael viu que estavam entrando em um mundo com campos gramados, florestas e campos aquáticos. Havia uma cidade no centro desse mundo e agora a câmera deslizava sobre prédios de tijolos e ruas cheias de rastejadores a vapor.

Um grupo de nove torres dominava a única colina na cidade. Eram altas e brilhantes, compostas de vidro transparente ou plástico, que escondia o que havia dentro, mas permitia que a luz brilhasse de dentro para fora. No pé dessa colina onde ficavam as torres havia uma construção triangular branca, com o telhado aberto. Quando a música chegou a um clímax, a câmera flutuou e desceu para um homem em um palco.

O guardião era um homem magro e louro, de trinta e poucos anos, com rosto muito pálido. Usava um manto verde-escuro que parecia uma batina de padre, mas exibia o comportamento simpático de um apresentador de um programa de jogos.

— Sejam todos bem-vindos! — ele gritou. — Esta pode ser a noite em que os deuses sorrirão para vocês!

A música explodiu dos alto-falantes e fachos de luz iluminaram o palco. O ângulo da câmera mudou, e Michael viu que o guardião estava de frente para uma plateia imensa, em um anfiteatro. Havia homens e mulheres sentados em seções diferentes e rápidos closes revelaram que todos eram jovens e muito entusiasmados. Grande parte da plateia era de servos fiéis, mas um segmento menor da multidão usava túnicas prateadas e calças pretas. Michael achou que essas pessoas deviam ser os militantes da igreja que agiam como polícia e também como exército.

— Este é o momento em que duas metades se unem para formar um só. — O guardião afastou as mãos e depois juntou as duas lentamente. — Este é o momento em que os deuses criam uma nova unidade, uma nova criação.

De novo as luzes mudaram e raios laser se moveram pelo anfiteatro como se procurassem alguém. No palco uma série de luzes num painel começaram a piscar rapidamente.

— E os deuses procuraram, e os deuses escolheram...

A linha de luzes parou... exibindo um número binário. Fez-se um breve momento de silêncio e então uma mulher na plateia gritou e se levantou de um pulo, abanando um pedaço de papel que mostrava o número dela. As amigas dessa mulher a abraçaram e deram os parabéns. Ela se apressou para chegar à ala central e subiu a escada para o palco.

A jovem tinha prendido flores de seda no seu colar vermelho e o transformado em um adorno. Parecia deslumbrada com as luzes brilhantes e com o fato de que agora estava participando daquele acontecimento. Então uma das amigas gritou da plateia, ela deu uma risadinha nervosa e acenou.

— E qual é o seu nome? — perguntou o guardião.

— Zami.

— Bem-vinda, Zami! Você achava que isso ia acontecer com você esta noite?

— Eu... eu rezei para os deuses...

– E agora vamos ver como foi que eles responderam! As luzes binárias começaram a piscar rapidamente e Zami juntou as mãos em posição de oração. Quando as luzes pararam e um número apareceu, gritos e risos foram ouvidos na seção dos homens no auditório. Um servo de ombros largos se destacou da multidão e correu para o palco. Assim que chegou perto de Zami toda a energia agressiva dele desapareceu. Ele olhou para os pés e deu um sorriso nervoso.

– Nós... nós nos conhecemos – disse Zami.
– Maravilhoso! – Isso às vezes acontece. – O guardião apertou a mão do jovem. – E com quem tenho a honra de falar?
– Malveto.
– Está parecendo um noivo feliz.
– Sim, senhor. Sim, estou.

Noite adentro mais noivas foram apresentadas aos seus noivos. Alguns casais não se conheciam, e outros se conheciam desde a infância. A certos intervalos o guardião dava presentes de casamento. Eram ferramentas, roupas e móveis simples. Ninguém parecia surpreso de ver que raios laser e telas de vídeo existissem no mesmo mundo ocupado por rastejadores de água e carroças puxadas por cavalos.

Finalmente doze novos casais desceram do palco. As luzes diminuíram e a música ficou lenta e solene. Os colhedores sentados em volta de Michael pararam de conversar uns com os outros. Pareciam tensos e aflitos. Verga inclinou o corpo na direção da tela.

– Cada um de nós é um pedaço de fio entremeado bem apertado num pedaço de tecido. Os servos fiéis são fortes. Os militantes são corajosos. Nós, os guardiões, somos reflexivos. Mas todos nós servimos aos deuses – disse o guardião. – Infelizmente há uns poucos hereges que tentam destruir a sagrada união que compartilhamos.

Os militantes que aguardavam numa área fora do palco empurraram três homens amarrados a pesadas cadeiras de madeira. Os prisioneiros tinha a cabeça raspada e curativos cobriam seus pescoços. Usavam mantos brancos de tecido fino que fizeram Michael lembrar das túnicas de hospital. O guardião se aproximou do prisioneiro mais velho.

– Este inimigo dos deuses já foi um servo fiel.

O prisioneiro tremia. A boca e a língua dele se moveram, mas só saiu um som de gargarejo. Agora o motivo de terem os curativos no pescoço ficava claro. Alguém tinha tirado as cordas vocais do homem.

– Mas foi um servo que cometeu um crime hediondo!

A tela visionária mostrou o prisioneiro perseguindo uma jovem mulher dentro de um armazém cheio de latas de estocagem. Quando a mulher se atrapalhou com a tranca de uma porta, o homem a agarrou por trás, jogou-a no chão e começou a estuprá-la. As câmeras de vigilância fotografaram a cena de diversos ângulos, mas ninguém pediu socorro.

O auditório reapareceu na tela e uma câmera deu um close do homem amarrado à segunda cadeira. Esse prisioneiro era mais jovem do que o estuprador. O rosto dele estava apático e seus olhos rolavam para cima, como se estivesse drogado.

– E agora temos um militante da igreja que se tornou traidor e assassino – disse o guardião. – Ele aprendeu a ser corajoso e fiel, mas violou seu juramento e matou um superior.

A tela passou para um filme de segurança do prisioneiro no que parecia ser um acampamento militar. Ele discutia com um homem mais velho quando, de repente, começou a espancá-lo com um cano. O ataque foi ficando mais violento, os colhedores se levantaram e gritaram para a tela. Quando o militante terminou, deu meia-volta e correu, passou entre duas fileiras de macas. Parecia que vinha na direção dos colhedores, que queria atacá-los.

– E agora um verdadeiro sacrilégio – disse o guardião, caminhando para perto do terceiro prisioneiro. – Este lixo é um colega guardião. Um homem que eu um dia chamei de *irmão*.

O visionário mostrou o terceiro prisioneiro usando um martelo para destruir um altar em uma das torres de cristal. Os colhedores que assistiam começaram a gritar.

– Matem-no! Matem todos eles! Homens e mulheres erguiam os punhos cerrados com expressão distorcida pela raiva. Michael ouviu bebês chorando, apavorados com a fúria de suas mães.

– Não há nenhuma dúvida a respeito desses crimes – disse o guardião louro. – Nenhuma dúvida quanto à punição.

Os militantes ajustaram as partes dobráveis das cadeiras de modo que se tornaram prateleiras de madeira, com os prisioneiros ainda amarrados à estrutura. Arrancaram os mantos dos prisioneiros e apareceu outro grupo de militantes, arrastando enormes ganchos presos a cabos de aço. Os cabos estavam presos a contrafixas dispostas acima do palco.

Um coro começou a cantar enquanto homens com martelos pregavam os ganchos na carne dos prisioneiros. Quando retesaram os cabos, o estuprador foi içado para fora do chão. Nu e sangrando de seus ferimentos, ele tremia e lutava para se libertar. Então içaram o assassino, logo depois o guardião que profanou o santuário. Cada um deles rodopiava em três pares de ganchos enfiados nas omoplatas, no torso e nas pernas.

Puxaram os cabos que prendiam o servo e esticaram ao máximo. Primeiro foram arrancadas as pernas dele, depois os dois braços. Os dois cabos de aço que restavam foram puxados com ainda mais força até que se viu uma explosão de sangue quando o torso se arrebentou em dois. Os pedaços de carne e osso ainda presos aos ganchos ficaram balançando de um lado para outro como pêndulos sanguinolentos, enquanto os outros dois prisioneiros eram executados da mesma maneira. Quando acabou, soltaram os cabos e tudo caiu no chão, no fundo do palco. Um holofote iluminou o guardião louro. Com ar solene ele juntou as mãos e murmurou a frase que Verga tinha dito mais cedo aquele dia.

– Tudo é justo quando cada um faz a sua parte.

Mudaram a música e depois de um tempo as doze noivas e os doze noivos voltaram ao palco. Todas as jovens estavam de vestidos vermelhos e os homens de uniforme preto. Um facho de luz cênica fez com que parecesse que flutuavam na escuridão, mas Michael viu o chão cheio de sangue atrás deles. A música e a cantoria foi num crescendo, as paredes atrás do palco se abriram como duas portas imensas. Ao longe, as nove torres brilhavam com tanta energia que iluminavam a cidade lá embaixo. Soaram compassos retumbantes de música e, então, a tela do visionário escureceu.

A multidão de servos fiéis ficou alguns segundos quieta e imóvel. Então as crianças começaram a se mexer e os pais saíram daquele transe. Lampiões a óleo foram acesos e as chamas cor de laranja iluminaram expressões satisfeitas. Estavam cansados sim, e tinha sido um longo dia, mas de algum modo a apresentação de esperança, felicidade e crueldade do visionário transformara todos eles. A vida era boa. Era hora de ir dormir.

Michael teve a sensação de que o tinham jogado do alto de um prédio e sobrevivera. Ficou olhando para o visionário, como se um rosto fosse aparecer para explicar tudo que tinha acabado de ver. Ideias conflitantes povoavam sua mente, e ele levou um susto quando alguém tocou em seu ombro.

Era apenas Verga, segurando um lampião.

– Siga-me, Tolmo. Você vai dormir conosco na Casa Sire.

Michael entrou no prédio de três lados e descobriu que o monte de palha estava sendo usado para formar os leitos. Os homens pegavam três ou quatro braçadas de palha, empilhavam contra a parede e se enfiavam em seus pequenos ninhos. Ele levou mais tempo para tornar o próprio ninho confortável. Um por um os lampiões foram apagados, deixando um leve aroma amanteigado. Michael se sentia cansado, mas continuava desconfiado. Tirou sua faca da bainha e deixou perto da mão direita.

*Venham a nós*, ele pensou. Pelo que tinha visto, aquela podia ser a civilização avançada que enviara a mensagem. *Venham a nós...* e daí? Será que iam levá-lo para o palco e esquartejá-lo por fingir ser um guardião? Michael sentou-se e ficou pensando no que devia fazer. Definitivamente não podia ficar ali. Era perigoso demais. Quando todos estivessem dormindo, seguiria a linha do

## A CIDADE DOURADA

trem de volta até o carrinho de mão e esperaria o dia raiar. Com um pouco de luz encontraria o portal.

O fato de ter um plano deu-lhe a sensação de distanciamento do que tinha visto no visionário. A sra. Brewster e os membros da diretoria da Fundação Sempre-Verde pensavam que eram realistas e decididos, mas não passavam de crianças comparados aos líderes que comandavam aquele mundo. A tortura exibida no visionário era tão sutil quanto um sacerdote maia abrindo o peito de um prisioneiro com uma faca e arrancando o coração ainda batendo. E depois eles juntavam os casais e celebravam o matrimônio deles. Ele ruminou sobre a ligação que havia entre esses dois eventos, e então entendeu. Nós temos o poder de matá-lo ou de abençoá-lo... era isso que os guardiões estavam dizendo para a plateia.

Grunhidos e roncos soaram na escuridão. A única luz no prédio cavernoso vinha de um único lampião que ardia perto da vala de concreto. Os braços e as pernas de Michael estavam pesados e ele resolveu tirar uma soneca de mais ou menos uma hora antes de fugir dali.

Afundou mais ainda na palha e adormeceu. Em certo momento durante a noite acordou ouvindo o suspiro e o rangido de um rastejador a vapor entrando no pátio. Os homens falaram em voz baixa uns com os outros e então ouviu-se o barulho de suas botas atravessando o pátio de tijolos. De repente Michael sentiu uma onda de dor no corpo todo que partia do colar vermelho. A dor se espalhou e foi uma sensação tão forte que ele parou de respirar.

O fecho do colar tinha quebrado quando Verga o tirou do colhedor morto e Michael conseguiu arrancá-lo do pescoço. Os homens berravam e se debatiam na palha enquanto outros vasculhavam o salão com lanternas.

Michael pegou sua faca, levantou de um pulo e correu para a porta. Saia daqui, ele pensou. Esconda-se no escuro. Eles vão matá-lo.

Os Peregrinos eram capazes de se libertarem do corpo e fazer a travessia para outro mundo. O resto da humanidade precisava de um ponto de acesso, um de vários portais que eram conhecidos nos tempos antigos. Como Maya não tinha voltado, Gabriel teria de descobrir outro jeito de trazê-la de volta. Simon passara algumas semanas na Biblioteca Britânica estudando textos em grego e latim que mencionavam locais de profecias e transformações. A maior parte dessas possibilidades ficava no Egito, por isso Gabriel pediu para Linden providenciar uma viagem para ele, para o Cairo.

Jugger e Roland receberam o passaporte que Gabriel tinha usado para entrar na Grã-Bretanha e cabelo que tinha as mesmas amostras de DNA que a Tábula obtivera na casa dele em Los Angeles. Os dois Corredores Livres pegaram a barca para Calais e depois atravessaram a França de ônibus e de trem. Usaram cybercafés e telefones celulares para dar a impressão de que Gabriel estava indo para a Europa Oriental.

Enquanto os Corredores Livres deixavam aquelas pistas falsas em diversos hotéis e albergues, Linden preparou passaportes clonados para Gabriel e para Simon. Quando os governos inseriram chips RFID nas capas dos passaportes, os falsificadores aprenderam logo a usar uma máquina chamada de skimmer (coador) para ler a informação. Se o skimmer estivesse escondido numa porta ou num elevador poderia ler o passaporte guardado no bolso ou na bolsa de alguém. Linden não perdeu tempo com skimmers, simplesmente subornou um funcionário de hotel para escanear os passaportes de turistas com um leitor de inspeção obtido legalmente.

Quando obtinha a informação, Linden criava um passaporte clonado com uma duplicata do chip. A informação podia ser alterada de modo que quem usasse o clone combinasse com a fotografia digitalizada e com os dados biométricos. Nos países em desenvolvimento a combinação não precisava ser perfeita. Ignorando os próprios instintos, os policiais da imigração costumavam deixar o passageiro ir se a máquina anunciava que estava tudo correto.

– Então quem é que eu sou? – Gabriel perguntou para Linden.
– Um jovem chamado Brian Nelson que mora em Denver.
– E eu? – quis saber Simon Lumbroso.
– Você é o dr. Mario Festa, um psicólogo de Roma.

Simon deu um largo sorriso e recostou na cadeira.

– Ótimo. Estou gostando disso. E, é claro, o dr. Festa acha que seu governo o está protegendo.

Poucos dias mais tarde Gabriel, Linden e Simon viajaram para o Senegal, país da África Ocidental. No aeroporto de Dakar, Linden pagou uma propina para inserir os números dos novos passaportes deles no sistema global de monitoração. Passaram rapidamente para uma linha aérea diferente e pegaram um voo noturno para o Egito. Chegaram de manhã e pegaram um táxi do aeroporto até a cidade do Cairo. O carro seguia pelas ruas apinhadas do Cairo como um barco flutuando num labirinto de canais lamacentos. Os motoristas não paravam de buzinar e os guardas de trânsito ficavam parados, sem fazer nada, nas calçadas. Mas os pedestres ousados exibiam naturalidade e segurança. Velhos, camelôs e mulheres grávidas deslizavam em meio ao trânsito como se tivessem oferecido suas almas para Alá antes de pisar na rua.

Simon disse para o motorista do táxi para levá-los até a Cidade dos Mortos, na margem oriental do Nilo. O cemitério de Qarafa tinha sido o local onde ficava a fortaleza romana da Babilônia, e as ruínas de tijolos e pedras foram transformadas em terra sagrada pelos governantes mamelucos no século XV. Através dos séculos os sem-teto construíram casebres entre os túmulos, e essas moradias improvisadas se desenvolveram e viraram cortiços de quatro andares construídos com um concreto marrom-acinzentado que parecia argila seca.

O táxi passou por uma praça onde homens vendiam canários e periquitos. Os passarinhos gritavam uns para os outros enquanto esvoaçavam de um lado para outro em suas gaiolas. Homens se aproximavam do carro oferecendo melões, sapatos e bilhetes de loteria presos a uma placa de papelão. Mulheres de véu caminhavam de braços dados no meio da multidão e uma voz gravada berrava dos alto-falantes instalados em todas as mesquitas.

O motorista se perdeu algumas vezes, mas acabaram chegando ao túmulo de Imam al-Shafi'i, um homem santo muçulmano. Uma mesquita com quatro minaretes tinha sido construída em torno do cemitério e um zelador idoso serviu de guia para eles pelo complexo – paredes de pedra, um tapete verde desbotado, andorinhas dando rasantes no interior da cúpula. Depois de ver o bastante da mesquita para justificar a presença deles naquele bairro, atravessaram a rua de terra e foram para um café. Cada freguês estava sentado a uma mesinha e o proprietário rechonchudo do café corria para lá e para cá com copos de chá quente com ramos de hortelã boiando.

Simon Lumbroso sabia falar um árabe básico e tinha contatos de trabalho no Cairo, mas como era judeu ortodoxo estava constrangido com sua aparência num país muçulmano. No hotel ele vestiu logo o *djellaba*, um manto comprido de algodão que cobria seu terno preto amarrotado e a franja de seu *tallit katan*, do traje ritualístico ortodoxo.

Linden e Gabriel usavam calças de algodão e paletós esportivos, sem gravata. Gabriel não se importava de parecer um homem de negócios, mas ficava imaginando se Linden não devia realmente se disfarçar. O francês grandalhão se movia com uma segurança agressiva e examinava constantemente o espaço em volta dele como se estivesse se preparando para um ataque. Mendigos e cães vadios sentiam o perigo e ficavam longe dele.

Simon abaixou o celular e anotou um número na sua agenda.

– Acabei de falar com a mulher do sacerdote. Ela acha que ele está na casa do tio dele.

– Mas ele devia vir nos encontrar aqui.

– Isso é típico no Cairo. O que esperamos que aconteça nunca acontece. E o que acontece é sempre inesperado.

Lumbroso começou a discar outro número.

– Não se preocupem. Vamos encontrá-lo.

– Enquanto esperamos o sacerdote, peça café – disse Linden.

– Este chá está com gosto de lavagem.

Simon falou com o dono do café e depois digitou mais outro número no celular. Gabriel olhou para o céu nublado sobre eles. As partículas de fuligem e de terra no ar suavizavam a luz e mudavam a cor do sol. De manhã o sol era branco-amarelado, mas naquela hora parecia uma velha moeda de bronze pregada no teto.

Alguma coisa estava prestes a acontecer. Ele sentiu a mudança chegando. Aquele era um momento em que via o mundo com clareza e todas as distinções se desfaziam. No passado esses incidentes o assustavam e impressionavam muito. Agora, sentado naquele café de rua, era capaz de observar, esperar e prever o que ia acontecer. A Luz dentro dele ganhava poder como uma onda escondida sob a superfície do mar.

O proprietário levou o café numa bandeja de latão. Gabriel bebeu rapidamente e olhou fixo para o pó no fundo do copo. Uma mosca pousou no pulso dele e ele a espantou. Mais moscas voavam em volta das suas botas e outras pousaram nas mesas do café, ilhas prateadas minúsculas feitas de aço forjado.

Ele virou um pouco a cabeça, olhou para a rua e então o mundo se abriu diante dele. No intervalo de um segundo sua mente recuou e ele viu a cidade com distanciamento total. Tudo à sua frente, o céu, os prédios com telhado de laje e as árvores retorcidas de fícus, tudo isso era uma unidade completa, mas ele também conseguia perceber cada detalhe. Viu partículas de poeira subindo e descendo, sentiu o cheiro de lixo e de pão no forno, ouviu uma mulher cantando no rádio.

O mundo o envolveu com sua variedade intrincada, e ele observou tudo como se fosse uma fotografia projetada numa tela na parede. Viu os rostos à sua volta com a mesma clareza – Simon, Linden, os outros clientes sentados ali no café, uma mulher carregando um pássaro branco numa gaiola prateada e um grupo de meninos jogando futebol com uma bola remendada. Quando sua mente estava distanciada daquele jeito, ele era capaz de flutuar sobre a rua como um anjo espiando as almas caídas. As crianças irradiavam alegria e felicidade, mas os adultos andavam arrastando os pés e com expressões que denotavam desconfiança, raiva e sofrimento.

– Talvez aquele carro estivesse no aeroporto – disse Linden. – Alguém pode estar nos seguindo.

A visão de Gabriel se desfez e o mundo ficou comum de novo, com um cão vadio olhando fixo para ele e um carro preto estacionado no final da rua.

– É apenas um sedã Renault – disse Simon. – Há milhares deles aqui nesta cidade. Cairo é onde os Renaults vêm para morrer.

– Esse tem lama no farol esquerdo.
– Tem certeza que já o viu antes?
– É possível.
– Possível? Ou apenas *follia* de Arlequim?
– Até os loucos têm inimigos...

Os dois pararam de falar quando um táxi caindo aos pedaços dobrou a esquina e parou na frente do café. Uma porta abriu e um padre cóptico barbado desceu. Ele levantou a barra do manto com as duas mãos e marchou até a mesa deles. Os tênis azuis do padre tinham raios nas laterais.

— Sr. Lumbroso?
— Sim.
— Sou padre Youssef da igreja de São Bartolomeu. Meu primo Hossam disse que estava à minha procura.

Simon se levantou e apertou a mão do padre.

— É um prazer conhecê-lo, padre Youssef. Acabamos de chegar ao Cairo esta manhã. Esses dois cavalheiros são meus amigos.

Eles puseram cadeiras em torno de uma mesinha e padre Youssef pediu um copo de chá. Todas as janelas que davam para a rua estavam cobertas com cortinas ou com as venezianas fechadas. Não havia câmeras de vigilância na Cidade dos Mortos, mas Gabriel teve a sensação de que alguém os observava. Quando o Renault preto fez a volta e desapareceu numa esquina, Linden relaxou um pouco e recostou em sua cadeira.

O padre mexeu o açúcar no chá, depois usou a colher para amassar o ramo de hortelã na lateral do copo.

— Como foi que conheceu Hossam?
— Fiz negócios com ele, de antiguidades – disse Lumbroso. – Seu primo tem um bom olho para o que é verdadeiro e o que é falso.
— Hossam diz que você é um homem que cumpre promessas. É difícil encontrar isso nesta cidade.
— Eu sei que a Igreja Cóptica está sendo perseguida.
— Nossos jovens são espancados e presos por nada. Minha igreja não tem eletricidade e há goteiras no telhado quando chove.

Lumbroso tocou no próprio peito. Tinha escondido uma carteira cheia de libras egípcias no bolso interno do paletó.

— Nós daremos uma recompensa para a pessoa que oferecer informações precisas. Estamos procurando...
— Hossam me contou tudo. Vocês querem um portal que os leve para outro mundo. – Padre Youssef bebeu o chá fazendo um barulhão e largou o copo na mesa. – Quase ninguém liga para esses portais. Só querem um carro novo e uma televisão grande.

Simon pôs açúcar no café.

— Achávamos que esse portal podia estar ligado às pirâmides. Elas têm sido um lugar especial há milhares de anos.

— As pirâmides foram construídas para os mortos. O portal é para os vivos.

Linden chegou para frente e tocou no braço do padre.

— Conte-nos alguma coisa que tenha valor e a sua igreja terá um novo telhado.

— A Igreja Cóptica é pobre e perseguida. Tiraram tudo de nós, inclusive nossa sagrada capela. É ela que guarda o caminho para outro mundo.

— E quem controla essa capela? — perguntou Linden.

— A Igreja Ortodoxa Grega. Estou falando do Sagrado e Imperial Mosteiro do Monte Sinai Pisado por Deus.

Lumbroso virou para Gabriel.

— A maioria das pessoas o conhece como Mosteiro de Santa Catarina. Foi construído pelo imperador Justiniano no século VI.

— A nossa igreja tinha um santuário no Monte Sinai antes de o mosteiro ser construído. Vocês acham que Moisés recebeu sua visão de uma planta incendiada? O arbusto em chamas é apenas história para crianças que alguém inventou para proteger o portal.

— Podemos ir até lá? — perguntou Gabriel. — Os padres vão nos deixar entrar?

Padre Youssef cuspiu na terra.

— Quando os peregrinos chegam ao mosteiro, os gregos mostram para eles um arbusto que cresce do lado de fora da capela. O portal fica numa sala atrás do altar.

— E se oferecêssemos uma doação para eles? — perguntou Lumbroso.

— Se os monges perceberem que vocês sabem da existência do portal, chamam a polícia e mandam prendê-los.

Linden balançou a cabeça, parecendo irritado.

— *Ce prêtre est inutile* — ele cochichou para Simon.

– Eu quero ajudar – insistiu Youssef. – Posso desenhar um mapa da capela e mostrar a sala escondida. Mas vocês deviam esquecer isso e voltar para a Europa. Os portais são perigosos. Se atravessar para o outro lado, pode ficar preso em um mundo com demônios ou fantasmas. Só um santo pode fazer essa viagem e não existem mais santos.

Simon Lumbroso sorriu.

– Certos rabinos dizem que um punhado de santos ocultos é que impedem que este mundo seja destruído.

– É uma enorme responsabilidade – disse Gabriel. – Não sei se isso é verdade.

– *Não* é verdade. – Padre Youssef bateu na mesa com a colher. – A Era dos Santos acabou. Deus não fala mais diretamente com os homens e as mulheres. Nós falamos para nós mesmos e rezamos para o eco.

## 9

Simon Lumbroso providenciou um carro com motorista e eles partiram aquela noite mesmo para o Mosteiro de Santa Catarina, Gabriel e Simon no banco de trás e Linden na frente com o motorista. Por fora o sedã era todo arranhado e poeirento, mas o motorista tinha posto tapetes de veludo vermelho no chão do carro e decorado o painel com cães de pelúcia. Uma família de Yorkshire terriers olhava para Gabriel com pequenos olhos de vidro enquanto o carro passava pelos palácios murados dos militares egípcios e rumava para o leste.

A autoestrada de quatro pistas era uma linha reta através de uma paisagem desértica e plana. De vez em quando passavam por uma instalação militar protegida por um muro alto ou uma cerca de arame farpado, mas ninguém além de soldados devia morar naquela área. O motorista egípcio era um homem pequeno e calado, que usava um bigode fininho. Ele mantinha o Renault no meio da estrada, jogando os faróis direto nos carros que vinham em sentido contrário e desviando para o lado no último segundo possível antes de baterem de frente com uma jamanta ou com um lento caminhão-tanque.

O sol estava nascendo quando chegaram à periferia de Suez. O motorista mostrou sua licença de viagem em três barreiras militares, e, então, eles entraram no túnel de ladrilhos brancos que passava por baixo do canal. Quando saíram para o dia ensolarado do outro lado tinham deixado o continente africano e entrado na Península do Sinai. Linden esticou as pernas e os braços, depois inclinou o espelho retrovisor para poder ver pelo vidro traseiro. O motorista começou a protestar, mas Linden olhou feio para ele.

– Se quer um dinheiro extra, esqueça o espelho. Gosto de viajar assim, olhando para o passado.

O sol se elevou e o motorista ligou o ar-condicionado. A cada hora, mais ou menos, eles passavam por uma cidade com uma chaminé e central elétrica, uma mesquita e um conjunto de prédios de apartamentos rosa-claro, comunidades inteiras jogadas numa paisagem só de areia e pedras esparsas. Todos os egípcios tinham desaparecido, exceto as mulheres na beira da estrada vendendo melões que pareciam pequenas bolas de canhão verdes.

Às nove da manhã já estavam nos balneários do Golfo de Suez. Para os egípcios recreação e luxo tinham tudo a ver com palmeiras. Cada local anunciava sua presença com tamareiras na ilha central da avenida, ou com uma linha de palmeiras africanas de aparência cansada à beira da estrada. E por fim apareciam placas, seguidas de avenidas com palmeiras-reais dos dois lados, que levavam até um hotel e a uma praia.

Mais postos de controle, alguns da polícia, outros do exército. Linden virou para trás e olhou para Simon Lumbroso.

– Está parecendo que a metade da população do Egito verifica os passes da outra metade.

– Há muito desemprego neste país – explicou Simon. – Isso lhes dá alguma coisa para fazer.

Depois de parar num posto de gasolina eles deixaram a região costeira e foram para o interior, na direção de uma cadeia de montanhas. Os penhascos e as colinas em torno eram moldados pelo vento, e a areia cobria partes da estrada de duas pistas. Simon estava cochilando, mas Gabriel sentiu que havia alguma coisa errada. Linden ajustou o espelho retrovisor uma segunda vez e passou a mão em uma das facas que tinha presas nas pernas.

– Pare o carro – ele disse.

O motorista se espantou.
– Algum problema, senhor?
– Pare o carro. Agora.
– Estamos a uns trinta minutos do mosteiro.
– Eu quero apreciar *le paysage*.

O motorista saiu da estrada e parou num ponto coberto de areia. Linden pegou sua mochila com uma mão e virou para Gabriel e Simon no banco de trás.

– Todos nós queremos apreciar a vista – ele disse. – Vamos.

Os dois seguiram Linden até uma colina coberta de vegetação típica do deserto. Fazia muito calor, o ar era seco e não havia árvores para protegê-los do sol.

– Gosto de admirar paisagens pitorescas – disse Lumbroso.
– Mas essa parte do deserto não é especialmente atraente.
– Podemos ter um problema. – Linden tirou um par de binóculos de dentro da mochila. – Uma picape prateada está nos seguindo há uns dez quilômetros. Eu quero saber se eles entraram na mesma estrada.

Simon e Gabriel ficaram calados enquanto o francês examinava a estrada.

– Viu alguma coisa? – perguntou Simon.
– Não.
– Bom – disse Gabriel. – Vamos voltar para o carro.

Linden abaixou o binóculo, mas não desceu da colina. Ele era maior do que Gabriel e estava armado com duas facas de cerâmica. Como a maioria dos Arlequins, exibia certa arrogância com o poder que tinha.

– Acho que essa expedição é uma má ideia. Há apenas uma estrada para o mosteiro, vigiada pela polícia, com bloqueios do exército. Quase todas as pessoas vêm para cá em ônibus de turismo. Chegar em um carro vai chamar atenção.

– Não há como remediar isso – disse Gabriel.

Linden não se deu ao trabalho de esconder sua altivez.

– Primeiro temos de encontrar essa capela e aí temos de entrar nela. E o que acontecerá depois?

## A CIDADE DOURADA

– Estou achando que você vai nos dizer – disse Gabriel.
– Depois você faz a travessia para o mundo mais perigoso. Talvez encontre Maya, talvez não, porque ela já pode estar morta.
– Ela não está morta – disse Gabriel.
– Maya não ia querer que você arriscasse sua vida por ela. Existe apenas um único plano com lógica. Se encontrarmos um ponto de acesso na capela, eu é que farei a travessia.
– Você nunca esteve no Primeiro Mundo – disse Gabriel. – Eu conheço a cidade.

Linden virou para Simon Lumbroso.
– Explique por que essa é a decisão correta.

Simon levantou as duas mãos.
– Esperem aí. Eu não estou nessa discussão.

Gabriel ficou lá parado, procurando o que dizer. Não podia usar a palavra *amor*. Essa era uma emoção sem sentido para um homem como Linden.

– Maya foi para lá para me salvar. Sinto que tenho a mesma obrigação.

– Peregrinos não têm obrigações para com os Arlequins!

– Eu vou ao mosteiro, Linden. E quando encontrar o ponto de acesso, vou atravessar sozinho. Se não quiser fazer parte disso, pedirei ao motorista para levá-lo de volta para o Cairo.

Gabriel desceu a colina, foi indo para o carro e Simon foi junto. Poucos minutos depois Linden também desceu, entrou no carro e bateu a porta com força. Os três permaneceram em silêncio o resto da viagem. O motorista egípcio deve ter percebido que seus passageiros tinham discutido. Ele ficava olhando para Linden como se o francês estivesse a ponto de explodir.

A estrada seguiu por um leito de rio seco e subiu um desfiladeiro. Passaram por uma barreira policial, depois mais uma. O último posto de controle era de um grupo de policiais entediados que tomavam chá e fumavam em um narguilé. Havia ônibus de turismo estacionados a cem metros dali. Estavam com o motor e o ar-condicionado ligados.

– A maior parte dos turistas vem para cá às duas horas da madrugada para subir o Monte Sinai – explicou o motorista do táxi. – Quando são gordos demais para fazer a caminhada, os beduínos os levam em camelos trilha acima.

A hospedaria do mosteiro era um conjunto de construções brancas com um pátio à sombra de ciprestes italianos e oliveiras. O gerente do hotel registrou os três enquanto um adolescente com uma perna aleijada carregava a bagagem para os quartos. Os turistas ofegantes que acabavam de chegar da subida ao Monte Sinai estavam sentados no pátio perto da loja de lembranças e do restaurante da hospedaria.

– Vão à capela e procurem a sala escondida – disse Linden para Gabriel e Simon. – Eu vou conversar com o abade e ver se consigo estabelecer com ele algum acerto financeiro.

Gabriel e Simon seguiram por um caminho de pedras até o mosteiro, viram dois beduínos ajudando um senhor idoso a descer de um camelo e turistas que desciam por uma trilha íngreme em zigue-zague.

– Muitos anos atrás meu irmão subiu esta montanha – disse Simon. – Havia beduínos em toda a subida vendendo água mineral e barras de cereais. O preço aumenta à medida que nos aproximamos do topo.

O mosteiro tinha sido construído como uma fortaleza para defender os monges dos bandidos do deserto. Um muro retangular feito de enormes blocos de arenito rodeava a capela do Arbusto em Chamas e do caminho só se via a ponta de uma torre de sino. Gabriel e Simon pagaram a entrada e passaram por uma porta pequena recortada no muro para chegar ao mosteiro. A capela ficava no centro de um pátio cercado por três níveis de salas e dormitórios dos monges. A distância entre essas salas do mosteiro e a capela propriamente dita era bem pequena, cerca de seis metros na metade ocidental da capela e menos do que três metros do outro lado.

Grupos de turistas se espremiam nesse espaço exíguo enquanto seus guias gritavam em várias línguas. A maior parte das mulheres usava camisetas sem manga e calças de cintura baixa, e em prol da modéstia tinham coberto a cabeça e os ombros com lenços. Enquanto Simon foi examinar o exterior da capela, Gabriel seguiu o movimento até a extremidade norte do pátio. Nesse ponto havia um arbusto, supostamente descendente do arbusto original que pegou fogo. Os turistas se acotovelavam para pegar folhas de lembrança.

Simon tocou no ombro de Gabriel e falou em voz baixa.

– Nenhum sinal da sala escondida. A capela tem quarenta metros de largura e cento e vinte de comprimento. Vamos ver como é lá dentro.

Passaram por duas portas e entraram na capela. Tapetes puídos cobriam o piso de mármore e abafavam o som dos passos dos dois. O claro céu do deserto desapareceu e a única luz vinha de lampiões e candelabros pendurados em correntes presas no teto azul-esverdeado. O que havia de mais impressionante na capela era uma tela de ouro e prata muito elaborada que ficava entre a área destinada ao público e o altar. Um monge de manto preto parado na frente da tela impedia quando alguém tentava tirar uma foto.

Gabriel e Simon examinaram um relicário de Santa Catarina que tinha uma parte do braço dela. Parecia um osso velho de galinha encontrado no quintal. Então Simon mediu com passos o interior da capela enquanto Gabriel sentava em um dos bancos de madeira. Um enorme candelabro de bronze pendia no alto, e ele percebeu que tinha a forma de um dragão. Ícones de santos e mártires cobriam as paredes. Olhavam para ele com olhos grandes e negros, e Gabriel teve a sensação de que estava sendo julgado por algum tribunal celestial.

Um grupo barulhento de cristãos de Goa saiu da capela, seguido por outro de russos e por um terceiro grupo de poloneses. Naquele momento a capela ficou silenciosa, tranquila, extraordinariamente sagrada. Até o monge pareceu relaxar. Ele olhou para Simon e Gabriel, concluiu que eles eram inofensivos e saiu pela entrada principal.

– Venha comigo – disse Simon para Gabriel. – Acho que encontrei a sala escondida.

Gabriel se levantou do banco e foi andando depressa pela ala. Havia uma tapeçaria pendurada na parede na frente da igreja. Era uma imagem indistinta de Moisés abrindo o Mar Vermelho. Gabriel tocou de leve no tecido poeirento e sentiu o relevo de uma maçaneta de porta por trás.

– É o local certo?

– É. Combina com o mapa de Youssef...

Antes de Simon e Gabriel poderem puxar a tapeçaria para o lado, a porta principal rangeu e um monge apareceu com um novo grupo de turistas. Gabriel e Simon saíram da capela, atravessaram o pátio e passaram pelo portão no muro do mosteiro.

– Eu medi com passos o comprimento da capela quando estávamos lá dentro – disse Simon. – Contando com a espessura da parede, acho que há espaço suficiente para uma sala secreta.

– Você acha que Linden consegue fazer um acordo com os monges?

– Quem sabe? Tenho certeza de que ele está preparado para oferecer suborno.

Os dois deram a volta até o lado leste do mosteiro. Na era moderna os monges tinham resolvido instalar água corrente e um sistema de esgoto. Em vez de furar o muro, prenderam um cano de água de dez centímetros no lado de fora das pedras de arenito. Gabriel tocou na superfície áspera do cano e olhou para cima.

– Eu posso escalar isso até o telhado. Lá em cima tem um espaço entre os aposentos dos monges e a capela. Eu poderia pular para o telhado da capela e entrar pela torre do sino.

– Está me parecendo uma boa maneira de você quebrar seu pescoço – disse Simon. – Vamos voltar para a hospedaria e ver se o nosso amigo conseguiu alguma coisa.

Encontraram Linden sentado no terraço perto do restaurante do hotel. O Arlequim francês parecia deslocado entre os peregrinos. Eram quase todas mulheres de vestido preto e lenço branco

## A CIDADE DOURADA

cobrindo o cabelo, e pesadas cruzes de prata pendiam do pescoço delas. Os poucos homens do grupo usavam paletós surrados e camisas brancas abotoadas até em cima. Fumavam um cigarro atrás do outro enquanto conversavam com o padre ortodoxo grego que guiava o grupo.

Gabriel sentou à mesa branca de plástico.

– O que aconteceu?

– Eu distribuí algum dinheiro para o pessoal, depois fui ao mosteiro e conversei com o abade.

Linden jogou um cartão de visitas falso em cima da mesa.

– Disse que era um produtor de cinema e que queria livre acesso à capela para tirar fotos. O abade disse que levaria pelo menos seis meses para negociar a permissão com o patriarca de Alexandria. Ofereci para ele uma pequena quantia, depois uma quantia bem maior. Ele pareceu tentado, mas continuou dizendo que não.

Simon secou o suor da testa com um lenço.

– Gabriel acha que descobriu um jeito de entrar.

– Se eu fosse você, iria esta noite. Os visitantes só ficam aqui um ou dois dias. Sobem o Monte Sinai, veem o sol nascer, depois compram uma camiseta e voltam para o ônibus da excursão. Se ficarmos aqui mais tempo, alguém pode suspeitar de nós.

Os três entraram no restaurante para jantar. Quando voltaram ao terraço as montanhas eram silhuetas negras e o céu tinha um pouco da luz que se apagava. Uma figura passou pelas sombras e apareceu no terraço. Era o adolescente que mancava de uma perna, que tinha carregado a bagagem deles para os quartos. Ele parecia nervoso, aproximou-se de Linden e cochichou alguma coisa no ouvido dele em francês. Linden pôs algum dinheiro na mão do menino e depois despachou-o com um gesto.

– Devemos dar o nosso passeio *agora*. O primo do menino trabalha na guarita da guarda. Ele disse que uns homens numa picape prateada acabaram de chegar e estão conversando com o capitão.

Gabriel e Simon se levantaram imediatamente. Seguiram Linden para fora do terraço e correram algumas centenas de metros até um lugar bem escuro.

— Eles são da Tábula? — perguntou Gabriel.

— Duvido. O menino disse que são policiais militares. Se eles nos encontrarem aqui vão fazer perguntas para se certificarem de que não somos espiões israelenses.

— Vamos fazer com que trabalhem duro pelo suborno deles — disse Simon para Linden. — Vou falar só em italiano. Você pode falar francês.

— E se perguntarem quem eu sou? — disse Gabriel.

— Eu explico que você subiu o Monte Sinai para rezar.

— É. Você é muito religioso. — Simon riu baixinho. — Não vamos contar para eles que você vai invadir a capela.

Os três subiram o desfiladeiro para o mosteiro cuidando para não tropeçar nas pedras. Gabriel ouviu os resmungos dos camelos que os beduínos preparavam para os peregrinos que iam aparecer algumas horas antes do nascer do sol. A paisagem noturna e as formas escuras das montanhas provocaram cansaço e solidão nele. Aquilo não era o céu, nem o inferno... era apenas um tipo estranho de purgatório.

Depois de dez minutos de caminhada encontraram o cano que Gabriel tinha notado mais cedo. O muro do mosteiro parecia mais formidável ainda no escuro. Era uma imensa barreira de pedras.

— Fiquem aqui — sussurrou Linden. — Vou ver se tem alguém na área. — Ele passou pelas sombras e desapareceu no canto sudeste do muro.

Simon Lumbroso sentou numa pedra e contemplou a lua que nascia sobre o Monte Sinai.

— Estou começando a entender por que Moisés trouxe os israelenses para este lugar horrível. É tão vazio e simples como uma sala vazia. Não pode haver distrações na hora de ouvir a palavra de Deus.

## A CIDADE DOURADA

Gabriel olhou para cima, para o céu noturno e não viu nenhuma beleza nas estrelas. Algumas delas tinham morrido há bilhões de anos, mas sua luz ainda viajava pelo universo.

– Linden acha que Maya está morta.
– Ninguém sabe o que aconteceu com ela. Tudo é possível.
– Ela fez a travessia para o Primeiro Mundo e se sacrificou...
– Foi escolha dela, Gabriel. Nós conversamos sobre isso quando ela foi a Roma.

Linden apareceu no canto do muro.
– As portas de fora estão trancadas e não há ninguém na área. Comece a subir. Vamos torcer para os monges estarem dormindo.

Gabriel agarrou o cano de água e começou a escalar, com as duas mãos e os dois pés. Mesmo com a pouca luz, ele viu as diferentes camadas do muro. Os primeiros doze metros eram de imensos blocos de arenito, quebrados e arrastados para o lugar pelos soldados de Justiniano. Os blocos de pedra na segunda camada eram bem menores, com cerca de trinta centímetros quadrados, unidos com argamassa. Quando seus braços e ombros começavam a doer, ele chegou ao topo do muro, uma camada de um metro de pedras irregulares e seixos que os monges tinham recolhido em suas caminhadas. Gabriel olhou para baixo e viu que Linden e Simon estavam se afastando do mosteiro. Estendeu o braço para segurar a beirada do telhado plano e impulsionou o corpo para cima.

O telhado era local de despejo de tijolos quebrados e canos enferrujados. Tenha cuidado, pensou ele. Você está bem em cima do quarto de alguém. Procurou não fazer barulho, atravessou o telhado e espiou a distância entre os aposentos dos monges e o telhado da capela. Estava escuro demais para ver o pátio lá embaixo. A sensação era de que ele ia se jogar num poço sem fundo. Lembrou do que um dos Corredores Livres disse antes de correr sobre os telhados do mercado Smithfield. *Observe seus pés, mas não olhe mais para baixo.*

Ele deu três passos além do ponto de partida para a beirada. Respirou fundo e então estava correndo, saltando, agitando os braços enquanto caía na escuridão e foi aterrissar no telhado de telhas vermelhas da capela. Escorregou, já ia caindo, mas se agarrou às telhas e ficou deitado. Todos devem ter ouvido o barulho que fiz, pensou. Todos sabem que estou aqui. O cérebro dele conjurou cenas de monges pulando da cama e descendo a escada correndo para soar o alarme.

Mas nada aconteceu. Só conseguia ouvir a própria respiração e o ruído fraco das suas unhas arranhando as telhas. Gabriel engatinhou pelo telhado até a torre do sino e entrou nela. Mais uma vez esperou cerca de um minuto para ver se vinha alguém, então desceu a escada até o saguão. A porta de dentro rangeu baixinho quando ele girou a maçaneta.

Velas votivas e castiçais de vidro vermelho ardiam como brasas numa fogueira que se apagava. Os rostos dos ícones tinham sido absorvidos pela escuridão, mas a luz das velas era refletida nas molduras douradas e nos candelabros de latão. Quando Gabriel foi andando para a ala esquerda da capela, viu um dos monges na frente da tela do altar. Era um senhor mais velho, bem baixinho, de ombros arqueados, e ele segurava um fio de contas de oração com uma haste na ponta. Enquanto rezava ele andava de um lado para outro e manipulava as contas com o polegar e o indicador. A haste girava no sentido horário como uma roda de oração em miniatura. As sandálias do monge raspavam o chão de pedra.

Gabriel ficou do lado de uma coluna, pensando no que ia fazer. Se avançasse, o monge o veria imediatamente. Se tentasse sair da capela, a porta de fora podia estar trancada. Ele esperou no escuro mais de vinte minutos até a porta interna se abrir e um segundo monge entrar. Os dois homens se falaram em grego, e Gabriel ficou imaginando se alguém tinha ouvido seus passos no telhado. O velho monge se dirigiu para a ala lateral, depois mudou de ideia e seguiu o mais jovem para fora da capela.

Tinham ido embora de vez ou só por alguns minutos? Gabriel pegou uma das velas e passou correndo pela tela do altar, indo para a tapeçaria. Puxou o tecido coberto de poeira e encontrou uma porta de carvalho com uma maçaneta de ferro fundido e um buraco de chave. Prendeu rapidamente a tapeçaria no lugar de novo. A fechadura parecia relativamente nova, mas os monges não tinham substituído a porta. Gabriel ficou de lado e deu um chute logo acima da tranca. Continuou chutando até uma parte do batente de madeira rachar e a porta abrir.

A sala era menor do que ele tinha imaginado. Devia ter um metro e meio de comprimento e dois de largura. Continha um altar de pedra branca com uma cruz de ouro e dois castiçais. Diretamente acima da cruz havia uma pintura manchada de Moisés ao lado do arbusto em chamas. Naquela sala havia um banquinho de três pernas em um canto, perto de uma almofada bordada, e nada mais.

Gabriel deu voltas e mais voltas naquele pouco espaço, até que notou uma pedra de mármore no chão, embaixo do altar. Era um pedaço de pedra retangular que parecia a tampa de um sarcófago. Tinha gravado na superfície uma cruz e letras do alfabeto grego.

Gabriel se ajoelhou no chão, empurrou a pedra alguns centímetros e viu escuridão subindo e fluindo feito óleo negro numa caixa de pedra branca. O Peregrino estendeu a mão e moveu os dedos. Nada de arbusto pegando fogo. Nada da voz de Deus. Ele estava neste mundo, nesta realidade específica, mas isso era apenas uma fina camada de um sistema bem mais complexo. Então abaixou a mão na escuridão e viu quando ela desapareceu.

# 10

Hollis encontrou Linden no depósito sobre a loja de falafel alguns dias antes de o Arlequim acompanhar Gabriel para o Egito. Linden estava sentado perto da janela, pondo fumo preto num papel de cigarro quadrado. Ele enrolou o papel entre os dedos manchados e moveu a cabeça na direção de Hollis. *Ande logo. Fale.*

– Gabriel disse que você podia me ajudar a ir para o Japão.

O francês grandalhão acendeu o cigarro e jogou o fósforo apagado por uma fresta da janela com um peteleco. O tabaco exalava um cheiro leve de açúcar queimado.

– Comprei para você uma passagem de avião usando uma das minhas empresas em Luxemburgo.

Ele enfiou a mão no bolso interno do paletó e tirou uma passagem aérea e um maço de libras esterlinas. Os dois presentes foram jogados na mesa.

– Obrigado.

– *Pas de quoi*. A ideia não foi minha.

– Então agradeça ao Gabriel.

– Você não tem mais ligação conosco, sr. Wilson. Mas lembre-se disso: será punido se mencionar o Peregrino para qualquer pessoa.

Havia uma pilha de jornais na mesa e Hollis imaginou que devia ter uma arma escondida embaixo do *Le Monde*. Se houvesse um confronto ali, não sabia se teria tempo suficiente para sacar sua faca e enfiá-la no centro do peito de Linden.

— Eu respeito o Gabriel – disse Hollis. – E isso nunca vai mudar. E cumpro as minhas promessas. Você sabe disso.

Linden parecia estar calculando uma equação com meia dúzia de fatores relacionados à morte de Hollis. Aparentemente devia haver alguma vantagem em deixá-lo viver. O Arlequim deu de ombros.

— *Au revoir*, sr. Wilson.

— Ainda não. Eu quero conhecer essa mulher japonesa de quem Gabriel falou, a que fala com os mortos. Ele disse que você saberia como encontrá-la.

— Ela é chamada de Itako. Você deve falar com um velho amigo do Sparrow, um professor chamado Akihido Kotani. Depois que mataram Sparrow no Hotel Osaka, Kotani resgatou o corpo dele e ajudou a noiva grávida de Sparrow a sair do país. Mantive contato com Kotani alguns anos, então ele parou de responder aos e-mails. Mas mandou uns livros para mim uma vez e ainda tenho o seu cartão.

— Isso é tudo? Só esse cartão?

— Esse é um problema seu, sr. Wilson. Tem de resolvê-lo sozinho. – Linden pegou um cartão de visita meio amassado e pôs na mesa. Tinha um nome em japonês e outro em inglês.

AKIHIDO KOTANI – WHITE CRANE BOOKS – JIMBOCHO – TOKYO

O AVIÃO DE HOLLIS chegou ao aeroporto de Narita bem no início da tarde. Ele levou uma hora para passar pelo controle dos passaportes. Depois de uma série de perguntas educadas, o policial ordenou que o estrangeiro abrisse sua pasta. A atmosfera ficou tensa e levemente hostil até que Hollis mostrou um uniforme de caratê e dois livros sobre artes marciais japonesas que tinha comprado em Londres. O policial meneou a cabeça como se aquilo respondesse a todas as suas perguntas e Hollis foi liberado para sair da área de detenção.

Ele trocou o dinheiro e pegou um trem para Tóquio. Passou pela periferia da cidade apinhada de prédios de alvenaria de dois e três andares. Cada apartamento residencial tinha uma pequena varanda com um *hibachi*, algumas cadeiras de plástico e uma planta num vaso que dava um toque de verde. O inverno já tinha acabado, mas ainda fazia frio. Havia pedacinhos de gelo grudados nas telhas azuis dos telhados sob um céu cinza-pérola. O condutor estava bem-vestido e era muito eficiente. Ficou olhando meio assustado para Hollis quando perfurou o bilhete dele, depois se acalmou quando o estrangeiro mostrou o livro de artes marciais.

– É estudante? – perguntou o condutor em inglês.
– Sou. Vim para o Japão estudar caratê.
– Bom. Caratê é muito bom. Obedeça sempre ao seu *sensei*.

Na estação Ueno, Hollis foi para um dos cubículos no banheiro masculino. Abriu a tampa de trás do seu notebook, tirou a lâmina e o cabo de uma faca de cerâmica e uniu as duas partes com cola. A faca de cerâmica de vinte e cinco centímetros era leve, durável e muito afiada. Hollis pôs a arma numa bainha presa ao braço e jogou fora o que restava do computador.

Para os japoneses ele era um *gaijin*, uma "pessoa de fora" que jamais caberia na sociedade deles. Hollis deixou sua mala no depósito de bagagens e foi para a rua. Todos olhavam para ele. Ele remexeu na bolsa de lona que usava a tiracolo, achou e botou os óculos escuros para esconder os olhos.

LEVOU TRÊS HORAS para chegar a Jimbocho, um bairro de Tóquio com prédios e lojas pequenas perto da Universidade de Nihon. Hollis descobriu logo que a maior parte das ruas e ruelas de Tóquio não tinha nome e que os endereços não seguiam o sistema ocidental. Em geral os prédios tinham uma pequena placa na frente. Ela exibia o que chamavam de número *banchi*, que indicava o bairro e o lote. Mas os números nem sempre eram consecutivos, e ele viu alguns homens japoneses caminhando pelo bairro com endereços em pedaços de papel.

Ele pesquisou em seu livro de frases, aprendeu a dizer *sumimasen*, que significava "com licença" em japonês, e começou a pedir orientação para chegar à White Crane Books. Ninguém em Jimbocho tinha ouvido falar daquele lugar. *"Gomennasai"*, respondiam todos, "sinto muito", como se o fato de não conhecerem provocasse sua confusão. Hollis seguiu por ruas que serpenteavam para a direita e para a esquerda, como os antigos caminhos. Havia poucas crianças e adolescentes nas ruas. A cidade parecia o Mundo dos Velhos, terra ocupada por mulheres idosas e baixas que usavam tênis de corrida e empurravam carrinhos de feira.

Hollis fora criado em cidades e nunca prestou muita atenção na natureza. Mas em Tóquio tomou consciência dos corvos, grandes pássaros pretos com bicos pontudos. Para onde quer que fosse eles o observavam, pousados nos postes de linhas telefônicas ou andando pelas ruas estreitas como potentados das trevas. Alguns emitiam um som agudo quando ele abanava as mãos ou chutava alguma coisa na direção deles. Parecia que tinham uma espécie de linguagem própria e que esperavam que ele entendesse. Estamos de olho em você, *gaijin*. Estamos de olho em você.

Ele parava em todas as livrarias que encontrava e perguntava se alguém já tinha ouvido falar da White Crane Books. Depois de duas horas de busca, viu uma livraria que parecia um buraco cavado num prédio de apartamentos decadente. Tinha duas estantes com rodinhas na rua, na frente da loja, cobertas de plástico para o caso de chover ou nevar.

Hollis espiou dentro da loja. Era um túnel escuro, cheio de livros. Alguns estavam arrumados em estantes, mas a maior parte empilhada ou enfiada em caixas de papelão. Viu um japonês idoso com paletó de tweed sentado no fim daquele túnel, lendo um livro cheio de pedacinhos de papel. A armação dos óculos dele era remendada com esparadrapo.

– Boa-tarde, senhor. Posso ajudá-lo?

– Estou só olhando...

Hollis entrou e encontrou uma parede cheia de livros em diversas línguas.

– O senhor tem muitos livros aqui.

– A loja é pequena, senhor. Nunca tenho espaço suficiente.

– Já ouviu falar de uma loja chamada White Crane Books? Um amigo recomendou que eu procurasse quando viesse a Tóquio.

O livreiro deu risada e cobriu a boca com a mão, obedecendo à regra de boa educação.

– Chegou ao seu destino, senhor. Esta é a White Crane Books e eu sou o proprietário, Akihido Kotani.

– Estou procurando um livro especial. Talvez seja difícil encontrar.

– É um livro estrangeiro ou japonês?

– Eu só o conheço pelo nome *O caminho da espada*.

Kotani fez cara de assustado e levantou as duas mãos.

– Sinto muito, mas não conheço esse livro.

– Claro que conhece. Foi escrito por um guerreiro que se chamava Sparrow. Ele era amigo de um alemão chamado Thorn e de um francês chamado Linden.

– O senhor deve estar enganado. Nunca ouvi falar dessas pessoas. Com licença. Preciso fechar a loja agora. *Gomennasai...*

Kotani empurrou uma das estantes sobre rodinhas túnel adentro enquanto Hollis esperava na calçada.

– O senhor era amigo do Sparrow. Tirou a noiva dele do país e ela teve um filho chamado Lawrence Takawa. Ele era um jovem valente, mas a Tábula o matou.

– Não me incomode. Por favor... Com energia nervosa o livreiro segurou a segunda estante e a empurrou para dentro da loja.

– Preciso da sua ajuda, sr. Kotani. É importante.

Kotani entrou correndo na livraria, fechou e trancou a porta. Segundos depois espiou pela vitrine. Quando viu que Hollis ainda estava lá, recuou para dentro da loja escura.

Hollis foi andando pela rua, chegou a um ponto de ônibus e sentou no banco de madeira. Tinha se concentrado tanto em encontrar a livraria que nem tinha um plano alternativo. Devia procurar aquela mulher dos espíritos por conta própria ou será que devia voltar para Londres? Embora nunca tivesse acreditado completamente que podia falar com Vicki de novo, sentira uma ponta de esperança. Mais uma vez percebeu a pedra que havia dentro dele, aquela raiva constante que não acabava nunca.

– Com licença, senhor. Com licença. – Hollis levantou a cabeça e viu que Akihido Kotani estava parado ao lado do banco, segurando uma sacola de plástico.

– Sinto muito incomodá-lo. Mas o senhor deixou isto na minha loja.

Confuso, Hollis pegou a sacola de compras. Kotani fez uma pequena mesura antes de ir embora apressado. Por que não ficou para conversar?, Hollis pensou. Será que há câmeras de vigilância naquela ruazinha secundária? Ele voltou para a rua principal e só então examinou o presente do livreiro. Dentro da sacola havia um exemplar de *O caminho da espada* e um telefone celular.

## II

Michael estava preso dentro de um contêiner de metal em um rastejador a vapor que seguia sacolejando por uma estrada rural. Ninguém tinha explicado para onde iam. Ele fora arrastado para fora do dormitório masculino, carregado pelo pátio e jogado numa abertura estreita como uma tora atirada na fogueira. O contêiner que o prendia tinha forma de gota, com os lados inclinados. Fazia Michael se lembrar de um aquecedor de água feito de lâminas metálicas e rebites. A única luz entrava por um tubo de ventilação perto do topo do contêiner, e ele passou a manhã quase toda olhando para cima, para um pedaço retangular de nuvens e de céu.

No fim do dia o barulho das rodas de aço no cascalho virou um rangido constante. Michael ficou de pé, agarrou a grade que cobria o tubo de ventilação e ergueu o corpo. Espiou através das barras e viu que o rastejador estava passando por uma cidade. Os prédios dos dois lados da rua tinham telhado de ardósia, paredes de tijolos e janelas redondas com vidro amarelo. A tela do visionário tinha revelado uma sociedade com tecnologia sofisticada, mas Michael não viu nenhuma luz elétrica nem cabos condutores de energia. Homens carregavam cestos cheios de pedaços de uma substância preta que parecia carvão, e dos canos tortos que despontavam dos telhados saía fumaça.

Michael viu um guardião com o típico manto verde e dois militantes da igreja patrulhando as ruas com cacetetes pendura-

A CIDADE DOURADA

dos no cinto. Mas a cidade era dominada por servos fiéis. Homens e mulheres assavam pão, costuravam sapatos e roupas. Havia varredores de rua com vassouras compridas.

O rastejador fez muito barulho quando virou à esquerda e começou a subir uma ladeira. Michael largou a grade e deslizou de volta para o fundo do contêiner. Ficou sentado ali enquanto a máquina rangia e tremia até parar de se mover. Passaram alguns minutos, então destrancaram a porta e a luz entrou pela abertura.

Michael saiu de quatro e se deparou com três militantes segurando grossos porretes de madeira. Aquele podia ser um mundo diferente, mas os militantes eram como os policiais que ele encontrava no Quarto Mundo. Michael ficou imaginando se haveria uma espécie de comportamento universal da polícia com os suspeitos: brinque comigo que eu acabo com você.

Ele se viu num pátio cercado pelas nove torres de cristal que tinham aparecido na tela do visionário. À noite as torres brilhavam cheias de luz. Pareciam criações mágicas capazes de se destacarem dos seus alicerces e flutuar no espaço. À luz do dia, Michael viu que as torres eram feitas de estruturas de aço e espessos painéis de vidro ou plástico.

– E agora, o que vai acontecer? – ele perguntou. – O que eu devo fazer?

– Espere o guardião – respondeu o homem mais alto.

– Eu não fiz nada de errado – disse Michael. – Colhi a centelha e obedeci às suas leis.

O guarda mais jovem repetiu o que Verga tinha dito quando estavam nos campos aquáticos.

– Tudo é justo quando cada um faz a sua parte...

Alguém com o manto verde dos guardiões apareceu saído de uma das torres, atravessou o pátio e foi até o pequeno grupo. Era o mesmo homem louro que tinha apresentado os casamentos... e as execuções... no programa do visionário.

– Ele causou algum problema? – perguntou o homem louro.

– Não, senhor.

O guardião examinou o rosto de Michael.

— Acho que ele quer fugir.

O militante alto segurou o porrete com as duas mãos e se aproximou de Michael. Golpeou o prisioneiro na barriga, logo abaixo das costelas e Michael caiu, sem ar.

— Você não pode escapar, portanto nem pense nisso — disse o guardião calmamente. — Agora levante-se e venha comigo.

Michael ficou de pé com dificuldade e foi andando aos tropeços. Quando chegaram a uns vinte metros dos militantes, o homem louro parou e encarou Michael.

— Como se chama?

— Tolmo.

— Uma mentira intencional é como lama esfregada no altar da nossa República. Você não é um servo chamado Tolmo. Cada colar precisa corresponder ao dono. Tenho certeza de que ele está flutuando nos campos aquáticos ou apodrecendo num buraco cavado no chão.

Michael meneou a cabeça.

— Ele se matou.

— Ahhh... Agora eu entendo. Então os servos ficaram aflitos com o "devem ser três" e aí você apareceu.

— Sim, foi isso que aconteceu. O meu nome é Michael.

— Você tem um nome incomum. Mas é típico dos bárbaros que conseguem chegar até aqui, vindos de outras terras.

Chegaram à base de uma torre e o guardião o levou por uma passarela inclinada. O guardião empurrou uma porta de correr, e eles entraram numa área subterrânea com painéis de vidro verde em volta que emitiam uma luz esverdeada.

— Eletricidade — disse Michael.

— O quê?

— Vocês não usam tochas ou lampiões aqui.

— Nossos templos e o visionário podem usar as máquinas sagradas.

A porta de um elevador abriu no fim de um corredor e o guardião fez sinal para Michael entrar. O elevador subiu com um suave rangido. Quando a porta abriu novamente Michael estava num grande salão em forma de estrela. Não tinha mobília de espécie alguma, apenas o piso de pedra. As paredes altas da torre eram compostas de triângulos entrelaçados que subiam até um ápice perdido na escuridão.

O guardião ficou dentro do elevador. Uniu as mãos em um gesto religioso.

– Você recebeu um grande privilégio, a chance de sentir o poder dos deuses. Os servos e os militantes os adoram de longe. Nós, guardiões, os encontramos apenas uma ou duas vezes na vida.

– O que quer dizer? Deuses? – Michael olhou em volta. – Não há ninguém aqui.

– Os deuses vão se apresentar para você se demonstrar obediência e fé.

A porta do elevador fechou e Michael ficou sozinho.

Os painéis de vidro da torre eram tingidos com um cinza esfumaçado que deixava um pouco de luz entrar, mas era impossível ver o que havia lá fora.

– Alô? – disse Michael. – Tem alguém aí?

Ele assobiou e bateu palmas. O barulho ecoou nas paredes.

Michael sentou no chão e encostou em um dos painéis, depois deitou de lado com as mãos embaixo da cabeça. A imagem dos prisioneiros sendo dilacerados no visionário ficou flutuando na sua mente. Havia apenas três classes naquela sociedade, servos, militantes e guardiões, e ele não pertencia a nenhum desses grupos. O homem louro o tinha chamado de "bárbaro", mas também podia ser considerado herege e criminoso.

Quando acordou algumas horas depois o salão estava escuro e muito mais frio. A luz vinha das outras oito torres, mas Michael teve a sensação de estar preso em uma caverna. Ele se levantou e começou a andar de um lado para outro. Notou uma brisa que soprava em seu rosto. Como isso é possível? Ele estava dentro de um prédio sem janelas. Encostou a mão em um dos painéis, sentiu a superfície lisa e fria. Seu coração batia mais rápido e percebeu que alguém, ou alguma coisa, tinha entrado no templo.

Deu meia-volta e viu que três colunas de luz tinham aparecido no centro do salão. A luz parecia granulada, era quase uma textura, e cada coluna parecia uma nuvem verde luminosa com uma poeira dourada flutuando dentro do seu campo gravitacional. Eram esses os deuses que controlavam aquele mundo?

A luz ficou mais intensa até as colunas parecerem sólidas, pilares verdes brilhavam no centro do templo. E então ele ouviu a voz de um homem idoso vindo da coluna do meio.

– Quem é você? – perguntou a voz.

– Você é um bárbaro? – uma voz de mulher perguntou. – Um estrangeiro das outras terras?

Michael procurou pensar no que ia dizer e deu alguns passos na direção da luz.

– Estamos esperando a sua resposta! – disse a primeira voz. – Somos os deuses deste mundo e de todos os outros mundos...

Michael riu baixinho e o som dessa risada encheu o salão.

– Eu sou Michael Corrigan e vim de muito longe. Quem eu sou? Sou um homem que fez dinheiro vendendo coisas para os outros. – Ele zombou da luz que tremulava diante dele. – Por esse motivo eu sei o que é isso, sinos e apitos, truques e espelhos para vender o produto. Pode bastar para impressionar os nativos daqui, mas eu não caio nessa.

– Ele é um herege! – gritou a voz de um jovem. – Chamem os guardiões para puni-lo!

– Podem fazer o que quiserem – disse Michael. – Só que estarão punindo exatamente a pessoa que os deuses pediram para vir para cá. Sou um Peregrino de outro mundo.

As colunas de luz ganharam força e intensidade. Ficaram tão brilhantes que Michael teve de proteger os olhos. O vento uivou em volta dele e quase o levantou do chão. Então, com a mesma rapidez com que surgiu, o vento cessou. Houve um momento de escuridão e depois as luzes presas à estrutura da torre acenderam.

Michael ouviu a porta do elevador se abrir e três pessoas, dois homens e uma mulher, entraram no salão.

– Bem-vindo Michael – disse o homem mais velho. – Estávamos à sua espera.

## 12

O homem jovem à direita tinha ombros e pescoço musculosos, cabelo preto e comprido que cobria as orelhas. Sua postura era de uma pessoa segura, e ele mantinha o queixo um pouco levantado, como se esperasse obediência. Contrastando com ele, a mulher mais velha à esquerda parecia encantada de conhecer o Peregrino. Ela inclinou o corpo para frente como se ouvisse mal e não quisesse perder uma só palavra. O homem mais velho, obviamente o líder, estava entre os dois. O nariz adunco e os olhos fundos fizeram Michael se lembrar de um busto de mármore de um imperador romano.

– Pedimos desculpas pela severidade da nossa demonstração – disse o homem mais velho. – Mas precisávamos descobrir se você era um Peregrino ou alguém das terras de fora.

– Um bárbaro teria caído de joelhos – explicou a mulher. – Eles choram, tremem e rezam para a nossa luz.

– Vocês têm nomes? – perguntou Michael.

– Claro que temos – disse o homem mais velho. – Mas soariam estranhos e você não entenderia o significado deles.

– Queremos que sinta que está conversando com amigos – disse a mulher.

– Por isso escolhemos nomes do seu mundo – disse o homem mais velho. – Eu sou o sr. Westley. Esta é a srta. Holderness e...

– Eu sou Dash – disse o jovem. – Sr. Dash. – Ele parecia satisfeito com o nome que escolhera.

– Foram vocês que entraram em contato conosco usando o computador quântico?

O sr. Westley fez que sim com a cabeça.

– Há muitos anos temos tentado nos comunicar com o seu mundo. E vocês finalmente alcançaram um nível de tecnologia capaz de captar as mensagens que enviamos através das barreiras.

– Nós queríamos um Peregrino – explicou a srta. Holderness.

– Mas não sabíamos se eles ainda existiam no seu mundo.

– E vocês se consideram deuses?

– Nós *somos* os deuses desta realidade – disse o sr. Westley. – Há outros como nós, mas nós três recebemos a incumbência de vir encontrá-lo.

– No meu mundo temos uma imagem diferente de Deus. Ele é uma força poderosa que sabe de tudo.

– Nós sabemos de tudo que acontece na nossa República – disse a srta. Holderness. – Os computadores captam todos os pensamentos negativos e qualquer sinal de rebelião.

O sr. Dash ficou irritado.

– E somos tão poderosos quanto os deuses. Se dermos a ordem correta, fazemos a metade da população matar a outra metade.

– Mas Deus é...

Michael hesitou sem saber como terminar a frase. Quando pensava em Deus imaginava o homem de barba branca retratado na pintura do teto da Capela Sistina.

– Deus é imortal.

Os três semideuses se entreolharam e Michael percebeu que a morte era um assunto delicado.

– O nosso poder não depende de um único indivíduo – disse o sr. Westley. – Se um de nós desaparecer, um novo deus é escolhido na classe dos guardiões. O sr. Dash é o nosso mais novo recruta.

– Os fiéis nunca nos veem assim diretamente – disse a srta. Holderness. – Às vezes punimos cidadãos que rezam todos os dias e seguem as nossas leis. As pessoas têm medo de nós porque não conseguem prever nossos atos.

– Mas vocês não criaram este mundo – disse Michael. – Não são...
– É claro que criamos o mundo – disse a srta. Holderness. – Pergunte para qualquer um que vive aqui. Eles dirão que nós pusemos os três sóis no céu e fizemos a centelha crescer nos campos aquáticos.

O sr. Dash estava muito irritado.

– Deus é qualquer coisa que seja adorada. Você pode ser um Peregrino, mas parece muito ignorante no que diz respeito à religião.

– Não precisamos discutir assim – disse o sr. Westley com voz suave. – Michael nunca esteve no nosso mundo e ainda não entende nosso sistema.

– Tenho certeza de que ele está cansado e com fome – disse a srta. Holderness – Nós não vamos alimentá-lo? – ela perguntou para os outros.

– Excelente ideia – disse o sr. Westley.

Ele tirou um disco preto do bolso da camisa e apertou uma ponta. Michael ouviu um zumbido bem atrás dele. Quando virou viu partes do chão se abrindo como sofisticados alçapões. Do andar de baixou subiu lentamente uma plataforma de metal com mobília em cima.

Os três semideuses levaram Michael até dois bancos e uma mesa de vidro cheia de pratos de comida. A refeição parecia bem simples. Tinham cortado plantas vermelhas e verdes em formas geométricas. Todos se sentaram, e o sr. Dash misturou água com um líquido azul em um recipiente de ouro.

– Temos recebido a visita de Peregrinos desde os primeiros registros da nossa história – disse o sr. Westley. – Alguns estiveram aqui só de passagem. Outros, como Platão de Atenas, permaneceram e aprenderam conosco.

– Começamos com três divisões da sociedade: trabalhadores, soldados e governantes – disse a srta. Holderness. – Num dado momento nossos ancestrais introduziram uma série de mitos para justificar nosso sistema. O primeiro mito é que existe uma razão fundamental para essa nossa divisão em três. Os servos fiéis são os braços e pernas da República. Os militantes são o coração, e os guardiões são a cabeça.

– Ouvi essa mesma história de um servo nos campos aquáticos – disse Michael.

A srta. Holderness ficou satisfeita.

– Nossos ancestrais também criaram uma história maravilhosa, na qual todos estão presos em uma caverna observando as sombras em uma parede. Só os deuses podem sair da caverna e ver a luz verdadeira.

– O mito justifica a nossa existência – disse o sr. Westley. – A principal ameaça à estabilidade é quando as pessoas pensam e agem livremente. Com uma hierarquia de consciência, se pode dizer que a percepção de qualquer um é bobagem ou blasfêmia.

– Os homens que vocês executaram foram chamados de hereges.

– O maior desafio à estabilidade é o impulso perverso de conquistar a liberdade. Não se pode controlar por completo esse desejo de liberdade com ameaças e castigos. É mais eficiente ensinar as pessoas a duvidarem da realidade das suas próprias percepções. Quando o sistema está funcionando corretamente, elas mesmas se censuram.

O sr. Dash acabou de misturar a água e o líquido azul. Ele bebeu primeiro e passou o pote para o sr. Westley. O homem mais velho bebeu e passou o pote para a srta. Holderness, que deu alguns goles e passou o pote para Michael. Os três semideuses ficaram em silêncio, observando Michael. O sr. Dash sentou na beirada da cadeira, como se esperasse uma surpresa desagradável.

Michael pegou o pote e bebeu o líquido turquesa. Tinha um gosto levemente amargo, mas quando engoliu sentiu um calor se espalhando pelo corpo. Pensou que devia ser álcool ou alguma coisa parecida. Pelo menos não estavam tentando envenená-lo.

– O guardião que o trouxe aqui pode rastrear qualquer um que use o colar vermelho.

– Há muitas outras maneiras de monitorar a população – disse a srta. Holderness. – Os militantes vigiam os servos. Os guardiões vigiam os militantes. E nós cuidamos para que os guardiões não organizem nenhuma espécie de rebelião.

– Se vocês têm esse tipo de tecnologia, não sei por que usam aquelas carroças e máquinas a vapor.

– Você daria explosivos para uma criança? – perguntou o sr. Westley. – Seria um desastre se todos na nossa sociedade tivessem acesso às máquinas. Por isso criamos um sistema com duas etapas. Por um longo período desenvolvemos computadores, as telas visionárias e os colares de monitoração. Mas essa tecnologia se restringe à religião e à segurança. Mantemos a comida, as vestimentas e remédios num nível mais simples. Dessa forma podemos criar milagres todos os dias. Para as pessoas, nós, deuses, vemos tudo, sabemos de tudo...

– É, eu vim para cá por causa do computador quântico. Vocês estavam enviando dados técnicos para nós e de repente pararam.

– Concluímos que qualquer governo ou organização capaz de criar um computador quântico também teria conhecimento dos Peregrinos – disse o sr. Westley.

– Isso tudo foi por sua causa – disse a srta. Holderness. – Nosso objetivo era fazer com que um Peregrino viesse para o nosso mundo.

O líquido azul tinha deixado Michael meio zonzo, mas mesmo assim ele sentiu que alguma coisa importante estava para acontecer. Aquele era o momento na apresentação de um produto em que alguém apresenta um contrato e o põe sobre a mesa.

– Pois agora estou aqui – disse Michael. Ele quis disfarçar a própria tensão e pegou um alimento que parecia uma fatia de melão. Ficou surpreso com o gosto salgado, parecia o *kimchi* coreano. Engoliu tudo de uma vez e bebeu o líquido azul.

– Por que queriam me conhecer?

– Por algum motivo que desconhecemos, você e os outros Peregrinos têm um poder que não temos – disse o sr. Westley. – Vocês conseguem escapar do mundo de vocês.

Os três semideuses encararam Michael. Fez-se um momento desagradável de silêncio. Michael bebeu mais um gole da bebida azul e procurou não sorrir. Eles estavam com inveja. Sim, era isso. Inveja do poder dele.

– Queremos fazer a travessia para outros mundos – disse o sr. Westley.

– Já fizemos tudo que podíamos neste lugar – disse o sr. Dash. – Estamos entediados. Queremos ir para a *Dark Island* e para o mundo dos espíritos famintos. Mas, acima de tudo, queremos viajar para a cidade dourada.

– Não sei do que vocês estão falando.

– No passado, Peregrinos vieram para cá e nos insultaram – disse o sr. Dash. – Eles nos chamam de "semideuses" e dizem que os deuses "verdadeiros" vivem nesse lugar especial.

A srta. Holderness tamborilou na mesa.

– Algumas criaturas podem ter uma forma mais elevada de consciência, mas sabemos como usar nosso poder. Não teríamos de fazer muito esforço para elas reconhecerem nossa real divindade.

– Não posso ensinar como ser um Peregrino – disse Michael. – Meu pai tinha esse poder e passou para mim.

– É apenas uma questão de se concentrar e enviar energia – disse o sr. Westley. – Acho que podemos duplicar o processo com os nossos computadores quânticos.

A srta. Holderness tomou mais uns goles do líquido azul e passou o recipiente para o sr. Dash.

– Olhem só para o Michael – ela disse. – Ele está querendo descobrir como isso vai aumentar seu próprio poder.

– Ajude-nos a nos tornar Peregrinos, que mostraremos como assumir o controle do seu mundo – disse o sr. Westley. – Teremos o controle de mais cinco mundos, mas você será o deus da sua realidade específica.

– O Quarto Mundo é um lugar muito grande – disse Michael. – Muita gente vive lá.

## A CIDADE DOURADA

– Você não vai ter de ficar vigiando todas elas – explicou o sr. Dash. – Outras pessoas podem fazer isso por você, seus militantes da igreja e seus guardiões. Mas você será o responsável pelo sistema. E se tornará deus, como nós três.

– Esqueça a arte e a filosofia – disse o sr. Westley. – Existe uma única verdade, e nós a vemos com toda a clareza. A força permanente no universo é a Luz que mora em cada ser vivo. Quando você controla uma pessoa, controla a Luz dela.

– É um jogo... só que muito mais elaborado – disse a srta. Holderness. – Fazemos nossos cidadãos marcharem e lutarem uns contra os outros. Nós os fazemos chorar, rir e rezar.

O sr. Dash levantou o pote com o líquido azul e deu um sorriso de orelha a orelha.

– E depois de fazer isso, sempre podemos fazer com que morram, às vezes de forma espetacular.

O suor escorreu pelo pescoço de Michael. A sensação era de que tinha acabado de participar de uma corrida num dia quente de verão.

– Meu mundo tem governos, exércitos e religiões diferentes.

– Não há necessidade de lutar contra nenhum desses grupos – disse o sr. Westley. – Vamos mostrar para você como levá-los numa direção específica. Primeiro você cria uma história assustadora, depois acrescenta um final feliz...

# 13

Hollis passou as horas seguintes andando pelo bairro de Ginza, esperando o telefone tocar. Se a Tábula sabia do seu passaporte, os computadores da organização podiam ter registrado a sua chegada ao Japão. Com a presença dele confirmada, os contatos locais da Tábula iam começar a procurá-lo.

Assim que o sol se pôs as placas de néon de Ginza começaram a acender, vermelhas e verdes. Uma enorme tela de vídeo na lateral de um prédio passava imagens de mulheres jovens sorrindo e apontando para novos produtos. Hollis vagou pelos desfiladeiros de arranha-céus e se viu numa rua que era inteira de presentes. Cada loja vendia um tipo de artigo de luxo: saquê envelhecido, malas caras, orquídeas embrulhadas em papel branco, bombons de chocolate em papel vermelho. Até aqueles presentes faziam Hollis se lembrar de Vicki. Será que ela gostaria de um lenço de seda ou de um vidro de perfume? Por que não tinha comprado presentes para ela quando moravam na cidade de Nova York?

Achou que tinha gente demais olhando para ele e seguiu para o norte, para os prédios modestos do bairro de Asakusa. Quando os postes começaram a se acender com suas luzes amarelas, ele entrou numa *onsen*, uma casa de banhos pública que usava a água de uma fonte térmica. Na pequena entrada tinha armários para guardar os sapatos e Hollis ficou pulando numa perna só para desamarrar os cadarços. Uma porta de correr se abriu e um japonês baixo e corpulento saiu por ela para pegar os sapatos de

Hollis. A perna da calça do homem subiu um pouco quando ele se abaixou para abrir um armário e Hollis viu que ele tinha tatuagens. Dava para ver mais tatuagens na parte do peito exposta pela camisa desabotoada em cima. Hollis ficou imaginando se o homem era um Yakuza, um gângster japonês. Numa cultura que dava valor ao conformismo, as pessoas precisavam de um motivo muito bom para mudar de aparência.

Depois de deixar as roupas no armário, ele seguiu uma linha amarela no chão até um banheiro e sentou num banquinho de plástico. Os homens japoneses não paravam de olhar para aquele homem negro se ensaboando. Hollis encheu um balde de água de uma torneira e derramou sobre a cabeça. Repetiu esse processo uma dúzia de vezes e entrou num salão com quatro piscinas, cada uma com uma temperatura diferente. A primeira era tão quente que os pés e os dedos dele começaram a formigar. A água da *onsen* cheirava a enxofre e era da cor de um chá fraco. Depois de um tempo os japoneses passaram a ignorar o estrangeiro e se concentraram nos próprios banhos. Será que estou seguro aqui?, pensou Hollis. Não há computadores. O pagamento é em dinheiro. Respirando o vapor, ele recostou na parede da piscina.

Hollis saiu da *onsen* algumas horas depois e jantou num restaurante em que os pratos de sushi eram servidos numa esteira rolante. Ele se serviu de seis pratos de cores diferentes e então o telefone celular do livreiro tocou algumas notas da "Ode à Alegria" de Beethoven.

– Sabe quem está falando? – perguntou Kotani. Parecia que ele continuava com medo.

– Sei. Obrigado por ligar para mim.

– Sinto muito pelo meu comportamento covarde esta tarde. Mas não estava preparado para encontrá-lo.

– Eu entendo.

– Vá para um bar chamado Chill às dez horas esta noite. Fica no Golden Gai, perto de Kubukicho... – O telefone ficou mudo e os pequenos pratos de sushi continuaram a deslizar em volta do restaurante.

KUBUKICHO, AFINAL, era um bairro da luz vermelha que tinha exibições para voyeurs, clubes de strip-tease e casas de massagem. Uma placa de plástico com lábios gigantes pendia de uma dessas casas. Dos alto-falantes se ouvia vozes murmurantes de mulheres e a calçada era coalhada de volantes de prostitutas. Hollis ficou surpreso de ver jamaicanos trabalhando como apresentadores e leões de chácara para diversos estabelecimentos. Com seus ternos tropicais de cores pastel eles se pavoneavam para cima e para baixo na calçada, falando japonês com os empresários que caminhavam por ali.

Um jamaicano com a cabeça brilhante de tão bem raspada estava parado do lado de fora de um bar chamado Le Passion Club.

– Ei, irmão... de onde você é?
– Estados Unidos.
– Ah, é? O que veio fazer no Japão?
– Vou estudar caratê num *dojo*.
– É melhor rezar muito, irmão. – O homem careca deu uma gargalhada ruidosa. – Aqueles mestres do caratê vão acabar com você.
– Eu sei me cuidar.
– Mas tome cuidado mesmo. O Japão é um lugar muito cruel para os negros. Faça o que veio fazer e volte para casa.

Hollis se perdeu algumas vezes, mas acabou encontrando o Golden Gai, um conjunto de ruas estreitas cheias de prédios decadentes de dois andares. O lugar tinha mais de vinte bares. Cabos de força cobriam a rua como se tudo se alimentasse de uma única tomada. Nenhum bar tinha janelas. Muito poucos se deram ao trabalho de exibir placas. Hollis subiu e desceu várias ruas e só depois notou a palavra CHILL escrita com letras minúsculas numa porta verde.

Entrou e deparou-se com uma escada tão íngreme que parecia uma daquelas de encostar na parede. Subiu para o primeiro andar usando os pés e as mãos, passou por cortinas de veludo vermelho e entrou em um bar que devia ser do tamanho do quarto dele em Los Angeles. Tocavam jazz nos alto-falantes escondidos e havia um barman com prateleiras cheias de marcas de vodca atrás.

Akihido Kotani estava sentado a uma mesa pequena, encostada na parede. Olhava fixo para uma garrafa de vodca que tinham congelado em um bloco de gelo e depois posto dentro de um cilindro de latão. O cilindro era sustentado por uma estrutura de aço que podíamos inclinar para frente toda vez que quiséssemos nos servir de mais uma dose.

O barman olhou feio para o estrangeiro negro, mas Hollis o ignorou e sentou à mesa de Kotani.

– Boa-noite.

– Ahhh, você encontrou este lugar. Quer beber alguma coisa, sr. Wilson? Neste bar eles servem o saquê quente e a vodca é sempre gelada.

– Saquê está bom.

Kotani pediu o saquê para o barman e inclinou o cilindro de latão no eixo para derramar mais vodca no copo.

– Sparrow vinha sempre aqui nos velhos tempos quando este bar se chamava Nirvana. Toda noite, das nove às três, eles queimavam incenso e um mestre zen meditava ali.

Kotani apontou para um canto do bar, agora ocupado por um tanque de peixes.

– Sparrow dizia que o monge criava uma atmosfera de paz.

– E você era amigo dele?

– Eu o conheci antes de ele assumir seu nome de Arlequim. Mesmo na escola ele já era o corajoso e eu o covarde.

Kotani parou de falar quando o barman serviu uma garrafa de saquê quente e um copo de cerâmica para Hollis. Começou a tocar músicas do álbum *Kind of Blue* de Miles Davis.

– Escute, eu preciso...

– Eu sei o que você quer. Sparrow dizia que um Arlequim precisava de um cavalo, de um rolo de pergaminho, uma bolsa e uma espada. Não é recomendado portar uma espada no Japão, a não ser que esteja indo para uma demonstração de *kendo*. Mas acho que posso providenciar uma pistola.
– Da Yakuza?
Kotani balançou a cabeça.
– Foi a Yakuza que matou Sparrow. Eles têm contrato com a Tábula e com outras pessoas poderosas neste país. Não vão ajudar um Arlequim.
– Que tal os jamaicanos que trabalham nas boates?
– Aqueles homens são *gaijin* com problema de passaporte. Peça uma arma e eles vendem você para a polícia. O que você precisa é de alguém flexível em relação à lei. Os japoneses nascidos no Peru e no Brasil voltaram para casa. Eles se parecem e falam como todo mundo, mas encaram o mundo de modo diferente. O proprietário do lugar onde moro, Senzo, é um desses. Ele conhece um homem que tem uma arma. Você pode comprá-la esta noite, por duzentos mil ienes. Está com dinheiro?

Hollis fez que sim com a cabeça.
– Eles vêm aqui?
– Vamos encontrá-los num motel em Shibuya. Lá é bem sossegado. Ninguém vai nos ver. – Kotani estendeu a mão. – Preciso do meu celular, por favor.

Kotani digitou um número no telefone e disse algumas palavras em japonês.
– Está certo – ele disse depois que desligou o celular. – Vão nos encontrar dentro de uma hora.

Hollis bebeu o saquê morno e Kotani serviu-se de mais vodca da garrafa congelada.
– E então, o que veio fazer em Tóquio? – perguntou ele. – Não há mais Peregrinos no Japão. Todos foram mortos depois que Sparrow morreu. O Japão não está à espera da Imensa Máquina, ela já está aqui.

— Estou procurando alguém que fala com os mortos. Quando Thorn esteve no Japão ele conheceu uma médium, uma mulher.
— Sim, uma Itako. A que Thorn conheceu mora no norte.
— Como faço para encontrá-la?
Kotani serviu-se de mais vodca. O rosto dele já estava vermelho e ele falava devagar, procurando pronunciar direito cada palavra.
— Sparrow e eu fomos visitar essa Itako. Ela disse que Sparrow ia morrer devido a uma covardia e que eu morreria por uma bravura.
— E ela acertou?
— Para mim não. Mas Sparrow foi morto por um covarde, um Yakuza que atirou nele pelas costas.
— Quero conhecê-la.
O livreiro tirou um recibo e uma caneta do paletó esporte. Escreveu com caracteres japoneses nas costas do recibo e empurrou o papel na mesa.
— O nome dela é Mitsuki. Pegue o trem até Hachinohe e mostre isso para as pessoas de lá. Você vai precisar de um tradutor. Domingo à tarde vamos ao Yoyogi-Kōen. É quando as diferentes tribos, as *zoku*, vão para o parque. Um dos meus antigos alunos chamado Hoshi Hirano estará lá, dançando rock-and-roll. Ele ajudará você na viagem para o norte, se achar seu plano interessante. — Kotani sorriu e ergueu o copo. — Hoshi é um rebelde que precisa de uma causa.
— Mas você não vem conosco?
— Nunca. — Kotani se levantou desequilibrado e quase derrubou a cadeira.
— A Itako fala com os espíritos. Há fantasmas demais na minha vida.
Eles saíram do bar, acharam um táxi e pediram ao motorista para levá-los ao bairro Shibuya. Kotani fechou os olhos e deitou a cabeça no encosto do banco. A garrafa de vodca tinha ajudado a superar o medo.

— Como era o Sparrow? — perguntou Hollis. — Pode descrevê-lo?

— No último ano da vida dele, Sparrow sabia que a Yakuza ia matá-lo. Essa certeza o deixou muito calmo e gentil, exceto quando estava lutando. Eu era professor do ensino médio. Sparrow costumava ir ao meu apartamento e me ajudava a corrigir as provas. Depois ia para o bar Nirvana e observava o mestre zen tentar se livrar do corpo.

— Quando você começou a vender livros?

— Quando mataram Sparrow. Fui ao hospital para pegar o corpo dele. Alguém tirou a minha fotografia e saiu nos jornais. Embaixo da minha foto escreveram: "O amigo do louco". Um dos meus inimigos recortou a foto e pregou na sala dos professores. Fui humilhado. Os alunos riam de mim. Então comecei a vender livros. Eu não era mais respeitável, por isso não podia me casar. — Kotani cerrou o punho e socou o peito. — Eu devia ter morrido com Sparrow aquela noite, mas fui um covarde.

O táxi parou na frente da estação de metrô Shibuya, e o livreiro levou Hollis por uma ladeira até um bairro cheio de motéis. Alguns tinham a fachada nua e branca, mas a maioria era muito iluminada e pintada com cores berrantes. Eles passaram por uma miniatura de *château* francês, por um chalé suíço e por uma imitação de templo grego, com nus de gesso em nichos na parede. Quando os carros chegavam aos motéis, desapareciam por rampas que davam nos estacionamentos subterrâneos.

Na metade da subida Kotani parou na frente de um motel que era para ser um castelo gótico. Tinha um fosso, uma ponte levadiça e a fachada de alvenaria pintada para parecer blocos de pedra. Flâmulas cor-de-rosa ondulavam cansadas de mastros no topo do telhado íngreme.

— É aqui que vamos encontrar Senzo e o amigo dele — explicou Kotani. — Ele não queria que você fosse ao prédio dele.

Eles atravessaram a ponte levadiça falsa e abriram uma porta pesada de madeira. O saguão do motel não tinha mobília, e sim uma fila de máquinas de moedas que vendiam camisinhas, cerveja e bebidas energéticas. Na parede tinham pendurado fotografias dos doze quartos diferentes que tinham. Um parecia um calabouço medieval, outro uma cabana. Kotani escolheu um quarto com tema africano. Apertou um botão vermelho e a lâmpada sobre a fotografia apagou imediatamente. Uma meia cortina cobria parte da entrada de uma alcova, de modo que o empregado e os fregueses do motel jamais viam o rosto uns dos outros. Quando Kotani pôs um maço de notas no balcão, mãos de mulher pegaram o dinheiro e deram um cartão plástico que era a chave do quarto. Poucos segundos depois um alto-falante tocou o som de sinos de vento e a porta de um elevador se abriu.

Kotani digitou um número em seu celular e disse algumas palavras. Os dois entraram no elevador, que subiu lentamente.

– Por que não podemos operar o elevador? – perguntou Hollis.

– Você só pode ir para o seu andar. Eles não querem que os fregueses encontrem outras pessoas nos corredores.

No terceiro andar Kotani passou o cartão na fechadura do quarto nove e a porta abriu. O Quarto Africano lembrava a fotografia do saguão, mas o tapete de couro de zebra estava rasgado e o quarto cheirava a desinfetante de limão.

Hollis foi ao banheiro e viu uma banheira de hidromassagem com fachada de pedra e folhagem tropical artificial. Voltou para o quarto, abriu a cortina com estampa de leopardo e viu um poste de luz lá embaixo. Não havia saída de incêndio. A única saída era a porta.

– Onde fica o armário?

Kotani ficou confuso.

– Quase todos os quartos de motel têm armários.

– As pessoas não ficam muito tempo aqui.

Hollis examinou a escultura africana que pendia da parede e a cama com quatro postigos e mosquiteiro. Ainda meio bêbado, Kotani sentou numa cadeira de junco e sorriu.

– Por que está tão desconfiado? Ninguém sabe que estamos aqui.

— Em poucos minutos alguém vai aparecer com uma arma para vender. Quem sabe ele decide ficar com a arma e levar o dinheiro todo?
— Não tem com que se preocupar. É uma pessoa muito desconfiada, sr. Wilson. Senzo não é. Assim que você apareceu na livraria, pensei que era enviado da Tábula.
— Acho que terá de confiar em mim.
— Mas eu sei quem você é. Verifiquei tudo com Linden.
Hollis controlou a expressão do rosto.
— E como fez isso?
— Mandei um e-mail para ele. Depois que ele confirmou sua identidade, liguei para você no celular.
— Você enviou um e-mail de um cybercafé?
— Tenho um computador em casa. Não precisa se preocupar. Não usei meu nome verdadeiro.
— A Tábula pode ter posto um vírus na sua máquina. Ele é ativado quando detecta certas palavras.
— Você está nervoso demais, sr. Wilson. Sparrow nunca foi assim.
— Sparrow está morto. Eu planejo continuar vivo.
Os dois levaram um susto quando o celular de Kotani começou a tocar "Ode à Alegria".
Ele atendeu e disse algumas palavras em japonês.
— Está vendo? Está tudo bem. Senzo está no saguão com o amigo. Eles vão subir no elevador.
— E ele é o seu locador?
— É. Já disse para você. Ele se ofereceu para me vender a arma um ano atrás.
— Por isso ligou para ele?
— Não foi necessário. Ele foi ao meu apartamento e me disse que ia pintar a cozinha.
— Então ele simplesmente apareceu num dado momento?
— O que está querendo dizer?
— Nós vamos dar o fora daqui.

# A CIDADE DOURADA

Hollis agarrou Kotani e puxou-o para que ficasse de pé, quando alguém bateu na porta. Não tinham mais saída. Ele pensou em quebrar a janela, mas era longe demais para pular.

– Preste atenção... Hollis tirou dois maços de notas japonesas da bolsa a tiracolo e enfiou nos bolsos de Kotani.

– Se a Tábula está à minha procura, temos realmente um problema. Mas talvez não seja nada. Talvez eles só queiram mesmo o dinheiro. Compre a arma e eles vão embora.

– Eu... eu entendi.

Hollis tirou a faca de cerâmica da bainha. Quando o visitante no corredor bateu na porta outra vez, ele deitou no chão e deslizou para baixo da cama. Um edredom de algodão pendia do colchão até o chão e ele ficou bem escondido. Havia uma distância de uns quatro centímetros entre a barra do edredom e o chão.

Kotani abriu a porta e dois homens entraram no quarto do motel. Falaram em japonês e Hollis não entendeu o que diziam. Ele espiou por baixo do edredom e viu que um dos homens usava um terno azul-marinho. O segundo usava calça de algodão manchada e tênis velhos. Hollis concluiu que o segundo homem era Senzo, o proprietário do apartamento de Kotani que tinha sido criado na América. A voz dele era animada e simpática, e ele balançava um pouco as pernas ali parado ao lado da cama.

Senzo era o que mais falava e o sr. Terno andava para lá e para cá examinando o quarto. A voz de Kotani soava muito baixa e respeitosa. Hollis procurou respirar sem fazer barulho, segurando a lâmina da faca encostada ao peito. Apenas dê o dinheiro para eles, pensou. Dê o dinheiro e peça para eles saírem.

Depois de alguns minutos de conversa o homem de terno começou a fazer perguntas. Ele tinha uma voz grave e forte e falava com frases curtas. Kotani respondeu com voz de medo.

Silêncio. Então o homem de terno agarrou Kotani e jogou o livreiro contra a parede. A voz do homem encheu o quarto, exigindo uma explicação. Kotani caiu no chão, mas o homem o agarrou de novo e bateu na cara dele. Hollis não precisava entender japonês para saber que Kotani estava desesperado, implorando misericórdia. Se o livreiro o traísse, ele teria de atacar.

Hollis virou um pouco a cabeça e viu o sapato marrom de Kotani. Ele estava muito perto do lado esquerdo da cama. Hollis ouviu passos e um estalo abafado. De repente Kotani despencou no chão com sangue escorrendo pela boca. Alguém tinha atirado na nuca do livreiro.

Hollis olhou para a direita por baixo da barra do edredom. Senzo estava de pé ali, a poucos centímetros. Então ele olhou para a esquerda e viu que o sangue de Kotani tinha formado uma poça vermelho vivo embaixo da cabeça dele. O sangue tremia quando os homens andavam de um lado para outro. Hollis parou de respirar quando o sangue escorreu na direção dele.

Arrastou-se para a direita, saiu debaixo da cama e ficou de pé rapidamente. Senzo estava a poucos centímetros dele. Hollis agarrou o ombro do homem com a mão esquerda e o golpeou com a faca para cima, bem fundo, na barriga. Quando Senzo gritou e caiu para trás, Hollis puxou a faca.

Um japonês de cara larga e cabelo preto penteado para trás com gel estava parado ao lado da cadeira de junco. Ele tinha enrolado uma toalha do motel no cano da arma para abafar o barulho do tiro. O homem levantou a arma, mas Hollis já estava em cima dele, agarrando o cabo da arma e torcendo. Berrando de dor o homem deixou a arma cair, e Hollis enfiou a faca entre as omoplatas dele. A lâmina de cerâmica atingiu uma vértebra e se partiu em dois pedaços. Hollis largou a faca, passou o braço no pescoço do homem e enfiou o joelho nas costas dele. O assassino de Kotani caiu para frente, então Hollis o puxou para trás com um movimento rápido e quebrou o pescoço dele.

Levantou-se e ficou olhando para o corpo imóvel. Havia espelhos no quarto todo, de modo que os casais pudessem se ver fazendo amor. Hollis viu seu olhar de louco, o peito subindo e descendo, ofegante. Nos espelhos os homens mortos pareciam abstratos, como pilhas de roupas jogadas no chão.

# A CIDADE DOURADA

Os maços de dinheiro japonês e uma 9 mm carregada jaziam no meio da cama. Hollis enfiou tudo na sua bolsa a tiracolo, voltou para o homem de terno e puxou-o para que virasse de barriga para cima. Rasgou a camisa dele e viu que o peito e a barriga eram cobertos por uma tatuagem de dragão. Yakuza. Um mercenário da Tábula.

Akihido Kotani estava caído ao lado da cama. Hollis olhou para o morto e entendeu que a Itako tinha feito a profecia correta. A bravura do livreiro tinha provocado a morte dele. Ele saiu do quarto do motel e correu pelo corredor até a saída de incêndio. Havia duas câmeras de segurança na parede. Em poucas horas tanto a Tábula como a polícia de Tóquio iam sair à procura de um assassino, um homem negro, um *gaijin*, um forasteiro que não tinha onde se esconder.

# 14

A primeira vez que Gabriel cruzou as barreiras foi uma experiência apavorante. Depois de uma série de travessias ele aprendeu a controlar o movimento de sua Luz. Apesar de o corpo físico não ter nada a ver com esse conhecimento, o processo fazia Gabriel se lembrar de paraquedismo e de surfar sem prancha, atividades em que a mudança de peso ou um movimento leve dos braços podiam impeli-lo em outra direção. Quando ele atravessava sua consciência sentia a direção certa e era capaz de guiar sua Luz para o Primeiro Mundo. Mas a chegada em si era sempre inesperada. Depois de passar pelas barreiras, você de repente estava *lá*. Era como deitar em uma cama e acordar em outra.

ELE ABRIU OS OLHOS, ficou de pé e viu que estava em um cômodo comprido e estreito, com uma janela quebrada numa extremidade. Lá fora na rua um escapamento de gás crescia como uma brilhante flor cor de laranja de uma rachadura no asfalto. Ele estava numa loja que antigamente vendia geladeiras, máquinas de lavar roupa e fogões. Esses aparelhos não eram os modernos de aço inoxidável que eram exibidos em Nova York ou em Londres. Nada disso, as máquinas de lavar tinham rolos para espremer a roupa molhada presos a uma cuba aberta e as geladeiras eram caixas de metal pintadas de branco com serpentinas de refrigeração adaptadas em cima. A tecnologia antiquada fazia com

## A CIDADE DOURADA

que cada aparelho parecesse um pequeno ídolo atarracado que tinha sido adorado um dia e que agora estava abandonado, em ruínas.

Gabriel virou-se de novo e viu uma mancha escura que se movia na parede atrás de um fogão caído. Aquela sombra só podia ser vista por um Peregrino, pois era um portal que podia ser usado por Maya, o caminho de volta para um ponto de acesso específico: a capela secreta no mosteiro de Santa Catarina. Ele empurrou algumas máquinas abandonadas para marcar a entrada e a saída e foi até a janela quebrada. A loja de aparelhos domésticos ficava numa avenida cheia de outras lojas saqueadas. Viu um sofá meio queimado e uma pilha de entulho na calçada bem na sua frente. As árvores que antes sombreavam a rua agora eram troncos carbonizados e galhos sem folhas que se estendiam na direção da luz do fogo no escapamento de gás.

Mais uma vez ficou imaginando se seu pai tinha explorado aquela cidade escura. Sophia Briggs, a Desbravadora do caminho de Gabriel, tinha dito que apenas alguns Peregrinos faziam a travessia para mundos diferentes. Muitos pensavam que o poder de sair do próprio corpo era uma alucinação. Outros ficavam tão apavorados com as quatro barreiras que se recusavam a ir mais longe.

Na primeira visita que Gabriel fez ao Primeiro Mundo, o comissário das patrulhas tinha mencionado os "visitantes" que vinham de fora da ilha. Talvez um desses tivesse sido Matthew Corrigan. Quando Gabriel pensava no pai, lembrava de momentos em que Matthew dirigia a picape ou trabalhava no jardim. Nada era assustador ou perigoso na fazenda deles, mas às vezes uma expressão de enorme tristeza aparecia no rosto do pai. Ele podia estar pensando na raiva e no ódio que aprisionavam os habitantes daquele mundo de trevas.

Gabriel saiu da loja e foi para a rua. Ele andava num ritmo alerta e cauteloso, como um animal que sabia que era caçado. O último lugar em que tinha visto Maya era a escola abandonada que os patrulheiros usavam como sede. Era perigoso voltar lá, mas ele resolveu que ali seria o ponto central de um círculo invisível. Ia começar procurando na periferia da cidade e depois entraria em espiral até as ruas em volta da escola.

O inferno era uma realidade permanente, presa em um ciclo interminável de destruição, criação e outra vez destruição. Quando o último sobrevivente morresse, a cidade ia voltar misteriosamente àquela primeira manhã, quando o céu era azul e a esperança era possível. O sofrimento no inferno era ainda mais poderoso por causa do que se tinha perdido.

Ele não tinha ideia se Maya estava viva, mas não parecia que o ciclo de destruição tinha acabado. A luz escorria pela grossa camada de nuvens que cobria o céu. O ar cheirava a pneus queimados, e cinzas cobriam a rua. Para todo lado que olhasse via palavras e números rabiscados nas paredes e nas calçadas. X CRUZAM O CÉU. VERDE 55. ESTE É O LUGAR. LEMBRAR. Algumas palavras delineavam certos territórios ou domínios que existiam no passado, como as marcas de gangues no mundo dele. Mas a maior parte daquele grafite era escrito pelas pessoas que acreditavam que iam renascer num novo ciclo. Antes de morrer elas deixavam pistas e mapas codificados para esconderijos e depósitos de armas.

Ele parou numa esquina e espiou a rua transversal. Era perigoso estar ali. Com o tempo seria visto pelos lobos. Avaliou diversas estratégias e acabou resolvendo deixar mensagens para Maya por toda a cidade. Depois de uma busca numa quitanda incendiada voltou para a rua com dois pedaços de carvão. Sentiu-se como um adolescente numa estação de metrô deserta quando desenhou um alaúde de Arlequim num muro de tijolos com as palavras ONDE VC ESTÁ?

A rua seguinte tinha sido transformada em depósito de lixo. Havia duas cadeiras quebradas, dois relógios de pé sem o mostrador e uma pilha de pedaços de louça. Alguém desmantelou um carrossel e deixou os cavalinhos de madeira encostados numa parede de tijolos como se aquelas criações todas coloridas perseguissem umas às outras pelo quarteirão. Gabriel tocou em um

## A CIDADE DOURADA

dos cavalos e sentiu a superfície lisa da sela preta e da crina esvoaçante. Resolveu deixar outra mensagem, mas quando empunhou um pedaço de carvão notou palavras apagadas escritas com tinta vermelha. Cada letra tinha tinta escorrida embaixo, como se sangrasse. VOCÊ É O PEREGRINO? Perguntava quem tinha escrito. VOCÊ VOLTOU? Embaixo dessas palavras tinha uma seta vermelha apontando para um lado da rua.

Será que Maya tinha pintado aquela mensagem? Era possível, mas Maya teria posto o alaúde também, ou os losangos entrelaçados, marcas de Arlequim. Gabriel ficou ao lado do cavalinho de carrossel alguns minutos, avaliando as possibilidades. Então foi andando pela rua, na direção da seta. Dois quarteirões dali encontrou uma segunda mensagem que o levou a mais sinais. As palavras eram sempre escritas com tinta vermelha, mas o tamanho das letras variava. Às vezes a mensagem era desenhada no alto de um prédio, como um outdoor. Mas em geral havia apenas uma seta vermelha, pintada no capô de um caminhão de entrega acidentado ou numa porta ainda presa por uma única dobradiça.

Quando chegou mais perto do centro da cidade viu pegadas na fuligem que cobria a calçada. Em um quarteirão encontrou um homem morto caído de costas. O corpo já estava ali havia algum tempo e seco como uma múmia. Com os lábios enrugados e dentes amarelados, parecia estar rindo da destruição à volta dele.

As setas vermelhas estavam menores agora, como se o mensageiro sentisse o perigo crescente e resolvesse se esconder. Gabriel não encontrou mais pistas no quarteirão seguinte, por isso voltou e descobriu uma seta apontando para o prédio do outro lado da rua. Era bem grande, parecia uma igreja bombardeada, com uma torre em cada canto. A entrada era um arco em semicírculo. Arcos similares moldavam as janelas. Alguém tinha raspado palavras numa placa de mármore sobre a porta: MUSEU DE ARTE E ANTIGUIDADES.

Desconfiado de uma armadilha, Gabriel entrou no hall de entrada formado por dois arcos que se encontravam. O museu teve um dia uma bilheteria, um vestiário e uma borboleta, mas tudo tinha sido destruído. Parecia até que alguém nutria um ódio maior pela borboleta da entrada, porque tinha se dado ao trabalho de aquecer as barras de latão numa fogueira e torcê-las como pinças viradas para o teto.

Tinha ouvido falar do museu e da biblioteca da cidade quando era prisioneiro, mas nunca teve permissão de ver as ruínas. Virou à direita e entrou em uma sala de exibição cheia de vitrines de vidro quebradas. Uma ainda tinha uma placa de metal que dizia: COPOS CERIMONIAIS DA SEGUNDA ERA.

Não havia escapamentos de gás para iluminar o interior do museu, mas as janelas de um lado da sala davam para um pátio com uma fonte no centro. Gabriel passou pela janela quebrada e se aproximou da fonte. Monstros marinhos de bocas abertas tinham um dia cuspido água na piscina da fonte, mas agora o mármore verde estava coberto de fuligem e de flocos delicados de cinza.

– Quem é você? – perguntou um homem. – Nunca o vi antes.

Gabriel deu meia-volta e procurou quem falava. Não havia mais ninguém perto da fonte e as janelas quebradas que davam para o pátio pareciam quadros que exibiam partes da noite. O que devo fazer?, ele pensou. Correr? Para escapar para a rua teria de passar de volta pelo museu e pela borboleta.

– Não perca seu tempo tentando me encontrar. – A pessoa parecia orgulhosa de sua invisibilidade. – Conheço cada cantinho deste prédio. É o *meu* refúgio. Não é seu. O que está fazendo aqui?

– Eu nunca estive no museu. Queria ver como era por dentro.

– Não há nada aqui além de mais destruição. Por isso vá embora.

Gabriel não se mexeu.

– Vá embora – repetiu a voz.

– Alguém pintou mensagens nas paredes. Eu as segui até aqui.

– Isso não tem nada a ver com você.

– Eu sou o Peregrino.
– Não comece a mentir. – A voz era áspera, soava com desprezo. – Eu sei como é o Peregrino. Ele veio para a ilha muito tempo atrás e depois desapareceu.
– Eu sou Gabriel Corrigan.
Uma longa pausa e então a voz falou num tom cauteloso.
– Esse é mesmo seu nome?

GABRIEL TINHA VISTO um dia fotos de um atirador do exército usando uma coisa que chamavam de túnica ghillie, que era um monte de pedaços de tecido verde-escuro que mudava a silhueta da pessoa e ela se misturava à paisagem. O homem de preto que passou pela porta tinha criado uma roupa similar para se esconder nos corredores do museu abandonado. Trapos de tecido cinza e preto tinham sido costurados juntos ao acaso para formar um guarda-pó e uma calça. O homem tinha amarrado trapos em volta dos sapatos. Um véu preto pendia da aba de um chapéu e cobria o rosto dele. Em silêncio o homem caminhou pelo pátio e parou a três metros de Gabriel.

– Matthew Corrigan me disse que tinha dois filhos chamados Gabriel e Michael.

– E quem é você?

O fantasma hesitou, depois levantou o véu que cobria seu rosto. Era um homem mais velho, com aparência cansada, com pouco cabelo e pele muito clara. Até os olhos castanhos pareciam ter perdido quase toda a cor.

– Sou o diretor do museu. Quando acordei aquela primeira manhã tinham deixado as chaves do museu e alguns papéis para uma nova instalação no meu apartamento. Havia uma conta de uma nova vitrine de exibição dentro da pasta com meu nome escrito no topo da página.

O homem fechou os olhos como se recitasse um encantamento sagrado.

– Meu nome é sr. T. R. Kelso. Pelo menos era isso que o documento indicava...

— Como conseguiu sobreviver?
— Eu me escondi no museu na primeira onda de lutas e permaneci aqui nos diferentes regimes. Até agora já tivemos um imperador, dois reis e diversos generais.
— Você lembra quando o comissário de patrulhas tinha o poder?
— Sim, claro que lembro. Ele já morreu.
— Quanto tempo faz isso?
— Não temos relógios ou calendários aqui.
— Eu sei disso. Mas parece que foi há muito tempo?
— É recente – disse Kelso. – O líder atual é chamado de juiz, mas nunca houve nenhuma lei na ilha.
— Estou procurando uma forasteira, uma mulher que luta muito bem.
— Todos já ouviram falar dela por aqui – disse Kelso. – Às vezes saio do museu, vou me esconder nas paredes e nos muros e ouço as patrulhas. Essa mulher amedronta os lobos. Eles contam histórias sobre ela.
— Ela ainda está viva?
Kelso examinou o pátio todo, parecia que esperava um ataque.
— É perigoso ficar aqui parado. Venha comigo.
Gabriel seguiu a figura coberta de trapos de volta para dentro do museu e através da sala com os mostruários destruídos. Pedaços de vidro e de louça de barro cobriam o chão, e estalavam e quebravam sob os sapatos dele. Os movimentos do homem escuro eram completamente silenciosos. Ele sabia onde pisar e o que evitar. Finalmente chegaram a uma sala com um mural que mostrava homens e mulheres de macacão azul trabalhando nas manivelas de imensas máquinas. Alguém tinha atacado a pintura com um machado ou uma faca, destruindo todos os rostos.
Kelso abriu com cuidado uma porta de madeira com a fechadura arrebentada que havia em um dos cantos da sala, revelando uma escada e um corpo ressecado pendurado numa corda.
— O que aconteceu?

– Está falando do morto? Eu achei o corpo na rua e pendurei aqui. É melhor do que uma tranca ou do que uma entrada secreta. As pessoas abrem a porta, dão de cara com o corpo e vão embora. Poderiam subir a escada, mas isso nunca acontece. Kelso deu a volta no corpo e Gabriel foi atrás. Subiram uma escada em caracol que terminava no topo de uma torre com balaustrada de pedra. Era um lugar perfeito para vigiar a ilha. Os prédios dilapidados, os parques cobertos de mato e o rio escuro. Escapamentos de gás incendiados despontavam em diversas partes da cidade e a fumaça passava pelos espigões semidestruídos.

– No início isso era um museu de verdade. As peças históricas ficavam no térreo e obras de arte numa galeria no primeiro andar. Quem projetou este lugar prestou muita atenção nos detalhes. As relíquias e antiguidades desapareceram, é claro, mas eu fiz um estudo das placas nos mostruários de vidro. Todas são muito específicas, mencionam a Décima Segunda Era ou o Terceiro Regime. A ilha já teve uma história registrada, uma história sobre o passado.

– E quando foi o Terceiro Regime?

– Eu não sei. Talvez haja algum livro especial ou um relatório do governo, mas não encontrei nada. As pessoas que vivem aqui conseguem entender o que é história, mas não somos capazes de lembrar o passado. A história não existe neste mundo.

– E que tipo de arte havia no primeiro andar?

– Imagens de sofrimento.

– Tortura? Assassinato?

Kelso sorriu pela primeira vez.

– Era muito pior do que isso. O museu tinha quadros de mães e filhos, comida e flores, paisagens épicas de grande beleza. Naturalmente as pessoas presas aqui odiavam essas imagens. Um dos nossos primeiros ditadores disse que a galeria confundia as pessoas e provocava descontentamento. Então um esquadrão arrebentou todas as esculturas com martelos e queimou todas as pinturas numa enorme fogueira. Neste mundo os tolos têm orgulho desse fato. Eles encontram força e segurança na própria ignorância.

– É o seu mundo também.

Kelso levantou os braços de sua elaborada fantasia e afastou o véu da testa.

– Não é isso que eu sinto. O único desejo que compartilho com os outros é a necessidade de escapar daqui. O seu pai desapareceu num portal e não consegui acompanhá-lo.

– Estou aqui para encontrar Maya.

– Você quer dizer o demônio? É assim que os lobos a chamam. Eu a vi duas vezes, de longe. Ela carrega uma espada e anda pelo meio da rua.

– E onde posso encontrá-la?

– Por que ia querer fazer isso? Ela vai matá-lo. Talvez antes tivesse alguma bondade no coração, mas a bondade não pode existir aqui.

– Não acredito nisso.

O sr. Kelso deu risada.

– Ela mata todo mundo. Sem exceção. Ouvi algumas pessoas dizerem que ela perdeu os olhos. Só se vê no lugar deles pequenas lascas de pedra azul.

– Pode me levar até ela?

– E o que ganho com isso? Você pode me tirar deste lugar?

– Não posso prometer isso – disse Gabriel com a voz suave e baixa. – Sou de outro mundo, mas você iniciou sua vida neste lugar.

– Mas eu não sou como os outros aqui. Juro que isso é verdade.

– Todos têm o poder de tomar certas decisões na vida. Se acha que é melhor do que os outros, então prove. Talvez seus atos o libertem quando todos forem destruídos e o ciclo recomeçar.

– Acha que isso é possível? De verdade?

– Eu preciso encontrar Maya, sr. Kelso. Se quer ser uma pessoa boa, pode começar me ajudando.

Kelso torceu a boca como se fosse doloroso ficar ali sem o véu cobrindo o rosto.

– Ouvi uma conversa dos lobos. Eles prenderam o demônio no que era uma biblioteca. A essa altura já devem tê-la matado.

– Leve-me até lá.

– Como quiser.

Kelso abaixou o véu sobre o rosto e desceu a escada.

– Você me faz lembrar o seu pai, Gabriel.

– O que quer dizer?

– Ele não mentia para mim.

# 15

Maya, um dia, tinha pensado na sua vida como uma história com começo, meio e fim. Essa forma cronológica de pensar desapareceu no tempo que estava na ilha. Embora se escondesse nos entulhos e lutasse nas ruas, nenhum desses acontecimentos tinha ligação com o seu passado. Tinha a sensação de estar remando num barco em um pântano onde uma imensa batalha tinha sido travada. Às vezes o corpo de alguém subia para a superfície e ela via um rosto, se lembrava de um nome... e então o barco avançava de um salto e o rosto voltava para a lama.

O passado estava se apagando, mas o momento presente era totalmente claro. Estava presa no topo de um pilar, um pedaço de uma construção de três andares feito de tijolos e pedra, no meio da biblioteca semidestruída. Seu mundo era muito pequeno. Uma mesa de madeira, um pedaço de piso de cerâmica e um depósito com caixas de papelão preto cheias de gravuras e desenhos de anjos. No início daquele cativeiro vasculhou todas aquelas ilustrações e descobriu que cada imagem era exclusiva. Havia anjos benévolos e sorridentes, assim como anjos justiceiros abatendo pecadores com chicotes e espadas.

Se os lobos tivessem capturado Pickering em uma de suas patrulhas, eles o teriam matado imediatamente, mas o antigo alfaiate das damas usou a traição contra Maya para ganhar certa proteção. Ele continuava no que restava da sala de leitura no terceiro andar, dormindo embaixo das mesas de madeira e aquecendo latas de comida em um dos lampiões a gás. Sempre que alguém novo aparecia na biblioteca, ele corria para descrever a esperteza do seu plano e o fato de que ainda não tinha recebido sua recompensa. Com esse estímulo, os lobos ficavam na sala de leitura jogando tijolos e pedaços de concreto no pilar. Maya recuava para o depósito para se proteger. Sempre que um projétil atingia a porta de metal, os homens gritavam como torcedores de futebol comemorando um gol.

Ela estava descansando no depósito quando ouviu alguma coisa pesada bater na plataforma. Espiou por uma rachadura na porta e viu que os lobos tinham entortado um pedaço da balaustrada entre o pilar e a sala de leitura. Um homem de barba e armado com uma lança pisou naquela ponte improvisada e avançou cuidadosamente para o lado onde Maya estava. Para proteger o rosto e a parte de cima do corpo, ele tinha feito buracos em pedaços de uma chapa de metal carbonizada e juntado esses pedaços com barbante. A cada passo que dava, a armadura improvisada fazia um som metálico.

Com a espada na bainha, Maya saiu do depósito e pulou para a beirada do pilar. O homem com a máscara de metal gritou ameaças e golpeou o ar com a lança na direção dela. Ele deu um passo para frente, balançando um pouco, enquanto Maya observava os olhos dele. Quando ele finalmente entrou no perímetro de ataque dela, Maya fez uma finta para a direita, se abaixou e agarrou a lança com um movimento rotativo que fez o homem alto perder o equilíbrio e cair da ponte. Ele teve alguns segundos para gritar enquanto despencava nos vinte metros até cair no entulho lá embaixo. Os lobos na sala de leitura pararam de gritar e isso deu um momento de prazer para Maya. Ela chutou a ponta da balaustrada para longe do pilar e foi um barulhão quando bateu no chão.

N<small>INGUÉM ENTERRAVA</small> os mortos na ilha. O corpo do homem de barba continuava caído de barriga para baixo numa pilha de tábuas de assoalho meio queimadas. Aquele exemplo da habilidade dela para a luta deve ter afastado os ataques por um tempo, mas agora estavam organizando um plano bem mais ambicioso. Um líder tinha aparecido na biblioteca, um homem mais velho que usava uma peruca loura de mulher. A voz dele, aguda e fina, podia ser ouvida em qualquer parte da biblioteca.

Três torres estavam sendo construídas com madeira coberta de fuligem recuperada das ruínas. Os homens passavam muito tempo cortando as pontas carbonizadas de vigas do telhado, endireitando pregos tortos com martelos. As torres eram estruturas desconjuntadas com escoras e contrafortes para evitar que desmoronassem. Lentamente elas iam crescendo até ficar a uns três metros abaixo do refúgio dela no pilar. Quando cada torre recebeu uma plataforma chata no topo, os lobos começaram a construir escadas de madeira.

Outro grupo de homens levou tijolos e pedras para a sala de leitura e amontoaram tudo no chão. Não era difícil adivinhar o plano de assalto deles. Atirando pedras iam forçá-la a recuar para o depósito, enquanto três grupos de ataque subiriam nas escadas. Sentindo-se cansada e sem ânimo ela sentou no pilar com a espada no colo e observou os preparativos.

Depois que construíram as escadas e que as pedras estavam no lugar, os lobos levaram a balaustrada de volta para o terceiro andar e puseram pedaços de madeira no corrimão para formar uma ponte estreita. Usaram cordas para baixar a extremidade da ponte no pilar, mas dessa vez Maya não a chutou para longe. Se eles queriam lutar, ela estava pronta.

O homem que usava a peruca apareceu na sala de leitura, com um vestido preto rodado que chegava até o cano das botas dele. Maya imaginou se seria algum tipo de vestimenta religiosa, mas tudo ficou claro quando o homem deu alguns passos na ponte. De peruca e vestido preto, ele parecia uma versão de desenho animado de um juiz britânico.

– Alguns dos meus homens acham que você é um demônio – disse o homem. – Mas agora que dei uma boa olhada em você, não vejo nenhum chifre na sua cabeça, nem asinhas nas costas.

Maya ficou em silêncio. O homem deu mais um passo para frente e arrumou a peruca.

– Eu sou o juiz, o novo governante desta ilha. Obrigado por ter matado o comissário das patrulhas. Isso resolveu muitos problemas.

– Como pode ser um juiz? – perguntou ela – Não existem leis aqui.

– Não é verdade! Temos uma lei. Todos a seguem: qualquer pessoa ou grupo que tenha poder pode matar ou escravizar os que têm menos poder.

O juiz olhou para baixo, para os seus seguidores.

– Até a pessoa mais tola aqui entende essa lei. Na verdade esses compreendem melhor do que os mais espertos.

– E por que está explicando isso para mim?

– Neste momento eu sou a pessoa mais poderosa na ilha. Significa que sou a única pessoa que pode salvar a sua vida.

– É por isso que está construindo as torres e empilhando pedras?

– Matá-la é o plano alternativo. Eu prefiro muito mais tê-la como aliada. Os nossos inimigos na área portuária chacinaram duas das minhas patrulhas. Um pequeno grupo de traidores não deve ser problema para um demônio que destrói todos que encontra. Você não terá de fazer nenhum juramento de lealdade, porque não ia significar nada. Apenas mostre para os outros que aceita a minha autoridade. Atravesse esta ponte e entregue as suas armas.

– E então você me trai.

O juiz deu uma risadinha quando ouviu o comentário dela.

– Para um demônio, você não é muito inteligente. É claro que vou traí-la... depois de um tempo. Mas você terá a chance de organizar outro grupo e de trair a mim. Eu aceito essa possibilidade.

– E se eu recusar a sua oferta?

– Será morta aqui na biblioteca. Sua morte tem certas vantagens. Demonstra que eu posso destruir qualquer coisa, até um demônio.

O juiz deu mais um passo para frente e estendeu a mão como se Maya já tivesse oferecido sua espada.

– Apresse-se. Não desperdice meu tempo. Você não terá de confiar em mim, mas nós dois podemos fazer um trato assim mesmo. Um dos aspectos mais notáveis deste mundo é que podemos trabalhar com as pessoas que odiamos.

– Gosto de onde estou agora. Por que deveria sair?

– Você receberá comida, abrigo e outros benefícios daqui por diante. Vou lhe dar um exemplo.

O juiz moveu os dedos como um freguês num restaurante pedindo a conta. Dois seguidores dele saíram da sala de leitura e desapareceram escada abaixo. Voltaram um minuto depois, arrastando um prisioneiro entre as mesas. Era Pickering.

Alguém tinha amordaçado a boca do homenzinho com uma tira de pano branco, mas ele ainda tentava falar. Pickering ergueu as sobrancelhas e sacudiu a cabeça para trás e para frente. Não parecia com raiva, apenas desesperado para explicar seu ponto de vista.

– Essa barata traiu você e se vangloriou disso – disse o juiz – Tenho certeza que você ficou furiosa, mas o que podia fazer?

Amarraram uma corda em uma das mesas e deram uma volta no pescoço de Pickering com ela. O juiz não viu necessidade de dizer o nome do prisioneiro, nem de anunciar a punição dele. Simplesmente meneou a cabeça e os guardas jogaram Pickering da plataforma. O corpo dele ainda estremeceu alguns segundos e ficou balançando de um lado para outro como um pêndulo.

– Pronto – disse o juiz. – Encare isso como um gesto de boa vontade. Agora atravesse a ponte e me dê a sua arma.

Maya olhou para baixo, para o fiapo de carne e trapos pendurado na ponta da corda. O juiz estava enganado sobre uma coisa: Maya tinha se tornado um fantasma, não um demônio. Seus pulmões ainda respiravam e os olhos ainda piscavam, mas estava vazia por dentro. A única emoção que era capaz de sentir era orgulho. O orgulho a chamava como uma voz ao longe, era difícil escutar, mas ele fazia suas exigências. *Jamais se curve para os perversos. Nunca obedeça ao comando de alguém sem valor.*

Bem calma e pronta para a batalha, ela tirou a espada da bainha. O juiz viu a mudança nos olhos dela. Amedrontado, ele tropeçou para trás e quase pisou na bainha do vestido.

— Ataquem! — berrou ele. — Comecem o ataque! Agora!

A ponte foi puxada de volta para a sala de leitura e choveram tijolos e pedras sobre o pilar. Uma pedra atingiu o ombro de Maya e outra raspou no lado da cabeça. Maya se abaixou, cobriu o rosto e correu para o depósito. Uma pedra bateu na sua mão esquerda quando ela fechava a porta.

Ajoelhada no chão cercada de desenhos de anjos, ela ficou atenta aos sons diferentes de cada projétil. As pedras quicavam na porta, mas os tijolos e pedaços de concreto se desmanchavam. Os homens gritavam, mas ela não conseguia entender as palavras. Sabia que estavam chegando de várias direções, levantando as escadas de madeira e apoiando-as contra o pilar.

*Uma morte digna.* Quem tinha usado essas palavras? O seu pai. E então ela teve a lembrança de uma luta numa estação de metrô em Londres. Ela estava sozinha e três homens corriam para ela. *Onde meu pai está?*, ela pensou. *Por que ele me abandonou?* Uma pedra atingiu a porta do depósito com estrondo. Ela estendeu o braço no escuro e sentiu a maçaneta no meio da porta. *Saia e enfrente todos eles.*

Maya agarrou a maçaneta e arrancou a porta das dobradiças. Com a espada na mão direita e a porta no lugar de um escudo, ela saiu do depósito e começou a avançar aos poucos. Os lobos do outro lado do abismo miraram na porta, mas as pedras quicavam para longe da superfície metálica. Um pedaço de concreto bateu no chão e explodiu feito uma bomba, os pedaços se espalharam pelo chão.

Ela virou para a direita e viu os degraus de cima de uma escada. Um homem grande de tranças no cabelo estava subindo para a plataforma com uma espada improvisada na mão. Maya pulou bem alto quando a lâmina da espada varou o ar embaixo dos seus pés. Quando caiu, correu para frente e espetou o atacante na garganta.

Virou para a esquerda. Outra escada. Maya deu um passo e de repente sentiu uma dor intensa na perna esquerda. Um homem de pé numa escada tinha golpeado para cima com uma lança e furado o músculo poucos centímetros acima do joelho dela. O sangue espirrava da ferida e ela teve dificuldade para continuar de pé. Jogaram mais lanças e espetos para cima dela e Maya teve de recuar para o depósito.

Silêncio. As pedras pararam de cair e os rostos dos seus atacantes desapareceram. Maya espiou pela borda do escudo. Os homens do outro lado do abismo estavam mudos olhando para um pedaço de tecido em chamas que descia do teto. Ela levou um segundo para entender que a biblioteca estava pegando fogo. Quando inclinou a cabeça para trás viu fumaça escapando das paredes. O cheiro a fez se lembrar de madeira molhada queimando no meio de um campo.

– Fogo! – gritou uma voz.

Outras vozes repetiram o alarme.

– Cuidado! É um incêndio!

O juiz andava de um lado para outro no piso xadrez da sala de leitura. Ele parou perto da beirada da plataforma e gritou para seus seguidores.

– Peguem as escadas e recuem! Ela vai morrer queimada quando o teto desabar!

Maya abaixou seu escudo e deixou cair no chão. De pé na ponta da plataforma ela viu os homens passando pelas ruínas carregando as escadas. Eles tropeçaram numa pilha de entulho, xingaram um ao outro e desapareceram porta afora. Os homens que ela desprezava, contra os quais lutava, os que ela matava, na verdade eram a prova de que ela existia naquele mundo de trevas. Sem seus inimigos, ela ia sumir.

Maya se ajoelhou e caiu deitada de lado. O sangue escorria da ferida na perna. A sensação era de que a Luz estava deixando seu corpo. A fumaça flutuava no espaço vazio como um espírito maligno e foi descendo aos poucos. Algumas chamas apareceram nas paredes como papoulas cor de laranja penduradas na encosta de uma montanha. Essas chamas cresceram, tremularam e se esticaram para ela. Maya queria abraçar aquela claridade fulgurante.

    Apareceram pontos escuros nas bordas do campo de sua visão. Maya fechou os olhos alguns minutos e quando abriu de novo havia duas pessoas na sala de leitura. Um homem coberto de trapos levantou o véu e revelou um rosto amedrontado e pálido. Ele virou para trás e disse alguma coisa para um homem mais jovem que saiu da fumaça segurando um pedaço de pau em chamas. O rosto dele parecia familiar, mas Maya resistiu à conclusão. Seria mesmo Gabriel, ou apenas uma invenção da sua cabeça?

    O Peregrino correu até a ponta da plataforma gritando o nome dela e abanando os braços, mas a escuridão a envolveu novamente. Ela estava flutuando numa piscina de águas turvas e afundando. Era como se estivesse esperneando e movendo os braços para voltar para a luz. Quando recuperou a consciência Gabriel estava ajoelhado ao seu lado. Ele a pegou nos braços e a carregou por uma ponte improvisada. Ela tossiu com a fumaça e viu focos de fogo quando o homem vestido de trapos os guiou escada abaixo até a rua.

– Procure ficar acordada – disse Gabriel. – Nós vamos para o portal.

– Portal... no... rio – disse ela devagar.

– Encontrei outro ponto de acesso. Podemos ir juntos.

Ela teve a sensação de que a lança ainda furava sua perna quando Gabriel a carregou pelas ruínas de um prédio incendiado. O homem esfarrapado ficava toda hora olhando para trás.

– Lá está uma patrulha. Está vendo? Perto do fim da rua.

Eles começaram a correr. Estavam sendo perseguidos, e ela estava fraca demais para lutar e proteger o Peregrino.

– Eles nos viram – disse o homem dos trapos. – Venha por aqui, Gabriel. Não. Por aqui!

– É longe demais – disse Gabriel. – Não vamos conseguir.

– Eu fico aqui e tento enganá-los – disse o homem. – Lembrem-se de mim. É tudo que quero de vocês. Lembrem-se do meu nome.

Então Maya sentiu muito frio, estava caindo num túnel comprido, e Gabriel a abraçou apertado. Ela retribuiu o abraço, e pôde ouvir o coração dele batendo e sentir o calor da pele dele.

– Você está me ouvindo? – perguntou Gabriel. – Estamos seguros. De volta ao nosso mundo. Abra os olhos, Maya. Abra os olhos...

# 16

O ar estava gelado quando Hollis saiu do motel e correu ladeira abaixo para os prédios altos em volta da estação de trem de Shibuya. A adrenalina que percorreu o seu corpo durante a luta tinha acabado. Ele se sentia pequeno e sem peso como uma folha morta soprada pelo vento nas ruas.

A automática de fabricação chinesa estava enfiada na cintura da calça, nas costas. Hollis não podia ignorar aquela presença pesada, a sensação do cano e da trava do gatilho encostados na pele. Era perigoso se registrar em um hotel ou voltar para o aeroporto. Sem saber o que fazer, ele foi andando paralelamente à via expressa Shuto. As lâmpadas de segurança de sódio deixavam sua sombra preta e destacada deslizando pelo asfalto.

Alguns quilômetros ao norte da estação de trem ele passou por um prédio de vidro e aço cheio de lojas de varejo fechadas, porque já era noite. Uma placa de néon anunciava, em japonês e em inglês, que o Gran Cyber Café ficava no segundo andar.

Havia cafés com internet no mundo inteiro. Normalmente eram salas grandes e bem iluminadas, onde todos sentavam bem perto um do outro, digitando nos teclados dos computadores. O Gran Cyber Café tinha sido projetado para uma experiência bem diferente. Hollis entrou numa sala sem janelas, mantida sempre na penumbra, como uma capela ou um cassino, e os fregueses ficavam escondidos em cubículos brancos. O café cheirava a fumaça de cigarro e ao prato com curry que a funcionária tinha acabado de aquecer num forno de micro-ondas.

A funcionária era uma jovem japonesa com piercings no nariz, nas orelhas e na língua. Em inglês ela aconselhou Hollis a comprar um pacote noturno, com o qual poderia ficar num cubículo até a manhã seguinte. Hollis caminhou pelo labirinto de cubículos até o número 8-J e entrou. Havia uma cadeira estofada de couro sintético, um computador, uma televisão, um DVD player e um controle separado para os jogos de computador.

Hollis ficou olhando para o monitor, pensando em quem poderia ajudá-lo. Gabriel e Simon estavam em algum lugar no Egito. Seus amigos e parentes de Los Angeles pensavam que ele tinha morrido ou estava numa prisão no terceiro mundo. Quando saiu dos Estados Unidos ele jogou fora a carteira de motorista e os cartões de crédito. Um banco tinha tomado sua casa, e Hollis imaginava que tinha sido vendida num leilão público. A Imensa Máquina rastreava seus movimentos e monitorava sua vida, mas também verificava se você estava vivo.

Ele voltou para a recepção e comprou uma vitamina de frutas, um copo de macarrão instantâneo e uma escova de dentes. Hollis viu dois outros fregueses na biblioteca do café examinando a vasta coleção de fotonovelas e de revistas. Nenhum deles reparou no estrangeiro. O Gran Cyber Café não era um lugar para encontrar pessoas na realidade física.

De volta ao cubículo ele tirou a arma da cintura e pôs na bolsa a tiracolo. Dentro daquele espaço neutro do café, a lembrança dos três homens mortos começou a perder a força. Hollis resolveu que o café fazia parte da Imensa Máquina, só que era também um refúgio temporário do controle dela. No passado as pessoas iam para a floresta ou para uma igreja quando fugiam das autoridades, mas mesmo nesses lugares já estavam começando a instalar câmeras de vigilância. No Gran Cyber Café os fregueses podiam se perder em diversas fantasias, ou fingir ser outra pessoa na internet. Você era verdadeiramente você – e nada – ao mesmo tempo. Tudo isso revelava o poder da Imensa Máquina. Mesmo o seu santuário era uma iniciativa comercial.

APESAR DE A PORTA do cubículo não ter tranca, Hollis rendeu-se à exaustão e dormiu. Quando abriu os olhos eram dez horas da manhã, mas o ambiente artificial do café não tinha mudado. O salão principal continuava quieto e fresco, os fregueses suspensos naquela eterna penumbra. Tubarões nadavam num mar turquesa criado pela proteção de tela do computador. O aparelho de TV do cubículo ainda estava ligado, mas só dava para ouvir o som com os fones de ouvido. Hollis viu uma jovem animada apresentar as notícias. Estava nevando na costa setentrional da ilha de Honshū. Um carro-bomba tinha explodido no Oriente Médio e houve um golpe de estado em um país africano. Iguais a figurinhas de animação eletrônica num parque de diversões, o presidente dos Estados Unidos e o primeiro-ministro japonês apertaram as mãos.

A imagem no monitor mudou e Hollis viu fotos em preto e branco dele mesmo correndo pelo corredor do terceiro andar do motel. O noticiário apresentou imagens de ambulâncias tirando os corpos, enquanto os repórteres e os câmeras da TV transmitiam de trás de uma barreira montada pela polícia. Uma matança coletiva como aquela era incomum no Japão e estava recebendo muita atenção da mídia. Um close meio borrado do seu rosto apareceu no monitor, com um número de telefone na tela.

Hollis subiu na cadeira e espiou por cima da divisória do cubículo. A mulher com os piercings que o recebera no café tinha sumido, substituída por um rapaz japonês de cabelo oxigenado. Hollis botou os óculos escuros, saiu do café e foi para a estação do metrô. Era como se todas as câmeras de vigilância da cidade estivessem fotografando a sua passagem por aquela calçada.

Kotani tinha mencionado que um de seus antigos alunos, um homem chamado Hoshi Hirano, talvez fosse dançar no Yoyogi-kōen, o enorme parque público na Tóquio Leste. Hollis desceu do metrô na estação Harajuku e pegou a passarela de pedestres para atravessar sobre os trilhos. Estava esfriando e flocos de neve começaram a cair do céu cinzento. Perto da entrada do parque ele encontrou algumas *zokus*, as tribos que povoavam o parque todas as tardes de domingo.

Havia um grupo de meninas adolescentes vestidas de preto, com o rosto pintado de branco e um fio de sangue falso escorrendo no canto da boca. Os flocos de neve rodopiavam em volta delas e grudavam nos cabelos eriçados. Essa *zoku* se reunia perto da descida da passarela e ignorava as meninas que usavam saias de cetim com anáguas por baixo, meias três-quartos brancas e laços de fita cor-de-rosa no cabelo.

Hollis entrou no parque procurando um grupo de rock-and-roll. A cada cem metros encontrava uma nova tribo reunida num local predeterminado. Havia uma *zoku* de rapazes de skate, outro grupo fazia acrobacias com bicicletas. Uma *zoku* era composta de adolescentes que tinham passado fuligem em volta dos olhos e boca, como se fossem zumbis.

Música muito alta vinha da extremidade meridional do parque. Uma van preta com enormes alto-falantes na capota tocava marchas militares, rodeada por um grupo de nacionalistas de uniforme verde dos paramilitares. Esses jovens agressivos estavam perfilados em posição de descanso, com as mãos para trás. Observavam o líder deles, um homem mais velho de cabeça raspada, que insultava aos berros e apontava o punho cerrado para oito homens que dançavam ao som de "Rock Around the Clock".

Os dançarinos estavam vestidos como Elvis Presley na década de 1950, o roqueiro Elvis, o Elvis da rebelião e do sonho. Todos eles usavam botas de motociclista, calça jeans preta bem justa e jaquetas de couro com rebites e correntes prateadas. Mas a parte mais elaborada da fantasia deles era o cabelo; com muito gel e escovado para cima com um topete bem alto e volumoso. O líder do grupo tinha apenas um metro e meio de altura, mas com as botas, o cabelo, as ombreiras da jaqueta parecia maior.

O carro de som dos nacionalistas tocou um coro militar e os Elvis contra-atacaram com uma gravação de "Blue Suede Shoes". Nenhuma distração do mundo perturbava a versão deles dos anos 50 de "estar numa boa". Os nacionalistas acabaram desistindo e foram embora em sua van preta. Vitoriosos, os Elvis dançaram ao som de "Shake, Rattle and Roll" e assim terminaram a função aquele dia. Hollis abordou o dançarino mais velho e perguntou se ele conhecia um homem chamado Hoshi. O homem apontou para o líder deles, falando em japonês. Era o homenzinho de jaqueta com ombreiras que tinha acabado de guardar seus CDs numa bolsa de ginasta.

Hollis correu atrás dele.

– Com licença, senhor. O senhor é Hoshi Hirano?

– O meu nome costumava ser esse, mas mudei para Billy Hirano. Tem mais estilo. Você não acha?

– Sou amigo de Akihido Kotani.

– Sim. Meu *sensei* – Billy balançou a cabeça com tristeza. – Sabe que ele foi assassinado ontem à noite em um motel em Shibuya? Eu vi no noticiário da TV...

Enquanto a voz de Billy falhava seu rosto denotava surpresa, mas nenhum medo. Ele pegou um pequeno pente cor-de-rosa e retocou o cabelo na nuca.

– A polícia diz que quem o matou foi um *gaijin* negro. Alguém como você.

– Eu juro que não matei o seu professor. Ele algum dia contou para você sobre o amigo dele, Sparrow? Eu sou como ele, só que dos Estados Unidos.

– Você é um Arlequim? Ah, é? E onde está sua espada?

Hollis abriu o zíper da jaqueta e mostrou rapidamente a arma enfiada no cós da calça.

– É complicado portar uma espada em público. Uso armas mais modernas.

– Você deve ser um Arlequim, ou então é louco. São vinte anos na prisão se a polícia pegá-lo com essa arma.

– E qual é o seu nome?

— Hollis.
— O que está fazendo no Japão? Não há nenhum Peregrino aqui. A Tábula matou todos.
— Tenho de ir para o norte do Japão encontrar uma Itako.
— Uma Itako? Quer dizer uma daquelas mulheres malucas que falam com os mortos?
— Você pode me ajudar, Billy? Preciso de um tradutor. Eu pago tudo. Todas as despesas.
— Ir para o norte vai demorar dois ou três dias.

Billy pensou alguns segundos naquela ideia e um cacho de cabelo cheio de gel caiu sobre os olhos dele.

— Acho que dá para eu ir... — Ele pegou o pente de novo. — Falar com os mortos pode ser muito legal.
— A polícia está atrás de mim.
— Compreendo. Você é estrangeiro demais, é...
— Negro demais?
— É isso aí, cara. Isso só aumenta o problema.

Hollis ficou esperando no parque enquanto Billy atravessava a rua e voltava com compras em um saco de papel.

— Ponha isso — ele disse e entregou para Hollis uma máscara cirúrgica. — Os japoneses usam essas máscaras quando estão doentes, para não espalhar bactérias e vírus. Muito bem, agora ponha seus óculos escuros. — Ele fez que sim com a cabeça. — Ótimo.
— E para que a bengala?
— Ponha uma pedra dentro do sapato direito e comece a mancar.

Billy enfiou a mão no saco e tirou uma garrafa de oxigênio com uma alça de náilon.

— Eu serei seu enfermeiro, portanto vou carregar isso para todo lado e ajudá-lo a caminhar.
— Acha que vai funcionar?
— No Japão ficar olhando para pessoas doentes dá azar. Se parecer que está morrendo, ninguém vai olhar para você.

Os dois foram direto para a estação Shinjuku e compraram bilhetes para o próximo trem-bala rumo ao norte, para Hachinohe. Billy sabia exatamente em que fila entrar e o que dizer para o funcionário. Enquanto guiava Hollis pela enorme estação, Billy explicou que tinha criado a embalagem para os DVDs japoneses dos filmes de Hollywood.

– Você já esteve nos Estados Unidos alguma vez? – perguntou Hollis.

– Não – disse Billy. – Mas não esquento com isso.

Parecia que ele preferia sua visão idealizada da América, em vez da coisa real.

Embarcaram no trem um minuto antes de a composição sair da estação e encontraram seus lugares reservados. Quando as pessoas passavam pelo corredor pareciam surpresas de ver um negro doente sentado ao lado de um Elvis japonês.

– Será que pode ajeitar seu cabelo? – pediu Hollis.

– Do que está falando?

– Eu pareço doente, mas todo mundo está olhando para você.

– Esse cabelo é a plenitude – disse Billy, pegando um espelho para checar o penteado.

– Talvez fosse... em 1955.

– Já fui atacado na rua por causa desse cabelo. Meu irmão não fala mais comigo por causa desse cabelo. Esse cabelo é legal porque eu digo que é.

Depois de uma discussão cochichada, Billy finalmente concordou em trocar a jaqueta de couro por uma de náilon. Os grandes prédios de apartamentos desapareceram, e eles passaram por pastos de fazendas cercadas de fileiras ordenadas de pinheiros. Em Tóquio os corvos eram sempre solitários, mas no campo os pássaros se reuniam em grandes grupos. Eles se empoleiravam nos cabos elétricos e em cima das enormes gaiolas verdes que os jogadores de golfe japoneses usavam como transporte. Os corvos tinham pousado no restolho dos campos de arroz congelados. O trem-bala passou zunindo por eles, que levantaram voo, pontinhos escuros no céu.

Já era noite quando chegaram a Hachinohe, uma cidade intermediária espalhada entre duas colinas. As únicas coisas que mantinham a comunidade unida eram as linhas telefônicas e os cabos elétricos que iam de um lado da rua ao outro. A neve começou a cair quando deixaram a estação. Os flocos se empilhavam nos telhados íngremes e nas varandas dos prédios de três andares de aspecto frágil. A neve grudou no cabelo de Billy quando se registraram num albergue japonês tradicional. O proprietário tinha acabado de instalar tatamis novos, e quando Hollis deitou no chão sentiu o perfume do junco verde-amarelado. Lembravam o perfume de grama cortada, o verão e aqueles momentos em que era feliz. Ele rezou por Vicki e conseguiu adormecer.

NA MANHÃ SEGUINTE Billy saiu do albergue e deixou duas marcas na lama de neve com suas botas de motociclista. Voltou depois do café da manhã e disse para Hollis que o homem que tirava a neve da estação conhecia a Itako. Alguns anos antes ela tinha se mudado, fora para o norte, para Mutsu, uma cidade litorânea na península que se projetava no estreito de Tsugaru.

– E a que distância fica isso?
– Noventa minutos no trem local.
– Ela continua lá?
– Ninguém sabe, cara. Ele disse que a Itako vive no "lugar morto". – Billy rolou os olhos nas órbitas. – Então acho que sabemos onde procurar.

Uma hora depois Hollis estava num trem com dois vagões, mais ou menos do tamanho de um ônibus intermunicipal de Nova York. As rodas de aço faziam o barulho típico no caminho entre montanhas de rocha vulcânica e sem vegetação. Nevoeiro. Neve branca em pedras pretas. E então o trem entrou num túnel e eles mergulharam na escuridão. Quando saíram o mar estava a uns cento e cinquenta metros. Os vagões balançaram um pouco, e chegaram a uma estação perto do porto de Mutsu.

Fazia frio e ventava na plataforma da estação. Billy esfregou as mãos e saiu apressado para procurar um motorista de táxi. Voltou cinco minutos depois com um jovem tímido que estava deixando a barba crescer.

– Ele diz que é motorista em meio expediente.
– Quer dizer que vamos nos perder.
Billy deu risada.
– Estamos sempre nos perdendo aqui no Japão, mas esse motorista sabe como chegar ao lugar morto. Foi onde a empresa dele construiu uma fábrica de pesticida. Depois de matar todas as árvores da região, transferiram os negócios para a China.

Os três se espremeram num Toyota sujo de lama e partiram por uma rua cheia de lanchonetes. Na periferia da cidade um salão *pachinko* se destacava com uma imensa torre de néon contra o céu carregado de nuvens. O jovem motorista entrou numa estrada de cascalho e chegaram à área morta em torno da fábrica de pesticida abandonada. O solo estava coberto de neve, mas deu para Hollis ver que todas as árvores tinham morrido. Restavam de pé uns poucos brotos marrons, como se estivessem cansados demais para cair.

Havia uma dúzia de casas no lugar e os dois pararam em cada uma delas para Billy perguntar da Itako.

– O Japão é como uma estranha festa em que todos têm de ser educados – explicou ele. – As pessoas são capazes de mentir e de inventar que sabem os caminhos para não ficar mal.

Eles rodaram mais de uma hora num labirinto de estradinhas de terra. Quando desciam uma colina baixa, o Toyota derrapou numa parte de gelo e bateu num banco de neve. Todos desceram do carro e Billy começou a gritar com o motorista.

Havia uma casa pré-fabricada com laterais de alumínio a noventa metros dali. Hollis observou uma senhora idosa com um casaco de náilon preto e botas de borracha vermelhas saindo da casa e descendo por um caminho de cascalho. Ela andava com firmeza e lentamente pela lama formada pela neve, como se precisasse de um raio para derrubá-la. As feições eram fortes e o olhar penetrante. Ela examinou os três intrusos que tinham invadido seu mundo.

Ela chegou até o carro, botou as mãos na cintura e começou a fazer perguntas. Billy procurou responder no estilo rock-and-

roll, mas a segurança dele acabou rapidamente. Quando a velha terminou seu interrogatório ela deu meia-volta e subiu de novo o caminho para a sua casa. Billy ficou parado no meio da estrada olhando para o bico de suas botas de motociclista.
– Qual é o problema daquela senhora? – perguntou Hollis.
– Estamos na propriedade dela?
– Ela é a Itako. Disse que estava à sua espera.
– Ah, está bem.
– Pode ser invenção e pode ser verdade. Só sei que temos de segui-la até a casa.
– E depois, o que acontece?
– É exatamente o que você quer. Ela fala com os mortos.

OS DOIS ENTRARAM na casa, tiraram os casacos e os sapatos. A Itako havia desaparecido, mas viram a porta aberta para a sala de estar e um velho sentado num sofá com estilo do Ocidente, assistindo a um programa de karaokê na televisão. Ele virou a cabeça discretamente, não demonstrou surpresa, nem curiosidade, e apontou para a esquerda.

Billy foi na frente por um corredor. Empurrou uma porta de correr de papel grosso e entrou em um cômodo com cortinas de renda na janela. Havia algumas almofadas sobre o tatami no chão, mas a única mobília de verdade naquele cômodo era uma mesa baixa de madeira que tinha sido transformada em altar. Estava coberta de estatuetas de gatos. Algumas menores eram feitas de madeira ou de jade, mas quase todas eram lembranças de cerâmica com bigodes pintados. Todos os gatos olhavam para um pote que continha três laranjas murchas e uma taça de martíni cheia de pedras polidas.

Hollis sentou em uma das almofadas no chão e ficou pensando no que fazer. Tinha viajado milhares de quilômetros para encontrar aquele lugar. Três homens tinham morrido, a Tábula estava no seu encalço e lá estava ele, sentado numa casa com uma velha louca que colecionava gatos de cerâmica.

A Itako voltou para a sala usando um casaco curto de algodão com símbolos japoneses pintados. Estendeu a mão, disse alguma coisa em japonês, e Billy Hirano lhe deu cinco mil ienes. A Itako contou o dinheiro como uma camponesa que acabava de vender um porco e enfiou as notas embaixo de um dos gatos. Então se ocupou acendendo velas e palitos de incenso.

Quando as velas estavam todas acesas, a velha se ajoelhou e abriu uma caixa de madeira polida. Tirou um colar elaborado e pôs no pescoço com todo o cuidado. O colar era um fio escuro de couro cru cheio de moedas antigas com um furo no meio, garras de urso amareladas e alguns pedaços de madeira retorcidos. Ela olhou fixo para Hollis alguns segundos e falou em japonês. Billy traduziu.

– Ela quer saber o que você está procurando.

– Isso é ridículo. Não acredito que Sparrow realmente conversou com essa mulher. Vamos dar o fora daqui.

– Não a provoque, Hollis. Uma Itako é muito poderosa.

– Pelo que posso ver ela não passa de uma velha senhora que tem muitos gatinhos de lembrança.

– Faça o que ela diz – insistiu Billy. – Diga o que você quer.

Hollis virou para a Itako e falou em inglês.

– Uma amiga minha morreu. Eu quero falar com ela.

Billy traduziu o pedido. A Itako meneou a cabeça calmamente, como se alguém tivesse acabado de perguntar o caminho de volta para a estação de trem. Ela tirou da caixa um longo fio de contas de oração feitas de pedra e segurou um punhado dessas contas com as duas mãos. Fechou os olhos, esfregou as pedras umas nas outras e começou a cantar um sutra budista.

Hollis teve a sensação de que os gatos no altar olhavam para ele com sorrisos maldosos. A Itako parecia velha e cansada e algumas vezes pareceu ter se perdido no longo recital de orações. De repente parou de cantar e afundou o queixo no peito. Segundos depois jogou a cabeça para trás e seu corpo todo ficou rígido. Uma força convulsiva passou por ela, e as contas de oração caíram no tatami. A Itako sugou o ar para dentro dos pulmões e quando soltou subiu um som de sua boca flácida.

No início eram apenas sílabas sem sentido, depois uma mistura de palavras em japonês e em inglês. Parecia alguém mexendo no botão de sintonia de um rádio, passando por diversas estações. Mais palavras. Uma frase enrolada aqui e ali.

– *Hollis*.

Era a voz dela. A voz de Vicki. Mas ele não acreditava que aquilo fosse possível.

– *Hollis?*

– Eu... eu sinto tanto a sua falta, Vicki. E talvez esteja ouvindo a sua voz apenas na minha cabeça. Isso não pode ser real.

Um longo silêncio. O corpo da Itako estremeceu e os olhos dela rolaram para cima.

– *A primeira vez que fizemos amor foi na cobertura em Chinatown. Maya e Gabriel tinham saído e ficamos finalmente sozinhos. Você pôs o colchão no chão. Depois ficamos lá deitados, juntos, por muito tempo. Fazia tanto frio que saía vapor dos nossos corpos e desaparecia no ar.*

Hollis teve a impressão de que tinha rachado ao meio e estava se fazendo em pedaços.

– Onde você está? – perguntou ele.

– *Acabou. Mas estou aqui.*

– Estou tão perdido, Vicki! Tão terrivelmente perdido... Não sei mais para onde eu vou.

– *Você está no caminho certo, mas ainda não consegue ver. Se se lembrar de quem você é, saberá o que fazer.*

– Não posso perdoar as pessoas que mataram você.

– *Entenda isso, meu amor... Acredite nisso, meu amor... a Luz sobrevive.*

A Itako respirou mais uma vez e desabou no chão como se tivessem arrancado a força vital do seu corpo.

## 17

Michael Corrigan aceitou uma flûte de champanhe de uma jovem com uma bandeja de prata e começou a passear pelo meio das pessoas que tinham se reunido no claustro da universidade. A reunião anual da Irmandade atraía delegados de todo o mundo e todos queriam conversar com o jovem americano que acabara de ser nomeado o novo diretor executivo. Antes de conseguir atravessar a sala, Michael encontrou o sr. Choi, delegado de Cingapura, que queria que ele conhecesse o sr. Iyer da Índia.

Nenhuma dessas pessoas podia ser considerada amiga dele, nem mesmo aliada. Michael sabia que estava em território perigoso. Um ano antes ele era prisioneiro da Irmandade, deitado numa mesa cirúrgica com fios no cérebro. Agora estava administrando a Fundação Sempre-Verde e muitos delegados pareciam surpresos com aquela súbita transformação.

O sr. Westley e os outros semideuses tinham explicado o que ele devia fazer quando voltasse para o seu mundo comum. Mas Michael não ia revelar seus planos. Em vez de descrever os rastejadores de água e as execuções na tela do visionário, ele informou para a Irmandade que tinha explorado uma paisagem cheia de rochas, desabitada, e que ouviu vozes suaves, como anjos, sussurrando em seus ouvidos. Pediu conhecimento tecnológico para esses anjos, e eles transmitiram o desenho de um chip de memória capaz de armazenar uma quantidade enorme de dados.

Fez questão de garantir que o sr. Dawson enviasse para o conselho executivo uma descrição entusiasmada dessa nova tecnologia. Muitos governos e empresas ficavam soterrados pela quantidade de informações pessoais obtidas pela Imensa Máquina. Agora iam ter a memória para guardar cada detalhe de bilhões de pessoas. Cada atividade gravada da vida de uma pessoa podia ser armazenada, avaliada e "linkada" quase instantaneamente.

A descrição que Michael dera do Quinto Mundo era como uma fotografia fora de foco, mas seu pedido de poder foi bem claro e explícito. Se a Irmandade queria receber mais informação, então a sra. Brewster tinha de renunciar ao cargo para Michael poder assumir o controle da área de pesquisa. É claro que ele ia continuar a se guiar pela sabedoria coletiva da Irmandade, mas a mudança na liderança tornaria a Fundação uma organização mais ágil e eficiente.

A sra. Brewster passou uma semana tentando organizar a oposição a esse plano, mas os líderes da empresa que faziam parte do conselho foram tentados pelo poder implícito na nova tecnologia. Doze horas depois da vitória de Michael, a Fundação Sempre-Verde publicou um informe para a imprensa que o transformou num bem-sucedido investidor no ramo de imóveis e filantropo internacional.

Essa conferência em Londres era o próximo passo no seu plano. A reunião anual da Irmandade costumava acontecer na Dark Island, ou na Wellspring Manor no sul da Inglaterra, mas Michael quis ficar longe desses dois lugares em que a sra. Brewster ainda controlava a equipe de segurança. Lembrando que era o ducentésimo aniversário da invenção de Jeremy Bentham, o Panóptico, Michael apresentou uma nova proposta. Se a reunião passasse a ser em Londres, eles podiam fazer a festa no South Cloisters da University College, onde o corpo do filósofo era mantido numa caixa de vidro. O conselho executivo da Irmandade ficou tão entusiasmado com essa ideia que até a sra. Brewster teve de sorrir educadamente e tornar a votação unânime.

## A CIDADE DOURADA

Depois que a Fundação fez uma generosa doação para o fundo de manutenção da universidade, o conselho deliberativo autorizou que usassem os claustros para a reunião daquela noite. Michael se ofereceu para fazer o discurso de abertura para os convidados e entrou em contato com os membros mais poderosos do conselho para pedir sugestões.

— Acho que precisamos fazer uma declaração de força — disse ele, e todos concordaram.

MICHAEL ACABOU DE beber seu champanhe quando outro grupo de delegados comentou sobre seus medos e desejos. Finalmente pôde apertar as mãos e se afastar. Em poucos minutos ia começar seu discurso e queria obter alguma inspiração com o morto no final do corredor. Cumprimentando com movimentos de cabeça os membros do conselho, ele abriu caminho pelo meio da multidão até que a sra. Brewster o fez parar. Apesar de ter tomado o lugar dela à frente da Fundação Sempre-Verde, ela continuava encarregada da Irmandade. Para aquele evento ela usava um vestido azul-escuro e pérolas, mas o rosto era uma máscara de cansaço.

— É claro que não fui informada de todos os *preparativos*.

A voz da sra. Brewster tinha o tom seco e preciso de uma inglesa educada que acabara de encontrar algo podre no seu gramado.

— Algum problema?

— São as cadeiras. — Ela apontou para a fila de cadeiras postas num canto do comprido salão. — São realmente necessárias para um breve discurso de boas-vindas?

— O discurso pode ser um pouco mais demorado do que combinamos. Acredito que esta organização está num ponto crucial da sua história. Precisamos de uma nova estratégia para o futuro.

— E qual vai ser essa estratégia?

— Tenho certeza de que vai apoiá-la — disse Michael, e deixou-a sozinha no meio da sala.

Checou para ver se o discurso estava no bolso do paletó quando foi andando para a extremidade sul do corredor. O gabinete de vidro e madeira que continha o corpo de Jeremy Bentham ficara cercado de delegados no início da festa, mas agora o filósofo morto olhava para o espaço vazio.

Bentham achava que os restos dos homens famosos não deviam ser cremados nem escondidos em túmulos, jamais. Em vez disso, seus corpos deviam ser transformados em algo que ele chamava, de "autoícones", que inspirariam as novas gerações. Com as suas próprias roupas, o esqueleto de Bentham estava sentado numa cadeira, com uma bengala apoiada na perna. Um chapéu de aba larga cobria parcialmente o modelo de cera do rosto dele.

Michael não se impressionava nem um pouco ao olhar para aquela efígie. Mas ficava admirado com o fato de que, mesmo morto, Bentham exigia reconhecimento. Há pouco tempo a universidade tinha demitido o guarda de segurança que protegia a caixa de vidro, e ele foi substituído por uma câmera CCTV presa na parede. O criador do Pan-óptico agora estava na rede.

– Com licença...

Michael rodopiou e viu que Nathan Boone o observava. O chefe da segurança da Fundação Sempre-Verde tinha um ar solene como o do dono de uma funerária, com seu terno azul-marinho.

– Quer perguntar alguma coisa, sr. Boone?

– A agenda diz que você vai fazer o discurso de abertura. No passado a equipe tinha autorização para circular com bebidas e refrescos o tempo todo da festa. Mas o seu e-mail indica que prefere que a equipe seja tirada da área.

– Sim, esse discurso é só para a Irmandade. Não para gente de fora.

Boone pegou um aparelho de comunicação e falou baixinho.

– O discurso do diretor executivo começa em poucos minutos. Por favor retirem a equipe e montem guarda na porta.

Dois seguranças da equipe de Boone saíram de suas posições e cochicharam alguma coisa para os garçons. Ainda segurando suas bandejas de prata, eles se encaminharam para a saída. Mas Boone não foi embora. Ficou olhando fixo para o Peregrino, como se a gravata de Michael fosse lhe dar pistas do que ia acontecer.

– Mais alguma coisa, sr. Boone?

– A equipe de Londres me informou que o senhor organizou uma nova equipe de empregados.

– Correto. Chama-se Grupo de Projetos Especiais.

– E está usando os meus homens.

Michael concentrou-se no rosto de Boone. O chefe da segurança procurava controlar as emoções, mas os olhos e os cantos da boca o traíam. Como a sra. Brewster, estava sendo privado do poder e parecia entender as implicações disso.

– É. Acessei a base de dados e contratei alguns homens que o senhor usou em operações prévias. Queria que as coisas andassem e o senhor estava ocupado com suas outras responsabilidades.

– Será que pode me explicar o que são esses "projetos especiais"?

– Eu tenho um plano *sim*, Nathan, mas não estou preparado para dar todos os detalhes neste momento. Depois desse discurso, vou pedir autorização total do conselho executivo. Está claro que a Irmandade esteve concentrada nos objetivos regionais. Já é hora de nos dedicarmos a uma estratégia mais global.

Os dedos de Boone tremeram, como se ele quisesse estrangular Michael.

– Temos sido bastante agressivos no passado.

– Você é um funcionário excepcional, Nathan. Todos nós valorizamos sua lealdade e seu esforço. Você nos mostrou o caminho certo. Eu só vou levar a organização alguns passos adiante.

– Quando poderá me dar mais informação?

– Você será o primeiro a saber.

Michael estendeu o braço e deu um tapinha no ombro de Boone.

– Com a sua ajuda, tenho certeza de que teremos sucesso. Ele deixou o Boone diante do corpo de Bentham e foi caminhando lentamente para o outro lado do salão. Os delegados estavam sentados em cadeiras dobráveis, ou de pé perto das janelas que davam para o jardim do claustro. Michael foi para trás do pódio, tirou o discurso do bolso do paletó e olhou para a multidão. Michael analisou a expressão dos delegados e percebeu que podiam ser divididos em três categorias. Alguns estavam nitidamente desconfiados, enquanto outros estavam curiosos para conhecer seu novo líder. O pequeno grupo sentado perto da sra. Brewster era hostil, olhava para ele de cara feia e depois cochichava entre si.

A última garçonete desapareceu porta afora, seguida pelos dois seguranças. Nathan Boone ficou de pé atrás dos convidados sentados e acenou com a cabeça para Michael. Estava tudo pronto. *Fale.*

## 18

– Acho que todos aqui conhecem minha história e o meu dom especial. O falecido Kennard Nash, homem de muita visão e sabedoria, foi o primeiro membro da Irmandade que entendeu que uma pessoa como eu podia ser valiosa para a sua causa. Serei eternamente grato à confiança que ele depositou em mim. Ele era apoiado por algumas pessoas aqui, em particular a sra. Brewster. Sua dedicação e seu trabalho continuam a ser uma inspiração para todos nós.

Alguns delegados aplaudiram a sra. Brewster. Ela agradeceu com um movimento da cabeça e levantou a mão como se dissesse, por favor, isso não é necessário. Depois ela olhou de novo para Michael com uma expressão de raiva mal disfarçada.

– No início o general Nash questionava a minha lealdade e eu mesmo tinha dúvidas sobre esta organização. Mas passei por uma transformação completa. Hoje em dia eu me deslumbro com a Irmandade e com a sua visão de uma sociedade estável e ordeira. O que nós decidirmos aqui nos próximos dias determinará o futuro deste mundo conturbado. Embora o Pan-óptico não tenha sido construído enquanto Jeremy Bentham ainda era vivo, a nossa geração tem a oportunidade de transformar o sonho dele em realidade.

"Eu fiz recentemente a travessia para outro mundo e depois viajei de volta para vocês com o primeiro de muitos milagres tecnológicos que, finalmente, farão com que conquistemos nossos objetivos. Mas o que é mais importante é o seguinte: entrei em contato com mentes muito sábias, que me mostraram que a chamada virtude da liberdade na verdade é uma perigosa ilusão, e que o controle social firme, mas justo, é a salvação da humanidade.

"A Irmandade está certa e sempre esteve certa em toda a história. Depois que aprendi essa grande verdade, passei a ter apenas um objetivo. Voltar para cá e ajudá-los de todos os modos possíveis. Mas, antes de enveredarmos juntos por esse caminho, precisamos entender nossa situação atual e para onde vamos no futuro. De certa forma, nunca estivemos tão fortes. Praticamente todas as transações eletrônicas e atos de comunicação podem ser detectados e associados a um indivíduo específico. Essa informação pode ser alimentada em bases de dados centralizadas e armazenada para sempre. Podemos criar uma imagem que seja a 'sombra' de cada pessoa e monitorar seu comportamento diariamente.

"Sim, ainda há alguns malucos digitando sem parar na internet, mas a grande mídia agora é controlada por um pequeno grupo de pessoas. Os formadores de opinião são nossos amigos e enquanto lhes dermos boas histórias, com heróis e vilões, ameaças e soluções, podemos calar as vozes esparsas que berram nas ruas.

"Pesquisas de opinião têm mostrado que os cidadãos que vivem dentro da lei não se importam de serem vigiados pelas autoridades. Tudo que querem é um emprego decente e a chance de se divertirem, ter uma existência confortável e em ordem. Esqueçam os radicais e seus grupos marginais. Não há dúvida de que o povo está do nosso lado. De fato, este é o momento em que nós da Irmandade podemos parar e fazer essa pergunta para nós mesmos. Como é que o novo sistema vai beneficiar nossas vidas?"

Michael fez uma pausa para poder examinar a plateia diante dele. A maioria parecia surpresa com a pergunta que ele fez, mas alguns meneavam a cabeça concordando e pensando, sim, isso mesmo. O que eu ganho com isso?

– O Pan-óptico vai criar uma sociedade estável, na qual fica mais fácil manipular o comportamento e reprimir os dissidentes.

Mas o que vamos ganhar com o novo sistema? A história tem demonstrado que ditaduras violentas geram uma classe de descontentes e rebeldes. A melhor meta é combinar controle com... prosperidade. O problema do Pan-óptico de Bentham é que os prisioneiros não trabalham. A prisão antiquada dele ignora por completo a economia.

"É hora de termos um *Novo* Pan-óptico. Imaginem um escritório imenso, um salão enorme... cheio de bilhões de cubículos. No meu sistema há um cubículo eletrônico para cada cidadão do mundo industrializado. E dentro de cada cubículo, o que fazem nossos cidadãos? Fabricam produtos ou oferecem serviços. São cidadãos produtivos que preenchem seu cartão de ponto e nunca reclamam.

"Quando compreendemos que nosso verdadeiro objetivo é uma força de trabalho disposta, muitos problemas se tornam claros. Não faz diferença se estamos falando de médicos, contadores, estudantes, cozinheiros ou metalúrgicos. Cada um e todos eles estarão em seus cubículos invisíveis, vigiados por nossas câmeras de segurança e controlados pelos nossos programas de parâmetro social.

"Nós nos incomodamos com o modo com que nossos trabalhadores decoram seus cubículos? Estamos preocupados se eles passam seu tempo livre assistindo à televisão ou praticando jardinagem? É claro que não. Não faz diferença o tipo de igreja que eles frequentam, desde que sua fé não transforme suas vidas. Podem votar e grudar adesivos de para-choque nos seus carros, se o seu candidato político realmente não mudar nada. Quando ocorrer alguma crise econômica imprimiremos dinheiro e faremos mudanças superficiais, mas a estrutura básica permanecerá a mesma.

"O Novo Pan-óptico permite que controlemos o comportamento das pessoas como trabalhadoras e também como consumidoras. Nosso cidadão em seu cubículo é basicamente impotente, mas ainda pode se expressar no shopping. A liberdade de escolha passa a ser a liberdade de compra e o nosso novo sistema nos dá ferramentas poderosas para manipular o comportamento de consumo. Quando o nosso cidadão caminhar pelas ruas, telas reconhecerão o rosto dele. Depois de um tempo uma base computadorizada central conhecerá todas as compras anteriores do nosso cidadão e garantirá que nunca se ofereça a ele um produto capaz de fazer com que ele mude seu modo de ver o mundo. Será como ouvir uma estação de rádio que só transmite músicas que soam agradavelmente familiares.

"Então o que estou propondo é isso. Não uma prisão cheia de prisioneiros mal-encarados e improdutivos, mas sim uma estrutura interligada que cria trabalhadores obedientes e consumidores treinados. Esse sistema global garantirá mais dinheiro e conforto para você e a sua família. Teremos a estabilidade do velho Pan-óptico... com um sorriso no rosto."

A maioria da plateia sorria e balançava a cabeça concordando. A sra. Brewster virava a cabeça para trás e para frente, vendo sua influência se desfazer.

– O meu plano pode se concretizar se não desperdiçarmos nossos recursos em estratégias limitadas. Em vez de esperar que as pessoas se aliem ao sistema, precisamos criar uma sequência mundial de ameaças e emergências que façam com que os cidadãos abdiquem voluntariamente de sua liberdade. E por que fariam isso? Essa é fácil de responder. Porque nós os transformamos em crianças com medo do escuro. Eles ficarão desesperados para obter nossa ajuda, apavorados com a vida fora dos seus cubículos, cheia de predadores e perigos.

"Podemos conquistar esse objetivo em poucos anos se formos suficientemente frios e inclementes para levar em consideração todas as opções. Precisamos de força, não de diplomacia. Precisamos de liderança, não de comitês. Precisamos nos levantar e dizer: chega de meias medidas. Nada de concessões. Vamos fazer tudo que for necessário para criar um mundo melhor.

"Estou aqui diante de vocês como um servo fiel. Pronto para obedecer a *suas* ordens e criar a *sua* visão. Isso não é um sonho que talvez se torne realidade. O que descrevi aqui, esta noite, é uma

realidade inevitável... se vocês estiverem prontos para dar este próximo passo. Basta a sua aprovação e apoio. Obrigado."
Michael abaixou um pouco a cabeça, dobrou as folhas do discurso e guardou no bolso. A sala estava completamente silenciosa, mas ele evitou olhar para a sua audiência.

Uma pessoa começou a bater palmas – lenta e insistentemente – e os outros fizeram o mesmo. O barulho foi crescendo e ecoou pelas paredes do claustro. Quando ele levantou a cabeça no pódio viu que a sra. Brewster olhava fixo para ele. Ela estava de punhos cerrados e sua boca era uma linha fina e vermelha.

Ela será a primeira a morrer, resolveu Michael. Preciso fazer uma lista.

# 19

De robe de papel do hospital, Maya sentou na beirada da mesa de exames numa clínica no leste de Londres. Havia uma coleção de revistas velhas enfiada num rack de parede perto da pia, mas ela não tinha vontade nenhuma de ler artigos como: "Os segredos que os homens não contam para as mulheres" ou "A dieta do biquíni em uma semana".

Quando Maya e os outros voltaram para Londres ela ainda sentia uma ardência de queimadura no ferimento da perna que tinha sofrido no Primeiro Mundo. A equipe da clínica tinha limpado a ferida, verificado os pontos que ela recebeu de um médico do Cairo e prescrito antibióticos e analgésicos. Nos últimos doze dias Maya ficou se recuperando no Convento Tyburn. As freiras beneditinas tinham lhe servido comida insossa e ficavam sussurrando variações da palavra *descanso*. Bem, ela descansou bastante e nada mudou. A ferida continuava sangrando e as imagens do Inferno ainda povoavam seus sonhos.

Era por volta de duas horas da tarde e os barulhos da clínica atravessavam as paredes. Portas que eram abertas e fechadas com estrondo. Alguém passou empurrando um carrinho que guinchava no corredor e duas enfermeiras fofocavam sobre um homem chamado Ronnie.

Maya ignorou esses ruídos de fundo e se concentrou na criança que berrava na sala ao lado. Parecia óbvio que alguém machucava a criança de propósito. As roupas e o tubo da espada de Maya pendiam de um cabide na porta, suas facas estavam na bolsa a tiracolo. Ela devia se vestir, entrar na sala ao lado e matar os torturadores.

Uma parte do seu cérebro sabia que estava raciocinando como uma louca. Aquilo era uma clínica. Os médicos estavam ali para ajudar as pessoas. Mas uma compulsão obscura fez com que Maya descesse da mesa de exame e fosse na direção das armas. Quando estendeu a mão para pegar o tubo da espada, os berros cessaram e Maya ouviu a mãe da criança falando que ia dar sorvete para o filho.

Maya ouviu passos no corredor. A porta abriu e a dra. Amita Kamani entrou na sala. A jovem médica tinha cortado o cabelo desde a última vez que Maya estivera na clínica e usava uma camiseta cor-de-rosa por baixo do jaleco branco que tinha escrito: AS CRIANÇAS SÃO O NOSSO FUTURO.

– Boa-tarde, sra. Strand. Como vai esse corte? Já cicatrizou?

– Veja com seus próprios olhos.

A dra. Kamani vestiu luvas de látex, sentou num banquinho perto da mesa e começou a desenrolar a bandagem da perna de Maya. Uma das freiras do Convento Tyburn tinha trocado aquele curativo duas horas antes, mas já estava encharcado de sangue. Quando a dra. Kamani tirou toda a gaze deu para ver que os pontos continuavam firmes, mas que o tecido não tinha cicatrizado.

– Essa não é uma reação normal de cicatrização. A senhora devia ter vindo para uma consulta antes. – A dra Kamani jogou o curativo numa lata de lixo. Ela abriu o armário tirou desinfetante e algodão cirúrgico e começou a limpar o ferimento.

– Está doendo?

– Está.

– Dá para descrever a dor?

– Parece que queima.

A dra. Kamani deu para Maya um termômetro descartável, depois verificou o pulso e a pressão.

– A senhora tomou o antibiótico que eu receitei?

Maya se irritou porque achou que a doutora a estava tratando feito criança.

– É claro que tomei o remédio – disse ela. – Não sou nenhuma idiota.

– Só estou tentando ajudá-la, sra. Strand. – A dra. Kamani examinou o termômetro. – Sua temperatura e pulsação estão normais.

– Costure-me de novo e me dê mais remédio.

– Não há nada de errado com a sutura. Vou lhe dar uma receita de um antibiótico mais forte, mas talvez não adiante. Segundo me lembro, a senhora disse que sofreu um acidente de carro quando estava de férias no Egito.

– Isso mesmo.

A dra. Kamani pegou do armário gaze limpa e esparadrapo cirúrgico. Derramou um líquido amarelo na ferida e começou a fazer um novo curativo.

– Quando estava no Egito, teve contato com algum animal doente ou qualquer tipo de elemento químico tóxico?

– Não.

– Usa alguma droga ilegal?

Maya queria berrar a explicação, mas ficou em silêncio. *Um cidadão jamais poderá entendê-la.* O pai dela tinha dito isso centenas de vezes e era especialmente verdadeiro naquele momento. O que poderia dizer para uma pessoa que usava um jaleco branco? *Viajei para uma cidade rodeada por um rio escuro. Os lobos tentaram me matar, mas eu esfaqueei, cortei e derrotei todos eles.*

– Apenas dê um jeito nisso e faça essa ferida cicatrizar – disse Maya. – Pago o dobro do que paguei na última vez... em dinheiro.

A dra. Kamani tirou as luvas e começou a escrever no seu receituário.

– Está bem, não farei mais perguntas. Mas vamos fazer alguns exames antes da senhora sair da clínica hoje.

– Os resultados desses exames serão postos num computador conectado com a internet?

– Claro que sim.
– Eu não permito isso.
A dra. Kamani ficou surpresa, mas manteve a voz calma e ponderada.
– Se quiser, aviso à equipe. Eles deixarão os resultados dos exames na minha bandeja de entrada e eu não passarei essas informações ao banco de dados. Se fizer isso, estarei descumprindo o regulamento e a senhora terá de prometer que voltará aqui.
– Eu prometo.
A doutora já estava abrindo a porta, mas parou e fechou de novo.
– Apesar de ter contado que sofreu um acidente de carro, não acredito que tenha sido isso. O ferimento indica que foi golpe de faca e o seu comportamento combina com o padrão de alguém que ficou muito tempo exposto a um grande trauma. Talvez tenha sido estuprada ou sofrido violência física. Recomendo muito algum tipo de psicoterapia, combinada com supervisão médica.
– Nós não fazemos isso.
– *Nós* quem?
– A minha família.
A médica expressou pena e preocupação. Maya sabia que seu pai ficaria insultado com a reação de Kamani. Tinha relação com fraqueza, e Arlequins nunca fraquejavam. Madre Blessing teria se levantado e dado um tapa na cara da médica.
– A senhora está sofrendo...
– Qual é o próximo passo? – retrucou Maya secamente.
A dra. Kamani abriu a porta e saiu para o corredor.
– Fique aqui na sala de exame. Uma enfermeira virá tirar sangue e amostras de urina.

DEPOIS DE FAZER os exames, Maya saiu da clínica e pegou um atalho pela Spitalfields Market até a estação de metrô Liverpool Street. Hoje em dia Londres estava cheia de prédios altíssimos e restaurantes badalados, mas por centenas de anos aquele bairro tinha sido uma favela escura e apinhada de gente, lar dos novos imigrantes e estrangeiros em geral. Foi ali que o pai dela conheceu seu primeiro Peregrino, um místico judeu chamado David Rodinsky, que morava no sótão de uma sinagoga na rua Princelet. Maya foi apresentada a Rodinsky quando era menina. Ele era um homenzinho estranho, meio corcunda, que sabia mais de vinte línguas. Poucos anos depois esse *tzadik* evaporou de um quarto trancado e nunca mais foi visto. "Nós protegemos os Peregrinos, mas nem sempre os entendemos", Thorn disse para ela. "A única coisa que você precisa entender é o nosso dever."

Talvez esse relacionamento estivesse claro para seu pai, mas na sua própria vida aquele dever tinha se tornado um juramento para Maya por emoções diversas. Ela devia ser fria e racional, sem nenhuma ligação ou dependência de qualquer outra pessoa. A maior parte do tempo conseguia desempenhar esse papel, mas havia momentos em que desejava estar no avião voltando de Cairo para Londres. Durante aquele longo voo, Gabriel a agasalhou com um cobertor e a abraçou como se fosse uma criança doente. Conversaram sobre o Primeiro Mundo com muito cuidado, procurando se afastar do sofrimento provocado pelo que tinha acontecido lá.

MAYA ENCONTROU LINDEN sentado do lado de fora da loja de falafel no Camden Market, guardando a escada que levava ao quarto no segundo andar. Havia uma bolsa de raquete de tênis encostada na parede, mas Linden não parecia estar curtindo um dia de folga. Seus ombros largos e nariz quebrado criavam a imagem de um jogador de futebol americano, alguém que um dia foi famoso pelo jogo duro e os pênaltis que cometeu.

– O que a médica disse?

– A ferida está cicatrizando, só que está demorando. Onde está Gabriel?

– O Peregrino está lá em cima, numa reunião com os Corredores Livres. Eles estão resolvendo como vão criar uma rede de comunicação.

– Isso é muito ambicioso.

– É claro que ele tem um plano, só que não explicou para ninguém ainda. Ele quer ter uma reunião com a Resistência dentro de algumas semanas.

Maya pegou uma cadeira e sentou ao lado do francês. Moveu a perna de repente e sentiu uma pontada de dor. Não demonstre fraqueza nenhuma, pensou. Uma lutadora ferida não tem utilidade para ninguém.

– Você já está protegendo Gabriel há um bom tempo. Estou saudável agora e posso aceitar esse dever.

– Eu gostaria muito disso – respondeu Linden. – Tenho de resolver alguns problemas em Paris. Parece que há um vazamento de água no meu apartamento. Não posso deixar um desconhecido consertar.

– Eu posso assumir por alguns dias.

– Mas você deve estar lembrada que houve um problema com a sua *objectivité*. Madre Blessing disse para você que os Arlequins não podem ter nenhum envolvimento emocional com as pessoas que estão protegendo.

– Eu estava muito mal na viagem de volta para Londres. Agora estou melhor. Ainda nem falei com Gabriel nesses últimos seis dias.

– Sim. Eu notei isso. Você finalmente começou a agir da forma correta. – Linden olhou para o canal e tomou sua decisão. Pegou a bolsa de raquete de tênis e entregou para ela. – Aqui está a sua arma. Uma estrutura de aço com uma carabina de cano cortado e seis clipes de munição. Enfie a mão com que atira na abertura.

Maya achou uma abertura num dos lados da bolsa. Quando botou a mão direita lá dentro, sentiu o cão do gatilho.

– Está travada. Está sentindo?

Ela destravou e travou de novo.

– Certo.

– *C'est bien*. Viajo esta noite para Paris e volto terça-feira. Se tiver qualquer problema, sabe como entrar em contato comigo.

Pela primeira vez no longo relacionamento deles, Linden fez questão de apertar a mão dela.
– Bem-vinda de volta, Maya. É bom saber que você está em forma de novo.

Depois que Linden saiu da loja, Maya montou guarda por mais ou menos uns dez minutos. Quando teve certeza de que o francês tinha partido, pegou a arma escondida na sacola e foi para o segundo andar. Não havia nenhuma ameaça imediata na área, mas ela estava tensa e com a sensibilidade muito aguçada para qualquer ruído.

A reunião estava acabando no pequeno quarto e os Corredores Livres já tinham se levantado e formado uma fila para se despedir do Peregrino. Gabriel punha a mão no ombro de cada um ou apertava a mão deles, e olhava direto nos olhos do interlocutor. Maya viu que os rapazes e moças ficaram satisfeitos com a atenção do Peregrino. Gabriel sorriu ao ver Maya na porta, mas não falou nada até Jugger e seus amigos saírem do quarto.

– Onde está Linden?

– Assumi o posto dele. Ele foi para Paris e voltará dentro de alguns dias.

– Ótimo. Uma vez ele me disse que sente falta de ouvir o francês sendo falado nas ruas.

Gabriel pegou um telefone celular descartável do bolso e ligou para Winston Abosa. Enquanto os dois conversavam Maya procurou dissecar suas emoções. Ainda o amava. Isso jamais mudaria. Mas se queria protegê-lo, não poderia de forma alguma demonstrar seus sentimentos. Concentrou-se no ferimento, botou todo o peso do corpo na perna machucada para aumentar a dor. Quando a sensação de queimação voltou, ela levantou a cabeça e olhou para o Peregrino com uma frieza que se aproximava muito da hostilidade.

– Você está bem? – perguntou ele.

– Estou melhorando.

– Bom. Precisamos sentar e conversar sobre o que aconteceu no Primeiro Mundo.
– Eu não quero fazer isso.
– A experiência foi difícil para nós dois.
– Às vezes temos sonhos ruins, mas não devemos desperdiçar o dia pensando neles.
– O que aconteceu não foi um sonho, Maya. Os mundos são uma experiência muito poderosa porque são reais.
– É hora de encarar o problema que temos diante de nós. Por que ligou para o Winston?
– Ele vem nos pegar com a van e vai nos levar para Bloomsbury. Precisamos de um modo seguro para nos comunicar dentro do nosso grupo. Sebastian está em contato com um especialista em computação chamado Nighthawk.
– Qual é o verdadeiro nome dele?
– Ninguém sabe. Foram necessárias algumas semanas de negociação para ele concordar em se encontrar conosco. Sebastian achava que Nighthawk estava na Europa oriental, mas acontece que ele mora aqui em Londres.
– O Sebastian já esteve com ele alguma vez?
Gabriel balançou a cabeça.
– Tudo que eu tenho é o número de um dormitório de estudantes perto de Coram's Fields.
– Pode ser uma armadilha.
– É por isso que você vem junto.

A caminho de Bloomsbury, Maya ficou sabendo de alguns fatos sobre esse Nighthawk. Ele já agia na internet havia mais de dez anos e tinha ficado famoso por ter invadido o sistema do computador da Casa Branca. Até Maya conhecia essa conquista mais famosa de Nighthawk. Dois anos antes, o vírus Kitty Cat apareceu no dia da mentira, 1º de abril. Por três minutos esse vírus assumiu o controle de milhões de computadores e forçou-os a exibir um vídeo com música de gatos dançantes.

Winston deixou os dois na esquina sul da Russell Square, perto do Museu Britânico. Maya conhecia bem aquela área e guiou Gabriel, atravessaram a praça, passando pela calçada que rodeava o chafariz central. O Hotel Russell estava bem diante deles, com suas torres de telhado de cobre e chaminés de tijolos vermelhos se elevando por cima do topo das faias. Passaram por um café na calçada, chegaram à esquina norte da praça e atravessaram a rua. Estudantes de mochila nas costas, carregando bolsas com livros, formavam grupos muito falantes do lado de fora do hotel e da estação de metrô da Russell Square. Maya tocou na borda da arma escondida enquanto foram caminhando pela rua Bernard, até Coram's Fields.

O lugar tinha sido uma casa dos enjeitados, onde as mães deixavam seus bebês em um grande cesto perto do portão. Havia sempre uma moeda ou um pingente de ouro amarrado no pulso do bebê ou nos fios de cabelo deles, um gesto derradeiro de esperança, de que mãe e filho se encontrariam novamente um dia. A casa foi demolida na década de 1920 e agora um imenso playground existia sobre os ossos daquelas crianças que morreram ali.

Quando chegaram à Brunswick Square, Maya examinou a rua e viu os pequenos prédios brancos usados pelo zoológico de animais de estimação e pela creche. Havia apenas uma entrada para o Fields, e uma cerca preta de ferro com pontas guardava a área como uma fileira de lanças. Maya espiou pelos buracos da cerca e viu três menininhas soprando bolhas de sabão e correndo atrás delas pelo playground.

– Aqui é Coram's Fields – disse ela para Gabriel. – Minha mãe costumava me trazer aqui.

– Você quer parar um pouco? Temos muito tempo.

– Aqui existe uma regra. Os adultos só passam por esses portões se estiverem com uma criança. Quando você deixa o Fields e cresce, não pode mais entrar.

Maya e Gabriel continuaram andando pela rua Guilford e chegaram à Mecklenburgh Square. Nighthawk supostamente morava no dormitório de estudantes no lado norte da praça.

## A CIDADE DOURADA

Passaram por uma porta de vidro e entraram num saguão que parecia inalterado havia cinquenta anos. Havia estudantes estrangeiros sentados em volta de uma mesa de centro arranhada e coberta de jornais. Um empregado separava a correspondência e botava as cartas em escaninhos numerados.

Uma placa dizia que deviam se apresentar na recepção, mas ninguém os interpelou. Gabriel deu um largo sorriso para ela e fingiu ser um estudante.

– Como você se saiu em literatura alemã?

– Continue andando – sussurrou ela.

Os dois seguiram por um corredor, passaram por uma lavanderia e uma cozinha comunitária. Maya sentiu o cheiro de pipoca e ouviu uma sinfonia de Beethoven altíssima ecoando pelas paredes. O quarto 108 ficava no fim do corredor e nos puxadores de latão na porta havia um cartão manchado, onde estava escrito o nome ERIC VINSKY.

Se aquilo era uma armadilha, então os mercenários da Tábula estariam à espera deles lá dentro. Maya abaixou a bolsa de tênis de modo que a carabina ficasse apontada para frente. Fez um gesto para Gabriel recuar e experimentou a maçaneta. Estava destrancada. Ela se concentrou, se preparou para a batalha, então empurrou a porta e entrou no quarto.

A luz do teto estava apagada e as cortinas completamente fechadas com fita adesiva. A luz que tinha vinha do banheiro e de três monitores de computador que brilhavam com imagens diferentes, uma conversa numa sala de bate-papo, linhas luminosas de código de programação e uma bailarina silenciosa dançando. Em vez de alguém com uma arma, eles encontraram um homem sentado numa cadeira de rodas elétrica. Ele tirou a mão do teclado do computador, tocou numa alavanca de controle no braço da cadeira e ela girou na direção da porta aberta.

Maya e Gabriel estavam diante de um rapaz com uma doença muscular grave. O rosto era flácido, pálpebras caídas e o cabelo comprido e embaraçado chegava aos ombros. Todo o corpo dele era em curva, um S distorcido, as pernas viradas para um lado, a barriga e o peito para outro, enquanto a cabeça lutava para ficar numa posição só.

– Nós nos conhecemos? – perguntou ele.

Ele fazia um esforço enorme para pronunciar cada palavra. Gabriel estava logo atrás de Maya e fechou a porta do corredor.

– Você é o Nighthawk? – perguntou.

– Nighthawk? – O jovem tentou sorrir, mas era mais uma careta. – Fala do nome dos pássaros? Eles são membros da família dos curiangos, da subfamília... deixe-me ver... dos Chordeilinae.

– Nosso amigo Sebastian disse para virmos até aqui para falar com alguém chamado Nighthawk.

– Entendo. Vocês são da chamada Resistência. Bem, isso não me impressiona nem um pouco.

– Precisamos estabelecer uma forma segura de nos comunicar pela internet. Sem isso será impossível criar um movimento de alcance mundial.

– Pode nos ajudar? – perguntou Maya.

O rapaz mexeu a cadeira para frente e para trás, como quem balança uma perna ou os dedos.

– Sebastian deu-lhes a informação correta. Vocês estão tendo o privilégio de conhecer o lendário Nighthawk, o Demônio da internet.

– Agora os nossos inimigos estão lendo nossas mensagens codificadas – explicou Gabriel. – Eles têm uma versão do computador quântico que já está funcionando.

Nighthawk abaixou um pouco a cabeça. Abandonou o tom sarcástico e deu a impressão de que estava avaliando a informação.

– Um computador quântico? É mesmo? Se isso for verdade, então a codificação tradicional não vai funcionar. Os computadores comuns têm de testar as mensagens codificadas sequencialmente, num ataque à base de força bruta. Mas um computador quântico é capaz de testar todas as alternativas de uma vez só, ao mesmo tempo.

## A CIDADE DOURADA

— Ou seja, conseguem decifrar qualquer código que lançarmos para eles. — Maya virou para Gabriel. — Essa nossa vinda para cá foi perda de tempo.

— *Pode* ser uma perda de tempo, se vocês forem grosseiros com o Nighthawk. — Vinsky se apoiou nos braços da cadeira, e tentou endireitar as costas e sentar direito. — Eu previ esse avanço específico na guerra da internet e já bolei uma solução.

— Você acabou de nos dizer que essa nova máquina consegue testar todas as respostas — disse Gabriel.

— É verdade. Um computador quântico consegue derrotar todos os códigos... menos aqueles que usam a teoria quântica. Quando se olha para uma partícula quântica, ela altera seu estado. O meu código opera da mesma maneira. Se qualquer pessoa tentar ler a sua mensagem, tanto o remetente como o destinatário saberão imediatamente.

— Então você vai nos ajudar? — perguntou Gabriel.

— Quanto vão me pagar?

— Nada.

— Entendo. — Nighthawk franziu a testa.

— Então não temos nada para tratar. — Talvez você queira alguma coisa que não seja dinheiro — disse Gabriel.

— E o que pode ser?

— Eu acho que você gostaria de expandir a sua influência pelo mundo todo e perturbar os que estão no poder.

— Pode ser. Talvez você tenha razão. Perturbar outras pessoas é a única maneira de eu saber que estou vivo. Essa é a moral dos troll. E eu sou o Rei dos Trolls.

— Então vai nos ajudar?

— Vocês compram um modem novo para mim?

— Compramos três porcarias de modems — disse Maya. — Apenas cumpra o que prometeu.

— Ah, vou cumprir. Isso eu garanto.

— Tem outro problema que talvez você possa resolver — disse Gabriel. — Quero me comunicar com todos que possuem computador, no mundo inteiro. Uma mensagem que não possa ser bloqueada nem filtrada. Ela simplesmente aparecerá.

– Entenda uma coisa. Isso é tremendamente mais ambicioso do que programar para aparecer um vídeo com gatinhos dançando. As autoridades não vão achar graça nenhuma. Vão ficar umas feras. Se a mensagem for rastreada até mim, posso acabar preso. – Nighthawk apontou para o seu quarto. – Minha cela seria do tamanho desse buraco aqui, mas haveria uma punição terrível: tirariam meu computador.
– Preciso da sua ajuda, Eric. É importante.
– Eu entendo que a Resistência é contra a vigilância e o controle, e concordo com essa filosofia. Mas vocês querem que eu ponha em risco a minha liberdade. Então para que serve a Resistência? Qual é o seu plano?
– Só posso descrever nossa ideologia. Sei que é difícil realizar ideologias, mas são elas que determinam a direção da nossa jornada.
– Continue...
– Trata-se de um movimento de massa, com um único objetivo. Queremos que as pessoas reconheçam que cada vida individual tem valor e significado.
– Até a *minha*, preso a esta cadeira?
– É claro.
– E o que lhe dá o direito de dizer isso?
Maya olhou para Gabriel e balançou a cabeça discretamente, como se dissesse: Não conte nada para ele. Mas Gabriel a ignorou deliberadamente.
– Sou um Peregrino. Você sabe o que é...
– Claro que eu sei. Mas todos os Peregrinos morreram.
Maya pôs a mão na sacola de raquete de tênis que ocultava a arma.
– Este aqui não está morto. E vamos manter as coisas assim.
– É mesmo? E quais truques consegue fazer, sr. Peregrino? Pode brilhar no escuro? Você voa? *Pode me curar?*
A voz de Nighthawk implorava e ao mesmo tempo debochava.
– Eu tenho DMD, distrofia muscular de Duchenne. Mesmo com todos os remédios, vou morrer dentro de cinco ou seis anos.

– Não posso curá-lo, Eric. Não tenho esse poder.

– Então não serve para nada, não é mesmo?

Nighthawk abaixou a cabeça, e Maya ficou imaginando se ele ia chorar. Gabriel falou com a voz suave, reconfortante.

– Nós vagamos pela nossa vida e depois morremos. Mas para todos nós existe um momento, um ponto crucial, em que temos de decidir entre o que é certo e o que é errado, entre visões diferentes de quem somos. Talvez este seja o seu momento, Eric. Eu não sei. A escolha é sua.

Nighthawk ficou calado quase um minuto inteiro e depois virou para o computador.

– Teria de ser um verme, não um vírus. O vírus se acopla a um programa existente. O que você precisa é de um código autorreplicante que fique no computador sem ser detectado... até ser ativado.

– E o que acontece depois? – perguntou Maya.

Nighthawk empurrou a alavanca de controle da cadeira e começou a rodopiar feito um louco em busca de uma visão. De repente parou e deu uma risada de satisfação.

– Ele faz uma coisa extraordinária. Que seria muito útil para um Peregrino...

VINTE MINUTOS DEPOIS, eles saíram do dormitório e voltaram para a Russell Square. Já passava das cinco horas da tarde e as ruas estavam apinhadas de gente saindo do trabalho. Havia uma multidão do lado de fora da estação de metrô Russell Square, e Maya teve dificuldade para avaliar a ameaça que cada estranho que passava por eles na calçada podia representar. A sensação era de ter caído num rio que os levava para além de um quiosque de jornais, no lado norte do Hotel Russell. Maya olhou para cima e viu os querubins esculpidos na fachada do hotel. Os rostos estavam pretos de fuligem e marcados pelo tempo, pareciam zangados com os cidadãos e com os malandros que passavam lá embaixo.

Maya pegou o telefone celular e ligou para Winston.
– A reunião terminou. Venha nos pegar no lado oeste da praça.

A tensão que ela sentiu quando abriam caminho no meio daquela gente toda só pareceu aumentar quando atravessaram a rua na direção da praça. Havia duas cabines de telefone vermelhas, antigas, na esquina. Um homem de jaqueta de couro estava dentro de uma dessas cabines, olhando fixo para eles por uma grade de linhas vermelhas, com o telefone na orelha. Será que era a Tábula se preparando para atacar? Thorn sempre disse para ela que o momento de maior vulnerabilidade era logo depois de algum evento, quando as pessoas relaxavam e pensavam na volta para casa.

Os dois atravessavam calmamente a praça, e Maya notou que o homem de jaqueta de couro tinha saído da cabine telefônica. Parecia que os estava seguindo e passou a ser um dos vértices de um triângulo que era completado por um sem-teto sentado num banco da praça e um funcionário do parque que varria o lixo perto de um chafariz.

Uma vozinha dentro da cabeça dela murmurava: Não se preocupe, não está acontecendo nada. Mas Londres se transformou na cidade escura do Primeiro Mundo. Ódio, medo e sofrimento eram as leis daquele lugar. Ela estava cercada de inimigos que queriam matá-la. Maya abaixou a sacola, enfiou a mão dentro dela e soltou a trava de segurança. Um projétil se alojou na câmara de disparo. Faça mira e aperte o gatilho, ela pensou. Agora.

## 20

– Dê-me a arma – disse Gabriel.

Maya hesitou, então ele olhou direto para ela, e Maya sentiu o poder daquele olhar.

– Está tudo bem...

Ele estendeu a mão devagar, parecia que ia desarmar uma bomba, e tirou a arma das mãos dela.

– Eles vão nos matar – sussurrou ela.

– De quem você está falando?

– Está vendo o homem sentado no banco e as duas pessoas lá perto do chafariz? São mercenários da Tábula.

– Você está enganada, Maya. Não há nada com que se preocupar.

Gabriel continuou andando pela praça e Maya foi atrás dele. Não tinha ideia se alguém notara aquele incidente. Talvez parecessem apenas namorados discutindo. Chegaram ao meio-fio juntos, mas Winston não estava lá. Maya virava a cabeça de um lado para outro como se estivessem cercados de inimigos. Finalmente a van branca virou a esquina e Gabriel acenou freneticamente.

– Eles vão nos seguir – disse Maya.

A van parou junto ao meio-fio e Gabriel abriu a porta lateral.

– Isso não vai acontecer. Aquelas pessoas na praça são apenas cidadãos comuns.

Os dois entraram na parte de trás da van. Maya parecia atordoada e infeliz, como se tivesse acabado de acordar de um pesadelo. Quando chegaram ao Camden Market, Winston estacionou na rua mesmo. Ele sabia que alguma coisa tinha dado errado, mas tinha ficado mais cuidadoso depois de conviver alguns meses com Linden e Madre Blessing. Esperou alguns minutos e então falou baixinho, olhando para seus dois passageiros pelo espelho retrovisor.

– Que tal voltarmos para a loja e tomar um chá?

– Deixe-nos aqui, Winston. Maya e eu vamos conversar.

Winston desceu da van, e Gabriel e Maya ficaram lado a lado, ouvindo o barulho dos carros na rua. Ele tentou segurar a mão dela, mas Maya não deixou.

– Você vai contar para Linden o que aconteceu?

– E por que eu faria isso?

– Não sou uma boa guarda-costas se fico completamente enlouquecida no meio da Russell Square.

– Não é fácil voltar do Primeiro Mundo e agir como se nada tivesse acontecido. Talvez seja melhor você ficar no quarto secreto e me proteger lá. Isso não será difícil. Eu resolvi fazer a travessia de novo.

– Agora o louco é você – disse ela. – Tudo vai desmoronar se você partir.

– Preciso ir, Maya. Tenho de encontrar o meu pai. Ele é a única pessoa que pode me ajudar a entender o que fazer.

– Pode ser que ele não tenha a resposta.

– Eu nem tenho certeza se vou encontrá-lo. Mas isso não faz diferença alguma. Quase todas as escolhas mais importantes da nossa vida na verdade não passam de uma manifestação da esperança.

– Você precisa saber de uma coisa... – Maya fez uma cara estranha e depois se calou.

– O que é?

– Nada – respondeu ela com sua voz fria de Arlequim.

Gabriel pegou a mão dela e apertou com força, depois desceu da van. Consciente de cada câmera de vigilância nas redondezas, ele seguiu uma rota complicada para evitar o escrutínio delas. Um minuto mais tarde estava entrando nas catacumbas. E pouco tempo depois disso já estava deitado na cama dentro do quarto secreto.

Passadas as quatro barreiras do ar, da água, da terra e do fogo, alguma essência do ser de Gabriel adquiriu consciência de movimento e direção. Ele conhecia o caminho de volta para o Primeiro Mundo e afastou-se deliberadamente daquela frieza toda. Como um mineiro preso embaixo da terra, seguiu por uma passagem estreita em direção ao calor e à luz do sol.

Quando Gabriel abriu os olhos, viu que estava deitado numa praia de cascalho e areia grossa. As ondas quebravam na areia num ritmo constante, e ele sentia o odor dos montes de algas mortas, apodrecendo na linha da água.

Há alguém aqui? Tem gente me observando? Ele se levantou, limpou a areia da calça jeans e examinou aquele novo mundo. Estava a poucos metros de um rio raso que desaguava no mar. A areia e as pedras eram vermelho-escuras, feito ferrugem, e a vegetação em volta parecia ter absorvido um pouco dessa cor. As algas e as grandes samambaias perto do rio eram verde-avermelhadas e os arbustos desfolhados que cresciam na linha das marés tinham frutinhas vermelho vivo que estremeciam a cada lufada de vento. Era como o seu mundo, com diferenças sutis. Talvez toda a vida tivesse começado num mesmo ponto e então algum acontecimento pequeno, a queda de uma folha, a morte de uma borboleta, tivesse empurrado a criação para um caminho diferente.

A sombra tremulante que marcava o portal de volta para o Quarto Mundo estava a pouca distância dali. Perto daquele ponto, no limite entre a areia e o mar, alguém tinha feito um monte de pedras. Uma trilha estreita se afastava desse monte de pedras vermelhas e atravessava o brejo que havia em volta. Bem ao longe a terra se elevava numa linha de montanhas verdes. Um ruído agudo o assustou e ele se afastou do monte de pedras. Lá no céu, um bando de pássaros de asas grandes e pontudas, e pescoço comprido, girava sobre um ponto de agitação na água onde a correnteza do rio encontrava o mar.

E aí Gabriel teve uma revelação. Apesar de os pássaros estarem a centenas de metros de distância, ele era capaz de entrar na consciência deles. Aquilo não era uma alegoria em que apareciam leões que discutiam teologia com seres humanos. Os pássaros viam o mundo de sua perspectiva animal. Tinham consciência do ângulo das próprias asas, das formas escuras que se moviam sob as ondas, do sol e do vento, sabiam que tinham de subir cada vez mais enquanto a fome constante os fazia buscar o alimento.

Gabriel se afastou do mar e deixou sua mente penetrar no mato à beira do rio. Diferente dos pássaros, as trepadeiras enviavam uma mensagem simples e ressonante, como alguém que toca uma única nota num órgão de catedral. Ele sentiu a lentidão das plantas, a força delas, a tenacidade obstinada do seu crescimento, a procura de água e de luz.

Essa nova consciência parecia um momento fora do tempo. Podia ter levado apenas alguns segundos, ou vários anos. Foi a presença do monte de pedras que o trouxe de volta daquele sonho. O mundo natural, sem estradas ou cidades, devia ser o Terceiro Mundo, dos animais, mas algum Peregrino devia ter aparecido naquela praia e construído aquele monumento específico. Virando de frente para as montanhas ele viu outro monte de pedras ao longe, marcando um caminho através do brejo da costa.

Gabriel seguiu essa trilha e afundou os sapatos na terra lamacenta. A alguns quilômetros da praia o rio se abria numa lagoa onde dois pássaros grandes, feito cisnes marrom-avermelhados, flutuavam na água parada. Os pássaros levantaram as cabeças e ele sentiu a curiosidade deles enquanto abria caminho por um monte de junco.

Ele saiu da região da praia e foi caminhando por um terreno pedregoso. Não havia mais trilha para seguir, e ele ficava o tempo todo olhando para trás, para manter o monte de pedras à vista. Ia pondo outra pedra sobre cada nova pilha que encontrava para marcar seu progresso.

Alguma coisa o observava. Dava para sentir. Virou de repente e viu um pequeno animal, que parecia um esquilo, espiando de uma fenda na rocha. Gabriel riu alto, o bicho guinchou em sinal de protesto e desapareceu na toca.

Conforme ia subindo, uma linha de rochas maiores ia aparecendo, como partes de uma antiga muralha. O sapato de Gabriel fazia barulho no cascalho. Ele encontrou uma abertura entre duas pedras e subiu a trilha até a beira de um platô comprido, coberto de capim. Colinas salpicavam a área toda. Parecia que um gigante tinha caído num sono eterno perto da base das colinas e agora seu corpo fora absorvido pela terra e coberto por um edredom verde.

O capim roçava as pernas de Gabriel enquanto ele procurava o caminho. Ao longe formas escuras flutuavam e depois desapareciam atrás dos montes. Minutos depois uma manada de cavalos passou trotando pela vertente da encosta.

Os animais o viram e pararam, ficaram se movendo de um jeito que parecia ao acaso, mas Gabriel percebeu que as éguas e seus potrinhos tinham ido para o centro da manada. Os cavalos tinham crinas e caudas desgrenhadas e eram menores do que as raças de equinos do seu mundo. Os cascos eram desproporcionais ao corpo deles e tinham uma protuberância na testa.

A sensação era de que a Luz dele entrava na dos cavalos, e Gabriel leu pensamentos bem mais complicados do que dos pássaros famintos. Esses animais tinham consciência de si mesmos e dos outros. Sentiam o seu cheiro, podiam vê-lo, e existia a memória de outra criatura ereta, que caminhava sobre duas pernas.

A velocidade e a potência dos corpos dos cavalos lhes dava certo prazer, uma espécie de alegria pagã. Mas havia alguma coisa errada. A sua aparição distraíra a manada por um momento, e eles ignoraram uma ameaça mais importante. Os garanhões bufavam ruidosamente e escoiceavam a terra. *Perigo. Olhem bem em volta.* Três animais do tamanho de leões emergiram do capim e começaram a cercar a manada. Gabriel viu que tinham cabeça grande e mandíbulas poderosas. O pelo era marrom-dourado, e tinham marcas vermelhas bem nítidas nos lados do corpo. Esses predadores avançavam sorrateiros para a manada, e Gabriel sentiu que a avaliavam. Que cavalo é velho ou pequeno? Há algum sinal de doença ou de ferimento? Por um breve momento desapareceram num baixio do terreno, mas o capim balançando marcava a passagem deles. Quando reapareceram, tinham formado um triângulo, o predador maior na frente e seus companheiros um de cada lado.

O medo permeou a manada feito onda de energia frenética e os cavalos começaram a galopar. Um potro galopou numa direção, parou e percebeu que estava sozinho, então tentou juntar-se aos outros. Naquele instante de confusão o animal se transformou em alvo e o predador líder disparou para frente com passadas longas e potentes.

Quando a criatura saltou, as marcas vermelhas se distenderam do corpo dela e viraram asinhas que a impulsionaram no voo até aterrissar no dorso da vítima. Gabriel sentiu ao mesmo tempo a dor do potro e o prazer do predador. Ambos caíram, o potro relinchando e escoiceando, tentando se libertar. Mas a criatura enfiou as garras na carne do potro, engatou as presas na boca e no nariz dele e manteve-se firme. Sem poder respirar, o potro fez uma última tentativa para escapar, então caiu e morreu.

Os cavalos pararam numa colina a uns oitocentos metros dali e viraram para trás para olhar para o potro caído. Se a manada fosse uma única criatura, era como se uma parte do corpo tivesse sido sacrificada para salvar o resto.

Um dos predadores viu Gabriel e emitiu um ruído profundo. A calma e a objetividade de Gabriel desapareceram. Ele saiu em disparada para o próximo monte de pedras, aos tropeços no meio do capim. Naquele mundo, naquele momento, ele não era mais o ferramenteiro que governava todas as coisas. Era humilhante concluir que os seres humanos eram tão vulneráveis, primatas fracos, com dentes pequenos e unhas inúteis.

Chegando ao monte de pedras, olhou para trás e viu que os três predadores estavam se banqueteando com sua vítima. Uma mancha vermelho-sangue brotou no meio da relva. E Gabriel pensou nas asas da criatura, asas de carne e osso, como as de um morcego. Acrescentando a cabeça de uma águia, essa criatura poderia parecer o lendário grifo. E os cavalos? A protuberância óssea na testa fazia com que lembrassem unicórnios.

Gerações de Peregrinos tinham visitado aquele Éden e depois retornado para o mundo dos seres humanos. Suas histórias foram transformadas em mitos e lendas. O unicórnio era um símbolo de pureza na Idade Média e imagens de grifos decoravam espadas e palácios. Mas o poder de tais símbolos escondia a origem das histórias. Os mitos eram elos com aqueles mundos paralelos.

O CAMINHO REAPARECEU no extremo do platô e seguiu um riacho que serpenteava serra abaixo. Árvores imensas, com casca áspera e cinza, tinham fincado suas raízes naquele solo e formado um reino verdejante. Seus galhos eram tão pesados que vergavam quase até o chão, formando um dossel que protegia a terra da luz do sol. As árvores tinham frutos que fizeram Gabriel se lembrar de figos secos, e serviam de alimento para pássaros canoros e pequenos animais parecidos com esquilos.

Havia um cheiro doce de flores no ar. Gabriel sentou à beira do riacho e olhou para cima, para as árvores. Penetrou no sentido lento que elas tinham do mundo, foi como entrar numa enorme catedral com cantos escuros, com a luz filtrada por vitrais coloridos. As árvores eram indiferentes ao tempo, mas tinham consciência dos esquilos correndo pelos seus galhos, arranhando sua casca e gritando triunfantes quando encontravam alguma coisa para comer.

Gabriel se ajoelhou para beber e jogar água no rosto. Ao abrir os olhos notou uma coisa pela primeira vez. Um pedaço de pau com cerca de sessenta centímetros de comprimento enfiado na terra. Alguém – ou alguma coisa – tinha marcado aquele ponto. Ele foi andando numa espiral em volta do pedaço de pau e achou um segundo, a uns cinquenta metros do primeiro. Alguém estava deixando sinais no caminho para o portal.

Gabriel ficou mais cuidadoso, moveu-se sem fazer barulho e procurou se esconder no mato. Seguiu os pedaços de pau que marcavam o terreno e subiu a encosta até uma linha de penhascos vermelhos que se avolumavam sobre as árvores. Os penhascos tinham rachado e sofrido a erosão do tempo, e havia uma pilha de fragmentos de rocha que dava a impressão de que uma ampulheta tinha se espatifado ali e toda a areia escorrido pelo chão.

Uma trilha cortava essa pilha de fragmentos de rocha e depois ziguezagueava penhasco acima, até a boca de uma caverna. Alguma coisa se escondia na escuridão. Gabriel sentiu a consciência da criatura, sentiu sua crueldade e inteligência. Fuja, pensou. Mas então a criatura na caverna também sentiu a presença dele e saiu.

Gabriel viu o seu irmão no alto da encosta.

# 21

Michael se abaixou e voltou para a caverna. Quando reapareceu estava com a espada talismã apoiada no ombro. Os dois irmãos tinham consciência da distância que havia entre eles. Mesmo se Michael disparasse morro abaixo, Gabriel teria tempo suficiente para fugir.

– Ora, ora, que surpresa – disse Michael. – Saio em busca de um Peregrino e encontro o outro.

– Papai está aqui?

– Não. Mas alguém viveu algum tempo nesta caverna. Fizeram uma fogueira perto da entrada. Talvez quisessem manter os animais afastados.

Michael avançou alguns passos e Gabriel recuou.

– Pensa que eu quero matá-lo?

– Parece uma boa possibilidade.

– Então por que não está com a sua espada? Esqueceu de trazer uma arma?

– Não estou fazendo esse tipo de viagem.

Michael deu risada.

– Você não mudou nada mesmo. Sempre foi um sonhador. Quando estávamos em Los Angeles, você passava todo o tempo desligado, lendo livros e passeando com aquela motocicleta.

– Não podemos mudar o que somos, Michael. Mas podemos fazer escolhas de como vamos viver nossas vidas.

– Você se engana quanto a isso. Eu mudei completamente...

Michael deu mais uns passos encosta abaixo.
– Quando éramos crianças, tudo que eu queria era me enquadrar e ser igual a todos os outros na escola. Lembra quando arrumei aquele emprego na loja de ferragens do Sloane?
– Você queria comprar uma calça jeans.
– Não, eu queria o tipo *certo* de jeans e o tipo *certo* de sapato... todas as coisas que todo mundo usava.
– Não fazia diferença.
– Correto. Eu comprei as roupas, mas os outros garotos e garotas continuaram achando que éramos esquisitos. Levei muito tempo, mas acabei aprendendo: eu não sou igual a todos os outros. Estive no Quinto Mundo e conversei com semideuses. Agora, entendo que a única realidade em todos os seis reinos é o *poder*. E demonstramos o nosso poder sempre que controlamos a vida de outra pessoa.
– Você acredita mesmo nisso?
– Não é uma crença, Gabriel. Os semideuses já descartaram toda essa besteira de idealismo. Eles sabem o que é verdadeiro.
– Você não devia confiar neles.
– Ah, mas não confio. – Michael riu. – Os semideuses têm inveja de mim, inveja de todos os Peregrinos. Estão presos na própria realidade e querem encontrar uma saída. Por isso eu os uso para conseguir o que quero. Já enviaram para nós o projeto de um novo chip de computador que ajudará a criar o Pan-óptico.
– Vocês podem construir quantos computadores quiserem. O povo não vai segui-los.
– Claro que vai. Tenho apenas de dar um empurrãozinho na humanidade para ela seguir na direção correta. Talvez seus novos amigos não queiram viver dentro da grade, mas o resto do mundo quer essa sensação de segurança. Desde que se mantenha a decoração da vitrine, os enfeites superficiais de liberdade, as pessoas ficarão muito felizes de abdicar do que é real.
– Alguns de nós sabem o que está acontecendo.
– E daí? Vocês não podem impedir a transformação. – Michael deu mais um passo para frente. – O grupo que tem mais poder sempre vence. Isso parece muito claro para mim.

— O tipo de vitória de que você está falando se desfaz em poucos anos. Os muros desmoronam e as pessoas derrubam as estátuas. O nosso mundo é impulsionado para frente pela compaixão, pela esperança e pela criatividade. Tudo o mais vira pó.

— Pode falar o que quiser, Gabe. De qualquer modo você vai perder.

Gabriel olhou bem para Michael e sentiu a energia obscura que havia dentro do irmão. Eles estavam ligados, mas separados, como duas partículas de um único átomo que explodiria se tivessem contato uma com a outra. Ele deu meia-volta e foi descendo a encosta. Só quando chegou às árvores olhou para trás e certificou-se de que Michael não o estava seguindo.

Sozinho, Gabriel atravessou o capim alto e voltou para a praia.

## 22

Quando o carro alugado deixou o Hotel Intercontinental em Bangcoc, Nathan Boone disse para o motorista ligar o ar-condicionado e dirigir a ventilação para o banco de trás. O recepcionista do hotel tinha lhe dado uma garrafa de água gelada, mas Boone bebeu apenas alguns goles. Não queria usar o banheiro do presídio e ia evitar encostar em qualquer coisa enquanto estivesse lá.

O carro avançou alguns quarteirões, entrou numa transversal e parou de repente. Estavam cercados de picapes, motocicletas e *tuk-tuks*, os riquixás motorizados pintados com cores berrantes que transportavam as pessoas pela cidade. Um guarda de trânsito de uniforme branco sobre uma caixa abanava as mãos, mas todos o ignoravam alegremente. Pedintes andavam pelo meio dos carros engarrafados e batiam nas janelas. Vendiam pedaços de coco e bilhetes de loteria, camisinhas verdes fosforescentes, e um galo numa gaiola de bambu que gritava e batia as asas como se soubesse que estava prestes a ser depenado.

Depois de muitas buzinadas o carro deu a volta num caminhão enguiçado e passou por uma barraca de frutas coberta de moscas. Uma prostituta de minivestido cor-de-rosa juntou as mãos abertas e fez o cumprimento *wai* para dois monges budistas. Uma velha enfiou a mão num balde e puxou lá de dentro uma lula viva. O cheiro do escapamento dos veículos e do óleo das frituras invadiu o carro, e Boone não tinha como evitar a barulheira.

# A CIDADE DOURADA

Quando os *tuk-tuks* passavam em disparada pareciam um exército de cortadores de grama roncando num cânion de concreto.

NAQUELES SEIS ÚLTIMOS ANOS Boone tinha contratado seus empregados sem interferência do conselho executivo. A função dele era proteger a Irmandade e destruir seus inimigos. Tanto Kennard Nash quanto a sra. Brewster preferiam não tomar conhecimento dos aspectos mais específicos das atividades de Boone.

Mas tudo mudou depois do discurso de Michael para a Irmandade. O Grupo de Projetos Especiais estava organizando eventos em diversos países, mas Boone não conhecia os detalhes. Ele fora enviado para a Tailândia para encontrar um americano chamado Martin Doyle, que cumpria pena num presídio perto de Bangcoc. Boone não teve problema nenhum com essa missão específica. O que o incomodava era o telefonema que tinha recebido de Michael Corrigan.

– O Grupo de Projetos Especiais me deu a pasta do sr. Doyle – disse Michael. – Ele é um indivíduo difícil, mas adequado para uma determinada função.

– Entendo.

– Contrate-o. Ponha o homem num avião de volta para os Estados Unidos. E...

Boone ouviu um chiado no telefone e perdeu a conexão com Londres.

– Alô? Sr. Corrigan? Não estou ouvindo.

– Trate de se impor, sr. Boone. Certifique-se de que ele fique totalmente sob o nosso controle.

– E como é que vou fazer isso?

– Não cabe a mim resolver cada probleminha que aparece.

LEVARAM UMA HORA para chegar ao presídio Klong Dan, uma área imensa cercada de torres de vigilância e por um muro de tijolos. Boone disse para o motorista esperar no estacionamento e foi caminhando até um prédio administrativo de três andares, com varandas de treliça no segundo e no terceiro. Ele deu o nome do capitão Tansiri para um guarda e foi imediatamente levado para uma sala de espera apinhada de mulheres e crianças que aguardavam para visitar os prisioneiros. A sala fedia a suor e a fraldas sujas. Bebês berravam e idosas se alimentavam de recipientes de plástico cheios de papaia em cubos e brotos de feijão.

Quando os prisioneiros apareceram numa tela de televisão perto de uma porta da sala de espera, todos se falaram aos gritos e correram lá para dentro. Boone ficou alguns segundos sozinho no meio da sala, olhando distraído para dois pauzinhos que alguém tinha descartado ali.

– Sr. Boone?

Ele estava diante de um guarda tailandês que vestia um uniforme cáqui grande demais para o corpo franzino. O guarda tirou o cigarro da boca e sorriu de orelha a orelha, exibindo uma fileira de dentes que pareciam pedaços de marfim amarelado.

– O senhor deve ser o capitão Tansiri.

– Sim, senhor. Acabamos de receber uma ligação do gabinete do ministro. Disseram que o senhor vinha nos visitar.

– Estou aqui para ver Martin Doyle.

Tansiri pareceu surpreso.

– O senhor é da embaixada?

– Eu trabalho para o Departamento de Segurança Nacional.

Boone tirou do bolso da camisa uma carteira de identidade falsa.

– Temos motivos para acreditar que o sr. Doyle tem informação sobre atividades terroristas.

– Acho que alguém deve ter se enganado. O sr. Doyle não tem nada de político. É apenas uma pessoa muito perversa. O senhor não sabe por que ele está aqui?

O Grupo de Projetos Especiais só tinha enviado o nome de Doyle e o local em que ele estava. Boone imaginou que o americano estava sendo acusado de tráfico de drogas.

– Talvez o senhor possa me dar os detalhes.

– Nós achamos que ele sequestrou e matou várias crianças no município de Khian Sa.

Boone ficou tão surpreso que nem conseguiu disfarçar sua reação.

– Ele matou crianças?

– Bem, tecnicamente, não havia provas, mas crianças desapareciam quando ele estava perto da aldeia. A polícia o vigiou alguns meses e não teve sucesso. O sr. Doyle foi esperto demais.

– Então por que está preso?

– Eles o prenderam com uma acusação de passaporte adulterado, e o juiz imputou-lhe a pena máxima. – O capitão Tansiri parecia muito satisfeito. – É assim na Tailândia. Resolvemos nossos problemas com os estrangeiros.

– Boa política, capitão. Mas acho que é melhor que eu converse com o sr. Doyle e obtenha alguma informação sobre o que aconteceu.

– Claro que sim, senhor. Siga-me, por favor.

O capitão levou Boone para uma sala de visita dividida ao meio por uma barreira de grades de aço, tela de arame e fibra de vidro. Havia duas crianças ajoelhadas no chão, brincando com um caminhão basculante enquanto os membros da família usavam os fones para conversar com os prisioneiros. Tansiri destrancou uma porta e eles entraram numa saleta bem menor, onde havia cinco homens tailandeses sentados em bancos, batendo papo e fumando. Calçavam sandálias de dedo, short marrom-escuro e camisetas de malha. Cada um deles tinha ao lado um cacetete ou um chicote curto feitos artesanalmente.

– Temos prisioneiros demais e uma equipe muito reduzida. Esses milicianos nos ajudam a manter a eficiência da operação.

Boone notou que três homens tinham facas escondidas embaixo das camisetas. Os milicianos eram o poder ali. Se aquele lugar era administrado como a maior parte dos presídios do terceiro mundo, então aquele grupo era muito mais perigoso do que os guardas propriamente ditos.

Os milicianos foram atrás deles por um corredor cheio de celas com três metros e meio de frente por seis de comprimento.

Cada cela tinha uma latrina cavada no chão, uma jarra de água e uma televisão pendurada na parede. Não tinham camas.
– É aqui que os prisioneiros são trancados à noite. Cada cela contém cerca de cinquenta detentos.
– É um monte de gente, capitão. Como consegue enfiar todos eles numa cela dessas?
– Eles dormem de lado, cada homem com a cabeça nos pés do outro. Se pagar uma pequena quantia para os milicianos, pode dormir de costas.
– E como é que o sr. Doyle dorme?
– Ele tem colchão e travesseiro.
– E como é que ele paga por isso? Recebe dinheiro de algum lugar?
– O sr. Doyle não tem amigos e nunca ouvimos falar de ninguém da família dele. Ele ganha alguns baht fazendo transações para os outros prisioneiros. Sem esse trabalho teria de comer a comida da prisão e se banhar nos chuveiros do presídio. Numa cidade em que as pessoas semicerram os olhos, temos de semicerrar os nossos também.

O capitão Tansiri destrancou a última porta e eles chegaram a um pátio dentro do presídio. Em volta desse pátio as pessoas tinham montado lojas que vendiam remédios, suco de frutas e comida feita em um forno a gás. Era cerca de uma hora da tarde e o sol castigava a terra batida e a grama seca. Alguns homens mais jovens chutavam uma bola de futebol de um lado para outro, mas a maioria dos presidiários estava sentada à sombra do prédio principal, conversando e jogando cartas.

Enquanto o pequeno grupo atravessava o pátio, Boone imaginava por que tinha sido destacado para aquela missão específica. Michael Corrigan devia ter dado uma espiada nos arquivos dele e descoberto o que acontecera muitos anos antes. Talvez aquela viagem para a Tailândia fosse apenas uma maneira bem elaborada de pôr à prova a lealdade dele.

Martin Doyle estava sentado num barril de plástico e usava um caixote como mesa. Escrevia alguma coisa num bloco de notas, com seu cliente de traduções sentado em outro barril à frente dele. Doyle era um homem grandalhão, de cabelo preto ondulado e lábios grossos. Em certo ponto da vida podia ter sido bonito, só que agora tinha uma aparência inchada e obesa.

Boone parou no meio do pátio e acenou para o capitão Tansiri.

– Gostaria de ter uma conversa particular com o sr. Doyle.

– Ah, claro, senhor. Eu compreendo. Ficaremos por perto caso o senhor...

O capitão tentou se lembrar de alguma coisa educada para dizer.

– Caso o senhor venha a pedir assistência.

Quando Boone se aproximou do caixote, Doyle estava terminando sua tradução. Recebeu alguns baht do preso tailandês e depois gesticulou com a mão como um potentado mandando um servo embora.

– Bem-vindo ao meu escritório – disse ele para Boone. – Não parece um presidiário, então vou concluir que deve ser da embaixada.

Em todos aqueles anos Boone tinha aprendido como conversar com pessoas que podiam querer matá-lo. Seja educado e um pouco formal, mas jamais demonstre fraqueza. Se achar que alguém tem uma arma escondida, observe as mãos dele. Se o homem estiver desarmado, observe seus ombros. Uma pessoa que queira dar um soco ou estrangulá-lo normalmente curvará os ombros antes de atacar.

– Sinto desapontá-lo, mas não tenho nenhuma ligação com a embaixada americana.

– Eu enviei cartas para o embaixador.

– Talvez seu caso não seja de alta prioridade.

Boone sentou no barril de plástico e pôs um cartão de visitas falso sobre o caixote.

– Sou Nathan Boone, funcionário da Active Solutions, Ltd. Somos uma firma privada de segurança com escritórios em Moscou, Joanesburgo e Buenos Aires.

Doyle estudou alguns segundos o cartão e bufou ruidosamente.

— Parece um bando de mercenários.
— Nós contratamos, treinamos e supervisionamos equipes formadas por ex-policiais e militares. Eles são pagos para cuidar de uma vasta gama de problemas de segurança.
— Olha, eu viajei pelo mundo inteiro, África, Ásia e América do Sul. Conheci gente como vocês antes e sei o que fazem. Vocês matam pessoas e saem impunes. Não se preocupe. Eu aceito isso.

Alguma coisa subiu pelo braço direito de Doyle, até o ombro. Era um camundongo cinza, de cauda comprida. Com todo o cuidado o rato subiu até a base do pescoço de Doyle. Os olhinhos pretos estavam fixos nos lábios do preso. Ao mesmo tempo um segundo rato escalou a perna de Doyle e foi para o bolso esquerdo da calça jeans dele. Os movimentos rápidos dos dois roedores deu a impressão de que Doyle era uma criatura grande e poderosa, com pedacinhos de vida agarrados a ela.

— Meus animais de estimação — explicou Doyle. — Os homens aqui criam escorpiões para briga, mas pode-se fazer mais coisas com ratos.

Doyle tirou o primeiro rato do ombro. Segurou-o pelo rabo e deixou o animal balançar freneticamente no ar.

— Gosta de ratos, sr. Boone?
— Não especialmente.

Doyle abriu uma caixa de fósforos vazia e deixou o rato cair dentro dela.

— Está perdendo uma grande diversão.

Boone nunca teve medo de qualquer animal, mas os ratos o deixavam pouco à vontade. Havia um demônio dentro da cabeça de Doyle que queria ter controle sobre qualquer coisa que fosse pequena e indefesa. Doyle piscou para Boone e então pegou o segundo rato que estava no seu colo. Suspendeu o bicho pelo rabo até acima da sua cabeça e abriu a boca como se fosse engolir a criatura.

— Pensa que não faço isso? Hein? É só pagar uns duzentos baht que eu faço.

Boone deu de ombros como se recebesse ofertas iguais àquela todos os dias.

– Não vale a pena.
– Só estava brincando...
Doyle abriu uma segunda caixa de fósforos e botou o rato dentro.
– Então o que alguém da Active Solutions quer comigo?
– Queremos saber se está interessado em trabalhar para a nossa empresa.
– Claro que estou. Mas, se não notou ainda, estou trancado nesse buraco de merda.
– Acho que posso conseguir que seja expulso da Tailândia e posto num voo fretado. No final do período de experiência receberá um novo passaporte e cinquenta mil dólares em dinheiro.
– Maravilha! Eu aceito. Onde é que tenho de assinar?
– Não precisa assinar nada, mas precisa conhecer muito bem as condições do seu trabalho nos Estados Unidos. Se for contratado, obedecerá às minhas ordens sem questionar nada e trabalhará com os outros indivíduos da equipe.
– Qual é o trabalho?
– Envolve aquelas atividades que o puseram neste presídio.
Doyle deu risada.
– Isso tudo não passa de besteira burocrática. Fiquei mais tempo do que meu visto permitia. Nada de mais.
– Eu sei por que você está aqui.
– Está bem, eu confesso. – Doyle deu uma risadinha. – Eu me ferrei e comprei um carimbo falso de passaporte de um cara que me prometeu...
– Eu sei por que você está aqui – repetiu Boone. – Assim como a polícia no município de Khian Sa.
Doyle levantou de um pulo e derrubou o caixote. As duas caixas de fósforos caíram no chão.
– E quem diabos você é? Um agente do FBI? Algum tipo de policial? Não converso com ninguém sem o meu advogado.
– Sente-se, sr. Doyle.
Doyle ficou parado, de pé, ofegante, mas depois sentou de novo no barril. Os milicianos estavam de guarda a uns três metros

de distância. Pareciam desapontados de não poderem usar seus cacetetes e chicotes.

— Minha empresa foi encarregada de executar uma operação um tanto incomum — disse Boone. — Não conheço todos os fatos, mas suponho que exige alguém com suas habilidades específicas.

— De que diabo você está falando? Que habilidades?

— Meus patrões querem provocar medo... e depois pânico... numa certa região dos Estados Unidos. As suas atividades nos ajudariam a atingir esse objetivo.

— Pode esquecer. Você está armando isso para eu ser preso.

— Engano seu, sr. Doyle. É interesse nosso protegê-lo. O medo só permanecerá na população se não o pegarem.

Doyle ficou olhando para o chão de terra um tempo, com movimentos dos ombros que deviam ser tique nervoso. Quando olhou de novo para Boone, o demônio estava sob controle.

— Eu não vou fazer isso.

— Espero que não aconteça nada com o seu trabalho de tradutor. — Boone se levantou como se estivesse indo embora. — Sem o dinheiro, terá de dormir no chão de cimento com o pé de alguém na sua cara.

— Espere aí! — disse Doyle. — Espere um pouco.

Doyle abria e fechava as mãos sem parar.

— Eu faço isso se me tirarem daqui.

— Faz o que, sr. Doyle? E não venha me contar histórias de passaporte vencido.

— Será exatamente como aconteceu no município de Khian Sa. Vou deixar as pessoas assustadas... apavoradas... quando seus filhos desaparecerem.

Não vai não, pensou Boone. Vai tentar escapar na primeira oportunidade. Mas há sempre como contornar isso...

— Você agora é empregado da Active Solutions. Não mencione esta conversa com ninguém. Manteremos contato.

Boone atravessou o pátio. Ao longo dos anos ele tinha contratado centenas de mercenários para a Irmandade. Não se importava com o que tinham feito no passado, desde que obedecessem às ordens. Alguns membros da sua equipe tinham matado as crianças de Nova Harmonia, mas o que aconteceu lá foi preciso e organizado como uma operação militar bem montada. Seus homens tinham suas missões determinadas e as executaram sem emoção nenhuma. Mas Martin Doyle o incomodava. O Pan-óptico era questão de ordem e controle, e não havia nada de controle nos atos de Doyle. Ele era a própria personificação do perverso acaso que havia no mundo.

Boone caminhava tão depressa que o capitão Tansiri teve de correr para alcançá-lo.

– Está tudo bem, senhor?
– Nenhum problema. Obrigado pela sua assistência.
– O senhor não quer vir comigo até a sala dos oficiais para descansar e beber alguma coisa? Tem ar-condicionado e os presidiários não estarão lá, só a equipe de serviço.
– Desculpe, tenho um compromisso em Bangcoc.

Um prisioneiro esfarrapado estava de cócoras no meio do pátio. Quando Boone passou, o prisioneiro levantou o rosto e *era* – o rosto dela –, ali, naquele pedaço do inferno. Não. Pisque os olhos. *Não*. E a visão se dissolveu em um velho desdentado erguendo as duas mãos, pedindo dinheiro.

# 23

Hollis despertou de um sonho e se viu num quarto frio e escuro. Não havia postes de luz nas ruas de Shukunegi, e a tia de Billy Hirano desligava tudo que era elétrico antes de ir dormir. Em Los Angeles, Hollis sempre ouvia barulho de trânsito ou a sirene da polícia. Agora o único ruído vinha do vento que assobiava por uma rachadura na janela.

Ele deslizou a mão por cima do cobertor e estendeu o braço para tocar na pistola que estava perto da beirada do tatame. A arma o fez se lembrar de que ainda era um fugitivo. Hollis respirou fundo e procurou relaxar, mas naquele momento teve a sensação de que o sono estava em terras muito distantes e que ele não sabia como chegar lá. Então a lembrança da Itako cantando e balançando suas contas de oração voltou. Ele ainda se lembrava dos olhos mortos da velha quando a voz de Vicki soou do corpo dela.

DEPOIS QUE O RITUAL da Itako terminou, Hollis saiu da casa. Uma raiva contínua tinha direcionado seus atos e lhe dado um poder feroz por alguns meses. Agora essa raiva não existia mais, e ele se sentia cansado e confuso. Billy Hirano olhava espantado para ele, ali parado no meio da estradinha rural. Saía fumaça do escapamento do táxi, mas Hollis não entrou no carro.

– Preciso desaparecer por uns tempos – disse Hollis. – Você conhece algum bom esconderijo?

Billy parecia um médico que tinha acabado de ouvir uma pergunta complicada sobre medicina. Ele enfiou as mãos nos bolsos, andou para lá e para cá um pouco, depois chutou uma pedra para a vala ao lado da estrada.

– É perigoso se esconder numa cidade japonesa. Tem polícia por todo lado e poderiam notá-lo. Numa aldeia as pessoas também fariam perguntas. Mas talvez eu possa levá-lo para a ilha Sado.

– Onde fica isso?

– Ao largo da costa oeste do Japão. Minha tia mora lá, numa aldeia chamada Shukunegi. Há milhares de turistas na ilha durante o verão, mas agora são só os pescadores.

– E o que ela vai dizer quando eu aparecer?

– Eles têm televisão em Shukunegi, mas um canal só. É uma aldeia de idosos. Eles assistem aos programas de jogos, mas não ligam para os noticiários.

– Mesmo assim vou ficar muito visível nesse lugar.

– Claro que vai. – Billy deu um largo sorriso. – Você será uma nova fonte de entretenimento. Observar os estrangeiros cometendo erros é um passatempo tradicional dos japoneses. Mas nas ilhas as pessoas cuidam da própria vida. Não gostam de falar com a polícia.

O resto do dia passaram pegando uma série de trens regionais, atravessaram as montanhas para o Japão ocidental. Os campos estavam cobertos por longas folhas de plástico branco, como se o solo tivesse de ser apresentado aos poucos para o sol. Todos os condutores dos trens ficavam olhando espantados para o estrangeiro negro, mas Billy dizia para eles que Hollis era um coreógrafo americano que tinha ido para o Japão estudar as danças tradicionais.

Na viagem de barca para a ilha Sado passaram por tempestades de neve e chuva. Em certo ponto o sol passou através da espessa camada de nuvens e a luz caiu sobre o oceano cinza-esverdeado como uma lança de energia divina. Hollis duvidou que alguém tivesse visto, porque os outros passageiros da barca estavam deitados no tapete de uma sala de televisão cochilando ou assistindo aos videoclipes musicais. Ele ficou imaginando se aquele não seria o verdadeiro segredo da história, que grandes mudanças ocorriam no mundo, mas a maioria das pessoas passava a vida quase toda dormindo.

– O que vai acontecer quando chegarmos à ilha?
– Pegamos o ônibus para a aldeia e encontramos minha tia Kimiko.
– E se ela não gostar de mim?
– Você é meu amigo, Hollis. Isso é tudo que eu preciso dizer. Seremos hóspedes nos primeiros dias e depois teremos de trabalhar.

CHEGARAM A SHUKUNEGI no início da noite. A aldeia era um conjunto de umas cinquenta casas espremidas num desfiladeiro da costa. Na boca do cânion os pescadores tinham construído um muro de bambu com um par de portões no centro. O muro fazia a aldeia parecer um forte construído para resistir aos invasores bárbaros, mas os verdadeiros inimigos eram as tempestades geladas que chegavam rugindo da Sibéria e atingiam o lado oeste da ilha.

Billy levou Hollis através dos portões e para dentro da aldeia. As casas modernas de dois andares tinham eletricidade e água corrente, mas eram construídas perto demais umas das outras, com passagens de terra entre elas. Um riacho cortava Shukunegi. O barulho da água do rio se misturava com o do vento e com o leve eco de riso que vinha do aparelho de TV da casa de alguém.

Seguindo o riacho e subindo o cânion passaram por um centro comunitário e por um cemitério grande, cheio de estátuas de Buda e lápides cobertas de líquen. A casa de dois andares da tia Kimiko ficava bem no meio do cemitério, lá para o final do desfiladeiro. Como muitos aldeões, ela pusera uma pedra preta sobre cada telha do telhado. As pedras deviam impedir que o vento destelhasse as casas, mas faziam com que o telhado parecesse um antigo jogo de tabuleiro, à espera dos jogadores.

## A CIDADE DOURADA

Não havia tranca em nenhuma das casas da aldeia, apenas barras de madeira. Billy tirou os sapatos cheios de lama e, então, entrou na casa sem bater. Hollis ficou sozinho na porta e ouviu uma voz de mulher vindo lá de dentro. A voz era aguda e soava feliz, como se a chegada de Billy fosse um presente inesperado. Poucos minutos depois uma japonesa idosa, pequena feito uma criança, chegou à porta apressada, fez uma mesura e deu boas-vindas ao seu hóspede.

BILLY PASSOU ALGUNS dias na ilha antes de voltar para Tóquio. Conversou com os outros homens que dançavam rock no parque para saber se havia um modo seguro para um estrangeiro sair do Japão. Hollis explorou Shukunegi e logo encontrou um trabalho que ia ajudar a aldeia. Um muro de contenção de tijolos na base do penhasco estava começando a ruir. Com as ferramentas da tia Kimiko ele derrubaria o muro e construiria outro. O fato de um estrangeiro forte aceitar um trabalho difícil como aquele sem cobrar nada por isso deixou os aldeões muito felizes.

Tia Kimiko acordava por volta das seis horas. Servia o café da manhã para Hollis, composto de arroz grudento, sopa de misô e um prato que era sempre uma surpresa. Uma vez presenteou-o com uma enorme lesma do mar e ficou observando enquanto ele arrancava a carne escura e salgada de dentro da concha preta. Depois que Hollis terminava de tomar seu café ele fazia alguns exercícios de artes marciais, então levava suas ferramentas para o local do muro de contenção. Normalmente duas ou três senhoras de botas de borracha cor-de-rosa ficavam sentadas em bancos observando o trabalho dele. Hollis nunca teve tanta consciência do próprio corpo, da força dos seus braços e pernas, como naqueles momentos. Sempre que levantava alguma coisa pesada, as velhas murmuravam entre si e batiam palmas para mostrar sua aprovação.

Trabalhar todos os dias serviu para acalmá-lo e botou ordem na vida dele. Primeiro cavou uma trincheira, depois começou a montar os tijolos, enchendo a cavidade por trás do muro com baldes de cascalho que tinha recolhido na praia. Hollis atacava cada parte do trabalho devagar e com muita atenção. Ele usava um pedaço de barbante para acertar o prumo da base. Enquanto misturava o cimento e jogava nos tijolos começou a enxergar suas escolhas passadas com um novo senso de clareza.

Vicki tinha dito para ele que estava no caminho certo. "Se se lembrar de quem você é, saberá o que fazer", disse ela.

*E então, quem eu sou?*, pensou Hollis. Em Los Angeles ele ensinara para seus alunos a jamais usarem a violência para chegar a objetivos negativos. O verdadeiro guerreiro usava a mente e o coração juntos. O verdadeiro guerreiro era calmo por dentro, não era dominado pela raiva. Hollis se lembrou de quando estava num telhado em Londres com um rifle de mira telescópica e sentiu vergonha.

*Mais tijolos e mais cimento. Construa o muro mais alto. Reto e verdadeiro.*

ERA SEU DÉCIMO QUINTO dia na aldeia. Depois de trabalhar no muro pela manhã, ele comeu um pouco de arroz com tempura e foi passear pelo cemitério que rodeava as casas. Flores mortas. Moedas antigas numa chaleira enferrujada cheia de água da chuva. Uma fila de Budas rechonchudos de pedra com touquinhas de algodão branco e pequenos babadores amarrados no pescoço.

Ele saiu pelo portão e foi caminhando pela linha da maré alta até uma praia de areia preta coberta de garrafas de plástico, pneus de automóvel e todo tipo de lixo do mundo moderno. Pinheiros se agarravam às rochas como bonsais e as ondas quebravam suavemente na praia.

*Entenda isso, meu amor... Acredite nisso, meu amor... a Luz sobrevive.* Vicki tinha feito uma longa viagem para dizer isso para ele e agora era o alicerce da sua fé. Se alguém realmente acreditar que você é uma boa pessoa, pode mudá-lo para sempre. Talvez por isso Deus tenha criado homens e mulheres santos. Eles viram a Luz dentro dos outros e isso às vezes inspirava as pessoas a viverem à altura de um ideal.

## A CIDADE DOURADA

Gabriel não podia saber do vendedor de livros corajoso e do Yakuza com a arma e a matança no quarto do hotel, mas talvez tivesse visto a direção que a jornada de Hollis tomava. Quem eu sou? Hollis se perguntou novamente. Ele seria sempre um guerreiro, mas agora precisava lutar por algo mais importante do que vingança. Olhando fixo para as ondas, teve a sensação de ter se livrado de todo o entulho e a confusão que impediam a sua compreensão. *Se você se lembrar de quem você é, saberá o que fazer.*

– Hollis!

Ele deu meia-volta e viu Billy Hirano chegando com passos largos pela praia. Billy devia ter comprado um tubo novo de gel para cabelo em Tóquio, pois cada fio do penteado de Elvis estava firme no seu devido lugar.

– Esses velhos gostam de você. Minha tia diz que você é um bom trabalhador. Se quiser, pode ficar aqui para sempre.

– A sua tia é uma pessoa maravilhosa, mas preciso seguir em frente.

– É. Achei mesmo que você ia dizer isso. Conversei com algumas pessoas. Existe um modo seguro para você sair do Japão. Pegamos a barca até Okinawa e as ilhas do sudoeste. Se você pagar bem, os barcos pesqueiros o levam para onde quiser, Taiwan, Filipinas, até para a Austrália.

– Está me parecendo um plano.

– Esses aldeões vão sentir sua falta. – Billy sorriu. – Eu sentirei a sua falta também. É muito legal conhecer um Arlequim.

– Eu queria conversar sobre isso, Billy. Agora que somos amigos, posso lhe revelar meu nome de Arlequim...

Ele continuou sendo Hollis mais alguns segundos. Olhando para o horizonte, percebeu que aquela escolha era muito consciente. Estava abdicando de todos os elos, de uma vida normal.

– Meu nome de Arlequim é Priest.

– *Priest.* Sim. Muito bom. – Billy parecia satisfeito. – Nunca achei que seu nome era Hollis.

# 24

Boone chegou com a sua equipe trinta minutos antes da hora em que Martin Doyle devia ser libertado da prisão. Os motociclistas rodaram na estrada para cima e para baixo algumas vezes, depois todos ficaram esperando sob uma figueira-brava num campo do outro lado do estacionamento do presídio. Crianças, pequenas e delicadas, subiam nos galhos da árvore e ficavam espiando os três tailandeses e os três estrangeiros lá embaixo. Uma das menininhas usava uma guirlanda de flores em volta do pescoço. Ela arrancou as pétalas laranja e amarelas e ficou vendo-as flutuar até o chão lamacento.

Os motociclistas eram da polícia militar tailandesa, e usavam calça jeans e camisas de seda em vez dos seus uniformes. Ficaram parados ao lado das motos fumando e evitando cruzar o olhar com Boone e os dois mercenários australianos.

O australiano mais velho era um baixinho rechonchudo chamado Tommy Squires, que obedecia às ordens e se embebedava só quando acabava o trabalho. Tommy tinha levado junto um amigo chamado Ryan Horsley. Boone já estava começando a não gostar do jovem. Horsley era um ex-jogador de rúgbi que pensava que era durão. Não havia nada de especialmente errado nessa ideia, mas Horsley também achava que era inteligente, e isso sim era um erro infeliz. Boone sempre preferia empregados que fossem suficientemente espertos para ter consciência da própria estupidez.

O calor e a umidade fazia com que todos se sentissem letárgicos. Os policiais compraram sucos de frutas de um vendedor na estrada, e Squires e Horsley foram inspecionar as lanças. Um dos contatos de Boone tinha comprado as lanças em Cingapura, onde eram chamadas de EECMs – Equipamento Eletrificado para Controle das Massas. Eram tubos brancos de plástico com dois metros de comprimento e pontas rombudas. Quando essas pontas encostavam num ser humano com uma pequena pressão davam um choque de cinquenta mil volts.

Na China os EECMs eram usados para dispersar manifestantes que se davam os braços ou sentavam no meio da rua. O problema com os Tasers ou spray de pimenta era que os manifestantes nunca sabiam quando o policial ia apertar o gatilho. Se uma multidão desse de cara com uma linha de policiais carregando escudos de fibra de vidro e EECMs, podiam ver o castigo descendo a rua, chegando mais perto, cada vez mais perto. Quando a ponta da lança avançava na direção do rosto deles, costumavam entrar em pânico e correr.

Boone pegou um par de binóculos compactos e examinou o prédio da administração do presídio. Um motorista tailandês chamado Sunchai tinha estacionado sua van de entregas perto da entrada. Boone verificou a hora. Se tudo acontecesse dentro do horário, Doyle seria libertado em cinco ou dez minutos.

– Estão prontos? – perguntou para os australianos. – Vamos esperar até a van sair do estacionamento, depois vamos segui-la a uns cem metros de distância. Eu sei que está muito quente, mas certifiquem-se de usar os capacetes. Não quero que Doyle espie pelo retrovisor e veja três estrangeiros.

– E quando é que ele vai escapar? – perguntou Horsley.

– Eu não sei. Com trânsito, é uma viagem de duas horas daqui até o aeroporto.

– Mas ele vai fazer isso com certeza?

– Poucas coisas na vida são garantidas, sr. Horsley.

– Essa coisa toda não tem sentido. Quando ele sair caminhando do prédio, devíamos imobilizá-lo, botar um saco na cabeça dele e jogá-lo dentro da van. Em vez disso vamos rodar por aí segurando esses paus dos tiras.

Squires levantou as mãos como alguém que tenta parar um carrinho de supermercado em fuga.

— Ryan não teve intenção de ofender ninguém, sr. Boone. Ele é apenas do tipo curioso.

— E se o seu vizinho tivesse um cachorro bravo? — perguntou Boone. — E se ele deixasse o cachorro passear livremente pela vizinhança? Não acha que isso seria um ato irresponsável?

— Pode apostar que sim — disse Horsley. — Eu pegaria uma pá e mataria o monstro.

— Nós não queremos matar o sr. Doyle. Queremos apenas mostrar para ele que atos negativos geram consequências negativas.

— Eu já entendi — disse Squires e virou para o amigo mais jovem. — Isso é igual ao que nos ensinaram na igreja. Queremos que esse filho da mãe sinta a ira de um deus justo.

O computador portátil de Boone começou a tocar, por isso ele deu a volta na árvore e encostou no tronco. Sua equipe em Londres tinha enviado uma mensagem urgente: *HSC Columba. Imagens anexadas.*

Três meses antes, Boone e Michael tinham deixado Skellig Columba levando o corpo de Matthew Corrigan. Antes de o helicóptero retornar para o continente, Boone mandou um de seus homens até o cais da ilha para instalar uma HSC — câmera de vigilância oculta. O aparelho funcionava a bateria e tinha um chip solar para recarregá-la. Enviava imagens só se um detector de movimento acionasse o obturador.

Uma pétala de flor vermelha aterrissou no ombro de Boone. Ele olhou para cima e viu duas meninas rindo da sua reação no galho logo acima. A árvore estava cheia de crianças e havia mais crianças acocoradas na terra diante dele. Boone procurou ignorá-las enquanto analisava as dezoito imagens anexadas ao e-mail. Nas primeiras fotografias um velho chegava à ilha num barco de pesca e começava a descarregar contêineres de suprimentos. Na sexta foto havia um grupo de freiras paradas no cais. Devia estar ventando muito aquele dia, os hábitos e os véus delas batiam muito no ar. As freiras pareciam pássaros pretos gigantes, prestes a alçar voo em direção às nuvens.

Na décima quarta imagem apareceu uma pessoa nova diante da câmera: uma menina asiática de calça jeans e jaqueta de lã xadrez. Boone pôs uma grade sobre o rosto da menina e ampliou a imagem. Sim, ele a conhecia. Era a menina que ele tinha encontrado no prédio da escola em Nova Harmonia. Ela desapareceu nos túneis do metrô de Nova York com Maya e acabou indo parar na ilha.

A menina de casaco xadrez era uma ameaça para a segurança da Irmandade. Se a história dela aparecesse na internet ia contradizer a explicação cuidadosamente preparada sobre o que aconteceu em Nova Harmonia. De acordo com a polícia estadual do Arizona, um culto perigoso tinha se autodestruído e ninguém da mídia se opôs a essa teoria.

A solução para o problema era muito clara, mas Boone não estava disposto a dar aquela ordem. Aquilo tudo era culpa de Martin Doyle; ele era como uma bolha que não desaparecia. Boone tinha procurado formar a visão da Irmandade por seis anos. O Pan-óptico eletrônico devia apresentar um novo tipo de sociedade na qual pessoas como Doyle seriam rastreadas, identificadas e destruídas. Mas agora estavam libertando um demônio, e Boone era o homem que abria a porta da prisão.

O computador portátil bipou novamente, como se exigisse uma resposta. Boone ligou seu telefone por satélite e chamou Gerry Westcott, chefe de operações em Londres.

– Eu vi as fotos da ilha.

– Reconheceu a menina asiática? – perguntou Westcott. – Ela está também nas fotos de segurança tiradas no metrô de Nova York.

– Não quero uma liquidação – disse Boone. – Precisamos de uma autorização para eu poder interrogá-la.

– Isso talvez seja difícil.

– Você tem dez ou doze horas para se organizar. Se estão indo para Londres, terão de pegar a barca de Dublin para Holyhead. – Concordo. É arriscado demais ir de avião. – Envie atualizações a cada três horas para mim. Obrigado.

Quando Boone desligou o telefone, uma pétala de flor foi caindo devagar e pousou no topo da sua cabeça. Todas as crianças riram alto quando Boone passou a mão para tirar a pétala.

– Com licença, senhor. – Era Squires que estava diante dele.

– Eu acho que o sr. Doyle está saindo do presídio...

Boone pegou o binóculo e deu a volta no tronco da figueira-brava. O capitão Tansiri escoltava Doyle na saída do prédio da administração e o americano grandalhão estava entrando na van de entregas.

– É aquele ali? – Horsley parecia um garoto indo para uma caçada.

Boone fez que sim com a cabeça.

– Vamos nos preparar.

Os três estrangeiros puseram os capacetes, pegaram as lanças e montaram na garupa das motos, atrás dos motociclistas tailandeses. Segundos depois já estavam seguindo a van que ia para o aeroporto de Bangcoc. Nada aconteceu nos primeiros quilômetros. A van ia devagar por uma estrada de duas pistas, passando por casas com telhado de sapê e hortas. O capacete de Boone não tinha ventilação nenhuma e o suor escorria pelo seu pescoço.

– O passarinho não vai voar – disse Horsley no seu rádio transmissor. – Talvez ele nos tenha visto com esses paus dos tiras.

– Fiquem nas motos – disse Boone. – Vamos segui-lo até o aeroporto.

A cerca de trinta e poucos quilômetros do presídio a van entrou numa cidade grande que parecia especializada na manufatura e venda de tecido de seda. Tinta vermelha escorria de uma oficina caseira e caía na sarjeta. Metros e mais metros de seda secavam em varais nos quintais das casas, o tecido tão fino e delicado que a luz do sol fazia as cores brilhar. Mais uma vez Boone pensou na menina asiática parada no cais com as freiras.

Havia um mercado no meio da cidade, cheio de barracas de madeira do tamanho de pequenos armários, carroças com montanhas de mercadoria e mulheres de cócoras atrás de pirâmides de laranjas. A van parou para dar passagem para uma carroça de boi. De repente Doyle desceu da van. Não ficou assustado com o motorista nem preocupado com a polícia. Gritou uma ameaça para trás e se enfiou no meio da multidão.

– O sr. Horsley vai primeiro – disse Boone no microfone preso ao fone de ouvido, e o australiano deu um tapa nas costas do seu condutor.

A motocicleta partiu lançando pedaços de lama vermelha com o pneu traseiro. Doyle ouviu o barulho do motor da moto apesar da zoeira do mercado. Ele parou, virou a cabeça e viu um homem com capacete pintado e um cajado branco voando para cima dele como um cavaleiro num campo de batalha.

O fugitivo começou a correr. Ficou atrás de uma jovem com um cesto de pimentões equilibrado sobre a cabeça, mas ela viu a moto chegando e se jogou para um lado. A lança atingiu a omoplata esquerda de Doyle. Foi apenas um choque breve, mas fez o americano cambalear.

Squires atacou poucos segundos depois, na base das costas de Doyle. Dessa vez Doyle caiu de joelhos e a moto continuou, passou por ele. O fugitivo olhou para trás e viu que Boone estava a uns trinta metros de distância, pondo a lança em posição horizontal. Levantou-se em poucos segundos e foi tropeçando por uma passagem estreita entre duas barracas.

Boone agarrou o cinto do motociclista, segurou-se com uma das mãos enquanto a moto derrapava na lama. Deram a volta e chegaram roncando. Doyle estava a uns vinte metros à frente deles, de cabeça baixa e os braços estendidos como se quisesse correr de quatro. Quando a motocicleta se aproximou, ele desviou para a esquerda, mas a lança de Boone bateu na perna do grandalhão e o choque fez com que fosse jogado para frente.

Os dois australianos chegaram e desceram das motos. Boone resolveu que mais dor ensinaria melhor a lição, por isso deixou que os dois atacassem com suas lanças uma dúzia de vezes. Doyle rolava na lama feito um epilético tendo uma convulsão.
— É o deus justiceiro! — berrava Squires. — Sinta esse deus justiceiro!

UM POLICIAL DO LUGAR correu para o local, mas os motociclistas mostraram suas identidades de militares e anunciaram que tinham acabado de prender um terrorista. A van chegou um minuto depois e puseram algemas de plástico nos pulsos, nos braços e nas pernas de Doyle. Para finalizar ele foi amordaçado com um pedaço de fita adesiva e enfiado na van como um pedaço de carne.

— Diga para os motoqueiros levarem vocês de volta para o hotel — disse Boone para Squires. — O seu dinheiro chegará amanhã de manhã.

— Sim, senhor. Há mais alguma coisa que possamos fazer para ajudá-lo?

— Diga ao sr. Horsley para ficar de boca fechada.

Boone entrou na traseira da van e disse para o motorista seguir para o aeroporto. Então tirou uma seringa da bolsa que tinha pendurada no ombro e enfiou num frasco cheio de um poderoso tranquilizante. Doyle estava deitado de costas. Rolou os olhos nas órbitas, apavorado, quando viu a agulha.

— Quando acordar na América, terá um ferimento nas costas da mão direita e outro no meio do peito. Vamos inserir contas de rastreamento embaixo da sua pele e dos seus músculos. Essas contas nos dirão onde você está o tempo todo.

A seringa estava cheia. Quando Boone se inclinou para frente Doyle gemeu. Estava tentando abrir a boca para falar alguma coisa.

— Se você tentar fugir de novo, vou caçá-lo como fizemos hoje. Não pode escapar, Doyle. Simplesmente não é possível. Vou vigiar você até terminar sua tarefa.

## 25

Alice Chen decidiu que ainda era a Princesa Guerreira de Skellig Columba. Não por sua culpa tinha sido feita prisioneira pela Rainha da Escuridão e estava sendo transportada para a Cidade do Fim do Mundo.

Manteve essa visão na cabeça uns dez minutos e então o carrinho de chá chacoalhou no corredor do trem. Alice abriu os olhos e se viu sentada na cabine do trem com a irmã Joan que lia seu breviário com capa de couro. Embora a irmã Joan estivesse vestida de preto, definitivamente não era a Rainha da Escuridão. Ao contrário, era uma freira gorda de óculos, que fazia pães deliciosos e se debulhava em lágrimas quando alguém lia alguma notícia sobre um cão corajoso que salvava a família de um incêndio na casa.

E Alice também sabia que ela não era nenhuma princesa. Segundo as freiras, ela era uma menininha desobediente a quem elas deram inúmeras chances de se comportar de maneira decente. Já tinha sido bem ruim quando a irmã Maura a encontrou saltando entre os penhascos, mas quando Alice marchava de volta para o convento seu facão de açougueiro caiu do cinto. Aquela noite ela esperou no dormitório enquanto as freiras rezavam por sua alma e discutiam o problema falando baixinho. Finalmente ficou decidido que Alice seria levada para o Convento Tyburn em Londres e entregue à supervisão das freiras beneditinas. Depois de trocarem informações resolveram que ela seria mandada para uma escola católica de meninas, provavelmente uma que se chamava Sant'Ana, no País de Gales.

– Isso vai ser melhor, querida – explicou a irmã Ruth. – Você precisa conviver com meninas da sua idade.

– Hóquei de campo! – disse a irmã Faustina com sua voz alta e sonora. – Hóquei de campo e jogos apropriados! Chega de ficar saltando por aí com facas!

Para a Tábula era fácil monitorar companhias aéreas, por isso irmã Joan e Alice pegaram um ônibus local para atravessar a Irlanda e a barca de Dublin para Holyhead. Agora estavam num trem para Londres, e Maya ia encontrá-las na estação.

A irmã Joan tinha posto o livro de geometria na mochila de Alice. Se Alice saísse andando pelo trem e incomodasse os condutores, teria de ler o capítulo sobre ângulo reto como castigo.

Sentada perto da janela, ela olhava para as pequenas cidades galesas e tentava pronunciar os nomes delas. Penmaenmawr. Abergele e Pensarn. Nuvens pesadas cobriam o céu, mas os galeses estavam todos ao ar livre arando os campos e pendurando a roupa nos varais. Alice viu um fazendeiro jogando ração com uma pá para uma porca e seus porquinhos. Os porcos eram brancos com manchas pretas, como os cor-de-rosa que tinha visto na América.

Crewe era a última parada antes de Londres. Até ali elas tinham ficado sozinhas na cabine, mas uma multidão embarcou no trem e Alice a viu passar pelo corredor. Quando o trem começou a andar e deixou a estação, uma mulher grande, de sessenta e poucos anos e cabelo tingido de preto, abriu a porta de correr e verificou o número dos assentos.

– Desculpe incomodá-las. Mas temos reservados dois lugares.

– Temos de sair daqui? – perguntou irmã Joan educadamente.

– Céus, não! Vocês chegaram antes, por isso ficam com as janelas.

A mulher forte voltou para o corredor e falou como se chamasse um cachorro.

– Aqui, Malcolm! Não, é aqui!

Um homem gorducho de paletó de tweed apareceu na porta. Empurrava uma mala preta de rodinhas bem grande. Alice resolveu chamar os dois intrusos de sr. e sra. Hidrante, porque pareciam mesmo dois hidrantes, baixos, atarracados, com a cara vermelha.

A mulher entrou primeiro na cabine, seguida pelo marido. Ele bufou e gemeu, mas acabou conseguindo botar a mala grande no compartimento de cima. Então ele sentou ao lado de Alice e deu um sorriso satisfeito para a irmã Joan.

– Vocês duas estão indo para Londres?

– É a única parada que resta – retrucou Alice.

– Ora, é mesmo. Você tem razão. Mas é claro que existem as conexões e baldeações.

O sr. Hidrante pronunciou essas duas últimas palavras com muita satisfação.

– Nós vamos prosseguir – explicou a sra. Hidrante – Vamos visitar minha irmã em Londres e depois pegar um avião para Costa Brava, onde nossa filha tem um apartamento.

– Sol e diversão – disse o sr. Hidrante. – Mas não sol demais, senão vou ficar parecendo uma framboesa.

Quando o condutor chegou para pegar as passagens, Alice se inclinou para frente e cochichou para a irmã Joan.

– Vamos para o vagão-restaurante tomar um chá.

A freira rolou os olhos nas órbitas.

– Podíamos ter feito isso quatro paradas atrás. Nada de chá para você, mocinha. Estamos quase chegando a Londres.

Alice saiu da cabine poucos minutos depois para ir ao toalete. Trancou a porta de correr e tentou imitar o sotaque galês do sr. Hidrante.

– Mas não sol demais, senão vou ficar parecendo uma framboesa...

Alice detestava quem sorria demais ou ria alto demais. Lá na ilha a irmã Ruth tinha ensinado para ela uma palavra nova que era maravilhosa: *gravitas*. Maya tinha *gravitas*... certa dignidade, seriedade, que dava vontade de imitá-la.

De volta à cabine, encontrou os Hidrantes e a irmã Joan conversando sobre jardinagem. A irmã Ruth tinha dito uma vez que os britânicos eram um povo sem deus, mas que ficavam com cara de santo quando falavam de feijão em estaca e de videira em treliça.

— Um bom monte de matéria orgânica é como dinheiro no banco — disse o sr. Hidrante. — Espalhe por toda parte e não precisará de fertilizante.

— Eu ainda acrescento o lixo da minha cozinha, casca de ovo e raspa de cenoura — disse a sra. Hidrante. — Mas nada de restos de carne, senão esse adubo atrai ratos.

Os três adultos concordaram que a melhor maneira de combater as lesmas era afogá-las numa tigela cheia de cerveja choca. Alice ignorou aquela conversa e espiou pela janela. Quando se aproximaram da periferia de Londres, fábricas e prédios de apartamentos foram surgindo. Parecia que todo o espaço vazio ia desaparecendo. Os prédios iam se espremendo e esmagando o que restava do verde.

— Desculpem-me — disse o sr. Hidrante —, mas não nos apresentamos. Eu sou Malcolm e esta é Viv, minha mulher.

— Claro. Eu às vezes chamo meu marido de "Cogo", abreviação de cogumelo — explicou a sra. Hidrante. — Malcolm uma vez tentou criar trufas no nosso quintal, mas não deu certo.

— Árvores erradas. Tinham de ser carvalhos.

— É um prazer conhecê-los. Eu sou a irmã Joan e esta é...

— Sarah — disse Alice. — Sarah Bradley.

— Londres! Londres! — gritou uma voz e então o condutor passou correndo pelo corredor.

— Bem, chegamos — disse o sr. Hidrante. — Chegamos afinal...

Ele olhou para a mulher e Alice teve uma sensação estranha. Havia alguma coisa de errado com aquela gente. Ela e Joan deviam sair correndo dali.

— Foi um prazer conhecer vocês duas — disse a sra. Hidrante.

A irmã Joan sorriu docemente.

— Sim. Tenham uma ótima estada na Espanha.

— Acho que vamos precisar de um carregador — anunciou o sr. Hidrante. — Viv trouxe tudo, menos a pia da cozinha.

Ele se levantou para pegar a mala grande, gemendo com o esforço de puxá-la para baixo. Mas dessa vez Alice estava bem perto e pôde ver a cara dele. A mala não era pesada. Ele estava apenas fingindo.

Desesperada, Alice pegou a mão de Joan. Mas a freira sorriu e deu um apertão.

— Sim, querida. Eu sei. Foi uma longa viagem...

Por que os adultos eram tão bobos? Por que não enxergavam as coisas? Alice ficou observando a sra. Hidrante se levantar e enfiar a mão na bolsa. Tirou de lá uma coisa pequena e azul que parecia um revólver de água de plástico. Sem que ninguém tivesse tempo de reagir, ela agarrou o ombro da irmã Joan, apertou a coisa azul no pescoço da freira e apertou o gatilho.

A irmã Joan despencou no chão. Alice tentou escapar, mas a mala grande bloqueava a porta.

— Ah, não vai não! — disse o sr. Hidrante, agarrando o braço dela.

Alice pegou seu bastão e enfiou na garganta dele. Ele xingou bem alto quando o bastão se partiu em dois.

— Você é uma criaturinha malvada, não é? — Ele olhou para a mulher. — Use o cor-de-rosa, querida. O azul era para a freira.

A sra. Hidrante segurou Alice pelo cabelo e a apertou contra o seio avantajado. Tirou um revólver de plástico cor-de-rosa da bolsa e apertou no pescoço de Alice.

Alice sentiu uma dor ardida e depois ficou sonolenta. Queria lutar como Maya, mas suas pernas cederam e ela caiu no chão. Antes da escuridão total, ouviu o sr. Hidrante dizendo para a mulher:

— Ainda acho que você se enganou quanto à casca de ovo misturada à matéria orgânica, querida. É *isso* que atrai os ratos.

# 26

Maya estava sentada na sala de espera apinhada da Clínica Médica Brick Lane olhando furiosa para o relógio na parede. Sua consulta tinha sido marcada para as onze horas, só que ela já estava esperando há quase quarenta minutos. Agora teria de atravessar a cidade em disparada para receber o trem que chegava à estação Euston.

Era irritante ficar numa sala superaquecida, cheia de bebês aos berros e senhoras idosas arrastando andadores. Como quase todos os Arlequins, ela encarava o próprio corpo como um instrumento para fazer coisas. Quando ficava doente ou estava machucada, era como se um empregado desleal a decepcionasse.

Uma africana, de vestido cor-de-rosa, entrou na sala e verificou uma lista de nomes.

– Sra. Strand?
– Aqui...
– Estamos prontos para atendê-la agora.

Maya seguiu a enfermeira pelo corredor central até uma sala de exames. Passaram cinco minutos, ninguém apareceu e ela pegou o gerador de números aleatórios que usava pendurado ao pescoço. Ímpar quer dizer que eu fico. Par quer dizer que vou embora.

Antes de ela apertar o botão alguém bateu na porta e Amita Kamani entrou apressada, com uma pasta de arquivo na mão.

A clínica geral parecia afobada e agitada. Uma mecha de cabelo preto rebelde tinha se soltado e tocava a testa dela.
— Bom-dia, sra. Strand. Desculpe tê-la feito esperar. Alguma melhora na perna?
— Nenhuma mudança.
Maya estava de saia aquela tarde, para evitar a indignidade da túnica de hospital. Sentada na ponta da mesa de exame ela se abaixou e tirou o curativo. A ferida continuava inchada e sangrando, mas Maya se recusava a demonstrar que sentia dor. Dava uma certa satisfação ver que a dra. Kamani estava preocupada.
— Estou vendo. É. Isso é uma decepção.
A médica pegou um desinfetante e gaze limpa do armário. Calçou luvas de látex, sentou num banquinho perto da mesa e começou a fazer o curativo na ferida.
— Algum problema com os remédios?
— Fiquei muito nauseada.
— Você vomitou?
— Algumas vezes.
— Algum outro problema? Tontura? Fadiga?
Maya balançou a cabeça.
— Eu preciso de mais antibióticos. Só isso.
— Pode pegar mais uma caixa na saída. Mas temos de conversar sobre certos problemas.
A dra. Kamani colocou a última tira de esparadrapo cirúrgico e se levantou. Agora que não estava mais sentada embaixo de Maya como um menino engraxate, parecia que tinha recuperado um pouco da segurança.
— Nós ainda não sabemos o que há de errado com a sua perna, mas está claro que você devia adotar um estilo de vida mais saudável. Precisa parar de viajar e evitar o estresse.
— Isso não é possível. Tenho certos compromissos.
— Todos nós temos uma vida atribulada hoje em dia, mas às vezes precisamos ouvir o que nosso corpo nos diz. — A doutora Kamani verificou o prontuário. — Qual é exatamente a sua profissão?

– Isso não tem nada a ver com a minha perna.
– Você precisa consultar um especialista.
– Para mim chega.

A espada de Maya estava escondida no tubo em cima da mesa. Ela pegou o tubo e pendurou no ombro.

– Vocês são completamente inúteis.

A dra. Kamani endireitou as costas, arregalou os olhos e as ventas, como se fosse dar uma cortada violenta numa bola de tênis para o outro lado da rede.

– E a senhora está grávida.
– Isso não é possível.
– Bom, é verdade. Eu pedi uma série completa de exames e esse foi um deles. A gravidez deve estar provocando essa náusea.

Pensamentos loucos povoaram a cabeça de Maya. Naquele momento ela queria estar cercada de inimigos, para poder sacar a espada e abrir caminho com ela para fora daquela sala.

– Quando foi que teve a última relação sexual, sra. Strand?

Maya balançou a cabeça.

– A senhora sabe quem é o pai?

Ela ficou paralisada, petrificada naquele instante de revelação, mas sua boca mexeu e emitiu sons.

– Sei. Mas ele foi embora.

– É claro que existem alternativas se quiser interromper essa gravidez. Normalmente peço às pacientes para pensar vinte e quatro horas antes de marcarem uma consulta.

A dra. Kamani tirou de uma caixa pregada na porta um folheto com o título A ESCOLHA É SUA na capa.

– Esse folheto explica as diversas opções. Quer me fazer alguma outra pergunta?

– Não.

Maya verificou a hora no seu celular.

– Estou atrasada para um compromisso.

Ela desceu da mesa de exame, esbarrou na doutora Kamani e saiu apressada da clínica.

Alice Chen e uma das freiras da ilha estavam chegando a Londres, e Linden tinha dito para Maya recebê-las. Ela viu um táxi particular estacionado do outro lado da rua e entrou no banco de trás.

– Estação Euston – disse para o motorista. – Preciso estar lá em dez minutos.

Quando o carro partiu com um solavanco e seguiu pela Brick Lane, a lembrança daquele momento na sala de exames voltou com toda força. Ela esperava um filho de um Peregrino. A sensação foi de estar num avião em queda, foi um instante de compreensão, seguido de confusão e sofrimento. O que devia fazer? Podia contar para alguém? Ela sentiu raiva, tristeza, alegria e disposição para enfrentar o mundo, tudo isso antes de o carro chegar à Whitechapel Road.

Se isso tivesse acontecido com Madre Blessing, a Arlequim irlandesa teria pedido um aborto aquela tarde mesmo. Teria removido, acabado com aquele acidente que crescia dentro dela feito um tumor. O poder dos Arlequins vinha da simplicidade de suas vidas, da ferocidade objetiva do seu dever. O corpo era uma arma que precisava de manutenção.

Àquela altura Maya já estava atrasada para a chegada do trem, mas obedeceu às regras que tinha aprendido com o pai. Para Thorn, um lugar como a estação Euston era uma "armadilha de Argus", uma área excessivamente vigiada com o nome de Argus, o guardião da mitologia grega que tinha cem olhos. Euston era um lugar especialmente perigoso porque ficava no extremo norte da zona de congestionamento, de modo que as câmeras captavam continuamente as imagens das placas dos carros. A University College de Londres e os ossos de Jeremy Bentham ficavam a poucas centenas de metros daquele ponto central. Se o filósofo morto saísse de sua caixa de vidro e passeasse pela rua, seria um prisioneiro do Pan-óptico eletrônico.

Maya desceu do táxi, foi andando pela Euston Road e entrou no Friends House, o centro religioso dos quacres. Dali da sala de leitura no térreo ela podia fazer uma avaliação inicial da estação. A entrada principal tinha mais de doze câmeras apontadas para a área dos ônibus e para o memorial de guerra aos "Gloriosos Mortos". Numa emergência ela teria de encará-las, torcendo para os mercenários da Tábula ficarem presos no trânsito. Mas havia sempre uma forma segura de entrar... até Argus fora derrotado.

Ela saiu do centro religioso e subiu rapidamente pela rua Barnaby, no lado leste da estação. A calçada coberta de lixo passava pela frente do King Arthur's Pub, por uma loja de apostas e outra chamada Transformation, que vendia roupas para pessoas que usavam roupas do outro sexo. Havia dois manequins de homem idênticos na vitrine, um com um terno e chapéu-coco, o outro de peruca loura e vestido de festa de seda vermelha. PODERIA SER VOCÊ, proclamava um cartaz. De jeito nenhum, pensou Maya. Uma imagem surgiu na cabeça dela, de outra dupla: uma jovem grávida ao lado de uma gêmea de cara fechada, sem barriga nenhuma.

A rua Barnaby deu numa ladeira para carros, ela seguiu por ali até uma área de carga e descarga fechada, no topo do prédio da estação. Havia poucas câmeras naquele lugar, todas elas à procura de placas de carro, e Maya seguiu a rampa de concreto que descia para o pátio aberto central. Esse pátio era rodeado de lojas, inclusive dois Burger Kings, duas livrarias W. H. Smith e duas Marks and Spencers. Talvez essa fosse uma pista para o futuro, centenas de lojas que eram basicamente as mesmas.

Uma placa de avisos dizia que o trem que vinha do cais das barcas de Holyhead acabara de chegar à linha seis. Maya passou entre duas lojas, foi para as linhas sete e oito, então espiou por um vidro grosso que dava para a linha seis. Os passageiros do trem de Holyhead passavam apressados para o salão principal. Uma família de asiáticos com carrinhos de bebê, três meninas adolescentes de tranças e mochilas nas costas, e um casal de meia-idade manobrando uma grande mala com rodinhas.

Parecia que Alice Chen não estava naquele trem. Quando Maya mudou de posição, viu um policial entrando na estação, seguido por dois paramédicos empurrando uma maca. Por aqui, indicou o policial. Linha seis. Sigam-me.

Ela verificou suas facas e arrumou a espada para poder sacar com facilidade. Fingiu procurar um passageiro e foi andando devagar pela plataforma até a linha seis. O policial estava lá, parado nos degraus do quarto vagão do trem. Quando Maya passou perto das janelas do trem viu que os paramédicos e dois condutores estavam todos na terceira cabine.

Maya chegou ao fim da plataforma quando os paramédicos reapareceram com uma das Clarissas Pobres deitada e amarrada na maca. A freira estava inconsciente, mas viva. Então onde é que estava Alice Chen? Ela esperava que alguém saísse com a menina do trem, mas os dois condutores e o policial seguiram a maca para fora do salão principal. Ficou claro que não havia ninguém procurando uma criança desaparecida.

Maya pegou um telefone celular registrado em nome de um sem-teto de Brixton e ligou para Linden.

– Estou na estação – disse ela. – Eu devia pegar o pacote, mas a situação não é a que esperávamos.

– Há algum problema?

– A pessoa encarregada da entrega estava inconsciente e foi levada embora pelos paramédicos.

– E o pacote?

– Não estava no trem.

– Qual é a nossa situação atual?

– Nosso competidores não estão na área.

– Não se arrisque. Isso não é nosso dever.

– Entendo, mas...

– Deixe a área imediatamente e volte para o escritório.

A conversa acabou, mas ela não saiu da plataforma. Isso não é nosso dever. Sim, o pai dela teria dito a mesma coisa. E um ano antes ela teria seguido o exemplo dele. Mas Gabriel ensinou para ela um nível diferente de responsabilidade. Era como se Linden imitasse a Irmandade naquele momento. Ele queria que ela tomasse parte da causa e ignorasse o indivíduo, seguisse as regras e traísse o que ela sabia no fundo do seu coração. O celular tocou, mas Maya não atendeu. Um estilete apareceu na sua mão, ela embarcou no trem e correu pelo corredor até o quarto vagão. A terceira cabine estava vazia, nenhum sinal de luta, mas ela notou uma coisa no piso gasto.

Ela se ajoelhou e pegou dois fragmentos de um pedaço de madeira desgastado pelo mar. Um policial jamais entenderia o que aqueles fragmentos significavam, mas Maya soube na mesma hora. Ela fazia armas de brinquedo como aquela quando era menina, pedaços de pau como espadas e lápis presos ao pulso por baixo das mangas com elásticos. Ela juntou os fragmentos, e a madeira assumiu a forma de uma adaga.

## 27

Gabriel sempre voltava para a realidade conhecida do Quarto Mundo antes de reunir coragem para fazer nova travessia. Mas dessa vez ele prosseguiu em sua jornada. Depois do confronto com Michael, ele voltou para a praia e seguiu o portal através da escuridão até a luz.

Agora o Peregrino estava sentado numa pedra chata, examinando aquele novo mundo. Tinha chegado a um planalto árido, pontilhado com arbustos baixos que tinha raízes pretas saindo deles como pernas de aranha. Imensas cadeias de montanhas com neve nos picos se erguiam em todas as direções. Era como se contivessem o universo dentro de suas fronteiras.

Mas o aspecto mais surpreendente daquele mundo era o céu. Tinha um azul-turquesa que o fez se lembrar de joias antigas. A cor diferente podia ser criada pela altitude. Gabriel tinha a respiração curta e rápida, além de uma sensação de ardência nos pulmões. Havia uma rigidez ali, uma pureza austera que não fazia concessões.

Gabriel concluiu que tinha chegado ao Sexto Mundo, dos deuses. Os poucos Peregrinos da Antiguidade que visitaram aquele lugar deixaram relatos vagos sobre montanhas muito altas e uma cidade mágica. Talvez a cidade não existisse mais. Nada era permanente no universo. De acordo com sua Desbravadora do Caminho, Sophia Briggs, os diferentes mundos eram bem parecidos com o mundo humano, evoluíam em novas direções e mudavam com o tempo.

Não tinha ideia do tempo que estava sentado naquela pedra, nenhum sentido de tempo, a não ser pela mudança de posição do sol. Assim que saiu do portal, o sol estava baixo no horizonte. Depois foi subindo lentamente incandescendo o céu. Parecia que o dia era duas ou três vezes mais longo do que as vinte e quatro horas do seu mundo. Qualquer um que vivesse ali tinha de se adaptar a uma noite que parecia durar para sempre. Cada nascer do sol seria como um milagre.

Quando o sol atingiu o ponto mais alto no céu, Gabriel mudou de posição e viu um clarão ao longe, como o reflexo de um espelho. Podia ser alguém tentando fazer contato com ele. Ficou de pé na rocha e examinou a cadeia de montanhas. Dois dos picos mais altos tinham um espaço em forma de V entre eles, e havia um ponto de luz que piscava no fundo desse espaço.

Antes de poder ir para qualquer lugar, ele precisava garantir sua volta ao portal. Havia pedras espalhadas em volta. Ele pegou as menores e começou a fazer um monte. Quando a pilha tinha mais ou menos uns dois metros de altura, Gabriel examinou a paisagem em volta e procurou memorizar cada detalhe.

O bater do seu coração era o centro daquele mundo. Um relógio tiquetaqueando numa sala vazia. Deu as costas para as montanhas e caminhou direto para a luz. Com menos de dois quilômetros de caminhada percebeu que enxurradas tinham cavado ravinas profundas e esculpido alguns grandes cânions no solo pedregoso. Se quisesse viajar em linha reta, teria de descer até o fundo de cada ravina e depois escalar as laterais muito íngremes para voltar para cima.

Precisou fazer um esforço enorme para passar pelas duas primeiras ravinas e resolveu parar para descansar. Naquele passo já estaria escuro antes que alcançasse as montanhas. Quando recomeçou a caminhada experimentou uma nova estratégia, seguir a vertente de cada ravina até a distância desaparecer, ou encontrar um caminho de pedras para atravessar para o outro lado.

O tempo foi passando e o sol foi descendo lentamente para o horizonte. O ponto brilhante de luz tinha desaparecido, mas Gabriel mantinha os olhos fixos no espaço entre os dois picos das montanhas. Quando sua garganta ficou tão seca que começou a ter dificuldade para engolir, chegou a um cânion comprido e estreito que tinha uma linha de água no fundo. Gabriel construiu outro monte de pedras no topo e desceu a parede de pedra, enfiando as mãos em fendas, enquanto procurava com os pés algum apoio que suportasse seu peso. Surgiram plantinhas resistentes que lembravam as sempre-vivas, quando ele chegou mais perto do fundo do despenhadeiro. Agarrou-se aos seus galhos e foi descendo.

A água era gelada e tinha gosto forte de ferro. Gabriel se ajoelhou no cascalho, bebeu, bebeu, depois jogou água no rosto. Estava na sombra agora, vendo o céu turquesa. Ia ser difícil escalar aquele paredão de novo, por isso seguiu o cânion, andando contra a corrente do riacho. Toda vez que chegava a uma curva, esperava encontrar um afluente ou uma série de planos horizontais que serviriam para sair dali. Só que em vez disso o cânion ficava cada vez mais fundo e o céu lá no alto já era como um risco sinuoso de tinta. Os montes de areia e seixos no fundo do cânion indicavam que um rio caudaloso tinha existido ali um dia.

Ele deitou num monte de areia e adormeceu. Acordou quando uma gota de água bateu no seu rosto. O céu estava cheio de nuvens cinzentas e tinha começado a chover. As gotas de chuva caíam pela abertura do desfiladeiro e, então, a tempestade ganhou força. As gotas batiam nas rochas e mais água caía pelas paredes de pedra.

Não havia nenhum abrigo ali, por isso Gabriel fechou os olhos e ficou sentindo a chuva bater nos ombros, escorrer pelo rosto. A tempestade parecia que não acabava nunca, com novas rajadas pesadas até que de repente todas as nuvens desapareceram do céu.

Gabriel imaginou que a maior parte daquela chuva ia escorrer pelo terreno de pedra e escorrer para o cânion. Mas nada mudou. O riacho continuava com cerca de sete centímetros de profundidade, fluindo sobre seixos lisos e vermelhos. Ele seguiu alguns minutos chapinhando na água e parou quando sentiu uma súbita lufada de vento que vinha de cima. O movimento de ar era provocado por uma tromba-d'água que vinha na sua direção. Não havia saída. A enxurrada ia arrastá-lo e jogar seu corpo contra as rochas.

Gabriel ouviu uma trovoada surda ao longe. Poucos segundos depois uma onda de quase um metro de altura fez uma curva do cânion e quase o derrubou. A água passou entre as suas pernas enquanto se agarrava à parede do desfiladeiro. Ele olhou para cima em busca de um apoio para os pés ou as mãos. Nada.

Folhas mortas voavam feito passarinhos tentando escapar de uma tempestade. A trovoada se transformou num som profundo que ecoava como um trem saindo de um túnel. A água subiu, já batia na sua cintura, e quando ele olhou para cima viu uma linha escura na outra parede. Encaixando cada pé com todo o cuidado, atravessou o desfiladeiro e tocou na rocha. Uma fenda serrilhada, com alguns centímetros de profundidade, cortava a parede.

Gabriel estendeu o braço direito e forçou o punho cerrado para dentro da rocha, depois enfiou a mão esquerda e ficou com as pernas e pés pendurados no ar. Um arbusto de sempre-viva crescia na lateral da parede, uns seis metros acima, e ele resolveu subir até lá. Seus braços e ombros já estavam doendo e escorria sangue das articulações dos dedos até os pulsos.

O barulho de trovão estava mais alto e era tão forte que parecia encher o cânion. Continue, ele pensou. Apenas continue se mexendo. Mas, quando olhou para a direita, viu uma muralha imensa de água indo para cima dele. Com um movimento convulsivo, Gabriel se jogou para cima e agarrou o arbusto de sempre-viva. E o aguaceiro chegou. O peito, o pescoço e depois a cabeça dele ficaram embaixo d'água. Ele ouviu um gemido e um ronco. Teve a sensação de que monstros escondidos dentro daquela imensa onda agarravam suas pernas e tentavam puxá-lo para dentro da água.

## 28

Gabriel esperou aquele momento final em que seria forçado a respirar água para dentro dos pulmões. Quanto tempo será que viveria? Seu coração bateu uma vez, duas, e então a enorme massa de água passou e seguiu seu caminho cânion abaixo. Ainda agarrado ao arbusto de sempre-viva, ele abriu os olhos e respirou com sofreguidão.

Mais uma vez o rio parecia inofensivo, uma linha fina de água fluindo sobre um leito de pedras lisas. Gabriel desceu sobre um trecho de cascalho e ficou ali deitado um longo tempo, olhando para o céu turquesa. A primeira coisa que pensou foi em escalar aquela garganta e sair do cânion, encontrar o portal para casa antes de escurecer. Voltaria para o seu mundo e a realidade que conhecia.

E depois? Com o tempo teria de sair do apartamento secreto e conversar com a Resistência. Embora se opusesse à filosofia da Irmandade, de poder e controle, não sabia como expressar sua visão de forma que fizesse sentido para as outras pessoas. Talvez algum poder maior pudesse ajudá-lo. Precisava ficar ali e aprender os segredos daquele lugar.

Gabriel entrou no riacho raso e foi chapinhando cânion acima. Em cada curva da parede de pedra ele parava e prestava atenção para ver se ouvia o barulho de alguma outra enxurrada. Acabou chegando a um lugar em que uma seção da parede de pedra tinha descascado e desmoronado dentro do riacho. Ele subiu no monte de pedra e pulou para uma plataforma estreita. Suas costas estavam coladas na parede, os joelhos flexionados, os pés abertos feito um dançarino de balé fazendo um plié desengonçado. A plataforma ficou mais larga à medida que ia subindo, e poucos minutos depois ele já estava fora do cânion. Virou mais uma vez para as montanhas e viu torres delineadas contra o céu. Era uma cidade – uma cidade dourada – construída no meio daquela desolação, daquele deserto.

Ele sentiu que o corpo estava lento, sem coordenação, quando subiu por uma trilha íngreme que rodeava rochas imensas. Parecia que as próprias montanhas tinham explodido e que o entulho ainda coalhava o solo. Gabriel dava cem passos, parava para recuperar o fôlego no ar rarefeito, depois recomeçava a escalada. Em certo ponto teve de fazer força para se espremer numa fenda estreita entre duas pedras. Conseguiu passar e viu que o seu destino estava a poucos quilômetros de distância.

A cidade consistia em três estruturas enormes, construídas em terraços ascendentes. Cada construção tinha uma base retangular, branca como um cubo de açúcar, com trinta e três andares de janelas. Torres douradas se erguiam do telhado de cada uma dessas bases. Algumas eram simples formas cilíndricas, mas havia também domos, minaretes e um pagode todo elaborado. Gabriel ficou pensando se estava vendo um forte, ou uma escola, ou um imenso prédio de apartamentos em que cada janela com batentes pretos tinha vista para o planalto. De longe os prédios brancos que apoiavam essas torres pareciam três enormes bolos de aniversário, com decoração extravagante no topo.

Nem guardas armados nem cães latindo deram o alarme quando ele subiu correndo por uma escada até o primeiro terraço, um lugar aberto de cascalho compactado. Gabriel parou na metade do terraço e olhou para cima, esperando que aparecesse um rosto em uma das janelas. O dia estava luminoso demais, e todas as sombras tinham limites muito bem definidos. Não havia nada de hospitaleiro na cidade dourada. Era mais um monumento do que uma residência. A princípio ele não conseguiu encontrar uma entrada, mas, então, notou uma no canto à direita do prédio. A porta era feita de um metal esverdeado que parecia cobre escurecido. Havia uma flor de lótus esculpida em metal no centro da porta. Quando Gabriel empurrou esse enfeite a porta abriu. Ele aguardou alguns segundos, depois entrou, esperando encontrar algo mágico, talvez uma serpente enrolada num altar ou um anjo de túnica branca.

– Estou aqui – disse ele.

Mas ninguém respondeu.

Ele estava numa sala vazia, de paredes brancas e grades nas janelas. As grades formavam pequenas caixas de luz esfumaçada no chão. Havia uma segunda porta na parede à esquerda da entrada. Gabriel a abriu e se viu numa sala idêntica à primeira.

Onde é que estavam os deuses? Ele foi espiar pela janela, viu o pátio e ouviu a porta bater atrás dele. Com movimentos lentos passou por uma fila de salas vazias, até chegar ao outro lado do prédio. O silêncio já estava começando a incomodar. Ele nunca estivera em um lugar com uma sensação tão forte de vazio.

Uma escada o levou para uma sala idêntica no andar de cima, com outra porta.

– Alô! – gritou ele. – Tem alguém aqui?

Ninguém respondeu, ele perdeu a calma e avançou marchando, batendo cada porta à medida que ia passando de sala em sala. Andares após andares, ele foi subindo, mas não havia números nas salas para indicar até que ponto tinha chegado. Em certo ponto ele entrou numa sala e encontrou um cubo branco servindo de base para uma palmeira feita de pedaços de metal colorido.

Os andares seguintes exibiam mais plantas artificiais. Gabriel encontrou margaridas e carvalhos, algas marinhas, mas havia também umas plantas que ele nunca tinha visto. Será que os deuses tinham criado aqueles objetos? Será que ele devia fazer orações, ou será que aquele prédio era simplesmente um enorme museu? Alguns andares acima as plantas desapareceram e surgiram modelos de animais. Peixes. Pássaros. Lagartos. E depois os mamíferos. Havia uma sala dedicada às raposas e outra cheia de gatos. Para terminar, uma escada em caracol o levou para fora do prédio e ele ficou lá parado, no meio das torres douradas.

Talvez os deuses estivessem observando o que ele fazia, testando-o de alguma forma. Gabriel atravessou o terraço e entrou no segundo prédio. As salas eram exatamente iguais, mas havia modelos de ferramentas e máquinas. Ele examinou uma sala cheia de martelos e outra que tinha luminárias. Havia uma sala para cada tipo de motores a vapor, ao lado de outra cheia de rádios antigos. Gabriel já estava cansado, mas não havia uma saída rápida. Ele subiu escadas e mais escadas, até alcançar o segundo terraço.

Visto de fora, o terceiro e último prédio era parecido com os dois primeiros. Mas quando ele abriu a porta de entrada, viu cinco escadas viradas para cantos diferentes. Gabriel escolheu a escada do meio e imediatamente se perdeu numa sucessão de corredores que se cruzavam. Não havia modelos do mundo natural ou mecânico naquele prédio, só uma grande quantidade de espelhos. Ele viu sua expressão confusa capturada em molduras antigas.

O sol estava diretamente em cima das montanhas quando ele finalmente saiu daquele labirinto e foi para o terceiro terraço. Caminhando entre as torres, encontrou cacos de espelhos quebrados e depois um lugar entre duas torres em que alguém tinha usado espelhos para construir alguma coisa parecida com um forno solar. Será que os deuses fariam uma coisa dessas? Gabriel imaginava que era só mover as mãos que os objetos apareciam para eles.

Com cuidado ele passou entre as torres e chegou a uma parte aberta do terraço. A cinquenta metros de onde estava, Gabriel viu um homem sentado de pernas cruzadas em cima de um banco. Como um ídolo de pedra, ele esperou Gabriel dizer qualquer coisa. Parecia menor do que a lembrança que Gabriel guardava dele, e o cabelo estava muito mais comprido, quase encostando nos ombros.

– Pai?

Matthew Corrigan se levantou e sorriu.

– Oi, Gabriel. Estava à sua espera.
– Poderia ter sido uma longa espera. Eu quase morri algumas horas atrás.
– A esperança nasce da fé. Sempre acreditei que você e Michael encontrariam o caminho até aqui.
– A certeza dele, a calma, tudo aquilo era muito irritante.
– Foi por isso que você desapareceu? – perguntou Gabriel. – Para poder viver neste lugar vazio?
– Depois que aqueles homens incendiaram a nossa casa, eu me escondi entre as árvores, no alto da colina. Quando vocês três saíram do porão, tomei a decisão de ir embora. Sabia que vocês ficariam mais seguros se eu não estivesse por perto.
– Mamãe nunca mais foi a mesma depois do incêndio. Aquilo destruiu a vida dela.
– Quando me casei com sua mãe eu não sabia que era um Peregrino. Tudo isso veio depois. A Tábula descobriu e me pôs na lista de morte deles.
– E para onde você foi depois do incêndio? Ficou escondido neste mundo enquanto vagávamos por lá feito um bando de sem-teto?
– Eu estava ensinando outras pessoas. Tentei mostrar para elas um caminho diferente.
– É, eu sei tudo sobre isso. Lembra do grupo Nova Harmonia no Arizona? A Tábula executou todo mundo que vivia lá. Destruíram a comunidade inteira... homens, mulheres e crianças, que foram "inspirados" por você a mudar suas vidas.

Matthew inclinou-se um pouco para frente como se sentisse o sofrimento e a tristeza no próprio corpo.
– Que crime terrível. Vou rezar por todos eles.
– Rezas não modificam o que aconteceu. Aquelas pessoas estão mortas por causa das suas ideias. E quer saber de mais uma coisa? Michael tornou-se um Peregrino, mas se bandeou para o outro lado. Agora ele administra a Fundação Sempre-Verde.

Matthew se levantou, caminhou até a beira do terraço e ficou olhando para as montanhas.

— O seu irmão sempre teve muita raiva. Ele queria ser igual a todo mundo, mas isso não era possível.

— Michael vai transformar o mundo inteiro numa enorme prisão. E eu sou o único que pode impedi-lo de fazer isso. Isso fazia parte do seu plano? Você sabia que ficaríamos em lados opostos?

— Não posso prever o futuro, Gabriel.

— As pessoas estão arriscando suas vidas porque sou um Peregrino e elas acham que tenho a resposta. Bem, eu *não* tenho uma resposta! Acordo no meio da noite e fico pensando se vou apenas criar outra Nova Harmonia para a Tábula destruir.

— Ódio e raiva são como dois homens na rua berrando que desejam vingança. Às vezes é difícil ouvir as vozes mais suaves.

— Conheço tudo de ódio e raiva. Estive na cidade escura. Na verdade conheci o maluco do diretor do museu que ainda está esperando você voltar. Mas o seu estilo é esse, não é? Você nunca fica muito tempo, nem mesmo para a própria família. É só uma breve visita e depois vai se esconder num mundo distante.

— Os mundos não são distantes, Gabriel. São paralelos às nossas vidas. Um aluno sentado numa sala de aula. Uma velha corta uma fatia de pão. Eles acham que estão a anos-luz de uma realidade diferente, mas esses novos mundos estão logo *ali*, se ao menos eles pudessem atravessar as barreiras.

— A maioria das pessoas não quer fazer a travessia. Estão mais preocupadas com os problemas que enfrentam em suas vidas. A Imensa Máquina está ficando mais poderosa, mais penetrante. Algumas entendem que estão a ponto de perder a liberdade, e estão se juntando à Resistência. Se eu cometer um erro ou se disser uma coisa errada, elas vão sofrer.

— Isso é possível. Não podemos controlar o futuro.

— E esses deuses, afinal, onde estão? Esta é a cidade dourada. Eles não deviam aparecer para nos dizer o que fazer?

— Assim que cheguei aqui pela primeira vez, fui procurá-los. Explorei as montanhas e o cânion. Bati nessas torres em busca de passagens e salas secretas. Não tem nada escondido aqui,

Gabriel. A Luz que criou o universo existe para sempre, mas os deuses desapareceram.
— O que aconteceu?
— Eles não deixaram mensagem, nenhuma explicação. Eu teci minha própria teoria. O desaparecimento deles é uma oportunidade.
— Então não tem ninguém aqui?
— Se os deuses desceram do palco, então somos só nós dois.
— Matthew se aproximou do filho.
— Então... quem é você, Gabriel? E em que tipo de mundo você quer viver? Não vou dizer em que você deve acreditar. A única coisa que posso fazer é orientá-lo para frente e garantir que você não se afaste da sua visão.

## 29

Deitada na cama do quarto alugado de Hollis Wilson em Camden Town, Maya beliscava uns biscoitos e olhava para uma rachadura no teto. Como um mecânico examinando um carro de corrida, ela esticou o corpo e avaliou suas atuais forças e fraquezas.

Ela cresceu vendo anúncios de mulheres grávidas para tudo, desde vitaminas até empréstimos de bancos. Uma vez tinha passado uma tarde chuvosa na National Gallery contemplando pinturas renascentistas da Virgem Maria grávida. Agora percebia que tanto os pintores como os fotógrafos de revistas não entenderam nada. Ela certamente não tinha vontade nenhuma de ficar se exibindo com as mãos na barriga e um sorriso misterioso na cara. A fadiga havia desaparecido e a perna finalmente começava a sarar. Ela se sentia forte, agressiva, pronta para a batalha.

Seu celular tocou e ela o pegou do chão.

– Bom-dia – disse Simon Lumbroso. – Você se lembra do pacote que perdemos na estação Euston?

– Tem alguma informação nova?

– Parece que nossos jovens amigos o rastrearam. Querem fazer uma conferência de vendas no escritório deles. Meio-dia é uma boa hora para você?

– Estarei lá – disse Maya, e desligou o celular.

Os "jovens amigos" que Simon tinha mencionado eram Jugger e os outros Corredores Livres. O "escritório" era o apartamento deles em Chiswick, e Alice Chen era o "pacote perdido".

Maya ficou imaginando se Alice ainda estava viva. Matar uma criança num local público teria chamado a atenção da polícia londrina e também da mídia; foi uma boa ideia tirar Alice do trem. A Tábula poderia interrogá-la – e executá-la – em algum lugar secreto.

Enquanto Maya se vestia e comia uma tigela de cereais com leite gelado ficou pensando como apresentaria o problema para Linden. Seus pensamentos não estavam bem focados aquela manhã e sua mente vagava em direções dolorosas. O fato de a Tábula ter capturado a menina fez Maya se lembrar do próprio cativeiro no Primeiro Mundo. Teve visões dos escapamentos de gás em chamas tremulando de um lado para o outro, dos lobos com seus porretes e lanças, e do corpo de Pickering balançando numa corda. Será que o bebê sente tudo isso?, ela pensou. Todas essas lembranças estão presas dentro do meu corpo?

Linden não ligava para nada, a menos que envolvesse o Peregrino diretamente. Ela sabia o que o Arlequim diria quando ela mencionasse Alice Chen: que a menina estava morta ou que não tinha importância. Era lógico esquecer essa pessoa e seguir adiante.

Mas Gabriel tinha mostrado para ela um jeito diferente de ver a realidade. O que supostamente era lógico nem sempre era justo, certo ou inevitável. Lutar contra a Tábula não era particularmente lógico, no entanto pessoas pelo mundo afora estavam se juntando à Resistência. E o que dizer daquela criança que crescia dentro dela? Havia alguma lógica em trazer uma nova vida para este mundo caótico? Ela não devia prosseguir com aquela gravidez, não podia ficar com a criança, de jeito nenhum. Mas sim, ela pensou. Sim. Eu vou fazer isso de qualquer maneira.

Com o tubo da espada pendurado no ombro ela foi para a loja no Camden Market. Seu primeiro objetivo era obter a permissão de Linden. Não ia ser nada fácil.

O Arlequim francês estava sentado na cozinha do apartamento secreto quando ela entrou. A cozinha cheirava a vinho derramado e aos cigarros enrolados à mão do Arlequim francês, com seu aroma adocicado.

– Como está o Peregrino?
– Na mesma.
– Vou verificar o corpo.
Maya foi para o quarto onde o corpo de Gabriel estava deitado numa cama estreita. Ela fechou a porta para Linden não surpreendê-la quando tocasse no rosto de Gabriel com a palma da mão.
– Estou grávida – sussurrou ela. – O que você acha disso?
A Luz tinha deixado o corpo de Gabriel e Maya sabia que ele não podia ouvir sua voz. Ela se abaixou, beijou a testa dele e então voltou para a cozinha.
– Ainda está vivo – disse ela para Linden.
A voz de Maya soou calma e objetiva, como se falasse de algum artigo do jornal.
Linden se levantou e acendeu o fogareiro.
– Café?
– Quero.
Maya tirou o tubo com a espada do ombro e pendurou nas costas da cadeira.
– Recebi uma ligação do Simon esta manhã. Os Corredores Livres sabem para onde a Tábula levou Alice Chen.
– Tenho certeza de que ela já está morta.
– Isso ninguém sabe.
– É a conclusão lógica.
– Eu acho que precisamos considerar todas as possibilidades.
Linden abriu uma lata e começou a tirar colheradas de café moído.
– Se ela está morta, então não há nada a fazer. Se estiver viva, não vamos desperdiçar nossos recursos para encontrá-la.
– Quando eu era pequena, meu pai me falou das tensões entre os Peregrinos e os Arlequins. Eles não gostam de nós. Não mesmo.
– Não dou a mínima para o que eles pensam – disse Linden. – Soldados vão para a guerra mesmo que discordem de certos partidos políticos do país deles. Nós, Arlequins, defendemos um grupo de pessoas difíceis. Mas aceitamos esse dever.

— Se não fizermos nada para ajudar Alice e ela morrer, Gabriel vai se afastar da nossa proteção. Você o conhece, Linden. Você sabe que isso é verdade. Se não salvarmos a menina, perdemos o Peregrino.

A chaleira começou a assobiar e Linden verteu a água fervendo numa cafeteira francesa. Esperou um minuto e apertou o êmbolo para baixo.

— Talvez você esteja certa.

— Eu cuido do problema — disse Maya, procurando não sorrir.

Linden deu-lhe uma xícara cheia de café tão forte que fez Maya se lembrar da cobertura de um bolo de chocolate. Ela resistiu à tentação de pôr açúcar e bebeu um gole daquele lodo preto.

— Forte demais? — perguntou Linden.

— Na medida certa.

Maya saiu do Camden Market, chamou um táxi e disse para o motorista levá-la para o subúrbio de Chiswick. Durante o trajeto ela contou todas as câmeras de vigilância nas ruas pelas quais o táxi passou. Algumas registravam apenas imagens, mas outras usavam programas sofisticados de leitura das feições do rosto. Uns poucos cidadãos notavam que havia mais câmeras — "Sim, acabaram de pôr aquela lá na praça" —, mas os muros da nova prisão eram invisíveis. Na Inglaterra o plano de centralizar todas as bases de dados era chamado de Governo de Transformação, uma expressão inócua que indicava que esse tipo de mudança era positivo e necessário. Essas mudanças estavam sendo promovidas para "Sua Proteção", pela "Eficiência e Modernização". Eram palavras de isopor, leves e sem substância, material de embalagem para amortecer as arestas afiadas.

Quando o táxi chegou a Chiswick, ela desceu perto de uma escola e depois andou três quarteirões até uma rua com casas idênticas em fila, dos dois lados. Havia um alaúde de Arlequim feito com giz e meio apagado na calçada, na frente da segunda casa a partir da esquina. Os Corredores Livres moravam no apartamento térreo havia alguns meses. Simon Lumbroso já tinha chegado e estava sentado na beirada de um sofá velho na sala de estar. Parecia deslocado no meio daquela mobília de segunda mão e dos recipientes de lixo repletos de latas de cerveja amassadas e caixas de fast-food.

O único espaço limpo e arrumado era uma longa mesa de trabalho com três monitores ligados a um computador montado artesanalmente. Um monitor exibia carros passando pela entrada da Wellspring Manor, a propriedade rural da Irmandade. O outro monitor exibia a entrada do prédio da Fundação Sempre-Verde perto de Ludgate Circus. O terceiro tinha a página principal de um site secreto criado pelos Corredores Livres poloneses. A equipe de internet deles tinha acessado as câmeras de vigilância perto de outras propriedades da Fundação. Seis caixas pequenas no monitor exibiam cenas de ruas em quatro países diferentes.

Roland, o homem calado de Yorkshire, estava sentado à mesa, respondendo aos e-mails, enquanto Jugger se agitava pela sala. A aparência dele não tinha mudado nada desde que se juntara à Resistência, sua camiseta era pequena demais e revelava um pedaço da barriga flácida.

– Chá? – perguntou ele para todos. – Que tal uma boa xícara de chá?

– Agora não. – Maya sentou no sofá. – Conte-me o que descobriu sobre Alice Chen.

– Ontem à tarde eu conversei com a freira que viajava com Alice – disse Simon. – Parece que um homem e uma mulher embarcaram no trem em Crewe e entraram na cabine delas. Injetaram um poderoso sedativo na freira logo antes de chegarem a Londres. O homem usava um paletó de tweed e tinha sotaque galês. Carregavam uma grande mala com rodinhas.

Jugger coçou a barriga.

– Depois que Simon nos deu essa descrição, examinamos as imagens feitas por uma das câmeras de trânsito da prefeitura de

Londres, perto do prédio da Fundação Sempre-Verde. Mostre para Maya o que descobrimos, Roland.

Apareceram imagens em preto e branco na tela, junto com a data e a hora no canto inferior direito. A câmera da prefeitura tirava uma foto a cada cinco segundos, mas a maior parte das imagens eram apenas da rua e da entrada do prédio da Fundação. Enquanto Roland procurava, passando as imagens, Maya notou que alguns empregados da Fundação tinham sido marcados com apelidos e outras informações. SECRETÁRIA SUSIE CHEGA ÀS 8H20. AMIGOS COM O SR. CARECA.

– Esse é o registro de dois dias atrás, quando a menininha foi sequestrada – disse Roland. – Eu me lembro dessas pessoas por causa da mala delas.

A imagem no monitor mostrava que um táxi londrino tinha parado na frente da entrada do prédio. Uma mulher de meia-idade de chapéu para chuva ficou parada no meio-fio observando um homem tirar uma mala preta do porta-malas do carro.

– Eu os reconheço – disse Maya. – Quando cheguei à estação eles tinham acabado de descer do trem com os outros passageiros.

Nas cinco imagens seguintes o casal manobrou a mala com rodinhas na calçada e a empurraram para dentro do prédio.

– Volte para a terceira imagem – disse Maya. – Não... uma depois dessa.

O monitor mostrou o homem usando as duas mãos para puxar a mala para a calçada.

– Estão vendo isso? Está pesada porque Alice está dentro dela. Foi assim que a tiraram do trem.

– Temos quase certeza de que ela ainda está no prédio – disse Jugger. – Nenhuma das imagens subsequentes mostram uma criança ou algum recipiente grande sendo removido dali.

– Onde está Nathan Boone? – perguntou Maya.

– Nós invadimos o computador da mulher que cuida das viagens do pessoal da Fundação Sempre-Verde – disse Roland. – Boone viajou para a Tailândia num voo comercial seis dias atrás.

— Boone quer interrogar a menina – disse Maya. – Vão mantê-la viva até ele voltar para Londres.

— E o que você vai fazer? – perguntou Jugger. – Desde aquele ataque em Berlim, a Tábula tem ampliado a segurança. Mesmo à noite há pelo menos quatro guardas armados no prédio da Fundação.

— Alice Chen é a única testemunha sobrevivente do que aconteceu em Nova Harmonia – disse Maya. – Mas existe um problema maior. Quando Gabriel se encontrou com o Nighthawk, ele disse que a Resistência é mais do que apenas destruir a Imensa Máquina. Precisamos acreditar que cada vida individual tem valor e significado.

Jugger meneou a cabeça concordando.

— Claro. Eu acho que isso está certo.

— A vida de Alice tem valor e significado, por isso nós vamos salvá-la. Vou precisar da ajuda de vocês para invadir o prédio da Fundação.

— Está parecendo que você se refere a atividades de Arlequins. – Nós não andamos por aí lutando com as pessoas.

— Eu salvei a sua vida, Jugger. Tirei você e Roland, e seu amigo Sebastian, de uma casa pegando fogo.

— Sim, e nós... nós agradecemos isso – ele gaguejou.

— Vocês têm um compromisso, uma obrigação.

— Somos gratos, Maya. Todos nós agradecemos. Só estou dizendo que não somos como você e Linden. Eu entro na internet e organizo as pessoas, pinto frases nos muros, coisas assim. Mas não vou tomar parte de um ataque num prédio da Fundação. Com isso podemos acabar todos mortos.

A raiva que sentiu de manhã esquentou seu corpo e ela pulou do sofá. Os calcanhares da bota fizeram o assoalho estalar quando se aproximou de Jugger apontando o dedo para ele.

— Eu acabei de falar uma coisa. Mas acho que você não ouviu.

— Estou... estou ouvindo.

— Ótimo. Porque quando um Arlequim diz: "Você tem uma obrigação", ele não quer dizer que você tem escolha. Não estou

*querendo* a sua ajuda. Não estou *torcendo* para que vocês tenham um impulso benevolente. Estou contando com a sua ajuda *agora*.
— Certo. Não tem problema. Fico feliz de poder ajudar. — Jugger suava. — Mas vai ser difícil entrar no prédio com uma arma. Depois de passar pela porta, tem um corredor em forma de L que vai dar na mesa do segurança. Tenho certeza de que eles fazem uma varredura de todos os visitantes.
— Se não podemos entrar pela porta da frente, então teremos de invadir por cima, por baixo ou pelos lados.
— As paredes são grossas demais — disse Simon. — E teríamos de ter acesso a algum prédio próximo.
— Que tal um balão de ar quente? — Jugger parecia desesperado para oferecer uma solução. — Você poderia atravessar o Tâmisa flutuando e pousar no telhado.
— E por baixo da terra? — Maya perguntou para Simon.
— Pode ser. Esta cidade é velha... como Roma.
— Espere aí! Espere! Eu sei do que você precisa! — disse Jugger. — Você precisa de um disfarce incrível.
— Poucos meses atrás havia uma velha senhora no Hope Pub — Roland disse com voz solene.
Jugger ficou irritado.
— Não queremos saber dessa velha senhora. Estamos tentando resolver um problema aqui.
— Ela estava distribuindo panfletos... sobre libertar os rios.
— De que rios você está falando? — perguntou Simon gentilmente.
— Dos rios perdidos. Os que correm por baixo das ruas.
— E onde é que eles ficam? — perguntou Maya. — Existe algum por baixo de Ludgate Circus?
Roland sacudiu os ombros.
— Isso eu não sei dizer. Porque não vou afirmar uma coisa que não é verdade.
— Nós a chamávamos de Nora, a Maluca — disse Jugger. — Ela tinha uns mapas...

★ ★ ★

UMA BUSCA RÁPIDA na internet resultou num endereço em Finchley e poucas horas depois Maya e Simon passavam por campos de críquete na Waterfall Road. Parecia que havia muitos parques e campos de esporte em Finchley. Babás jamaicanas com fones de ouvido empurravam carrinhos de bebê, e alunos de uma escola jogavam bola. Mas o maior espaço no bairro era ocupado pelos anjos que choravam e pelos mausoléus do Grande Cemitério Setentrional. Maya teve uma visão de milhares de vitorianos mortos viajando num trem fantasma para o local do descanso final.

Simon dobrou a esquina da rua Brookdale e parou embaixo de uma cerejeira florida.

– Você está bem? – ele perguntou.

– Estou só um pouco cansada. Nada de mais.

– Você foi dura com Jugger e Roland. Em geral é melhor ser gentil com os amigos... *amável*. Os Corredores Livres querem ser úteis, mas estão com medo.

– Eu não tenho tempo para ser diplomática.

– A raiva também pode significar desperdício de tempo – disse Simon. – Você sempre foi como o seu pai, cuidadosa e determinada. Mas ultimamente... não tanto.

– Estou preocupada com Alice Chen. Ela tem a mesma idade que eu tinha quando muitas coisas ruins aconteceram.

– Gostaria de falar sobre isso?

– Não.

– Quer conversar sobre alguma outra coisa? Tenho certeza de que o fato de Gabriel ter feito a travessia perturba você...

Por um instante ela teve vontade de se abrir, abraçar o velho amigo do pai e contar para ele que estava grávida. Nada de lágrimas, ela pensou. Lágrimas não vão salvar Alice, nem Gabriel, nem ninguém mais neste mundo. Simon ficou observando enquanto ela arrumava o tubo com a espada e endireitava um pouco as costas.

– Eu estou bem. Vamos encontrar essa mulher e ver se ela tem os mapas subterrâneos.

Eles continuaram rua abaixo até chegarem ao número 51, uma casa de tijolos de dois andares que tivera grandes pretensões um dia. Colunas gregas formavam um pórtico que dava na porta da frente e um frontispício dórico percorria toda a beirada do telhado. Tinham posto placas no meio do mato e das ervas daninhas do que já tinha sido um gramado no jardim. LIBERTEM OS RIOS. *INFORMAÇÕES AQUI.*

Maya e Simon subiram por um caminho de lajotas e bateram na porta. Quase imediatamente ouviram uma voz de mulher vinda de uma parte distante da casa.

– Estou aqui!

A mulher continuou gritando enquanto passava pelos diversos cômodos.

– Aqui! Estou aqui!

Maya olhou para Simon e viu que ele estava sorrindo.

– Alguém mora aqui – ele disse com simpatia.

A porta abriu e eles viram uma mulher miúda, que devia ter setenta e poucos anos. O cabelo grisalho e comprido se espalhava em todas as direções e ela usava uma camiseta com os dizeres ARREBENTEM OS SEUS GRILHÕES.

– Boa-tarde, madame. Eu sou o dr. Pannelli e esta é minha amiga Judith Strand. Estávamos a caminho do parque e vimos as suas placas. A sra. Strand está curiosa para conhecer a sua organização. Se não estiver ocupada, talvez possa nos explicar melhor.

– Não estou ocupada – disse a mulher com um grande sorriso. – Entre, senhor.... não ouvi direito seu nome.

– Dr. Pannelli. E esta é minha amiga sra. Strand.

Eles seguiram a mulher até um cômodo que já tinha sido a sala da frente. Todas as cadeiras e mesas estavam cobertas com pilhas de panfletos, livros e jornais amarelados. Havia baldes de plástico cheios de seixos de rio e vidros selados com cera vermelha e marcados com etiquetas.

– Afastem essa tralha e arrumem lugar para sentar.

A mulher tirou uma pilha de livros de uma cadeira de vime e botou numa cama dobrável.

– Eu sou Nora Greenall, presidente e secretária executiva da Libertem os Rios.

– É uma honra conhecê-la – disse Simon delicadamente. – O que, exatamente, faz a sua organização?

– É tudo muito simples, dr. Pannelli. Libertem os Rios descreve a nossa visão e o nosso objetivo. Eu podia tê-la batizado de "Libertem os Rios de Londres", mas quando o trabalho terminar aqui, iremos para o resto do mundo.

– O Tâmisa não está livre? – perguntou Simon.

– Estamos falando de todos os outros rios que costumavam cortar Londres, como o Westbourne, o Tyburn e o Walbrook. Agora eles estão cobertos de tijolos e concreto.

– E a sua organização quer...

– Explodir esse concreto todo e deixar os rios correrem livres. Imaginem uma Londres em que os aposentados possam pescar num rio próximo de casa. Uma cidade onde as crianças brinquem, namorados passeiem às margens de um riacho murmurante.

– Uma visão linda – disse Simon com voz macia.

– É mais do que linda, dr. Pannelli. Uma sociedade que liberta seus rios é capaz de dar o primeiro passo para libertar suas mentes. As crianças precisam entender que os rios não seguem uma linha reta.

– Eu trabalho perto de Ludgate Circus – ele disse. – Tem algum rio naquela área?

– Tem. O rio Fleet. Ele nasce em Hampstead e passa por baixo de Camden Town, Smithfield Market e Ludgate Circus.

– E tem certeza de que ele continua lá? – perguntou Maya.

– É claro que continua lá! Podemos cobrir os rios, represá-los e enchê-los de lixo, mas eles sempre reagem. Com o tempo, todos os arranha-céus e prédios de escritórios vão cair, mas os rios permanecerão.

– Bravo, sra. Greenall! Está me parecendo que é uma organização importante.

Simon enfiou a mão no bolso do casaco e tirou a carteira. Hesitou um pouco, depois, guardou a carteira de novo.

– A senhora fala com tanta paixão e sinceridade que tenho a sensação de que seria até *indelicado* fazer qualquer pergunta.

– Fique à vontade – disse Nora. – Pode perguntar!

– A senhora tem alguma prova do que está dizendo? Tem fotografias, ou mapas, desses rios?

– Mapas? Tenho muitos.

Nora pegou uma caixa de papelão e caiu tudo no chão. Ela se ajoelhou rapidamente e começou a catar os panfletos.

– A senhora tem um mapa do rio Fleet? A sra. Strand e eu gostamos de explorar Londres. Seria muito educativo seguir o curso do Fleet pela cidade.

– O Fleet começa lá no alto de Hampstead Heath e deságua por um horroroso cano de drenagem embaixo da ponte de Blackfriars. Todo o resto fica embaixo da terra, fluindo sob a nossa loucura e confusão.

– Entendo. Mas a senhora sabe por onde ele passa.

– E vocês também vão saber quando se tornarem membros.

Simom pegou novamente a carteira.

– Temos de pagar alguma coisa? Assinar uma petição? Quais são os procedimentos?

– Cinco libras cada um e recebem cartões de membros, só que acho que não sei onde pus os cartões.

Aflita e afobada, Nora correu para o que tinha sido a sala de jantar e começou a remexer em caixas e sacolas de papel.

Maya se inclinou para frente e disse baixinho para Simon.

– Você está acreditando em alguma coisa?

– Que o rio Fleet continua lá? Quanto a isso não há dúvida. E dez libras é um preço justo por um bom mapa.

– Achei!

Com ar triunfante Nora Greenall parou na porta e acenou com seu tesouro na mão.

– Cartões de filiação!

## 30

De capacete amarelo e colete fosforescente com o logotipo da prefeitura de Londres, Maya estava do outro lado da rua, em frente ao prédio da Fundação Sempre-Verde, na Limeburner Lane. Eram cerca de dez horas da noite e não tinha ninguém na rua, mas ela estava desconfiada das câmeras de vigilância que ficavam na parede acima da entrada do prédio.

Roland estava a meio quarteirão de distância, procurando um escoadouro de drenagem que conduzia a água da chuva para o rio Fleet. De acordo com o mapa de Nora Greenall, o rio estava exatamente embaixo deles, correndo na escuridão em direção ao Tâmisa.

À noite o prédio da Sempre-Verde parecia um tabuleiro de xadrez, uma trama de linhas que formavam quadrados pretos ou cinza. A luz vinha de uma linha vertical de janelas que marcavam a escada de incêndio e de duas janelas com cortinas no quinto andar. Talvez Alice esteja presa ali, pensou Maya. Ou então algum contador pode ter esquecido de desligar sua lâmpada de mesa.

Roland levantou a mão e ela correu ao encontro dele. O Corredor Livre também usava um capacete e um colete fosforescente. Ele remexeu dentro de uma mochila e tirou dela uma lanterna com cem metros de linha de pesca.

– Esse bueiro é o mais perto que podemos chegar do prédio. Mas não posso jurar que o cano de saída leve até o rio.

– Mas faça de qualquer jeito. É melhor do que nada.

Roland acendeu uma lanterna com uma lâmpada vermelho-escura e baixou-a através da grade.

– Se andar para o norte verá luzes verdes, brancas, azuis e vermelhas. Essa lanterna vermelha é a mais importante. Significa que está a trinta metros do alvo.

Ele amarrou a ponta da linha de náilon na grade e os dois correram pela rua até Ludgate Circus. Cem anos antes aquela tinha sido uma praça movimentada, cheia de mascates, mas agora era apenas mais um cruzamento estéril, com um xadrez de linhas amarelas no asfalto. Havia muitos bueiros naquela área e eles abaixaram a lanterna azul por uma grade perto da rua. Continuaram descendo a rua New Bridge, puseram a lanterna branca perto do pub Blackfriars e então foram para o Tâmisa.

A quarta lanterna foi deixada num bueiro perto do prédio da Unilever, uma construção grande, de cor creme, com uma fachada proeminente que imitava um templo grego. Maya sabia que o edifício era apenas mais uma afirmação de poder, mas a reverência ao estilo clássico era muito atraente. E qual será o símbolo da minha geração?, pensou ela. Uma câmera de vigilância?

Quando chegaram à ponte Blackfriars, desceram por uma escada para Paul's Walk, o caminho de pedestres que seguia a margem do rio. A ponte de Blackfriars Railway ficava bem em cima de onde eles estavam, e Maya ouviu o barulho do trem passando, a caminho da estação Waterloo.

Jugger estava sentado num banco com a mochila à prova d'água onde tinham guardado o equipamento de Maya. Ele encerrou uma conversa ao celular e desligou o aparelho.

– Acabei de falar com Sebastian. Ele seguiu a faxineira de volta para o apartamento dela.

– Eu não quero que ela venha trabalhar esta noite – disse Maya.

– Não se preocupe. Simon Lumbroso ligou para ela e disse que o prédio estava fechado devido a um vazamento químico. Ela não vem.

Maya foi até o parapeito e viu as luzes da cidade refletidas no Tâmisa. De dia o rio era apenas parte do cenário. Os turistas subiam na roda-gigante Millennium Wheel e tiravam fotos do palácio de Westminster. Mas à noite o Tâmisa ficava escuro e parecia poderoso, passando pelas luzes e agitação de Londres como uma força silenciosa.

Havia uma escada de aço pregada no parapeito. Servia para os trabalhadores que faziam a manutenção descerem até um bueiro que escoava um filete de água no Tâmisa. Segundo Nora Greenall, esse vertedouro era tudo que restava do caudaloso rio Fleet.

Roland e Jugger ficaram ao lado dela com o equipamento. Nos últimos dias tinham comprado quase todo o equipamento para ela e ajudado a organizar o plano. Os dois Corredores Livres ainda estavam ressabiados com a raiva de Maya, e Jugger parecia tenso toda vez que via as armas. Roland tirou da mochila um par de botas de borracha longas.

– É melhor calçar isso. Você vai andar dentro de um rio.

Um homem de cara amarrada passou correndo por eles, seguido de um casal de asiáticos de mãos dadas. Ninguém parecia surpreso de ver Maya calçando as botas de borracha. Com seus capacetes e coletes, Maya e os dois Corredores Livres pareciam funcionários da prefeitura cuidando de algum problema de drenagem.

Jugger entregou a mochila à prova d'água e Maya a pendurou nos ombros. Ela ajustou as correias para ficarem bem apertadas e firmes. Quando estava tudo pronto ela pôs as duas balas especiais nos bolsos externos das botas impermeáveis.

– Pensei que a carabina já estivesse carregada – disse Jugger.

– Essas foi Linden que me deu. São balas próprias para detonar a tranca de uma porta.

– Caramba... – Jugger ficou impressionado.

Roland deu para ela o alicate para cortar ferrolhos, e ela o prendeu a um anel preso nas botas de cano longo.

– Cuidado com os ralos e não toque nos seus olhos – disse Roland. – Há ratos que vivem nos túneis. Se as bactérias das fezes deles entrarem no seu corpo, pode pegar uma coisa chamada mal de Weil. A cura é muito difícil.

– Que coisa agradável. Tem mais alguma coisa que eu preciso saber?

Roland ficou meio constrangido.

– Eu queria fazer uma última pergunta.

Porque você acha que eu vou morrer, pensou Maya. Mas ela fez que sim com a cabeça para o homem de Yorkshire.

– Manda.

– Vocês Arlequins dizem: "Amaldiçoados pela carne. Salvos pelo sangue."

– Isso mesmo.

– Então carne de quem e sangue de quem?

– Somos amaldiçoados porque somos seres humanos. Mas estamos dispostos a nos sacrificar por algo muito mais importante do que nossas próprias vidas.

Roland meneou a cabeça.

– Boa sorte, Maya.

– Obrigada. Vocês cumpriram a sua obrigação.

Os Corredores Livres relaxaram, e Jugger deu um sorriso nervoso.

– Foi uma honra ajudá-la, Maya. Juro que isso é verdade. Nesses últimos dias Roland e eu nos sentimos como Arlequins honorários.

Madre Blessing teria dado um tapa na cara dele por causa daquela afirmação pretensiosa, mas Maya deixou passar. Se a vida de todos tinha valor e significado, então ela devia respeitar os cidadãos e os malandros, ou marginalizados.

– Fiquem com seus celulares ligados – ela disse. – Vou ligar para vocês quando sair do prédio.

Maya passou por cima da mureta e desceu pela escala até a grade. Com o alicate, cortou um cadeado enferrujado, abriu a grade com dobradiças e entrou no bueiro. Madre Blessing sempre dizia que as armas vêm em primeiro lugar. Que todo o resto vem depois. As duas facas de Maya já estavam presas aos seus antebraços. Ela puxou a mochila e pegou a espada e uma carabina de combate com coldre. Amarrou a bainha da espada na lateral da mochila e passou a correia do coldre no pescoço. Por fim pegou uma lâmpada de alta intensidade que prendeu na testa e ligou o botão na mochila.

Movendo o facho de luz de um lado para outro, Maya estudou o bueiro. Esperava encontrar uma grande manilha de concreto, mas o rio Fleet passava por um túnel de tijolos com cerca de três metros de altura e piso nivelado, laterais curvas e um teto em arco. Os cidadãos de Londres pegavam o metrô para ir trabalhar, mas raramente pensavam no que havia ali embaixo. O rio Fleet fluiu pelo meio de Londres no tempo de tumultos e guerras, e do Grande Incêndio de 1666. Já existia na época de Shakespeare e na era dos romanos. Talvez tivesse drenado o derretimento das geleiras da última Era do Gelo. Tudo isso era passado e agora o rio estava preso. A parte de baixo do túnel era coberta de algas e o resto dele tinha uma crosta branca que parecia pasta de dente numa pia.

Com a água gelada até os joelhos, ela deu o primeiro passo. Apareceram pequenas ondas que batiam nas paredes. A base do bueiro tinha sedimento do rio misturado com cascalho. Quando as botas afundaram mais de dez centímetros naquele lodo, Maya viu que ia precisar de tempo e esforço para chegar até Ludgate Circus.

Maya foi subindo o rio e sua sombra ia deslizando pelas paredes. Dez minutos depois ela viu o brilho de uma luz verde vindo de um bueiro que dava no túnel. Pelo menos estava indo na direção certa. Havia uma bifurcação em forma de Y a uns vinte metros ao norte da lanterna. Maya fez o desenho de um losango na parede com uma lata de tinta spray. Foi para a esquerda, seguindo o rio onde a correnteza parecia mais forte.

Não encontrou a luz branca perto do pub Blackfriars, mas continuou mesmo assim. O cano do bueiro ficou menor, com cerca de um metro e meio de altura e o capacete dela raspava na superfície áspera dos tijolos. Cabos de fibra óptica apareceram, presos ao teto do túnel. As companhias de comunicação que espalharam a fiação da internet pela cidade tinham concluído que esburacar a cidade custaria milhões de libras. Haviam, de alguma maneira, convencido as autoridades da prefeitura a darlhes acesso livre para o rio Fleet. Maya ficou imaginando se os cabos da internet seguiam os outros rios perdidos também. Naquela viagem subterrânea ela passara por bolsões de esgoto. Quando o túnel virou à direita ela sentiu um cheiro mais forte ainda. Gordura. Óleo de cozinha. Ela caminhava por baixo de um restaurante londrino que escoava seu lixo para o rio.

Um rato, com mais ou menos uns vinte centímetros de comprimento, do focinho à cauda, passou correndo nos tijolos. Conforme o cheiro de comida ficava mais forte, mais ratos apareciam e ela ficou completamente nauseada. Alguns ratos fugiam da luz, mas outros ficavam paralisados nas paredes curvas do bueiro. A luz fazia com que seus olhos parecessem contas vermelhas. O bueiro virou para a esquerda e quando ela fez essa curva viu centenas de ratos nas paredes. A luz provocou pânico e alguns deles pularam no rio, com seus guinchos agudos, nadando para o outro lado.

A correnteza do rio empurrou os ratos para cima dela. A água estava alta agora, quase na cintura, e ela podia ver o focinho e o rabo das ratazanas. Maya sacou sua espada e usou a ponta da lâmina para afastar os bichos. O cheiro de gordura era quase insuportável. Caiu um pingo de água na testa dela. Não toque na boca nem nos olhos, ela pensou. Há um bebê dentro de você, crescendo dentro desse corpo.

Depois de vinte metros de bueiro os ratos começaram a desaparecer. Alguns desgarrados corriam quando ela chegava chapinhando. Avistou uma luz azul perto de outra bifurcação em forma de Y, mas não havia indicação de qual rumo ela devia tomar. Pegou o túnel da direita e ficou aliviada quando viu a lanterna vermelha.

Qual era mesmo a distância até o prédio da Sempre-Verde? Eram trinta metros? Quarenta? Maya continuou subindo pelo bueiro até encontrar dois cabos de fibra óptica que saíam de um cano no teto e percorriam o bueiro. Esse cano tinha cerca de um metro de diâmetro e era selado com uma placa de aço. Maya bateu com a articulação dos dedos nessa placa e ouviu um som oco. A água rodopiava em volta dela e uma espuma branca grudava nas botas de borracha. Tomou cuidado para não escorregar e cair, e armou a carabina com uma das balas especiais. Segurou a arma perto da placa e disparou. O estampido ecoou pelo túnel. Foi tão alto que ela quase caiu para trás. Fez um buraco de vinte centímetros na placa e ela usou o alicate de corte para abrir o aço.

O suor cobria o rosto de Maya e ela procurou não entrar em pânico quando escorreu pelos seus lábios. Depois de passar as armas para a mochila ela a amarrou a uma corda de náilon e passou uma volta da outra ponta nos ombros. Agarrou um dos cabos e começou a subir com uma mão na frente da outra e a mochila pendurada balançando mais embaixo. A corda cortava sua pele e o peso morto a puxava para baixo, mas ela continuou subindo até chegar a um cubículo de transição. O disparo com a bala especial tinha sido barulhento demais e podia ter sido captado por algum sensor. Talvez os guardas tivessem recebido o aviso e agora estivessem lá, à espera dela.

Maya respirou fundo e chutou a porta.

## 31

Ela estava num porão com mesas e cadeiras velhas empilhadas contra a parede. Usou a luz presa à testa para atravessar aquele porão e examinar o painel de energia elétrica. Pregado na tampa, o certificado de inspeção dava o endereço do prédio: Limeburner Lane, 41. A fadiga que sentia desapareceu e ela sorriu. Nora Greenall estava certa: os rios perdidos levavam a qualquer lugar em Londres.

Maya abriu o zíper da mochila, pegou seu equipamento e largou a mochila e as botas de borracha naquele cubículo. Os Corredores Livres tinham providenciado para ela um guarda-pó cor-de-rosa com o símbolo de uma firma, artigos de limpeza e um balde de plástico. Ela vestiu o guarda-pó, pensou num ataque imediato aos quatro guardas, depois rejeitou essa ideia e guardou a espada e a carabina numa sacola de náilon.

Ela adotou o jeito de pensar dos Arlequins, saiu do subterrâneo e subiu um lance curto de escada. Havia duas portas, uma onde estava escrito MANUTENÇÃO, e a outra fechada com um cadeado. Ela destrancou o cadeado, guardou-o no bolso da frente da calça jeans e entrou na escada de incêndio do prédio. "Domine o topo", escreveu Sparrow em seu livro de reflexões. "É mais fácil descer a montanha lutando do que subir tendo de abrir caminho à força."

Quando chegou ao quinto andar, Maya abriu a porta e entrou num saguão na frente dos elevadores. Um segurança corpulento estava sentado a uma mesa, lendo uma revista masculina. Ele levou um susto com aquela aparição repentina.

– Boa-noite – disse Maya, usando um sotaque forte do leste de Londres. – Por onde começo a limpeza?

O guarda escondeu a revista embaixo de um jornal.

– E quem é você?

– A garota que vem aqui ficou doente. Sou Lilá. – Ela apontou para o guarda-pó cor-de-rosa. – Da Merry Maids.

– Este andar é restrito. Você não tem de fazer limpeza nenhuma aqui.

Era importante chegar mais perto dele, ao alcance de uma estocada com a faca. Sorrindo, Maya se aproximou da mesa.

– Desculpe! Eu falei com o guarda da entrada e ele me disse para subir a escada. – Ela parou ao lado da mesa. – Se cometi um erro, *por favor*, não conte para o meu supervisor. Estou nesse emprego há apenas três dias. Não quero ser mandada embora...

O guarda examinou os seios dela e deu um largo sorriso.

– Fique calma. Uma garota bonita como você pode cometer todo tipo de erro.

Mais um passo, ela pensou. Use a adaga, não a faca de arremesso. O melhor alvo é a parte de baixo do pescoço, entre as omoplatas.

– Vou ligar para a recepção – disse o guarda. – Só quero ver o que está acontecendo.

Maya deu a volta na mesa e ficou atrás dele.

– Obrigada. Estou vendo que você é um verdadeiro cavalheiro.

Quando o segurança pegou o fone, Maya lembrou do cadeado que tinha tirado no poço da escada. Pegou o cadeado do bolso da calça jeans, encaixou na palma da mão e bateu com ele no lado da cabeça do guarda. Ele caiu para frente, tonto mas ainda consciente. Então ela golpeou uma segunda vez, bem no meio da testa. O guarda foi jogado para trás e caiu no chão. Maya se abaixou e sentiu a carótida dele. Ainda estava vivo.

Ela pegou um rolo de fita isolante na sacola de náilon, amordaçou o jovem, e prendeu seus tornozelos e pulsos. Então pegou seu material e saiu correndo pelo corredor. Havia três portas trancadas e todas tinham sensores na parede em vez de fechadura. As ferramentas de chaveiro para destrancar fechaduras e o alicate de corte eram inúteis.

Maya voltou para a mesa do guarda e se abaixou ao lado dele. Não se surpreendeu de encontrar uma pequena cicatriz nas costas da mão direita do homem. Para conseguir o emprego ele tinha concordado em carregar um chip Elo Protetor por baixo da pele. Ela agarrou o guarda pelos pés e o arrastou pelo corredor. Quando chegaram à primeira porta ela puxou a mão dele e passou na frente do sensor. Nada aconteceu. Ele não devia ter autorização para entrar naquela sala. Um dos cortes na cabeça dele deixou uma linha de sangue no tapete quando Maya o arrastou para a segunda porta. Mais uma vez ela levantou a mão dele. Dessa vez a porta abriu com um clique.

Ela entrou numa suíte residencial que devia ser usada pelos membros da Irmandade que visitavam Londres. A sala de estar tinha mobília moderna e fotografias de paisagens naturais nas paredes.

A sala tinha ligação com uma cozinha e uma pequena sala de jantar. Um corredor à esquerda dava em um quarto. Maya pegou a faca, foi pé ante pé até a porta aberta e espiou dentro do quarto. Uma mesa de cabeceira. Uma cômoda. Uma cama. E lá estava Alice Chen com suas tranças pretas que pareciam dois pedaços de corda sobre o travesseiro.

– Estou aqui – sussurrou Maya. – Vim para te...

Alice arregalou os olhos e sentou na cama.

– Não entre no quarto, Maya! Vai disparar um alarme!

Maya parou a pouca distância da porta e viu que havia câmeras em cada canto do quarto. As quatro câmeras estalavam e zumbiam, seguindo cada movimento que a menina fazia.

– Tire a camisola e vista a sua roupa – disse Maya. – Vou contar até três e então você sai correndo do quarto. Estaremos na metade da escada quando eles atenderem ao alarme.

— Não. Não posso fazer isso. A máquina está me vigiando.

Alice empurrou o cobertor e revelou uma algema grande de plástico presa ao seu tornozelo.

— Chamam isso de Bracelete de Liberdade. Se eu sair do quarto recebo um choque enorme.

— Tudo bem. Entendi. Vista-se que vou pensar num plano.

As câmeras giraram para um lado e para outro quando Alice pulou da cama e correu para a cômoda. Maya voltou para a sala de estar, pegou sua espada e a arma de combate. Como é que vamos sair daqui?, pensou. E o que aconteceria se saíssemos correndo do apartamento? Não podemos voltar para o rio subterrâneo, o nível da água é alto demais para uma criança.

Remexendo nas coisas da cozinha ela encontrou uma caneca de café no armário e encheu de água. Ferveu a água num forno de micro-ondas e usou um pano de prato para levar a caneca quente até o fim do corredor.

Alice tinha posto uma calça jeans e um blusão. Estava sentada na beirada da cama, amarrando o tênis.

— O que nós vamos fazer, Maya?

— Fique aqui. Não se mexa. Temos de descobrir que tipo de câmeras estão vigiando você. Essas máquinas podem ser muito espertas e muito bobas ao mesmo tempo.

Maya jogou a caneca dentro do quarto e ela rolou no tapete. No mesmo instante as câmeras de vigilância detectaram o objeto, giraram para lá e para cá e fizeram ruídos do mecanismo giratório como se conversassem umas com as outras.

— Viu como as câmeras seguiram a caneca? — disse Maya. — São aparelhos que têm raios infravermelhos, que seguem o calor corporal. O programa de computador conectado às câmeras está se certificando de que um objeto quente, mais ou menos do seu tamanho, está no quarto o tempo todo.

— Então é melhor me deixar aqui. Boone disse que os guardas vão atacar qualquer um que entrar no prédio.

— Você esteve com Nathan Boone?

Alice balançou a cabeça.

– Um homem chamado Clarence traz a minha comida. Uma vez me deu um telefone celular e disse que Boone queria falar comigo. Boone não controla mais os guardas neste prédio. Ele disse que ia tentar me ajudar quando voltasse para Londres.
– Ele está mentindo.
Maya observou quando as quatro câmeras deixaram de filmar a caneca e se concentraram em Alice.
– Você tem mais roupas no armário?
– Clarence comprou alguma coisa numa loja.
– Vá até o armário ponha alguns suéteres num mesmo cabide, depois pendure no chuveiro e abra a água o mais quente que puder.
– Está bem.
– Quando os suéteres estiverem encharcados, saia do banheiro segurando-os bem grudados ao seu corpo.
– Entendi. Assim as câmeras vão focalizar as roupas quentes, não a mim.
– Eu espero...
Alice pendurou dois suéteres e uma saia de lã num cabide e correu para o banheiro. Maya ouviu a água correndo pelos canos quando a menina abriu o chuveiro. Poucos minutos depois Alice saiu de lá segurando as roupas molhadas.
– E agora?
Maya pegou os cortadores de metal.
– Ponha o cabide no braço daquela luminária lá e imediatamente saia do quarto. Está pronta?
– Estou. Vamos tentar.
Alice pendurou as roupas na luminária e saiu pela porta com três passos. Maya cortou rapidamente o Bracelete de Liberdade com o alicate e jogou aquelas algemas no quarto de novo. As câmeras tinham ficado agitadas, girando para lá e para cá, mas naquele momento todas as quatro focalizavam as roupas molhadas.
Alice ficou olhando para a algema no tapete a poucos centímetros dela.
– Aquilo ia realmente me machucar?

— Ia.
— Muito?
— Não pense mais nisso.
Alice deu um abraço bem apertado em Maya.
— Eu achei que você viria. Fiz um monte de desejos especiais.
— A menina soltou Maya e se afastou.
— Desculpe, Maya. Eu sei que não gosta que encostem em você.
— Só dessa vez. — Maya estendeu os braços e a menina a abraçou outra vez. — Precisamos ter cuidado, Alice. Pode ser difícil sair deste prédio.
— Todos os seguranças têm armas. Eu os vi.
— É, eu sei. Então, quando eu tocar no seu ombro assim... — Maya apertou o ombro de Alice — é que quero que você feche os olhos.
— Por quê?
— Porque era isso que meu pai fazia quando eu era pequena e ele não queria que eu visse coisas ruins.
— Eu estou crescendo.
— Eu sei que está. Mas faça isso por mim. Nós vamos sair deste quarto, descer pela escada e...
Maya ouviu um ruído fraquinho e deu meia-volta. Pesadas de tanta água, as roupas tinha apenas escorregado do cabide de plástico. As câmeras estavam se mexendo de novo e pequenas luzes vermelhas piscavam nos suportes delas.
— O computador sabe o que aconteceu?
— Sabe. Temos de dar o fora daqui.
Maya saiu correndo da suíte com Alice, segurando firme a carabina. Deram a volta no guarda inconsciente e correram para a escada. A mente de Maya estava calma e objetiva quando ela procurou avaliar o perigo em volta delas. Três guardas armados continuavam no prédio e havia uma única saída.
Maya pulava dois degraus de cada vez, agarrava o corrimão e virava muito rápido em cada lance da escada. Chegou ao térreo primeiro e se preparou para disparar a arma quando Alice a alcançou.

– Você vai atirar em alguém?
– Só se for preciso. Fique aqui até eu voltar para te pegar.

Maya experimentou a porta do saguão. Estava trancada. A arma já estava carregada com balas normais, mas ela pegou o segundo projétil para estourar fechaduras e botou na câmara de disparo. Prepare-se, ela pensou. A bala especial abriu um buraco na porta e Maya a abriu com um chute.

O guarda da entrada sacou sua arma, mergulhou para trás da mesa e deu dois tiros na direção de Maya. Maya disparou sua arma diretamente na mesa e estilhaços atingiram o painel de metal. Apoiou com força a coronha dobrável no ombro, avançou e atirou diversas vezes. As balas desintegraram um vidro de segurança.

Quando chegou à mesa, abaixou a arma. Tudo que viu foi a mão do guarda subindo atrás da mesa. Um fio de sangue escorria pelo chão. Maya voltou correndo para a porta da escada e a puxou com força para abrir.

– Vamos! – ela gritou.

As duas saíram do prédio, Maya recarregou a arma, dobrou a coronha e enrolou o guarda-pó da Merry Maids nela.

– *Ande*. Não corra – disse para Alice. – Só precisamos chegar até o rio. Os Corredores Livres estão lá à nossa espera.

Elas entraram no Ludgate Circus e esperaram o sinal abrir para atravessar. Era quase meia-noite e havia poucos carros na rua New Bridge. Maya estava com a sensação de ter acabado de sair de uma casa desabando, mas que ninguém tinha notado.

– Maya! Atrás de nós!

Dois homens de camisa branca e gravata-borboleta preta apareceram correndo na esquina. Maya puxou Alice pela rua Pilgrim, uma ruela estreita cheia de prédios de escritórios. Pensou alguns segundos que iam ficar encurraladas num beco sem saída, mas uma escada as levou para Ludgate Hill.

A catedral de São Paulo estava bem diante delas. Holofotes na igreja faziam com que sua cúpula branca e duas torres flutuassem sobre a cidade. Maya tentou chamar um táxi, mas o motorista não parou. Um grupo de adolescentes bêbados na outra calçada batiam palmas e riam enquanto uma das meninas tentava dançar.

– Eles estão se aproximando, Maya!
– Estou vendo.

Maya e Alice atravessaram a rua da catedral e seguiram pelo caminho de paralelepípedos que dava a volta na igreja pela esquerda. Um jovem músico de rua recolhia as gorjetas da caixa do seu violão e fez uma mesura para elas.

– Para que a pressa, senhoras? Tocarei uma música para vocês!

No fim da rua ela olhou para a esquerda e viu uma placa indicando a estação de metrô na Panyer Alley. Agora as duas estavam correndo o mais rápido que podiam, sem se importarem se alguém notava as duas voando pela ruela até a entrada da estação. Desceram a escada na corrida, passaram pela borboleta e pularam na escada rolante.

Maya tirou óculos escuros do bolso da jaqueta, e as lentes escuras amorteciam o brilho das lâmpadas fluorescentes no teto. A escada rolante foi descendo com um barulho discreto de algo arranhando. Cartazes de um musical do West End mostravam uma mulher pulando por cima da cabeça de um homem.

Quando chegaram a um saguão de trânsito, Maya viu que uma segunda escada rolante levava para os trens que iam para o leste. Ela olhou para cima. Os dois mercenários da Tábula tinham acabado de chegar ao topo da escada rolante e um deles estava sacando uma arma. UMA NOITE DE ESTRELAS! Dizia um dos cartazes do teatro. VOCÊ NÃO VAI MAIS PARAR DE RIR!

Maya deu o telefone celular para Alice.

– Vá para a plataforma e pegue o próximo trem para o oeste. Desça na estação Bank, troque para a linha Northern e vá para Camden Town. Pergunte onde fica a loja de tambores africanos e evite as câmeras.

– E você?
– Não podemos continuar correndo.
– Mas eles dois têm...

– Faça o que eu mandei!
Alice se encaminhou para o curto corredor que dava na plataforma do metrô. Maya a seguiu alguns metros e se escondeu atrás de uma coluna. Os dois mercenários chegariam àquele ponto em mais ou menos cinco segundos. A carabina estava pronta. Os pensamentos dela era claros e precisos. Anos antes, o pai a tinha abandonado numa estação de metrô como aquela, para que ela aprendesse a lutar sozinha. Ele queria que ela fosse forte e corajosa, mas em vez disso ela achou que tinha sido traída. Essa lembrança ficou com ela como um espírito maligno. Mas agora, naquele momento de perigo, perto da morte, finalmente isso perdeu o seu poder.

– Elas vão pegar o trem! – gritou um homem.

Maya pôs uma bala na arma, foi para o corredor e viu os dois mercenários. Quando disparou o barulho foi imenso, ecoou nas paredes do túnel. Os estilhaços da bala derrubaram o primeiro homem. Ela virou um pouco para um lado e atirou de novo, mais de perto. O peito do segundo homem parecia que tinha explodido de dentro para fora e o sangue espirrou nos ladrilhos.

Maya limpou a arma com o guarda-pó cor-de-rosa e jogou-o no chão. Deixou os dois homens mortos para trás e caminhou lentamente para a plataforma. Alice estava lá, de olhos fechados e de punhos cerrados.

Quando Maya alisou o cabelo dela, Alice abriu os olhos.

– Você atirou com aquela carabina.

– Atirei.

– O que aconteceu?

Sentiram um leve movimento no ar, como se a própria terra suspirasse, então um trem chegou à estação. Maya deu as costas para a câmera da plataforma e segurou a mão de Alice.

– Estamos seguras – ela disse. – Mas não podemos parar.

# 32

Gabriel estava sentado com o pai numa varanda perto do topo de uma das torres. Aquela manhã tinham passeado pela encosta e colhido umas frutinhas verdes dos arbustos. Matthew ferveu água no forno solar e usou as frutinhas para fazer um chá. O chá tinha um gosto forte, cítrico, mas parecia combinar com o ar gelado da montanha e o brilho forte do sol.

Depois de muita conversa, o relacionamento de pai e filho chegou a certo equilíbrio. Sentiam um ao outro com uma percepção sutil, e emoções complexas podiam ser transmitidas com um sorriso ou com um rápido movimento dos olhos. Para Gabriel, o pai parecia uma das figuras criadas por Alberto Giacometti. O escultor italiano usava arame e argila para criar um cavalo, um cão ou um ser humano, depois tirava lentamente qualquer detalhe desnecessário, até que restasse apenas a forma essencial. O rosto dele estava magro e ossudo, as roupas sobravam no corpo dele. Como as estátuas de Giacometti, ele era exíguo e descomplicado. Tinha perdido toda a vaidade e o orgulho que outros envergavam como armadura no Quarto Mundo.

Matthew pegou um pote esculpido numa pedra verde-escura e se serviu de um pouco de chá.

– Você está muito sério esta tarde.

– Estou tentando entender por que esses mundos paralelos existem. Há apenas esses seis mundos?

— É claro que não. Nosso conjunto de seis mundos é apenas um reflexo do nosso mundo humano.
— E se existisse outra forma de vida no sistema de Alfa Centauro?
— Eu concluiria que esses seres teriam o conjunto de mundos deles. Os mundos paralelos são infinitos.
— E o que pensa dos deuses e dos semideuses? Eles criaram tudo?
— Eles não têm esse poder. O criador tem muitos nomes, mas Aristóteles o chamou de "Motor Imóvel"... o ser que é eterno e indivisível. Os semideuses do Quinto Mundo são outra coisa. Eu os vejo como "anjos maus", e os "anjos bons" eram os que viviam aqui.
— Então por que esses anjos bons construíram a cidade dourada? – perguntou Gabriel. – Alguém projetou essas construções de forma específica.
— Diga o que sentiu quando atravessou o primeiro prédio.
— A princípio pensei que era uma armadilha e então vi que estava vazio.
— Sim. É como um imenso museu sem guardas... nem visitantes.
— Dei uma olhada em volta, mas parecia que não havia nenhum atalho, ou escadas escondidas. Por isso passei por todas as salas e cheguei ao segundo terraço.
— E então entrou no prédio seguinte...
— Foi a mesma coisa. Tinha um único caminho.
— Você examinou as pinturas nas paredes e os objetos?
— Vi alguns deles. Mas depois de um tempo só queria chegar ao próximo nível.
— Essa também foi a minha reação – disse Matthew. – Mas então você entrou no terceiro prédio.
— As escadas e os corredores partiam em todas as direções. Havia becos sem saída e salas sem janelas. Eu me perdi umas duas vezes.
— Foi frustrante.
— Muito.
— E assustador?

— Às vezes.
— A frustração e o medo fizeram com que desejasse voltar para os dois primeiros prédios?
— Não exatamente. Eu podia estar perdido, mas pelo menos não era entediante.

Matthew segurou a caneca de pedra com as duas mãos e ficou olhando para a superfície do chá. O zumbido suave do vento soprando em volta das torres fez Gabriel se lembrar da nota mais grave de uma flauta doce.

— Nesse tempo que estou aqui procurei entender este mundo usando as teorias que aprendi quando estudava física. Eu acho que os prédios são uma aula para qualquer um que chegue a este mundo. Os dois primeiros nos mostram um universo em que o nosso destino está predeterminado. Não existe liberdade de escolha, há apenas uma direção para a humanidade seguir. Toda a estrutura foi projetada por algum arquiteto todo-poderoso, e nós somos crianças forçadas a passar pelas salas numa mesma direção.

— E o terceiro prédio?
— É um modelo da natureza caótica da realidade. Você pode escolher esta escada ou a outra, pode se perder e voltar para o lugar de onde veio.

— Você está parecendo a Maya falando do gerador de números aleatórios dela.

— A física quântica nos diz que não podemos prever a posição das partículas subatômicas. Um elétron ou um fóton de luz jamais está num lugar específico. Está numa espécie de superposição de todos os lugares possíveis ao mesmo tempo. Só quando alguma coisa é observada é que todas essas possibilidades se fundem em uma realidade. Com isso quero dizer que todas as opções são possíveis e que há uma quantidade infinita de caminhos. Nós não vivemos num universo determinista.

— Tudo bem. Está certo. O universo é aleatório e caótico. Mas saber isso não vai mudar nada.

— Eu discordo, Gabriel. As religiões e os governos que seguem um modelo determinista provocaram a morte de centenas de milhares de pessoas. O aspecto mais estranho dessa visão rígida da história é que os fundadores de todas as grandes religiões acreditavam em livre-arbítrio e fizeram escolhas em suas vidas. Moisés resolveu liderar seu povo para fora do Egito, Maomé decidiu pregar em Meca, e Buda sentou embaixo de uma árvore *bodhi*, o fícus. Para mim, um dos aspectos mais significativos da história da Paixão é que Jesus fez a *escolha* de entrar em Jerusalém e de ser crucificado. A visão determinista é acrescentada por seguidores só *depois* da morte do fundador. Quando as pessoas decidem que certa forma de fé é parte do destino e inevitável, o ódio e a intolerância vêm logo atrás. Em vez de dizer: "A Luz está dentro de você, escolha a Luz", a mensagem passa a ser: "Concorde com a nossa versão da história, senão nós o mataremos."

Gabriel franziu a testa e balançou a cabeça.

– É nisso que a Tábula acredita.

– As visões deles são compartilhadas por muitos governos e partidos políticos. As duas ideologias fracassadas do século XX, o comunismo e o fascismo, ambas advogavam um modelo determinista da história. O comunismo era supostamente uma teoria "científica" que previa o colapso inevitável do sistema capitalista. E Adolf Hitler acreditava que a chamada raça pura era destinada a dominar o mundo.

– Eles podem ter fracassado, mas nós continuamos a lutar uns contra os outros.

– As pessoas não acreditam que elas têm poder. Porque estão com medo, elas querem passes de mágica e senhas secretas. É preciso ter alguma bravura para aceitar as implicações do livre-arbítrio e das consequências negativas. Mas não podemos resolver nossos problemas com câmeras de vigilância e programas de rastreamento.

– Um membro da Tábula diria que o mundo é um lugar perigoso. Que precisamos de salvaguardas para nos proteger.

– Não vou negar que há vaidade, raiva e ganância no Quarto Mundo. Podemos encontrar esses defeitos nos nossos corações e ver isso nos outros todos os dias. Mas o Pan-óptico é um sistema que supõe automaticamente que *todos* são culpados. Ele jamais acaba com o medo. Na verdade, esse sistema faz com que as pessoas fiquem ainda mais desconfiadas e amedrontadas porque ignora as conexões inerentes entre nós.

– Está se referindo aos nossos laços espirituais?

– Não gosto muito de chamar qualquer coisa de espiritual, Gabriel. É uma palavra muito vaga, confusa. O que estou dizendo é que nós realmente *somos* ligados uns aos outros, e que o Pan-óptico tenta ignorar essa realidade específica.

Gabriel deu risada.

– Acho que você não pode provar isso com a física.

– Talvez a gente possa, sim. Quando eu estava no ensino médio estudamos uma coisa chamada Paradoxo EPR. Na década de 1930, Einstein e outros dois físicos fizeram uma experiência com o pensamento que deveria demonstrar a natureza ilógica da teoria quântica. Os físicos sabiam que os elétrons e outras partículas subatômicas giram como dois tipos de pião, com seus eixos apontando para cima ou para baixo. Muitas vezes uma dessas partículas se junta com o seu oposto, de modo que os movimentos das duas, para cima e para baixo, se cancelam mutuamente e se tornam zero.

– E qual é o paradoxo?

– Os três físicos descreveram uma experiência em que um átomo sofria uma fissura e duas partículas emparelhadas voavam para longe uma da outra, numa velocidade próxima à da luz. Se uma partícula girava para baixo, então a teoria quântica previa que sua gêmea perdida tinha de girar para cima. Einstein escreveu que era "assombroso" acreditar que uma coisa que tinha acontecido em certo ponto do universo podia influenciar outro ponto a anos-luz de distância.

– Claro. Isso é impossível.

– Pode parecer impossível, mas algumas experiências mostraram que Einstein estava errado. Cientistas franceses mediram pares de fótons que estavam a quilômetros de distância um do outro e descobriram que as partículas ainda estavam ligadas, unidas pela função das ondas, uma reagindo à outra. O universo inteiro é um tipo estranho de teia de aranha, interligado por fios finíssimos de energia.

"Essas duas teorias descrevem e explicam o que vemos na realidade. Os muros do Pan-óptico não podem durar: a liberdade é a essência das nossas vidas. Não vigilância e controle."

Gabriel fez que sim com a cabeça.

– Talvez você esteja certo. Mas eu não encontrei nenhum deus aqui que realmente conheça a verdade.

– A partida deles pode ter sido uma dádiva para a humanidade. A raça humana é suficientemente inteligente para fazer escolhas sozinha. O principal poder que criou os mundos existirá sempre, mas talvez nossos anjos bons estejam nos dizendo: "Vocês não são mais crianças. Parem de inventar desculpas e aceitem a responsabilidade pelo destino do seu mundo."

Gabriel ficou em silêncio um tempo e terminou de beber o chá. Pensou em Maya e em todos os problemas que esperavam por ele em casa, no Quarto Mundo.

– Eu bolei um plano para acabar com a Tábula – ele disse. – Mas não sei se vai funcionar. Apenas umas poucas centenas de pessoas fazem parte da Resistência. Segundo Michael, nós já perdemos.

– E você acredita nisso?

– Eu terei uma oportunidade de driblar os censores e de falar diretamente para um grande número de pessoas. Quis encontrar você porque não sabia o que dizer. Acho que você deve voltar e fazer o discurso você mesmo.

– Você disse que a Tábula está com o meu corpo trancado numa sala.

– Falarei com Maya e encontraremos um modo de tirá-lo de lá.

Matthew afastou-se do filho e observou as montanhas.

– Eu sei que estou aqui sentado com você e que você está falando e bebendo esse chá, mas não me sinto mais completamente humano. Estive fora tempo demais e não tenho mais ligação com o nosso mundo. Se eu falasse para o povo, as pessoas perceberiam que meu coração perdeu a conexão com as esperanças e os desejos delas.

– Mas e o seu corpo físico?

Matthew balançou a cabeça.

– Eu também não estou mais ligado a isso.

– O que está dizendo, pai? Você vai morrer?

– Isso pode acontecer logo. Mas é apenas uma parada da nossa viagem eterna. Todo ser humano tem o poder de enviar a Luz para fora de si mesmo, para outro mundo, mas só descobre quando morre.

Gabriel estendeu a mão e tocou no braço do pai.

– Eu não quero perdê-lo.

– Não se preocupe. Ainda estarei aqui por um tempo. Os deuses desapareceram, mas este lugar é uma residência adequada para uma mente questionadora.

– Sou eu que tenho de ir embora – disse Gabriel. – Preciso voltar para o nosso mundo.

– Eu compreendo. Você ama alguém no Quarto Mundo e está preocupado com todas aquelas pessoas que vão perder a liberdade.

– Então o que eu digo para elas? – perguntou Gabriel. – Como posso convencê-las a se afastar da Imensa Máquina?

– Você não é como eu, você está ligado à vida delas. Em vez de "dizer" para elas em que devem acreditar, procure responder às perguntas que estão no seu próprio coração.

– Eu não sou um dos deuses. Não tenho todas as respostas.

– Isso já é um bom começo.

Matthew deu um largo sorriso. Naquele momento ficou parecendo o pai que fazia pipas para os dois filhos e depois observava essas criações frágeis voando acima das árvores.

– Olhe para fora, Gabriel. Esta cidade é linda quando o sol se põe. As torres douradas não têm energia própria, mas refletem a luz...

## 33

Se um físico que mora em Los Angeles tivesse ido ao Mar Vista Park aquela tarde, talvez pudesse ver um exemplo clássico de algo chamado de "movimento browniano". As crianças no parque se moviam erraticamente, como pedacinhos minúsculos de pólen suspensos num fluido, esbarrando umas nas outras e seguindo em direções opostas. Alguém vendo aquilo lá do céu poderia concluir que aquelas partículas de vida se comportavam como os elétrons de um jogo quântico de azar.

Sentados nos bancos perto da área onde as crianças brincavam, os adultos viam causa e efeito em vez de caos. Shawn estava com sede e ficava correndo de volta para a mãe para beber um gole de suco de maçã. May Ling brincava com duas meninas malvadas, Jessica e Chloe, que às vezes a aceitavam e às vezes fugiam dela. As posições dos adultos também seguiam determinada ordem. Um grupo de chineses e chinesas idosos estava sentado no lado leste do parquinho, orgulhosamente observando os netos. Babás mexicanas com carrinhos de bebê caríssimos ficavam do lado oposto, tagarelando em telefones celulares ou fofocando em espanhol.

Ana Cabral estava separada dos dois grupos. Ela era brasileira, não mexicana, e cuidava dos próprios filhos, Roberto, de oito anos, e o irmão de quatro anos, César. Ana era uma mulher miúda, carregando uma bolsa grande, e trabalhava na parte da manhã numa loja de material hidráulico para construção. Apesar de não ter um armário cheio de roupas, o tênis dela era novo e a faixa azul que usava no cabelo combinava com a blusa.

Naquele momento o pequeno César estava brincando com seu caminhão basculante na areia, e a única preocupação de Ana era que o filho mais velho arrancasse o brinquedo das mãos do irmão. Roberto era mais problemático. Era um menino ativo que saíra do ventre dela com os punhos em riste. Devido ao ar poluído ele sofria de asma, e Ana tinha de levar um inalador dentro da bolsa para o caso de haver alguma emergência.

Roberto precisava correr com os outros meninos, mas Ana se sentia melhor quando os filhos estavam dentro de casa, com todas as portas trancadas. Nas últimas semanas doze crianças tinham desaparecido na Califórnia, de parquinhos e pátios de escola. A polícia de San Francisco disse que tinha prendido um suspeito, mas dois dias atrás uma menininha chamada Daley McDonald tinha sumido do quintal de sua casa em San Diego.

Não tenha maus pensamentos, Ana disse para si mesma. Victor está certo. Você se preocupa demais. Ela espiou dentro da bolsa, certificou-se de que o inalador estava lá, depois recostou no banco e procurou curtir o dia. Uma menininha loura de macacão cor-de-rosa observava César brincar com o caminhão, enquanto Roberto deitava de barriga para baixo em um dos balanços e fingia que estava voando. Ana ouvia o barulho do trânsito atrás dela e as vozes das babás. Se estivesse no Brasil ela conheceria cada uma daquelas mulheres e a história da família delas. Essa era a coisa mais difícil em Los Angeles. Não eram as gangues nem aprender inglês, e sim o fato de estar cercada por estranhos.

Mar Vista Park era salpicado de áreas para piquenique e de pinheiros. O sol nevoento de Los Angeles dava à paisagem uma aparência um pouco rasa e desbotada, como o desenho de um parque numa ilustração apagada. Se Ana olhasse para a esquerda, veria um grande campo de futebol, com grama artificial. À direita havia um rinque oval de concreto cercado que servia para o jogo de hóquei sobre patins. A área dos brinquedos ficava no centro. Quatro estruturas de plástico e de metal, construídas para parecer barracas de praia, cercadas de areia. Se você saísse da areia e andasse por uma faixa de grama morta, chegava a um prédio de tijolo vermelho que era usado para jogar basquete e para reuniões de escoteiros.

Além ficava a rua lateral, onde alguém tinha estacionado uma van creme.

MARTIN DOYLE estava sentado num compartimento sem janelas, ouvindo rádio com fones de ouvido, entre as máquinas de sorvete e a cabine da van. Ele inclinou o corpo para frente e ficou olhando para um monitor enquanto uma menininha de vestido rosa se aproximava da van e pedia uma casquinha de baunilha com chocolate granulado em cima.

Um mercenário da Tábula chamado Ramirez era o encarregado de vender o sorvete. Pegou o dinheiro da menina, deu-lhe a casquinha e ficou olhando quando ela foi embora.

– O que você está fazendo? – perguntou para Doyle.

– Ainda não estou preparado para iniciar a busca do alvo. Dê-me mais alguns minutos.

Doyle continuou observando o monitor. Ele tinha uma cicatriz nas costas da mão direita, onde a Tábula tinha inserido um chip de rádio. Um chip mais poderoso ainda tinha sido injetado no peito dele, entre os peitorais e o esterno. Sou um escravo, pensou ele. O robozinho do Boone. Naqueles dias a equipe estava viajando por toda a Califórnia. Se ficasse alerta, talvez tivesse uma oportunidade de escapar.

O equipamento de alta tecnologia dava acesso a casas particulares e a parquinhos públicos, mas ele nunca recebeu permissão para saborear essa experiência. Quando a equipe não estava trabalhando, Doyle ficava deitado na cama, repassando suas lembranças. Era como se tocasse em cada imagem, a levantasse contra a luz, como uma fotografia valiosa e querida. Lá estava Darrell Thompson, o menininho sozinho no quintal decorado para uma festa de aniversário. Todos tinham entrado em casa para comer bolo, mas Darrell continuou brincando no pula-pula. Doyle se lembrou de Amanda Sanchez, a menina que chorou, e de Katie Simms, uma lourinha simpática com um band-aid no joelho arranhado.

As imagens que ele mais gostava eram os momentos tranquilos, quando as crianças o encontravam. Doyle gostava das carinhas de surpresa e dos sorrisos medrosos. Elas sempre olhavam fixo para o rosto dele, realmente *olhavam* para ele, de um modo muito intenso. Será que o conheciam? Ele ia ser seu novo amigo?

Doyle rodou na cadeira esticou o braço e pegou de uma prateleira no alto uma caixa de plástico transparente que tinha dentro uma libélula agarrada a um galho. Ele sacudiu a caixa suavemente, e o inseto moveu as asas. A libélula tinha se transformado em algo que chamavam de IHMSEM, a sigla para Inseto Híbrido: Microssistema-Eletromecânico. Ramirez e os outros mercenários chamavam simplesmente de insetos robô.

Durante muitos anos a CIA e diversas agências de espionagem europeias usaram equipamentos de espionagem do tamanho de insetos, feitos para parecerem libélulas. Essas ferramentas de vigilância de alta tecnologia eram capazes de pairar sobre uma passeata de pacifistas e tirar fotografias dos manifestantes. De acordo com Boone, as libélulas mecânicas tinham vários pontos vulneráveis. Elas não podiam pairar por mais de dez minutos de cada vez e eram varridas no ar por correntes de vento. Mas o maior problema era o fato de serem pequenas máquinas. Quando uma delas caiu no Champs-Élysées durante uma marcha de protesto contra o aquecimento global, os manifestantes obtiveram prova irrefutável de que o governo os estava espionando.

Um IHMSEM parecia exatamente um inseto comum. Quando a libélula estava em estado de ninfa, inseriam um chip de silicone e uma lente de vídeo minúscula na larva. Quando a libélula ia crescendo, seu sistema nervoso incorporava o chip e seus movimentos podiam ser controlados por um computador.

Doyle então pegou a caixa, empurrou uma porta de correr e deu a volta no banco do motorista. Ele abriu uma segunda porta e foi andando lentamente para a mesa de piquenique perto do campo de futebol do parque. Certificou-se de que ninguém estava olhando, abriu a caixa, tirou o galho e botou o IHMSEM no meio da mesa com todo o cuidado. A libélula híbrida era linda, tinha olhos azuis e corpo comprido, asas fortes e transparentes, e pintas azuis no abdômen.

A libélula tinha ficado presa dentro da caixa algumas semanas e parecia aliviada de estar lá fora. Doyle achava que entendia a reação da libélula. Ele também era um prisioneiro, e era um prazer estar de novo no mundo. O inseto moveu os dois pares de asas lentamente, sentindo o vento e o sol da tarde. Doyle tamborilou na mesa e o inseto, assustado, saiu voando.

Doyle voltou para a van de sorvete, entrou no compartimento e acionou o programa IHMSEM no computador. A primeira imagem na tela foi de uma coisa escura, com textura áspera e Doyle achou que a libélula estava descansando num galho de árvore. Ele ligou um joystick no computador e moveu o controle um pouco para frente. A libélula reagiu como um avião de aeromodelismo, decolou para o leste. Doyle pôde ver o estacionamento e o topo de algumas árvores.

Em San Diego e em San Francisco ele tinha aprendido como controlar os híbridos. Não se podia dirigir movimentos precisos, mas dava para comandar uma direção para a libélula e depois fazê-la parar e pairar. O uso de um IHMSEM significava que ele não precisava chamar atenção para si quando observava as crianças. Doyle tinha escapado de seu corpo pesado e desajeitado. Naquele momento ele era um anjo negro, flutuando sobre as crianças, vendo três meninos se afastando do playground.

Os AVÓS CHINESES estavam indo embora, e Ana verificou que horas eram. Quase cinco. Ia deixar os meninos brincando mais alguns minutos e depois tinha de ir para casa para começar a preparar o jantar. César continuava ali com a menina loura, mas Roberto e outros dois meninos da idade dele tinham ido para o prédio do parque. Estavam parados perto da porta, provavelmente assistindo ao jogo de basquete dos garotos maiores.

Alguma coisa passou no ar no campo periférico da visão dela. Olhou para cima e viu um inseto bem em cima dos balanços. Como chamavam aquilo nos Estados Unidos? Libélula. No Brasil às vezes as chamavam de fura-olhos, como quem rouba olhos.

Quando a libélula voou para longe, César se aproximou dela com o caminhão na mão.

– Quebrou – ele disse em inglês e deu o brinquedo para ela.

– Não, tudo bem. Posso consertar.

Ana virou o caminhão de cabeça para baixo e espanou a areia do mecanismo que movia a caçamba. Quando levantou a cabeça de novo, Roberto e um dos meninos tinham desaparecido, mas o terceiro menino continuava parado na porta do prédio.

O segundo menino saiu lá de dentro, mas Roberto não estava com ele. Passou mais ou menos um minuto e o botão do medo estalou no cérebro de Ana. Ela se levantou e pediu para a babá loura ficar de olho em César um minutinho, por favor. Ela passou pelos balanços e pela grama morta com passos largos. Os dois meninos que estavam perto da porta vieram na direção dela, mas quando ela : "Onde está Roberto? Onde o meu filho está?", deram de ombros como se nem soubessem o nome dele.

Ela chegou à porta do prédio do parque e espiou lá dentro. O salão de basquete tinha assoalho de madeira polida e duas cestas... um espaço vazio, em que os ecos batiam nas paredes nuas. Havia dois jogos nas metades da quadra em andamento. Um com dois times de garotos de El Salvador, o outro de um grupo de adolescentes de cabelo eriçado e slogans nas camisetas.

– Você viu meu filho? – perguntou ela em espanhol para um homem mais velho de El Salvador. – É um menino pequeno, com um casaco azul.

– Sinto muito. Não vi ninguém – respondeu o homem.

Mas um amigo magricela dele parou de driblar com a bola de basquete e se aproximou.

– Ele saiu por aquela porta alguns minutos atrás. Tem um bebedouro ali fora.

Ana foi correndo pela linha central da quadra e os jogos continuaram dos dois lados. Quando saiu pela porta ao norte do prédio encontrou um pequeno estacionamento e a rua. Deu mais alguns passos, olhou para todos os lados, mas não viu o filho.

– Roberto – ela disse baixinho, quase como uma oração, então foi dominada por uma sensação de pânico e começou a berrar.

# 34

O primeiro passo na sequência de acontecimentos que levaram a sra. Brewster à morte foi anunciado por um suave bipe e uma mensagem de texto no notebook de Michael. A sra. Brewster estava na Wellspring Manor e um segurança vigiava seus movimentos lá.

Michael estava a mais de seis mil quilômetros de distância do sul da Inglaterra, sentado em uma das suítes residenciais no centro de pesquisa, na periferia da cidade de Nova York. De roupão de banho, ele terminou de tomar seu café e leu a mensagem: *Sra. B. para aeroporto Portreath esta noite.*

Um programa de espionagem tinha sido instalado em todos os computadores da sra. Brewster. Michael lia os e-mails dela há três semanas. Desde o momento em que ele assumiu o controle da Fundação Sempre-Verde ela passou a criticar suas decisões e organizou um pequeno grupo de oposição. No Quinto Mundo, a sra. Brewster teria sido esquartejada num palco diante da plateia. Mas Michael não queria provocar discórdia dentro da Irmandade. A sra. Brewster ia morrer discretamente, sem um carrasco visível.

Michael se via como um escritor que cria histórias diferentes em vários países pelo mundo. A historinha da sra. Brewster estava chegando ao fim, mas ele inventava narrativas bem mais elaboradas. Primeiro haveria um ato criminoso ou um ataque terrorista, depois um período de tensão e instabilidade crescentes.

Para terminar haveria uma solução, oferecida pela Fundação Sempre-Verde, ou por um dos seus delegados. A introdução do Panóptico daria a todas as histórias um final feliz.
Na Califórnia catorze crianças estavam desaparecidas. No Japão envelopes com antraz tinham sido enviados para o imperador e para outros membros da família real. Na França um misterioso grupo terrorista tinha armado bombas em três importantes museus de arte. Enquanto essas ameaças dominavam o ciclo de notícias, três novas histórias seriam apresentadas, na Austrália, na Alemanha e na Grã-Bretanha. O recado de todas essas histórias era simples e claro: não havia lugar seguro em país nenhum.

MICHAEL TOMOU uma chuveirada e depois enviou uma resposta para o segurança da Wellspring Manor. Avise quando ela sair.
Vestiu-se e atravessou a praça central do Centro de Computação Kennard Nash. Michael tinha acesso irrestrito a todas as salas do prédio. Os sensores detectavam o chip do Elo Protetor implantado sob a pele dele, e as portas se abriam como se ele fosse o dono do mundo.
Ele entrou no saguão e o dr. Dawson correu para saudá-lo.
– É maravilhoso vê-lo aqui, sr. Corrigan. Ouvi dizer que o senhor ia viajar hoje.
– Isso mesmo. Vou para a Califórnia dar uma palestra.
Dawson levou Michael para a sala de controle, onde a dra. Assad estudava gráficos em um monitor. Ela arrumou um cacho de cabelo preto por baixo do lenço na cabeça e sorriu timidamente.
– Boa-tarde, sr. Corrigan.
– Soube que nossos amigos do Quinto Mundo nos enviaram mais dados.
A dra. Assad rodou com a cadeira.
– É o projeto de um computador radicalmente novo. O sistema é bem diferente de qualquer coisa que temos neste mundo.
– No início os computadores eram simplesmente computacionais – explicou Dawson. – Agora eles estão aprendendo a pensar como seres humanos. Essa pode ser a terceira evolução, uma máquina que parece ser onisciente.

– Como isso é possível?

– Na escola aprendemos que é impossível calcular qualquer fenômeno que envolva um grande número de fatores. Se uma borboleta bate as asas na floresta amazônica, essa pequena perturbação da atmosfera poderia disparar uma longa série de acontecimentos que com o tempo se transformariam em um furacão. Mas essa nova máquina tem o poder de processar simultaneamente uma imensa variedade de fatores. De certa forma, teria conhecimento total.

– Então qual é a diferença entre esse computador e Deus?

Os dois cientistas se entreolharam. Era óbvio que tinham discutido a ideia.

– Deus nos criou – disse Dawson em voz baixa. – Isso é apenas uma máquina.

– Vocês podem construir uma?

– Estamos reunindo uma equipe para isso – disse a dra. Assad. – Nesse meio tempo recebemos algumas novas mensagens.

Ela apontou para uma bancada e Michael sentou diante de um monitor.

– Como pode ver, eles querem que o senhor volte para o mundo deles.

– Infelizmente estou muito ocupado no momento – disse Michael. – Isso não vai acontecer.

O notebook dele bipou e ele leu a mensagem de texto: *Sra. B. no carro dela. Indo para o aeroporto.*

Quando Michael estava na Inglaterra ele tinha dirigido um carro de Wellspring para o aeroporto Portreath. Levou cerca de uma hora para chegar lá. Ele apagou rapidamente a mensagem e ligou para o seu motorista.

– Pegue a minha bagagem na suíte de visitantes, depois ligue para a firma de voos charter no aeroporto. Diga que estou a caminho.

Ele ficou irritado de ver que Dawson continuava ali perto da bancada onde ele estava. O cientista era como uma criança que queria desesperadamente ser convidada para uma festa.

– Eles enviaram outra mensagem esta manhã, sr. Corrigan. Está lá na segunda página: *Lembre-se da história.* De que história estão falando?

– Eu descrevi nossa atual civilização para os nossos novos amigos. Ficou claro para eles que ideias complicadas não têm mais valor para a nossa mídia, nem para a população em geral. Dê só uma olhada em volta. Tem alguém lendo manifestos políticos hoje em dia? Quantas pessoas ficariam quietas, sentadas, ouvindo um longo e sensível discurso sobre nossos problemas atuais? Este mundo está se movendo muito depressa e as nossas consciências espelham essa realidade.

– Mas qual é a história que o senhor devia lembrar?

– Conforme as ideias vão perdendo seu poder, histórias e imagens visuais vão se tornando mais e mais importantes. Os líderes apresentam histórias que competem com as outras e é isso que consideram debate político. Nossos amigos estão querendo que eu lembre de criar uma história poderosa. Que deixe a tensão crescer por um tempo e depois conte uma história que ofereça uma solução.

Dez minutos depois ele estava sentado no banco de trás de uma limusine que ia para o aeroporto. As cerejeiras estavam florindo no campo e suas flores cor-de-rosa tremiam quando o carro passava em alta velocidade na estrada de duas pistas.

*Lembre-se da história.* Bem, ele podia fazer isso. Os artigos do noticiário que estava recebendo da Califórnia demonstravam que todos estavam amedrontados. Os pais mantinham os filhos em casa, não deixavam que fossem à escola, e a polícia prendia gente que não tinha nada a ver com aquilo. Com uma jogada decisiva, ele tinha criado uma crise que motivava as pessoas a entrarem numa prisão invisível. Quando todos estivessem lá dentro, um Peregrino poderia vigiá-los e orientar suas vidas.

Michael viu seu rosto refletido no vidro escurecido e virou para o outro lado. Quem era ele ultimamente? A pergunta não parava de invadir seus pensamentos. A única maneira de se definir era pensando nos outros. Ele não era o seu pai, e certamente não era Gabriel. Os dois se preocupavam com coisas pequenas, com o que uma pessoa em particular tinha dito ou feito. Mas a maioria dos indivíduos não era importante na grande narrativa da história. Para os deuses e para os grandes homens, o mundo era uma página em branco a ser preenchida com a visão deles.

A limusine entrou no aeroporto por um portão lateral e parou diante de um prédio onde os pilotos de voos charter faziam seus planos de voo. Um jato para seis passageiros aguardava numa pista lateral enquanto a equipe de manutenção inspecionava o trem de aterrissagem.

– Diga para o piloto aprontar tudo – disse Michael. – Preciso de uns cinco minutos para resolver umas coisas.

– Muito bem, sr. Corrigan.

O motorista tirou a bagagem de Michael do porta-malas e carregou até o avião.

Michael ligou seu laptop e usou um telefone via satélite para entrar na internet. Dez dias antes ele dissera para sua equipe na Inglaterra registrar todos os veículos da Fundação Sempre-Verde em uma companhia britânica chamada Safe Ride. Agora o jaguar da sra. Brewster estava conectado com os computadores da firma. A equipe da Safe Ride dava as coordenadas de viagem para a sra. Brewster, destrancava as portas do carro se ela perdia a chave e rastreava o veículo dela se fosse roubado.

Ele levou apenas alguns segundos para encontrar o site da Safe Ride e digitar um código que dava acesso ao sistema de rastreamento. Digitou o número de registro do jaguar que recebera de uma foto via satélite da costa da Cornualha. E de repente lá estavam eles, a sra. Brewster e o motorista dela eram um pontinho vermelho viajando na estradinha rural B3301.

Michael digitou com muita rapidez e botou a hora local inglesa em um canto da tela. Eram sete e trinta e oito da noite. A sra. Brewster corria para o aeroporto Portreath para se encontrar com o diretor da unidade antiterrorista da Argentina. O Programa Jovens Líderes do Mundo a conectava com grupos da polícia e militares em dezenas de países. Quando esses homens poderosos chegassem ao aeroporto local, a sra. Brewster estaria à espera deles, toda amável e sorridente. Michael passou o cursor pela tela do monitor. Seguiu a rota até o aeroporto e notou que a estreita estrada costeira passava perto de penhascos no mar. As imagens fornecidas pelo GPS por satélite eram espantosas. Ele podia ver pontes e praias, cidades e sedes de fazendas. Um pedido de mais informação gerou outra janela na tela. Agora ele sabia a velocidade exata do carro e o fato de que uma chave autorizada estava na ignição. A sra. Brewster tinha passado a maior parte da vida tentando instalar o Pan-óptico. Estamos quase lá, pensou Michael. E é você que está sendo vigiada.

O pontinho vermelho passou pela cidade de Gwithian e chegou a uma estrada costeira. Michael examinou rapidamente um lado e outro da tela e então fez a sua escolha. Ele acessou um segundo site montado pela equipe técnica de Nathan Boone que lhe dava o controle de aparelhos com chips de rádio. Na véspera, seu contato de Wellspring abrira o capô do jaguar e pusera um explosivo no contêiner do fluido da direção hidráulica e outro no cabo do freio. Os dois explosivos eram pequenos, mais ou menos do tamanho de uma moeda de um centavo americana, e não deixariam nenhum vestígio depois de explodirem.

Calculando que teria um descompasso de tempo de cerca de dez a quinze segundos, ele armou os dois explosivos. Michael ficou imaginando o que aconteceria dentro do carro. Pena que não havia uma câmera para espionar. O motorista ia descobrir de repente que o volante não obedecia mais ao seu comando. Talvez ele metesse o pé no pedal, mas nada aconteceria. Será que teriam tempo de gritar quando o carro arrebentasse e despencasse no mar?

Na tela do computador o pontinho vermelho saiu da estrada, passou por uma estreita faixa de pedra e depois desapareceu. Michael desligou o laptop, fechou-o e desceu do carro. O piloto e o motorista estavam à sua espera como guarda de honra, quando ele atravessou a pista e foi para o avião.

## 35

Três gaivotas pousadas na mureta contemplavam o que restava do desjejum numa bandeja. Michael abanou a mão para elas irem embora, mas os pássaros não se intimidaram. Ele acabou pegando um pedaço de bolo e jogou no mar. As gaivotas gritaram, planaram até lá embaixo e começaram imediatamente a brigar umas com as outras.

Ele estava sentado na varanda de uma suíte de hotel com três cômodos no oeste de Los Angeles. Se virasse um pouco para a direita, veria uma praia, o mar e o horizonte azul. Rapazes jogavam vôlei, se jogavam na areia, e uma menina de maiô e patins praticava rodopios na pista de pedestres. Michael estava acima disso tudo, numa cadeira estofada, com uma garrafa térmica de café. Os jogadores de vôlei e a menina de patins não tinham ideia do que estava para acontecer. Dentro de três ou quatro semanas, praticamente todas as crianças da Califórnia fariam parte do Panóptico.

Michael ligou o computador e verificou as mensagens das diversas equipes que trabalhavam para o Grupo de Projetos Especiais. O atentado com antraz no Japão tinha provocado uma onda de hostilidade contra os trabalhadores imigrantes e outros estrangeiros. Na França estavam propondo uma nova lei que exigisse uma carteira de identidade biométrica de qualquer um que entrasse num prédio do governo, numa escola ou num museu.

Novas ameaças estavam sendo implementadas em outros três países. Na Austrália um agente químico tóxico tinha sido posto num carregamento de laranjas que seriam enviadas para os varejistas locais. Dois padres católicos tinham sido assassinados no sul da Alemanha e um grupo turco desconhecido assumiu a autoria do crime. Na Grã-Bretanha um carro-bomba estava prestes a explodir depois de uma partida eliminatória do campeonato de futebol, em Manchester.

Os semideuses haviam ensinado para ele que era muito mais fácil vender medo do que tolerância e respeito pela liberdade. A maioria das pessoas só tinha coragem quando via outras tomando a iniciativa, e isso não ia acontecer dessa vez. O medo tinha um eleitorado forte, aqueles líderes de governo que entendiam que as mudanças aumentariam seu poder.

A porta da suíte abriu e ele ouviu uma voz de mulher.

– Sr. Corrigan! É a Donna!

– Estou aqui fora.

Donna Gleason empurrou a porta de vidro de correr e foi para a varanda. Ela passara os últimos dez anos na ensolarada Los Angeles, mas a relações-públicas era famosa por andar sempre de preto. Seu cabelo era bem curto e ela parecia uma freira com uma prancheta na mão.

– Acabei de falar com o presidente do Clube de Imprensa de Los Angeles. Normalmente a metade do auditório fica ocupada para essas apresentações na hora do almoço, mas esse evento quebrou todas as regras.

– Isso está parecendo promissor.

Donna sentou à mesa e se serviu de uma xícara de café. Ela falava muito rápido, como se tivesse de dizer tudo em bites sonoros de trinta segundos.

– Três estações de televisão vão enviar equipes de câmeras e haverá também os repórteres de sites da internet, de estações de rádio e da mídia impressa. Todos me perguntavam sobre o tema do seu discurso: "Salvem Nossas Crianças." Eu disse que o senhor ia começar a palestra na hora do almoço e que na hora do jantar estaria famoso.

Michael examinou bem o rosto de Donna e não viu nenhum sinal de falsidade, ou de insinceridade. Nos últimos meses ele tinha aprendido muitas coisas sobre os especialistas de mídia que davam forma e embalavam as imagens. Os bons tinham um talento especial. Se fossem bem pagos, seriam verdadeiros crentes. Ele imaginou o que aconteceria se sacasse um rifle e dissesse que precisava atirar nos perigosos patinadores e ciclistas na pista da praia. Donna talvez tivesse um período difícil de transição, mas ia acabar se convencendo... sim, aquela era uma boa ideia.

– Quando partimos?

– Deixe-me verificar.

Ela virou para a porta aberta e gritou:

– Gerald! Preston!

Os dois assistentes de Donna faziam Michael lembrar de terriers escoceses, um branco, o outro preto. Segurando seus celulares, os dois jovens apareceram na porta.

– Hora da partida?

– Devemos sair em dez minutos – disse Gerald. – Eles comem uma quentinha de almoço meio-dia e meia e a palestra está marcada para uma hora.

– Mais alguma coisa que temos de saber?

– O sr. Boone chegou com um dos homens dele – disse Preston. – Ele quer saber se precisam da presença de seguranças.

– Sim. Diga para eles esperarem no corredor.

Donna se inclinou para frente. Tinha três estilos para falar: estridente, paquerador e confidencial. Aquele era definitivamente seu tom confidencial de voz.

– Tenho certeza de que a sua palestra será brilhante, sr. Corrigan. Mas hoje em dia tudo é visual. Gerald e Preston instalaram os monitores de vídeo e puseram lá as fotografias, mas nós precisamos de algo mais. Seria ótimo se o senhor desse um abraço em uma das mães...

★ ★ ★

O CLUBE de Imprensa de Los Angeles promovia seus eventos num auditório decadente da Hollywood Boulevard. Todos os lugares estavam ocupados e os membros do Clube de Imprensa batiam papo entre si enquanto beliscavam batatas fritas e sanduíches de queijo. Tinham posto um estrado no palco e os representantes do clube estavam sentados atrás de uma mesa comprida, parecendo nervosos com a exposição. Gerald e Preston tinham pendurado fotografias grandes das crianças desaparecidas mais cedo aquele dia. Os rostinhos alegres não incomodavam Michael. Crianças morriam todos os dias, mas essas mortes iam ter um significado maior.

Donna levou Michael até o estrado e o apresentou ao presidente do Clube de Imprensa. A reunião começou alguns minutos depois. Donna tinha escrito o discurso do presidente, que incluía uma descrição cintilante da carreira de Michael... tudo fictício. Um mês antes a equipe da Sempre-Verde havia criado um passado para ele, dando-lhe uma série de empregos vistosos em organizações sem fins lucrativos que eram controladas pela Irmandade. Não era muito provável que alguém fosse checar a veracidade dos fatos apresentados. Mas, se fizessem isso, encontrariam informações falsas plantadas em vários sites na internet.

O público aplaudiu um pouco e o presidente sentou. Com as crianças sorrindo na parede atrás dele, Michael bebeu um gole de água e foi para trás do pódio. Viu centenas de rostos, alguns curiosos, outros entediados. Nathan Boone estava de pé num corredor lateral, com cara de mau humor. Michael resolveu que a história de Boone ia chegar ao fim nas próximas semanas.

– Quero agradecer ao comitê de eventos do Clube de Imprensa por ter me convidado para vir aqui hoje. Quando vínhamos pela Hollywood Boulevard, a caminho deste auditório, perguntei para minha amiga Donna Gleason que tipo de recepção eu teria neste evento. Donna me disse que vocês podiam ser um público exigente e que era melhor eu falar alguma coisa significativa.

Alguns repórteres menearam a cabeça concordando e a maioria parece que ficou um pouco mais à vontade. Michael concluiu que as fotografias das crianças desaparecidas tinham deixado a audiência desconfortável.

– Não há nada de errado em ser uma audiência exigente. Isso apenas significa que vocês são inteligentes, bem informados e que têm senso crítico. Precisamos de todas essas qualidades se queremos salvar nossos filhos.

"Antes de apresentar a minha proposta, vou me adiantar a uma pergunta que alguns de vocês devem estar querendo fazer: como pode alguém de fora, uma pessoa que não é policial nem funcionário do governo, resolver a crise que afetou todas as famílias na Califórnia?, É razoável perguntar isso e não requer uma resposta longa. Eu acho que o fato de eu não ser parte do sistema só ajuda. Posso abordar esse problema com uma perspectiva diferente e apresentar uma saída.

"A Fundação Sempre-Verde existe há mais de cinquenta anos. Somos uma organização filantrópica internacional, com escritórios em Londres e na cidade de Nova York. Nossos objetivos são ao mesmo tempo idealistas e ambiciosos. Nós nos dedicamos à saúde, à segurança e à estabilidade da sociedade humana. Nesses anos patrocinamos a pesquisa de milhares de cientistas que trabalhavam com pesquisas médicas e genéticas em mais de trinta países. Recentemente estamos trabalhando com o desenvolvimento de tecnologias que combatem o crime e o terrorismo. A Sempre-Verde não tem nenhum compromisso político, nem é filiada a governo algum. Simplesmente queremos tornar as coisas melhores, criando um mundo que seja saudável, próspero e sem medo.

"E medo é o que vemos aqui na Califórnia." – Michael apontou para as fotografias atrás dele. – Catorze crianças desapareceram nas últimas semanas, sumiram sem deixar rastro. Talvez até existam outros casos que não foram confirmados oficialmente.

"Em algum lugar um monstro vaga pelas nossas cidades. Essa pessoa é uma criatura sádica, cujo único objetivo é sequestrar e destruir nossos filhos, os preciosos meninos e meninas que precisam da nossa proteção. Diante dessa ameaça, como foi que as autoridades reagiram? Os pais conhecem a resposta. Vocês, jornalistas, sabem a resposta. Mas parece que ninguém tem a coragem de dizer isso em voz alta. Os políticos e os chamados especialistas não fizeram *nada*."

Michael parou de falar um tempo e examinou a plateia. A maioria dos repórteres moveu a cabeça indicando que tinham chegado à mesma conclusão.

— Já posso até prever que certos líderes fora do nosso alcance, os rostos que vemos falando na televisão, vão me atacar por falar a verdade. Dirão que há um número crescente de policiais nas ruas, que estão parando e abordando um número maior de carros e que mais suspeitos têm sido interrogados. Mas fiquem à vontade para perguntar para eles se essas atividades inúteis impediram o monstro que caça nossos filhos de agir? — Michael virou um pouco para trás e leu os nomes nas fotos. — Eles salvaram Roberto Cabral e Darlene Walker? Vão proteger os meninos e meninas que correm perigo neste exato momento, enquanto os pais choram pelos desaparecidos?

"Hoje em dia mães e pais vivem com medo. Não deixam seus filhos irem para a escola. Mas o medo se espalha, como um vírus, e infecta a todos. Vão aos parques desta cidade. Não há mais crianças jogando bola ou brincando nos balanços. As nossas comunidades perderam o riso e a alegria dos nossos pequeninos.

"Mas não vim para Los Angeles só para criticar a falta de ação das autoridades. Vim aqui para apresentar uma solução. A nossa ideia é simples, eficiente e quase imediata. E mais, a Fundação Sempre-Verde está preparada e se dispõe a custear todas as despesas de lançamento das medidas.

"A iniciativa Salvem Nossas Crianças se baseia em tecnologia aprovada que já está sendo usada nos nossos centros de pesquisa. Eu estou propondo que um chip radiotransmissor Anjo da Guarda, com um localizador GPS, seja inserido sob a pele de todas as crianças com menos de treze anos.

"Como é que isso funciona? Os chips minúsculos transmitem um sinal para as redes locais de telefones celulares, que será encaminhado para o computador do pai, ou da mãe, ou então para algum aparelho portátil de comunicação. Em poucos segundos a mãe pode saber a exata localização do filho e, se houver algum problema, pode entrar em contato com a polícia no mesmo instante.

"Talvez isso pareça algo futurista, mas posso mostrar para vocês como funciona agora mesmo." Michael estendeu a mão direita. "Eu carrego um chip Anjo da Guarda nas costas desta mão. Donna, quer fazer o favor de conectar o programa Anjo da Guarda ao monitor de vídeo?"

Donna digitou um comando no seu computador portátil e uma imagem de satélite do hotel de Michael apareceu em dois monitores de vídeo.

– Vocês estão vendo imagens capturadas dos meus movimentos nos últimos trinta minutos. Podem me ver saindo do hotel, rodando pela autoestrada e entrando neste auditório.

"Agora, um pai ou uma mãe poderia dizer: 'Ótima ideia! Mas não posso passar o dia inteiro olhando para a tela de um computador!' Bem, a Fundação Sempre-Verde também tem uma resposta para isso. Vamos levar apenas alguns dias para conectar os chips a um computador que fará o monitoramento por vocês. Tudo que os pais ou as mães têm de fazer é estabelecer o que chamamos de parâmetro de segurança, como a escola em que a criança estuda, o campo onde pratica esportes e o quintal de casa. Se a criança for tirada de uma dessas áreas, o computador saberá imediatamente. O Anjo da Guarda eletrônico entrará em contato com os pais e com a polícia ao mesmo tempo.

"Esses chips funcionam e o sistema de rastreamento é espantoso. Em uma semana todas as crianças da Califórnia poderiam estar seguras. É claro que o uso do chip será opcional, mas todos os pais e mães, responsáveis e dedicados, vão adotar essa ideia. E eu posso ver o dia em que o comparecimento às escolas terá como exigência prova de vacinação em dia e um chip Anjo da Guarda.

"Para resumir: o sistema funciona, é de graça, e podemos começar a proteger nossos filhos dentro de uma semana. Talvez eu devesse me sentar e almoçar enquanto minha equipe distribui folhetos de informação. Mas não posso ficar calado. Tenho de dizer para vocês o que há no meu coração.

"O mundo se tornou um lugar muito perigoso, mas nós agora temos a tecnologia para nos proteger e proteger os outros. Quem se oporia a essas mudanças simples? Qual seria a motivação deles?

"É claro que os que abusam de crianças serão contra essas mudanças, junto com os ladrões, estupradores e assassinos. Terroristas e a nova geração de anarquistas exigem a perversa 'liberdade' para destruir o nosso modo de vida.

"E quem apoia esse grupo maligno? Como sempre, temos os intelectuais que frequentam coquetéis e os professores esquerdistas das universidades que não têm ideia da escuridão que se abateu sobre o nosso mundo. Mas temos também certos fanáticos da direita e dos direitos humanos que vêm com ideias antiquadas sobre liberdade pessoal.

"O cidadão médio, cumpridor da lei, não tem nada a temer em relação a essas mudanças. Não estou falando de algum astro de Hollywood com seus guarda-costas particulares, mas sim dos homens e mulheres trabalhadores que querem receber o salário, ir em seu carro para casa e assistir à TV enquanto os filhos brincam no quintal. Quem fala por essa gente? Quem se importa com essas pessoas? Nós. Estamos nos apresentando e nos oferecendo.

"Catorze crianças desapareceram nas últimas semanas. *Catorze crianças*. Será necessário que mais crianças desapareçam? Será que precisamos ter cartazes de meninos e meninas desaparecidos em todos os postes deste país? Não, porque vocês vão se levantar, se unir e nos ajudar a salvá-las!"

Houve uma agitação numa ala lateral e Donna apareceu abraçada a uma pequena mulher latina. Ela puxou a mulher para o palco, levou-a até Michael e cochichou no ouvido dele.

– Ana Cabral. Você falou o nome do filho dela.

A mãe do menino estava chorando quando Michael a abraçou. Sim, pensou ele. Um bom visual. E os flashes encheram o auditório de luz.

# 36

Por volta das nove horas da noite Winston levou Maya e Alice para a margem sul do Tâmisa de carro e deixou-as na Bonnington Square. Maya achou que a reunião seria perto da Vine House, a casa invadida que tinha sido usada pelos Corredores Livres, mas elas deram duas voltas na praça e não encontraram a Edgerton Lane.

A chaminé da Vine House ainda estava de pé, mas o resto era uma pilha de tijolos e de assoalho carbonizado. Maya parou perto da barreira de segurança e se lembrou da noite em que ela arrastara Jugger e os amigos dele para fora pela porta dos fundos. A cem metros dali, perto do limite da praça, ela matara dois mercenários da Tábula com uma pistola e um silenciador artesanal. Jamais olhar para trás e nunca expressar remorso eram regras dos Arlequins, mas às vezes ela sentia que o passado a perseguia, como um fantasma faminto.

– Onde fica Edgerton Lane? – perguntou Alice. – Vamos ligar para Linden e pedir orientação.

– Linden queria um blackout no uso de celulares duas horas antes da reunião.

– Não se preocupe. Eu vou achar.

Alice deu a volta na praça correndo, verificando as placas das ruas, depois entrou numa loja de peixe com fritas. Saiu com um sorriso triunfante estampado no rosto.

– Vamos três quarteirões para o sul e viramos à direita.

Elas deixaram a praça e seguiram por uma rua de paralelepípedos. Maya olhou para cima, para as janelas das casas idênticas, e viu um homem idoso assistindo à televisão enquanto a mulher de cabelo branco servia o chá.

– Por que Gabriel quer que você vá a essa reunião? – perguntou Maya.

– Pensei que ele tivesse dito para você.

– Ele conversou com você quase uma hora, Alice. Desde que ele voltou, só conversei com ele alguns minutos.

O número trinta e seis da Edgerton Lane era um restaurante vegetariano chamado Other Way. Um quadro de avisos do lado de fora era praticamente um compêndio dos diversos movimentos políticos e sociais dos últimos anos. Acabem com a Guerra e Salvem as Baleias. Alimentos crus e ioga quente. Maternidades e asilos da nova era.

Maya via avisos assim desde quando tinha a idade de Alice. Mas dessa vez havia uma adição significativa. No canto inferior direito do quadro alguém tinha grudado um adesivo com a imagem de uma câmera de vigilância e uma faixa em cima, cortando na diagonal. NÃO AGUENTA MAIS? Perguntava o texto do adesivo. LUTE CONTRA A IMENSA MÁQUINA.

Maya esperava encontrar alguns Corredores Livres no restaurante, mas o salão decadente estava cheio de desconhecidos. Ela ouviu algumas línguas diferentes nas conversas das pessoas que bebericavam e aguardavam a reunião começar. Todas as mesas estavam ocupadas, mas Simon Lumbroso tinha guardado para elas duas cadeiras.

– *Buona sera*. É um prazer ver vocês duas. Já estava ficando preocupado, achando que você não tinha recebido o recado.

– Nós nos perdemos – disse Alice.

– Pensava que esse tipo de coisa não acontecia com os Arlequins.

– Winston nos deixou na praça – explicou Maya. – Mas não conseguíamos encontrar a rua.

– Por isso perguntei para o primeiro vendedor de peixe com fritas.

– Ahhh, entendi. Vocês não estavam *exatamente* perdidas. – Simon piscou para Alice. – Como Sparrow sugeriu, vocês estavam cultivando o acaso.

Enquanto Simon batia papo com Alice, Maya examinava as pessoas que tinham se reunido para ouvir o Peregrino. Todos naquela sala podiam ser incluídos em duas categorias. Jugger e os amigos dele estavam lá, junto com várias tribos que viviam à margem da grade, seus aliados naturais. Independentemente de suas diferentes filosofias políticas, os membros desse grupo se vestiam praticamente da mesma maneira, calça jeans, botas e jaquetas velhas. Eram uma mistura descombinada de alta e baixa tecnologia: alguns se recusavam a usar cartões de crédito e plantavam o que comiam em jardins nos telhados dos prédios, mas seus celulares e computadores eram de última geração.

Havia um segundo grupo no restaurante, rostos que ela não reconheceu. Diferentes dos Corredores Livres, esses novos membros da Resistência eram cidadãos que tinham jeito de quem pagava aluguel, criava filhos e tinha um emprego normal. Pareciam constrangidos de estarem sentados em cadeiras de segunda mão, ao lado de um grupo de jovens miseráveis na faixa dos vinte anos de idade.

O dono do restaurante era um homenzinho de barba branca que parecia um anão de jardim de cerâmica. Funcionando como cozinheiro e garçom ao mesmo tempo, ele corria de um lado para outro servindo chá de ervas e vitaminas de frutas. Maya ficou imaginando se algum desconhecido tinha entrado ali de penetra, mas o anão de jardim verificava a lista dos nomes. Quando se aproximou da mesa deles, falou em voz baixa.

– Esta é uma reunião da Sociedade de Adubagem do sul de Londres. Vocês são membros?

– Somos membros fundadores – disse Simon pomposamente. – Eu sou o sr. Lumbroso e essas duas damas são minhas amigas.

Depois que o anão de jardim falou com todos, ele trancou a porta e voltou correndo para a cozinha. Um minuto mais tarde Linden entrou no salão do restaurante marchando. Arlequim

puro, pensou Maya. O francês grandalhão estava calmo, mas alerta. Não tinha nenhuma arma visível com ele, mas exalava alguma coisa – uma ausência de limites – que era assustadora.
– *C'est bien* – ele disse, e Gabriel entrou atrás dele.
O Peregrino parecia cansado e frágil, como se seu corpo vazio tivesse passado tempo demais sozinho no quarto secreto. Maya teve vontade de se levantar, sacar sua espada e levá-lo para longe daquela gente. Talvez precisassem dele, mas não entendiam o perigo.
O Peregrino deu a volta no restaurante, cumprimentou pessoalmente cada pessoa que tinha comparecido à reunião. Olhava para cada rosto com tal poder que era capaz de ver mudanças em fração de segundos na expressão de cada um. Maya duvidava que mais alguém naquele lugar soubesse dessa habilidade dele, mas todos sabiam que Gabriel os via com muita clareza e aceitava seus medos e hesitações.
Simon se inclinou por cima da mesa.
– Você viu a mudança? – ele cochichou. – Quando o Peregrino está aqui, isso se transforma em um *movimento*.
Maya fez que sim com a cabeça enquanto observava a transformação. Até Eric Vinsky, o especialista de computador que se denominava Nighthawk, procurou se empertigar em sua cadeira de rodas quando Gabriel chegou perto dele. Por fim o Peregrino chegou à mesa deles, tocou no ombro de Alice e meneou a cabeça para Simon.
– Está tudo bem?
– Nós nos perdemos – disse Alice.
– Isso nem sempre é ruim, Alice. Perder-se significa que está experimentando um caminho diferente.
Ele deu as costas para o grupo e foi só isso. Não teve palavras para ela. Nem um sorriso. *Estou grávida de seu filho*, Maya queria dizer. Só de pensar ela já ficava nervosa. Apertou os lábios para as palavras não escaparem da sua boca.
Gabriel parou no meio do restaurante. Levantou um pouco as mãos e todos pararam de falar.

— Esta é a primeira reunião da Resistência mundial. Quero agradecer a todos vocês por terem vindo. De acordo com Jugger, nossos amigos japoneses estão presos no aeroporto de Frankfurt, mas temos aqui delegados dos Estados Unidos, Canadá, Austrália e Polônia.

"Vocês são o centro, o alicerce, do nosso grupo. Depois que eu explicar o próximo passo da nossa evolução, quero que todos aqui se conheçam. As pessoas aqui reunidas têm históricos diferentes e falam línguas diferentes. Alguns de vocês têm visões políticas não convencionais, outros se consideram liberais ou conservadores. Esta questão aqui é que une a todos nós. Ela transcende os rótulos políticos convencionais. A verdadeira divisão na nossa sociedade existe entre os que têm consciência e os que preferem continuar cegos.

"Cada pessoa neste salão viveu um momento em que olhou para o mundo e entendeu que um sistema de vigilância permanente está sendo criado pela nova tecnologia. Esse sistema é capaz de rastrear os seus movimentos e de monitorar seus atos. Dentro de poucos anos poderá controlar o seu comportamento e destruirá a privacidade de pensamento, que é essencial em qualquer democracia. Chamamos esse sistema de Imensa Máquina e estamos tentando acabar com o seu poder.

"A tecnologia de vigilância é o sinal mais visível de uma mudança fundamental na nossa sociedade. Estamos nos aproximando de um tempo em que cada um de nós poderá se tornar mais um objeto com código de barras, num mundo de objetos. Distraídos pelo medo e pelo estresse da nossa vida atual, só podemos fingir que somos livres para escolher. Digo 'fingir', porque a orientação das nossas vidas seria manipulada desde o nosso nascimento.

"As pessoas nesta sala deram o primeiro passo. Vocês viram o que está acontecendo e entenderam que a sua liberdade está prestes a se perder, para sempre. A pergunta óbvia é: Como podemos impedir que isso aconteça?

"A Tábula e seus aliados têm o poder de esmagar qualquer tipo convencional de grupo de protesto. Eles são como Golias no meio do campo de batalha, com uma espada enorme e escudo. A única maneira de derrotá-los é agindo como um Davi moderno. Temos de surpreender o nosso inimigo com atos rápidos e decisivos. Precisamos esconder nosso empenho em nos organizar até o último momento possível, para que o nosso movimento não seja prejudicado ou sufocado.

"A maioria aqui já ouviu falar do Nighthawk, a pessoa que criou o nosso código. Ele também desenvolveu e lançou um programa chamado Verme da Revelação, que me dará a chance de falar para o mundo inteiro. Eric, quer nos dar mais informações..."

Nighthawk afastou um pouco a cadeira de rodas da mesa. Seu corpo continuava deformado, mas ele parecia feliz de finalmente poder sair do seu quarto no dormitório.

– Revelação foi lançado seis dias atrás. Pelos meus cálculos neste momento deve estar oculto em uns oito a dez milhões de computadores e outros milhões estão sendo adicionados todos os dias. Mas lembre que esse verme só pode ser acionado uma vez, porque senão serão criadas barreiras de segurança para bloqueá-lo. Pense com muito cuidado antes de apertar esse gatilho específico.

Gabriel fez que sim com a cabeça, e Nighthawk voltou para perto dos amigos.

– Assim que eu fizer esse discurso, a Resistência tem de se apresentar e se afirmar em todo o mundo. Alguns de vocês não têm problema de participar de demonstrações públicas. Considerem-se a "Voz das Ruas". Outros aqui sabem como influenciar a mídia e os membros do governo. Vocês são a "Voz dos Fóruns" e devem se concentrar nas atividades da Fundação Sempre-Verde.

"Ambos os grupos são necessários para o nosso sucesso. Vocês precisam começar a se organizar o mais depressa possível. Enviem uma breve descrição do que planejam fazer para Linden. Ele é o encarregado da estratégia e vai cuidar para que os dois grupos não se lancem numa mesma atividade."

Algumas pessoas menearam a cabeça e comentaram baixinho com os amigos. Maya olhou fixo para Linden, mas o francês evitava encará-la. Os Arlequins não deviam se envolver, mas estava claro que Gabriel o tinha convocado para a Resistência.

– Quase todos aqui já ouviram falar do alerta contra o antraz no Japão e das bombas nos museus franceses. Esses ataques partiram de grupos desconhecidos, com objetivos indefinidos, mas não creio que sejam atos terroristas. Nos dois países surgiram imediatamente propostas de leis de políticos comprometidos no passado com o Programa Jovens Líderes do Mundo da Fundação Sempre-Verde. Essas novas leis poriam um fim na atividade anônima na internet e exigiriam que carteiras de identidade biométricas fossem obrigatórias. Também houve atividade similar nos Estados Unidos. Simon Lumbroso tem monitorado a mídia norte-americana e vai explicar a situação.

Simon levantou-se ao lado da mesa e leu um pedaço de papel com algumas anotações.

– Catorze crianças desapareceram na Califórnia. Como novo presidente da Fundação Sempre-Verde, o irmão de Gabriel, Michael, apareceu em Los Angeles e fez um discurso que obteve muita publicidade. Michael usou essa crise para pôr em marcha uma coisa chamada de sistema Anjo da Guarda. Chips de identificação por frequência de rádio estão sendo aplicados embaixo da pele de todas as crianças com menos de treze anos de idade. Elas formarão a primeira geração que poderá ser escaneada e rastreada como qualquer mercadoria num supermercado.

Gabriel acenou com a cabeça e Simon sentou novamente.

– O que está acontecendo na Califórnia aparentemente gerou um conflito dentro da Tábula e isso pode oferecer uma oportunidade única para o nosso lado. Um dos líderes deles, uma inglesa chamada sra. Brewster, morreu alguns dias atrás em um misterioso acidente de carro. Além disso, Alice Chen vai nos contar a conversa que teve com o chefe da segurança da Fundação, Nathan Boone. Como alguns de vocês sabem, ela foi retirada à força de um trem e mantida em cativeiro no prédio da Sempre-

Verde aqui em Londres. Nesse tempo em que esteve presa, recebeu um telefonema de Boone. Alice, por favor, conte-nos o que ele disse.

Alice se levantou.

– O sr. Boone perguntou se eu estava bem, se estava gostando da comida e se estava confortável. Ele disse que não tinha controle dos guardas no prédio, mas que eu estaria a salvo, porque ele precisava me fazer algumas perguntas.

– Continue...

– Ele disse: "Já tive uma menina na minha vida um dia e sempre quis que ela estivesse em segurança."

– O que aconteceu depois disso?

– Ele desligou.

– Obrigado, Alice. Pode se sentar. Depois que conversei com Alice, pedi para Simon fazer uma pesquisa sobre Nathan Boone.

– Não foi difícil – disse Simon. – Todas as informações estão liberadas para o público.

– Boone tem sido uma das armas mais eficientes da Tábula. Eles podem não ter percebido isso ainda, mas agora ele se transformou no ponto mais vulnerável da Irmandade. Sabemos que Boone está agora em Los Angeles. Ele aparece no vídeo que fizeram do discurso do meu irmão. Estou planejando viajar para Los Angeles com Maya como minha guarda-costas. Se conseguirmos descobrir um jeito seguro de fazer isso, vou encontrar Boone e conversar com ele.

O ROSTO DE MAYA não exibiu nenhuma emoção. Boone tinha matado o pai dela e agora o Peregrino queria sentar e bater papo com ele. Mas não havia necessidade alguma de expressar a raiva que sentia. Quase todos ali se opuseram à proposta de Gabriel. Não confiavam em Boone e achavam que era perigoso demais o Peregrino se separar dos amigos em Londres.

Gabriel ouviu os argumentos deles, mas não quis mudar de ideia. Durante toda aquela discussão, Maya se concentrou na perna com o curativo e se esforçou para parecer indiferente. Uma vez olhou para Linden do outro lado do salão e o francês meneou a cabeça para demonstrar que aprovava o comportamento dela. Deixe os cidadãos e os malandros discutirem sobre o que deviam fazer. Os Arlequins se mantiveram calmos e firmes. Eles cumpririam suas obrigações.

A reunião terminou duas horas depois. Os diversos grupos começaram a deixar o restaurante, e o anão de jardim barbado se agitava recolhendo copos e pratos. Gabriel aceitou um copo com água e sentou-se ao lado de Alice Chen.

– Alice, eu sei que você gosta da companhia da Maya, mas ela vai comigo para Los Angeles. Linden já concordou em proteger você, mas é mais fácil para ele fazer isso se estiver em Paris.

Alice olhou para Maya como se perguntasse: Está bem assim para você? Maya fez que sim com a cabeça, então a menina se levantou e foi para perto de Linden.

– Você me ensina a lutar como a Maya?

Linden primeiro ficou um pouco espantado, depois até sorriu.

– Podemos tratar disso.

MAYA SEGUIU GABRIEL para fora do restaurante e os dois entraram na van de Winston. Ficaram calados na viagem de volta para Camden Town e continuaram em silêncio quando seguiram o caminho familiar pelo mercado até a loja de tambores escondida nas catacumbas.

Winston destrancou a porta do apartamento secreto.

– Vai ficar bem aqui, sr. Corrigan?

– Não tem com que se preocupar, Winston. Maya está me protegendo. Vá para casa e trate de dormir um pouco.

– Ahhh, sim! – Winston se animou. – Dormir seria uma atividade deliciosa.

Maya foi até a cama dobrável de Linden e tirou a jaqueta de couro que usava. Pôs o tubo com a espada na cama, depois as duas facas e a automática 9mm que carregava num coldre de tornozelo.

Como sempre acontecia, sentiu-se vulnerável sem suas armas. Tinham pregado um pequeno espelho com moldura de ébano na parede e, se ela fosse para um lado e para o outro, podia ver partes do seu rosto. Não lavava o cabelo havia três dias. Estava sem maquiagem. E com cara de cansada. Não faz nenhuma diferença, pensou ela. Podia estar usando um vestido de grife, que mesmo assim o Peregrino veria a verdade em seus olhos.

Gabriel estava fazendo chá quando Maya voltou para a cozinha.

– Está com fome? – ele perguntou. – Temos biscoitos cream crackers e salsicha, um vidro de geleia, duas maçãs e uma lata de sardinha.

– Comida é comida, Gabriel. Para mim, qualquer coisa está bom.

Maya pensou no pai enquanto Gabriel pegava coisas do armário e jogava água quente no bule de chá. Sempre que Thorn voltava de alguma viagem longa, comprava comida no mercado, ia para a cozinha e fazia uma refeição elaborada para a mãe dela. Às vezes ainda tinha uma faca presa ao braço, mas Thorn falava baixo enquanto picava pimentões e cozinhava macarrão.

– Lá vamos nós.

Gabriel botou o bule de chá e dois pratos de comida no meio da mesa. Então sentou na cadeira de frente para ela e serviu o chá.

– Você quer mesmo encontrar Nathan Boone? – Maya perguntou. – Ele matou Vicki e meu pai. E agora você quer conversar com ele como se fosse um aliado.

– É uma oportunidade. Só isso.

– Se nós o encontrarmos, você pode ter a sua conversa. Mas quando acabar o papo ele morre. Você é idealista demais, Gabriel. Não sabe quem é o Boone.

– Eu sei o que ele fez no passado. Mas todos nós temos o poder de transformar nossas vidas.

– Foi isso que você aprendeu no Sexto Mundo?

Gabriel pôs um pouco de creme no chá e ficou vendo uma bolha deslizar na superfície.

– Eu cheguei à cidade dourada, mas todos os deuses tinham desaparecido. Havia apenas uma pessoa lá... meu pai.

– O que aconteceu? O que ele disse?

– Pedi para ele voltar, mas ele não podia. Esteve fora tempo demais e não se sente mais ligado a esta realidade específica. Eu não sou como meu pai. Por sua causa, Maya, ainda estou ligado a este mundo.

– E isso é mau ou bom? – Maya deu um sorriso forçado.

– É bom, é claro. O amor é a Luz que existe dentro de todos nós. Ele pode sobreviver mesmo quando nossos corpos físicos se perdem para sempre.

O que ele está me dizendo?, Maya pensou. Que ele vai morrer?

Gabriel se levantou e foi ficar ao lado dela.

– Podemos lamentar o passado, mas não podemos mudar o que aconteceu. Podemos antever o futuro, mas não podemos controlá-lo. Tudo que temos é este momento... aqui nesta cozinha.

Chega de falar. Maya ficou de pé e os dois se abraçaram. O Peregrino abraçou as dúvidas e hesitações dela; ele abraçou tudo que ela era naquele instante. Estamos aqui, pensou Maya. Aqui.

## 37

Nathan Boone estabeleceu seu posto de comando no Hotel Shangri-Lá, no oeste de Los Angeles. A uns dez minutos de distância de onde Michael Corrigan estava hospedado, um lugar pretensioso na praia chamado El Dorado. Boone não via nenhuma vantagem em ficar no mesmo hotel do Peregrino. Porque seria mais fácil para Michael interferir na operação atual.

Boone gostava da decoração simples dos quartos do Shangri-Lá. Não havia nenhuma cor forte, nada para agitar a mente. Mas a melhor característica do lugar era que as visitas podiam entrar pelo lado do estacionamento e evitar passar pela recepção. Boone não queria que alguém como Martin Doyle ficasse sentado num sofá do saguão do hotel.

Naquele momento Doyle assistia à televisão na sala de estar da suíte. Ele gostava especialmente das atualizações das notícias sobre as crianças desaparecidas. Carlo Ramirez, o mercenário peruano que cuidava de Doyle, estava sentado ao lado da mesinha no quarto de Boone. Não parava de se mexer e evitava encarar Boone.

– Foi só uns cinco minutos, sr. Boone. Eu juro que...

– Não me importa se foram só cinco segundos. Conforme eu já disse para você semanas atrás, sua principal responsabilidade é vigiar Doyle.

Boone rabiscou algumas palavras num bloco de notas e Ramirez ficou apavorado. Talvez achasse que o bloco fosse algum tipo de lista de morte.

– Ele tem cicatrizes.
– Perdão?
– Doyle tem cicatrizes, aqui e aqui. – Ramirez apontou para o próprio peito e para as costas da mão. – Se ele tiver duas contas de rastreamento dentro do corpo, o senhor poderá caçá-lo a qualquer hora.
– O sr. Doyle é como um tipo especial de arma que nos ajuda a alcançar nossos objetivos. Mas isso não significa que eu o quero solto, vagando pela cidade. O que vai fazer na próxima vez que Doyle escapar da sua vista?
– Vou encontrá-lo e destruí-lo, senhor.
– Destrua-o imediatamente.
– Eu compreendi, sr. Boone.
– Ótimo. Agora traga-o para cá.

Ramirez saiu do quarto, ainda transpirando muito. Boone bebeu um chá gelado e espiou pela janela o parque à beira da praia, do outro lado da avenida Ocean. Nos últimos vinte anos as tempestades de inverno tinham erodido os penhascos no limite do parque. Em certos lugares, calçadas e canteiros de flores tinham despencado pela encosta até a estrada costeira. Boone começava a pensar que tudo em volta dele estava desmoronando. Poucos dias antes a sra. Brewster e o motorista tinham caído de um precipício perto do aeroporto Portreath, e as autoridades ainda não tinham içado o carro para fora da água.

Martin Doyle entrou no quarto de queixo para cima e fechou a porta. Desde a sua saída da Tailândia ele tinha perdido aquela aparência de inchado. Agora parecia um ator desempregado que trabalhava meio expediente como treinador numa academia de ginástica. Doyle fazia questão de fazer refeições especiais que incluíam queijo magro, suco de romã e mingau de aveia. Ele era a negação ambulante da teoria de que uma dieta saudável conduzia a uma vida virtuosa.

– Parece que você amarrou o Ramirez e jogou na piscina – Doyle disse rindo quando sentou. – Bom para você, Boone. Caras como ele precisam ser mantidos na linha.

## A CIDADE DOURADA

– Estávamos falando de você, sr. Doyle. Eu soube que você escapou do resto da equipe.
– Não foi nada de mais. Só um pequeno engano. Nada com que tenha de se preocupar. – Doyle recostou na cadeira. – E então, como vão as coisas, Boone? As pessoas já estão bastante assustadas? Ou devo assustá-las mais um pouco?
– Não quero que você faça nada nos próximos dias.
– Talvez eu deva ir para o deserto.
– Não.
– O que há lá no deserto é a única coisa que pode nos prejudicar. Eu criei uma história para você. Um conto de fadas sobre um monstro. Mas a história precisa de um final.
– O sr. Ramirez vai levá-lo para um hotel em Culver City. Fique aqui até receber instruções.
– Esse novo hotel tem sala de ginástica?
– Acho que sim.
– Ótimo. Eu vou recuperar a forma.

Doyle levantou, olhou para a mala aberta de Boone e foi indo para a porta. De repente deu meia-volta com uma expressão diferente no olhar, aquela mesma mistura de esperteza e de ódio que Boone tinha visto na Tailândia.

– Estamos fazendo o que devemos fazer?
– O que quer dizer com isso?
– Eu estou seguindo ordens, estou sendo um bom soldado. Só quero ter certeza de que todos nós estamos nos movendo na direção certa.

Em vez de demonstrar raiva, Boone tirou os óculos com armação de metal e limpou as lentes com um lenço de papel.

– Você se lembra de quando o perseguimos como um porco fujão? Quando ficou lá caído na terra, berrando?

Doyle cerrou os punhos enquanto o demônio chutava e arranhava o cérebro dele.

– É, eu lembro.
– Bom. Isso é bom, sr. Doyle. Estava só conferindo.

JOHN TWELVE HAWKS

★ ★ ★

Boone não relaxou até ouvir Doyle e Ramirez saindo da suíte do hotel. Então foi para a sala de estar, pegou uma garrafa de vodca do minibar e pôs um pouco no seu chá gelado. Naquele momento ele estava vulnerável. Doyle percebeu aquela fraqueza nele. "O que há lá no deserto é a única coisa que pode nos prejudicar." Bem, isso não é bem verdade, pensou Boone. Eu sou a única pessoa que corre perigo. Nem aquele quarto de hotel era seguro. Se a polícia chegasse, ia encontrar um envelope pardo que continha fotografias em preto e branco das crianças raptadas. Era doloroso olhar para seus rostinhos assustados, mas Boone não teve coragem de destruir os retratos.

Tocou com os dedos outra vez nas garrafinhas de bebida na estante e então deu as costas para a tentação. Pela primeira vez em muitos e muitos anos ele quis conversar com alguém sobre o que o incomodava, mas era impossível. Não tinha nenhum amigo e era um erro se revelar para outra pessoa. Claro que há sempre algumas poucas que já nos conhecem bem.

Boone voltou para o quarto, ligou o computador e começou a responder aos e-mails. Mas certas lembranças insistiam em aparecer com tanta força que ele acabou com os dedos paralisados sobre o teclado. Talvez devesse ir vê-la e enfrentar a fraqueza que ela representava. Se você tem um inimigo, deve destruir essa pessoa, mesmo que seja apenas outra face sua.

Anthony Cannero e Myron Riles eram os outros dois membros da equipe que trabalhava em Los Angeles. Boone ligou para os dois e disse que ia avaliar um local para uma reunião. Então saiu do hotel em seu carro alugado e foi para a autoestrada da praia. A Route 1 marcava o ponto de transição entre os Estados Unidos continentais e a imensidão azul-esverdeada do oceano Pacífico. Era uma fronteira com lojas de surfe e mansões à beira-mar. Boone acelerou um pouco enquanto o nevoeiro da manhã evaporava e manchas do sol refletido apareciam na água.

## A CIDADE DOURADA

Santa Barbara ficava ao norte, a duas horas de carro de Los Angeles. Tinha sido um dia uma cidade modorrenta de aposentados, com uma legislação de construção muito rígida, que obrigava todos os prédios do centro a terem telhados de cerâmica vermelha. Agora a comunidade era uma estranha mistura de riqueza com o estilo praia. Era o tipo de lugar em que as mulheres que faziam compras nas butiques caras usavam calça jeans rasgada e camiseta.

Ao norte da cidade os arquitetos e urbanistas tinham permitido a construção de centros comerciais de rua e conjuntos de habitações rurais de aparência frágil, com paredes de estuque. Boone já havia morado em uma dessas casas, mas numa vida diferente, outra realidade. Teve a sensação de estar entrando lentamente no seu passado.

O escritório de Ruth ficava num prédio comercial de dois andares, perto da autoestrada. Depois da separação ela começou a trabalhar para uma agência de seguros e agora era corretora licenciada. Boone entrou numa sala de espera, onde uma mulher atendia o telefone e ao mesmo tempo destruía monstros espaciais no computador.

– Posso ajudá-lo?
– Diga para Ruth que o marido dela está aqui.
– Ah. – A recepcionista arregalou os olhos para ele e pegou o telefone.

Passos na escada e, então, Ruth apareceu, uma mulher sem frescuras, de terninho azul e óculos com armação preta.

– Que surpresa – ela disse meio ressabiada.
– Sinto não ter ligado antes para avisar – disse Boone. – Podemos conversar?

Ruth hesitou, mas depois fez que sim com a cabeça.

– Não tenho muito tempo, mas vamos tomar um café.

Boone seguiu a mulher porta afora, para um café ali perto. A garota que atendia no balcão tinha conchas penduradas no cabelo. Pegaram seus copos de papel e foram lá para fora, para um pátio ao lado do estacionamento.

— O que veio fazer aqui, Nathan? Finalmente vai querer o divórcio?

— Não. A não ser que você queira. Eu estava em Los Angeles e resolvi subir a costa para ver você.

— Tem uma única coisa que eu sei sobre você. Um fato inquestionável. Você não faz nada sem um motivo.

Devo falar do Michael Corrigan para ela?, pensou Boone. Não tinha certeza. O problema de falar com outras pessoas era que elas raramente seguiam o script que você tinha na cabeça.

— Como vai você, Ruth? Quais são as novidades na sua vida?

— Meu imposto aumentou no ano passado. Recebi uma multa por excesso de velocidade há oito meses. Mas é claro que você já deve saber de tudo isso.

Boone não contestou o que ela disse. Depois que entrou para a Irmandade providenciou para receber relatórios mensais das ligações telefônicas de Ruth. A lista de chamadas vinha com referências cruzadas de informações detalhadas sobre as pessoas com quem ela conversava mais de três vezes num período de seis dias. Além disso o programa Norma-Geral avaliava constantemente a atividade no cartão de crédito de Ruth e comparava suas compras de bebida e de remédios de tarja preta com a norma regional.

— Eu não estou falando dos *fatos* da sua vida. Só queria saber como você está.

— Estou bem, Nathan. Tenho novos amigos. Comecei a observar pássaros. Estou tentando levar uma vida produtiva.

— É bom saber disso.

— O que aconteceu conosco e com os outros pais foi como um acidente de avião ou de carro. Ainda mantenho contato com algumas pessoas do grupo de apoio. Quase todos seguimos adiante com as nossas vidas, mas ficamos muito feridos, profundamente. Acordamos todos os dias de manhã para ir trabalhar, voltamos para casa e preparamos o jantar... mas nunca nos curamos para valer.

— Eu não fiquei ferido — disse Boone. — Eu *mudei* com o que aconteceu. O incidente fez com que eu visse o mundo como ele realmente é.

— Você tem de aceitar o passado e seguir em frente.

— Eu segui em frente — disse Boone. — E vou providenciar para que esse tipo de coisa nunca mais aconteça.

Ruth tocou na mão de Boone, mas recuou quando ele se encolheu e fez uma careta.

— Não sei o que você está fazendo com a Fundação Sempre-Verde, mas não vai lhe dar o que você quer.

— E o que eu quero?

— Você sabe...

— Não, não sei!

Boone percebeu que estava gritando. Um rapaz olhou para eles antes de entrar no café.

— Você quer a Jennifer de volta. Ela era o nosso anjo. Nossa preciosa menininha.

Boone se levantou, respirou fundo e recuperou o autocontrole.

— Foi bom vê-la mais uma vez. A propósito, meu seguro ainda tem você como beneficiária. Está tudo no seu nome.

Ruth remexeu na bolsa, tirou um lenço de papel e assoprou o nariz.

— Eu não quero o seu dinheiro.

— Então dê para alguém — disse Boone, marchando de volta para o carro.

Aos vinte e poucos anos de idade ele tinha feito um curso de reconhecimento do exército de seis semanas, numa ilha ao largo da costa da Carolina do Sul. No final do período de treinamento teve de caçar um porco-do-mato com um laço, esfaquear o animal que não parava de guinchar com sua faca de comando e estripá-lo ali mesmo. Era apenas uma prova, mais uma maneira de mostrar que era capaz de enfrentar qualquer problema. Trinta anos depois, nada tinha mudado. Ele sentiu aquele impulso de dar um último passo para provar sua força e invulnerabilidade.

Boone digitou o endereço no seu GPS, mas não foi necessário. Assim que saiu da La Cumbre Road se lembrou do caminho. Eram mais ou menos cinco horas da tarde quando ele chegou ao seu destino. A função na escola tinha acabado fazia horas e havia apenas poucos carros no estacionamento.

A Escola Elementar Valley existia havia mais de quarenta anos, mas ainda era uma construção frágil e barata. Cada uma das seis turmas tinha um prédio próprio de tijolos, com telhado de piche. Passarelas cobertas ligavam os prédios. Para onde quer que se olhasse havia jardineiras cheias de hera e de flores ave-do-paraíso, cor de laranja e espinhentas.

Boone passou por uma sala de aula com desenhos de arco-íris pregados nas janelas. Alguns desses arco-íris tinham sido rabiscados no papel da parede, outros exibiam cores diferentes em faixas distintas.

Jennifer desenhava arco-íris e tudo o mais com voltas e curvas. As vacas dela eram vermelhas. Os cavalos eram azuis. Quando ela desenhava o pai, Boone se transformava num conjunto de linhas e círculos, com óculos tortos e um sorriso aberto.

As crianças almoçavam num pátio central, cercado pelos prédios das salas de aula. Havia um blusão perdido no chão e uma garrafa térmica com o desenho de um unicórnio que fora esquecida, e estava ali, triste e solitária, no meio de uma mesa de piquenique. Era ali que ela sentava. Foi ali que ela e os outros morreram. Não havia placa nem um memorial para lembrar o que tinha acontecido naquele lugar.

Boone estava pronto para testar sua força e sua bravura, mas seu corpo o traiu. Não conseguia se mexer, não conseguia mais respirar. Teve a sensação de que sua cabeça explodia e que um grito de tristeza e de dor finalmente era liberado.

## 38

Maya e Gabriel estavam no auditório da Escola Elementar Playa Vista, vendo uma turma de crianças de oito anos recebendo seu Anjo da Guarda.

Tinham montado um posto médico no palco do auditório. Biombos dobráveis impediam a visão direta, por isso Maya foi até a frente do salão e encostou na parede. Primeiro uma enfermeira injetava no braço direito de cada criança um anestésico local. Quando a criança perdia a sensibilidade, uma segunda enfermeira a levava até um médico que empunhava um aparelho prateado que parecia a broca de um dentista. Um jato de gás comprimido injetava o chip RFID, um identificador por frequência de rádio entre a pele e o músculo, depois punham um curativo no lugar.

Cada criança recebia um broche que dizia: TENHO UM ANJO DA GUARDA QUE ME PROTEGE! Havia um punhado de pais e mães sentados ali, em silêncio, e uma assistente de professor levava as crianças de volta para seus amigos. Maya ficou imaginando o que as mães deviam ter dito para os filhos. Alguns pareciam assustados e um menininho chorava. Eles só sabiam que eram obrigados a subir uns degraus e sentir uma pontada rápida de dor. A verdadeira lição estava implícita no comportamento resignado dos adultos. Nós sabemos. Todo mundo está fazendo isso. Não temos escolha.

Maya voltou para perto de Gabriel, no fundo do auditório.
– Já viu o bastante? – ela perguntou.
– Já. Eles estão bem organizados. Josetta disse que o plano dessas injeções foi anunciado três dias depois do discurso de Michael.

Maya fez que sim com a cabeça.
– A Fundação Sempre-Verde já estava usando o rastreador Elo Protetor com os próprios empregados. O Anjo da Guarda é apenas o mesmo chip, com um nome diferente.

Eles saíram do auditório da escola e voltaram para a rua. Josetta Fraser, mãe de Vicki, esperava por eles num carro decorado com adesivos de Isaac T. Jones. Josetta era uma mulher gorda, com rosto largo, que não tinha dado nenhum sorriso desde o momento em que pegou os dois no aeroporto.

– Vocês os viram em ação? – ela perguntou quando eles entraram no carro.
– Estão injetando uma criança a cada dois minutos.
– E isso é só uma escola. – Josetta deu a volta e pegou a rua.
– Estão fazendo isso em clínicas e em algumas igrejas também.
– Mas não na sua igreja? – perguntou Maya.
– O reverendo Morganfield pregou contra isso. Ele disse que Isaac Jones nos avisou sobre a Marca da Besta. Mas a responsabilidade é dos pais, e a maioria está aderindo ao plano. As pessoas ficam com raiva quando não veem um curativo no braço do seu filho. É como se dissessem: Qual é o seu problema? Você não é uma boa mãe? Não quer pegar esse assassino? – Josetta deu um suspiro. – Poderia argumentar com eles, mas não adianta nada. O Profeta escreveu: "Não gaste seu tempo cantando para os surdos."

Estavam indo para o norte e passaram por uma região em que tinham posto enormes muros de blocos de concreto dos dois lados da estrada. Maya concluiu que aqueles blocos estavam lá para bloquear o barulho do trânsito, mas teve a sensação de estar presa num corredor com câmeras de vigilância penduradas em cada placa da estrada.

– Para onde estamos indo? – ela perguntou.

## A CIDADE DOURADA

– Vou levá-los para o lugar mais seguro que conheço – disse Josetta. – Não há nenhuma câmera por lá e ninguém vai pedir sua identificação. Vocês podem passar a noite nesse lugar. Amanhã de manhã levo um carro para vocês, com documentos em ordem.
– E que tal um revólver ou uma pistola?
– O Profeta escreveu que os justos não devem tocar nas máquinas de morte e...

Maya a interrompeu.
– Gabriel é um Peregrino e a Tábua está tentando matá-lo. Um Arlequim morreu tentando proteger o seu profeta. Pensei que alguns de vocês acreditavam na "Dívida Não Paga".
– Mas a dívida *foi* paga e minha filha pagou por ela. Todos na igreja conhecem o sacrifício que ela fez. – A expressão de Josetta era de sofrimento e raiva quando tocou em um dos medalhões em forma de coração que pendiam do seu pescoço. – Estou ajudando vocês porque o sr. Corrigan foi gentil o bastante para ligar para mim e dizer que minha filha tinha morrido.

No extremo norte do Vale de San Fernando eles saíram da estrada e foram para o sopé das montanhas, pontilhado de carvalhos. A estrada de duas pistas seguia cheia de curvas, subindo um cânion, e começaram a aparecer placas: RANCHO VISTA – COMUNIDADE PLANEJADA.

– Sou encarregada do departamento de empréstimos – explicou Josetta. – Rancho Vista ia ser uma nova subdivisão, mas a construtora perdeu o financiamento. Agora o meu banco é o dono da propriedade e estou encarregada dela até os advogados pararem de berrar uns com os outros.

Josetta parou numa portaria onde tinha um segurança jovem, sentado, ouvindo uma partida de beisebol no rádio. Ele a reconheceu, abriu o portão e o carro entrou numa estrada particular.

– O guarda sabe que vamos pernoitar aqui? – perguntou Maya.
– Ele não precisa saber de nada. Vai embora daqui a vinte minutos. Quando eu descer a serra, um diácono da igreja ficará de guarda no turno da noite.

Rancho Vista devia ocupar uma série de patamares recortados na encosta, mas apenas uma construção estava terminada. Era uma casa estilo rancho com garagem para três carros e placas de boas-vindas no gramado da frente. Mais acima naquela rua havia duas casas sem gramado e depois a estrutura de madeira de uma dezena de construções abandonadas. Além desse ponto, só o mato ocupava a encosta, figueira-brava e touceiras de uva-ursina.

– Esta é a casa-modelo – disse Josetta quando pararam na entrada. – A construtora a levantou para as pessoas poderem se imaginar vivendo aqui no alto.

Ela desceu do carro, abriu o porta-malas e tirou um grande saco de náilon e uma sacola de compras cheia de comida. Depois levou os dois pelo caminho de tijolos e destrancou a porta da frente. Maya achava que a casa modelo estaria vazia, mas estava cheia de móveis cobertos de poeira. Havia copos de coquetel e garrafas de bebida num aparador e um enorme buquê de tulipas no meio de uma mesa de centro. Maya levou alguns segundos para perceber que as garrafas estavam vazias e que as flores eram feitas de seda pintada e de arame torcido.

– Não tem eletricidade aqui – disse Josetta. – Mas fizeram o abastecimento de água.

Os dois a seguiram até a cozinha. Tinha uma ilha central para servir, com tampo de granito e ferragens que pareciam caras. Um pote de cobre cheio de maçãs de cera. Um bolo de plástico numa bandeja no meio da mesa da copa.

Josetta deixou o saco de náilon no chão e pôs as compras na bancada. Ela ignorou Maya e dirigiu todos os seus comentários para Gabriel.

– Trouxe alguns sanduíches para o jantar de vocês e bolinhos de vacínio para o café da manhã. Uma lanterna e dois sacos de dormir nesse saco. Faz frio aqui à noite.

– Obrigado – disse Gabriel. – Nós agradecemos muito.

– Quando minha filha ligava para mim de Nova York, ela sempre falava com muita admiração de você, sr. Corrigan.

— Vicki era uma pessoa maravilhosa — disse Gabriel. — Tinha um coração puro.

Josetta fez uma careta de dor, como se alguém a tivesse apunhalado, e começou a chorar.

— Eu sabia que ela era especial, antes mesmo dela nascer. Por isso a batizei de Victory Over Sin Fraser. Acabei de escrever um pequeno folheto sobre ela, com a ajuda do Reverendo Morganfield. As pessoas querem ler a história dela. Victory não é mais só minha filha. Ela é um dos anjos.

O Peregrino meneou a cabeça com simpatia. Maya ficou pensando se teriam de sentar à mesa da copa, vendo Josetta chorar. Mas a mãe de Vicki era mais forte do que isso. Ela pegou sua bolsa e foi para a porta.

— Volto às oito da manhã. Estejam prontos para partir.

Os dois ficaram na sala de estar e viram Josetta descer a ladeira de carro até a portaria.

— Eles estão transformando Vicki numa santa — disse Maya.

— Parece que isso pode acontecer sim.

— Mas ela era apenas uma pessoa, Gabriel. Não era um rosto num vitral. Lembra da noite em que ela cantou no bar de karaokê? Lembra quando Hollis a ensinou a dançar?

— Um santo é só uma pessoa extraordinária, somada a algumas centenas de anos.

Eles sentaram à mesa da cozinha e viram o sol descer até a encosta como um balão laranja perdendo hélio. Gabriel resolveu tomar uma ducha. Maya ouviu quando ele bufou de frio embaixo da água gelada. Ela ligou seu computador e enviou uma mensagem cifrada para Linden.

Josetta tinha razão. O condomínio falido era um lugar seguro para passar a noite. Mas certos aspectos da casa modelo a deixavam apreensiva. Alguém tinha posto em cada quarto porta-retratos com fotos de um casal com dois filhos. Em uma delas a família estava num cais e o menino segurava uma truta. Em outra a menina estava de sapatilhas de balé, com uma fantasia de floco de neve.

Gabriel voltou para a cozinha de cabelo molhado. Tirou os sanduíches da sacola de supermercado e pôs na mesa.

– Quando eu era pequeno, sonhava com uma casa como essa. Mobília nova. Um quintal. Pais que davam festas e convidavam muitos amigos.

– Eu queria uma coisa assim também. Uma casa de tijolos em Hampstead e um pai que não viajasse pelo mundo inteiro matando gente.

A CAMA KING-SIZE no quarto principal no fim das contas não passava de uma plataforma de compensado escondida sob um edredom. Quando escureceu eles puseram os sacos de dormir sobre a tábua de compensado. Gabriel deitou ao lado de Maya, com o braço embaixo da cabeça dela. Naquele momento ela teve a impressão de que eram um casal de velhos que se conheciam a vida inteira. Ela sempre considerou que o amor era paixão e sacrifícios, mas era também alguma coisa parecida com aquilo, um momento de intimidade tranquila que podia durar para sempre.

Gabriel sorriu.

– É contra as regras dos Arlequins dizer que você é linda?

– Eu acho que já quebramos quase todas as regras.

– Bom. Porque você *é* linda e estou feliz de estar aqui esta noite.

Ele deu um último beijo em Maya, virou de lado e adormeceu. Maya sentou e procurou prever o que poderia acontecer. Os próximos dias iam ser perigosos, mas pelo menos a perna dela estava quase boa. Apesar do terrível enjoo pela manhã, ainda não parecia que ela estava grávida. Gabriel não tinha notado os comprimidos de vitaminas e os petiscos que Maya levava na bolsa. Ela resolveu acordar bem cedo e beliscar alguns biscoitos antes de começar o dia.

Um vento noturno soprou dos cânions e rodeou a casa. Gabriel virou para o lado esquerdo e ela olhou para o Peregrino. A lua era crescente e um raio de luar brilhava no corpo dele. Luz fria. Era assim que o pai dela sempre chamava a lua.

Maya ouviu um barulho abafado ao longe, o som de um carro subindo a rua. Descalça, ela atravessou o assoalho frio de cerâmica, foi para a sala e espiou por uma fresta na cortina. Um carro compacto de duas portas tinha parado na frente da casa, com os faróis apontados para o morro. O motorista que não dava para ver desligou o motor e desceu do carro. Tinha alguma coisa na mão direita. Quando ele subiu na calçada, Maya viu a silhueta atarracada e a linha curva do pente de munição de um rifle de assalto.

Correu de volta para o quarto e sacudiu Gabriel para ele acordar.

– Anda logo e se veste. Temos de dar o fora daqui.
– Por quê? O que está acontecendo?
– Tem alguém aí fora.

Meio dormindo, Gabriel vestiu a calça e a camisa.

– Deve ser só o amigo de Josetta.
– Não acho que um diácono de igreja ia carregar um rifle de assalto.

O homem bateu na porta. Gabriel terminou de amarrar os sapatos, Maya pegou a lanterna e pendurou o tubo com a espada no ombro.

– Anda logo. Vamos sair pelos fundos.

Gabriel abriu uma porta de correr de vidro e os dois saíram para o quintal. Maya pensou em correr pela rua, usando o mato alto como cobertura, mas rejeitou essa ideia imediatamente. Ela não conhecia o terreno e um ataque podia vir de qualquer direção. A regra dos Arlequins era: *escolha o caminho que o seu inimigo vai trilhar.*

Alguma coisa bateu com estrondo dentro da casa. O homem com o rifle tinha arrombado a porta da frente. Ele gritou alguma coisa, mas não deu para entender o que dizia.

– Fique comigo – sussurrou Maya. – Vamos para outra casa.

Eles subiram correndo pela calçada e atravessaram a rua para uma das casas que nunca chegaram a ter uma entrada, nem um jardim. Gabriel deu a volta pelos fundos e chutou a porta da cozinha. A casa vazia cheirava a piche de telhado e tábuas de pinho. Não tinha luz; os fios soltos pendiam do teto como raízes numa caverna.

Maya levou Gabriel por um curto corredor até um quarto.

— E agora? — ele perguntou.

— Esperamos.

— E se ele nos encontrar?

— Então ele vai ter uma surpresa desagradável. — Ela deu a lanterna para Gabriel e apontou para a parede do outro lado do quarto. — Você fica sentado aqui. Assim que ele entrar no quarto, aponte a lanterna direto nos olhos dele.

— E você?

Maya tirou a espada da bainha e foi para a porta.

— Ele está com um rifle de assalto. Eu vou reagir o mais rápido que puder.

Passaram cinco minutos até o atacante chutar a porta da frente. Seus sapatos fizeram barulho no assoalho. As portas rangeram quando o homem examinou cada cômodo da casa. Ele xingava baixinho cada vez que os encontrava vazios.

Passos. E então uma forma escura parou no corredor. Gabriel acendeu a lanterna, e Maya levantou a espada.

— Vocês estão aí — disse uma voz conhecida.

— Hollis! Que surpresa! — Gabriel deu risada e abaixou a lanterna. — Como é que nos encontrou?

— Atravessei a fronteira do México e entrei em contato com Linden. Ele me disse que vocês estavam aqui.

Maya foi ao encontro dele.

— É bom te ver, Hollis. Estamos precisando mesmo da sua ajuda.

— Tenho uma espingarda no carro e dois celulares seguros. Mas precisamos conversar sobre uma coisa antes de mais nada. Eu troquei de nome, Maya. Linden aceitou essa mudança. Também quero pedir a sua permissão.

Gabriel ficou confuso.

— Do que você está falando? Não precisa de permissão para usar um nome falso. Nós todos usamos passaportes clonados.

– Ele não está falando de passaportes. – Maya embainhou a espada. – Que nome você vai usar?

– Priest.

– Quer mesmo esta vida, Priest?

– Eu aceito.

– Quer mesmo essa morte?

– Aceito isso também.

Maya lembrou de Hollis de mãos dadas com Vicki quando passeavam pela rua Catherine na cidade de Nova York. Aqueles dois amantes tinham acabado para sempre.

– Amaldiçoado pela carne – ela disse baixinho.

– Sim – disse Priest. – Mas salvo pelo sangue.

## 39

Era hora do rush quando Boone atravessou o passo Sepulveda e voltou para Los Angeles. Milhares de carros seguiam pela autoestrada. Quase todas as pessoas ouviam música, ou a falação ininterrupta dos programas de entrevistas no rádio. Boone tinha monitorado alguns desses programas e se divertiu com o uso constante da palavra *liberdade*. A nova ordem social não tinha nada a ver com liberdade. Era mais como uma fábrica em Hong Kong que ele tinha visitado um dia, na qual os descascadores de cenoura deslizavam numa esteira móvel. Um computador acusava imediatamente os defeitos, e o resto era encaixotado e remetido para venda.

Naqueles últimos oito anos ele tinha se dedicado a destruir os inimigos da Irmandade e a implantar o Pan-óptico. Às vezes o trabalho era perigoso, mas tinha passado por momentos de dúvida e de introspecção. Agora era como se o céu se abrisse feito um globo de cristal que racha. Boone procurou se concentrar nas tarefas, passar para a pista de saída, observar o carro na sua dianteira... Mas sua mente rebelde continuava a apresentar perguntas. Ficou satisfeito quando Carlos Ramirez ligou para o seu celular. Era uma distração bem-vinda.

– Temos um problema, sr. Boone. Doyle está passando mal.
– Ele parecia bem esta manhã.
– É, eu sei. Depois de conversar com o senhor, fomos para Culver City e nos registramos no hotel. Estava tudo em ordem até depois do almoço. Foi quando Doyle disse que estava com dor de barriga e foi para a cama.

— Onde é que ele está agora?
— Continua deitado, gemendo e suando muito. Cannero e Riles estão aqui comigo. Eles acham que pode ser alguma doença que Doyle pegou na Tailândia. O senhor sabe... malária, ou alguma coisa assim. Devemos levá-lo para o hospital?
— Não.
— Então o que vamos fazer?
— Ponha gelo em sacos plásticos e coloque no pescoço dele ou embaixo dos braços. Estarei aí em dez minutos.

Culver City era uma cidade incorporada ao crescimento da outra, cercada pelo resto de Los Angeles. Durante a Segunda Guerra Mundial era onde ficavam quase todos os estúdios de cinema de Hollywood, mas apenas um deles continuava lá. O Hotel Culver era um prédio triangular de tijolos, no centro da cidade. Parecia um avô rabugento cercado por uma multidão barulhenta de bares de vinho e restaurantes badalados.

Boone atravessou o saguão do hotel e pegou um elevador para as duas suítes que tinha reservado no oitavo andar. Ninguém atendeu quando ele bateu na porta. Será que sua equipe já tinha levado Doyle para o hospital? Por que ninguém ligou para ele?

Os quartos tinham sido pagos com um cartão de crédito de uma empresa de fachada, registrada nas Ilhas Cayman. Boone voltou para o saguão e apresentou o cartão de crédito para o jovem da recepção. Ele recebeu dois cartões chaves, voltou para o oitavo andar e entrou na primeira suíte.

Myron Riles, ex-policial do Texas, jazia morto no chão, com uma poça de sangue em volta. O segundo membro da equipe, Anthony Cannero, estava caído no sofá com um buraco de bala no meio da testa. Parecia que alguém tinha jogado uma lata de tinta vermelha na parede branca atrás dele.

Boone sacou sua arma, aproximou-se da porta do quarto e abriu. Carlos Ramirez estava deitado ao lado da cama com a cabeça jogada para trás e uma expressão de susto no rosto. Doyle tinha conseguido de alguma forma agarrar o homenzinho e mantê-lo calado enquanto quebrava o pescoço dele.

E o que mais? Boone foi para a sala da suíte de novo e notou pedaços de espuma e tiras de pano espalhados pelo chão. Doyle tinha tirado a arma de Ramirez e a enfiado num travesseiro. O travesseiro abafou os tiros quando ele estava entrando no quarto. E agora Boone notava outros detalhes também. Duas carteiras de dinheiro largadas no tapete e outra de cinto no sofá. Os dois mercenários usavam calça jeans e elas estavam pretas de sangue. Boone se abaixou e examinou os ferimentos. Depois de mortos, Doyle tinha alvejado a genitália dos dois.

Para onde ele tinha ido? Para o deserto? Essa era a escolha lógica. Boone se lembrou da expressão de Doyle na conversa que teve com ele aquela manhã. "Eu criei uma história para você. Mas a história precisa de um final."

A suíte parecia estranhamente silenciosa. Como o reino dos mortos. Boone pensou em chamar a polícia, mas desistiu da ideia. Sua imagem tinha sido capturada pelas câmeras de vigilância do hotel e ele tinha falado com dois... não, com três empregados do hotel. A polícia ia achar imediatamente que Boone era o principal suspeito. Quanto ao Doyle, não havia mais provas de que ele tinha sequer existido. Nas últimas semanas a equipe de informática da Fundação Sempre-Verde tinha removido sistematicamente a presença de Doyle dos bancos de dados em meia dúzia de países. O matador tinha se tornado um fantasma moderno, uma criatura que flutuava no mundo feito um fantasma numa casa mal-assombrada.

Boone pegou as três carteiras com as identidades falsas, pôs os avisos de NÃO PERTURBE nas duas portas e usou a escada de incêndio para sair do hotel. Foi para o norte por ruas residenciais, passou por uma casa de dois quartos que parecia um castelo em miniatura e por uma cabana com um crucifixo de três metros de altura plantado no gramado da frente. Na Boulevard Lincoln os carros formavam uma fila num restaurante drive-through com uma galinha gigantesca em cima do telhado. Fique calmo, pensou. Qual é o objetivo imediato? Ele precisava dos maços de dinheiro que tinha deixado no seu quarto no Hotel

Shangri-Lá. Doyle teria poucas horas de dianteira, rumando para o leste, para o deserto de Mojave.

Ligou para Lars Reichhardt, o diretor do centro de computação de Berlim.

– Estou ligando de Los Angeles. Está reconhecendo minha voz?

– Sim, senhor.

– Nossos três empregados contratados não podem mais trabalhar para nós de forma alguma. O quarto empregado, aquele da Tailândia, não está mais fazendo contato com o supervisor.

Houve uma longa pausa como se Reichhardt estivesse avaliando as implicações daquelas afirmações.

– Compreendi, senhor.

– Nosso grupo estava usando cartões de créditos em nome de uma empresa registrada nas Ilhas Cayman. Quero que cancele cartões e apague os dados.

– Isso dará um pouco de trabalho, senhor. Teremos de entrar na base de dados de um banco.

– Então comece a cuidar disso já. Temos poucas horas até que esses problemas com o pessoal cheguem ao conhecimento do público.

Ele jogou o telefone celular no banco do passageiro e reduziu a marcha diante de um sinal fechado. Havia cerca de vinte mil dólares no seu quarto no hotel. Depois que encontrasse Doyle, e o matasse, ia tentar sair da grade.

Boone não tinha projetado o Pan-óptico, mas conhecia todas as celas da prisão invisível. Se realmente quisesse se esconder, não poderia mais usar nenhum telefone celular registrado, nem ter um endereço de e-mail convencional. Teria de pagar tudo com dinheiro vivo e evitar aeroportos e prédios do governo. As câmeras o seguiram quando ele entrou no estacionamento do hotel, desceu do carro e correu pelo corredor até seu quarto. Boone entrou na suíte e parou. Tinha alguma coisa errada. A porta da cozinha estava meio aberta, a porta do quarto também. Tinha deixado as duas assim?

Quando sacou a arma, a porta da cozinha se abriu e um homem apareceu apontando um rifle de assalto para ele. Boone levou um segundo para reconhecer Hollis Wilson.
– Ponha a arma no chão, Boone. Ande. Bem devagar. Agora recue dois passos.
– Faço o que você mandar, Hollis.
– Hoje em dia me chamam de Priest. Mas não deve se preocupar com isso. Ponha as mãos para trás e cruze os dedos das duas mãos. Bom. Assim está bom.

A porta do quarto abriu e Maya saiu com uma espingarda. Boone se lembrou de quando a viu em Praga, caminhando com passos largos pelas ruas de paralelepípedos. Tinha passado apenas um ano, mas ela parecia muito mais velha. E agora ele ia morrer por ter causado a morte do pai dela.

A Arlequim pegou a pistola automática dele do chão.
– Você o revistou? – Maya perguntou para Hollis.
– Ainda não.

Maya colocou a espingarda no sofá e apareceu um estilete na sua mão direita. Ela se aproximou rapidamente, e Boone ficou esperando o choque da lâmina entrando entre as suas costelas. Em vez disso, ela usou a faca como uma extensão da mão, abriu o paletó dele e encontrou o coldre. A ponta da lâmina deslizou pelo lado de fora da perna dele e bateu nos tornozelos para se certificar de que ele não escondia uma arma ali. Quando Maya terminou a revista, chegou para trás e examinou o rosto de Boone.

– Achávamos que você andaria por aí com alguns mercenários. Qual é o problema, Boone? A Fundação Sempre-Verde está fazendo cortes na equipe?

– Três dos meus homens estão mortos – disse Boone. – Isso é uma emergência. Preciso falar com Gabriel Corrigan. Vocês podem entrar em contato com ele?

Os dois Arlequins se entreolharam, e Gabriel apareceu na porta do quarto.

– Podemos providenciar isso sim.

# 40

Quando era criança, Maya aprendeu a planejar as coisas, mas nunca prever. Havia uma diferença importante entre essas duas formas de pensar. Quando lutava com uma espada kendo, procurava se preparar para qualquer coisa e nunca supor que o adversário se comportaria dessa ou daquela maneira.

Isso talvez fosse possível em combate, mas era difícil aplicar a lição no resto da vida. Desde a morte do pai, Maya tinha imaginado o que ia acontecer quando finalmente rastreasse o paradeiro de Nathan Boone. Nessas fantasias imaginadas, Boone costumava estar fraco ou ferido. Ele admitia seus diversos crimes e implorava por misericórdia.

Agora Nathan Boone em carne e osso estava ali no meio de um quarto de hotel, perto de uma mesa de centro de vidro e de um arranjo de flores. O chefe da segurança da Fundação Sempre-Verde não parecia nada fraco, nem assustado. Ignorando os dois Arlequins, ele respondeu às perguntas de Gabriel.

– Então você encontrou esse homem, Doyle, na Tailândia, e o trouxe de volta para os Estados Unidos?

– Correto.

– E ele matou catorze crianças?

– Não... as crianças ainda estão vivas. Ordenei que dois membros da minha equipe as levassem para o deserto de Mojave. Nós fizemos um leasing de uma mina de ouro abandonada, perto da cidade de Rosamond.

– Mas vocês iam acabar matando essas crianças – disse Priest.
– Eu não tinha certeza do que ia acontecer. Essa é uma situação nada comum para mim.
– É óbvio que você não ia soltá-las. – Priest olhou para Gabriel como se dissesse, me deixa matar esse filho da mãe. Mas o Peregrino estava concentrado nos olhos de Boone.
– Eu entendo por que você não conseguiu fazer isso – disse Gabriel. – Não queria que aquelas crianças morressem como a sua filha.
– Quem te contou isso?
– A história saiu nos jornais. O ex-marido da professora da sua filha foi à escola e matou a mulher. Depois assassinou várias crianças que estavam em volta dela.

Boone estava ofegante.
– Ele odiava a mulher dele, mas por que matou as crianças? Minha filha era inocente.
– Um ano após esse incidente você entrou para a Fundação Sempre-Verde – disse Gabriel. – Você os encontrou ou então eles o encontraram.
– Recebi um telefonema de Kennard Nash, e eles me levaram para Nova York de avião. Tinham minha ficha do exército e conheciam meu histórico no serviço secreto. Nash me mostrou seu modelo do Pan-óptico e explicou o sistema. Disse que minha filha ainda estaria viva se tudo fosse controlado e monitorado. O general me disse o que fazer, e eu comecei a trabalhar. Você precisa entender uma coisa... *eu sempre obedeci a ordens.*

Boone disse isso como se essa última afirmação fosse o catecismo da sua fé.
– Sua filha foi assassinada – disse Maya –, então você contratou esse homem, Martin Doyle, para matar mais crianças?
– É por isso que vocês têm de me soltar. Eu acho que Doyle está indo agora de carro para o deserto para terminar o serviço.

Gabriel se virou para Maya.
– Vá para Rosamond com Boone. Veja se consegue salvar as crianças.

— Ele pode estar mentindo, Gabriel. Nós nem sabemos se esse Martin Doyle existe mesmo.

— Nós vamos até o Hotel Culver. Se a história for confirmada, ligo para o seu celular. Você saberá nos próximos vinte minutos se Boone está dizendo a verdade. — Gabriel virou para Priest. — Você vai me ajudar a encontrar meu irmão e cuidar dos guarda-costas dele.

Maya foi até o quarto, arrancou o cobertor da cama e enrolou na espingarda. Por um momento pensou em chamar Gabriel para o quarto e contar para ele o seu segredo, mas rapidamente deixou essa ideia de lado. Ia fazer uma viagem com o homem que tinha matado seu pai.

BOONE E MAYA foram para o estacionamento do hotel e pararam ao lado do carro de aluguel.

— Eu dirijo — ele disse. — Você pode sentar atrás de mim e atirar quando quiser. O melhor momento será quando chegarmos à entrada do terreno da mina.

Maya esperou até Boone sentar no banco do motorista, depois sentou no banco de trás e apoiou o cano da espingarda no encosto do banco dele. Pegou a automática de Boone e destravou o pino de segurança. Tinha se irritado porque ele estava com a razão. A melhor hora de matá-lo era quando o carro parasse na mina. Mas também podia inventar uma desculpa e dizer para ele sair da estrada quando estivessem perto do destino. Ela precisava tomar essa decisão em mais ou menos uma hora.

Àquela altura Maya já estava acostumada com a paisagem de Los Angeles, tão diferente de Londres ou de Roma. As autoestradas eram rios enormes que fluíam através de parques e bairros residenciais. Havia placas de lavadoras de carro e de centros de medição da poluição no ar por toda parte. Na Imensa Máquina tanto os carros quanto os seres humanos eram objetos móveis que podiam ser rastreados.

O celular dela tocou e ela ouviu a voz de Priest.

– Onde você está?
– Na autoestrada, indo para o leste.
– O homem com quem você está disse a verdade. Acabamos de encontrar três ratos mortos.
– Saia daí e ajude nosso amigo a encontrar o irmão dele. Ligo para você quando tiver mais informação.
Quando Maya desligou o telefone, Boone virou para trás.
– O que Hollis Wilson disse?
– Havia três corpos no quarto do hotel.
– Doyle é esperto. Não vai ser fácil matá-lo.
– Continue dirigindo – disse Maya. – Vou pensar num plano quando chegarmos lá.
Eles entraram na estrada estadual 14, cujas quatro pistas subiam uma cadeia de montanhas erodidas e cobertas por vegetação seca. A cada vinte quilômetros mais ou menos surgia uma cidade-dormitório, com as mesmas cadeias de restaurantes entre um Starbucks e um McDonald's. Maya prestava atenção em cada placa da estrada, mas seus olhos sempre voltavam para o homem que dirigia o carro. O melhor momento será quando chegarmos à entrada do terreno da mina.
– Você matou meu pai.
– Correto. Tentei obter a cooperação dele, mas não funcionou. Thorn era um homem muito teimoso.
– Você o teria matado de qualquer maneira.
– Correto. Não havia nenhum motivo lógico para mantê-lo trancado em algum lugar.
Boone olhou para o espelho retrovisor e trocou de pista. A voz calma e a ausência de emoção dele faziam Maya se lembrar de uma pessoa especificamente... o seu pai.
– Estou pretendendo matá-lo – ela disse. – Mas de muitas maneiras você já está morto. Você é uma caixa de papelão sem nada dentro. Não se importa com ninguém, e ninguém se importa com você.
– Eu me importava com a minha filha. – Pela primeira vez a voz de Boone soou insegura e cheia de dor. – Eu teria morrido por ela aquele dia, mas continuei vivo. Não sei por quê.

Passaram pelos morros e viram as lojas e os postes de luz das duas comunidades vizinhas, Palmdale e Lancaster. Aquele era o limite dos subúrbios da periferia – viagens diárias do centro de Los Angeles para uma casinha com financiamento módico. Mas logo que passaram dessa região, foram cercados pelo deserto de Mojave. As únicas coisas coloridas naquele lugar eram os cartazes iluminados dos cassinos dos nativos e de cirurgiões plásticos. *MUDE DE APARÊNCIA! MUDE SUA VIDA!*, berrava um deles, e uma fotografia de um cirurgião chamado dr. Patmore sorria de orelha a orelha feito um ídolo da perfeição com a pele totalmente lisa.

Rosamond era uma comunidade do deserto para pilotos e militares que trabalhavam na Base Edwards da Aeronáutica. A população era tão flutuante, tão transitória, que passaram por um terreno em que casas pré-fabricadas tinham sido postas em trailers. Saíram da autoestrada, passaram por um shopping e viraram à direita perto de uma escola de ensino médio. As iucas se enfileiravam de um lado e de outro da estrada, e Maya avistou ao longe uma montanha com três picos. A montanha era tão destacada de tudo, tão isolada, que parecia que a terra a tinha rejeitado como algo maligno e projetado para cima, para o céu.

Boone saiu da estrada asfaltada e parou numa porteira de gado com uma placa que dizia: PROPRIEDADE PRIVADA! INVASORES SERÃO PROCESSADOS.

– Essa estrada sobe a serra e vai dar na mina.
– A que distância fica daqui?
– Quatro ou cinco quilômetros.
– Apague o farol e vá devagar.

Boone abriu a porteira, voltou para o carro e subiu por uma estradinha de terra que ia para a montanha. Havia luz das estrelas e da lua, mas a estrada era cheia de mato e seria fácil se perder ali. Depois dos primeiros oitocentos metros, Maya abriu a janela. Ouviu cigarras e o barulho dos pneus em lugares com cascalho. Boone parou na entrada da mina de ouro abandonada, na metade da encosta da montanha. Uma cerca anticiclone com arame farpado em cima cercava a mina e havia placas de EN-

TRADA PROIBIDA por todo lado. Alguém tinha chegado antes deles. Um sedã vermelho estava parado na frente dos portões unidos por um cadeado numa corrente.

Os dois desceram do carro. Agora que Boone a tinha levado até a mina de ouro, nada mais justificava mantê-lo vivo. A espingarda era uma arma barulhenta. Ela usaria uma das facas para cortar a garganta dele.

– Ele está aqui – disse Boone. – Esse é um dos carros de aluguel que um dos meus empregados usava. Doyle pegou o carro depois que matou os homens no hotel.

Maya se afastou do portão e examinou a encosta. Postes de luz marcavam um caminho sinuoso até o topo da montanha.

– Quem está vigiando as crianças?

– Deixei dois empregados lá. Ficarão desconfiados se Doyle aparecer sozinho.

Boone foi até o sedã vermelho, abriu a porta e examinou o lixo que Doyle tinha deixado no banco do carona. Maya tocou no estilete escondido embaixo da jaqueta, mas hesitou e acabou deixando a faca na bainha.

O destino vai decidir, pensou ela, e pegou o gerador de números aleatórios que pendia do seu pescoço. Um número par seria a morte dele. Um número ímpar adiaria essa decisão. Ela apertou o botão. O número 3224 piscou na tela. O número aleatório indicava a morte, mas provocou uma reação contrária imediata e convicta. Não é isso que eu quero, pensou ela. Não é isso que eu sou. Maya escondeu a máquina antes de Boone sair do carro.

– Encontrei compressas e gaze esterilizada.

– Você acha que algum dos seus homens feriu Doyle?

– Duvido. Doyle deve ter trazido uma faca e arrancado as contas rastreadoras que tinha por baixo da pele.

Maya pegou a pistola automática de Boone que estava na sua cintura. Ele ficou parado, calmo, como se esperasse ser executado, mas ela girou a arma e entregou para ele.

– Não faça nenhum barulho quando subirmos a encosta. Seremos um alvo fácil assim que sairmos para a luz.

Priest tinha dado para ela uma espingarda de cano serrado com uma tira de couro para pendurar. Fez Maya lembrar da *lupara* que os homens usavam na Sicília. Ela passou a tira no ombro, subiu na capota do sedã e escalou o portão. Boone foi atrás, e os dois foram subindo o morro da mina. Fazia frio, o ar estava limpo e cheirava a sálvia. O único ruído vinha do gerador da mina. Parecia um cortador de grama falhando que algum cidadão distraído tinha deixado no meio do deserto.

A primeira construção era uma casa de compensado com telhado de zinco. Uma luz saía pelas janelas cobertas de folhas de jornal.

– O que tem aí dentro? – perguntou Maya.

– É aí que os dois guardas dormem e cozinham sua comida.

Uma tábua rangeu quando eles pisaram na varanda. Maya tentou espiar pelas janelas, mas os jornais cobriam completamente os vidros. Ela levantou a espingarda e cochichou para Boone.

– Abra a porta e se afaste.

Ele girou a maçaneta devagar e então empurrou a porta. Maya investiu. A casa era um cômodo comprido com uma geladeira, um fogão com um botijão de gás e uma mesa de cozinha. Havia um homem morto no chão, ao lado de uma cadeira caída. Havia uma mancha escura de sangue no meio da camiseta branca dele, e um segundo ferimento de bala abaixo da fivela do cinto.

– Você o conhece?

– Ele é um ex-policial austríaco chamado Voss.

– Onde estão as crianças?

– Pusemos algumas camas de armar na casa em que refinavam as pepitas.

Eles voltaram para a escuridão e continuaram a subir. Passaram pela máquina usada para pulverizar as pedras. Depois que o ouro era reduzido a cascalho, passava por filtros e calhas de metal, então era carregado em carrinhos de mão e levado para o barracão da refinaria.

Havia luzes acesas dentro do barracão, e Maya ouviu uma música alegre que vinha da televisão. Ela firmou o cabo da es-

pingarda no ombro e abriu a porta de uma vez. As camas de armar estavam no centro do barracão. A televisão em cima de uma mesa exibia um vídeo de animais dançando. Outro homem morto estava caído perto da televisão, de boca e olhos abertos.
— Só duas pessoas trabalhavam aqui?
Boone fez que sim com a cabeça.
— Doyle deve ter levado as crianças para o deserto.
— Acho que não. Está tudo escuro. Não poderia encontrá-las se elas fugissem. Vamos até a mina.
Saíram do barracão e seguiram os trilhos estreitos que um dia servira para os carros manuais. Perto do topo da montanha tinham construído uma estrutura de aço sobre o poço da mina. Um motor elétrico acionava um gancho que fazia subir e descer uma gaiola de aço. Quando a mina funcionava, os carros manuais eram abastecidos no subsolo, rolavam pelos trilhos até a gaiola e eram erguidos até a superfície.
— Isso funciona como um elevador de carga?
— Isso mesmo — disse Boone. — Se ele levou as crianças para o fundo do poço da mina, elas não poderão fugir e nós não poderemos salvá-las.
— Por que diz isso?
— Doyle vai ouvir o gancho se movendo quando içarmos a gaiola até a superfície. Matará as crianças antes de chegarmos até elas.
Maya saiu de perto do poço da mina e foi examinar o terreno.
— Você já leu o livro do Sparrow, *O caminho da espada*?
Boone fez que sim.
— Há um capítulo sobre avaliação do seu oponente. O oponente mais fraco é o que espera a vitória.
— E você acha que Martin Doyle está nessa categoria?
Maya pegou uma velha toalha cheia de graxa.
— Ele está esperando ouvir o elevador, mas isso não vai acontecer.
Ela rasgou a toalha em dois pedaços, pendurou a tira da espingarda no pescoço e subiu na estrutura do elevador. Enrolou a toalha no cabo e se pendurou no meio do poço.

— Eu vou também — disse Boone.
— Não precisa.
— Isso é responsabilidade minha.
Escorregar alguns metros. Parar. Escorregar mais um pouco. Parar. Um ano antes Maya tinha ido se encontrar com o pai em Praga e lá esfaqueou um homem num beco. Desde então a vida dela foi moldada por coisas que não se podia ver. Maya teve a sensação de estar descendo para um mundo secreto. Em algum ponto daquele subterrâneo, inocentes estavam prestes a serem mortos.

O cabo balançou para um lado e quase lhe escapou da mão. Ela olhou para o alto e viu que Boone devia estar uns nove metros acima dela, balançando de um lado para outro, descendo também. Maya procurou ir um pouco mais depressa, pressionando os pés no cabo para controlar a descida.

Finalmente chegou ao teto do elevador e parou, esperando o ataque de Doyle. Nada aconteceu, então desceu para o túnel principal da mina. A luz vinha de uma lâmpada coberta de pó, presa a um fio laranja. O túnel seguia em duas direções, mas ela ouviu vozes vindo do lado esquerdo. Crianças cantavam com a voz trêmula de medo:

*Se estiver feliz e sentir isso,*
*Bata palmas...*

Com a espingarda junto ao peito, ela seguiu pelo túnel que ia ao coração da montanha. Ouviu mãos pequeninas batendo palmas. Vozes cantando. Então ouviu uma voz de homem ecoando nas paredes de pedra.

— Mais alto, todos vocês! Mais alto!

Assim que o túnel fez uma curva, Maya avistou as crianças cativas. Um homem estava em pé na frente delas, como um maestro que não estava satisfeito com a performance das crianças. Elas o olhavam — obedientes, apavoradas —, quando o homem grande balançou as mãos para marcar o compasso:

*Se estiver feliz e sentir isso*
*E não estiver com medo para demonstrar...*

– Você não está batendo palmas – disse Maya.

Doyle sacou um revólver, girou e deu de cara com ela. Maya atirou. Ele foi jogado para trás e caiu no chão da mina. Entrou em convulsão e depois parou. O poder maligno que o impulsionou pelo mundo se desfez e não sobrou nada além de um corpo sem vida.

Maya ficou paralisada naquele momento de destruição, até as crianças começarem a chorar. As lágrimas e as carinhas apavoradas mudaram tudo. Ela jogou a espingarda para as costas para que os meninos não vissem, chegou perto e falou com voz suave.

– Não se preocupem. Ninguém vai machucá-los.

Ela pegou a mão de uma menininha e levou todos eles de volta pelo túnel.

– Vocês estão salvos. O homem mau foi embora – disse Maya.

– Vamos levar vocês de volta para as suas famílias.

Boone esperava por eles na base do poço da mina. A porta do elevador fez um barulho agudo e metálico quando ele a empurrou para abrir. As crianças correram para a gaiola como pintinhos tentando se esconder de um gavião, mas em vez de entrar com eles Boone fechou a grade e virou para Maya. Pela expressão dele, parecia que tinham acabado de perder a batalha.

– Havia uma outra criança.

– O quê?

– Há um corpo de menina no fim do túnel. Ela não estava na lista.

Maya ficou nauseada. Eles tinham entrado na montanha e destruído aquele demônio, só que fracassaram. Sem pensar ela pôs a mão na barriga. Toda a cautela desapareceu quando seguiu Boone pelo túnel até um cruzamento em forma de T. Ela estava preparada para ver um corpo, mas só encontrou cascalho e terra. De repente Boone tirou a pistola da cintura e virou de frente para ela. Não havia como se defender.

Boone ficou olhando para Maya um tempo que pareceu muito longo. Ela viu a tristeza e o sofrimento dele.

– Perdoe-me.

Maya balançou a cabeça. *Sim. Eu o perdoo.*

Boone levantou a arma com um movimento rápido e se matou com um tiro na cabeça.

## 41

Priest usou o cartão chave de Boone para entrar no quarto do Hotel Culver. Viu os dois homens mortos imediatamente, um no tapete e o outro no sofá. O Arlequim enfiou uma sacola plástica na mão, girou a maçaneta e entrou no quarto. O terceiro mercenário estava deitado no chão ao lado da cama com cara de espanto.

Parado ao lado do morto, Priest se lembrou de uma frase da escritura da *Coletânea de Cartas de Isaac T. Jones*: "O homem tolo invoca um demônio para colher seus campos e carregar sua água. Mas o demônio destruirá seu senhor."

– É isso mesmo – resmungou Priest.

Parecia que o demônio particular de Boone estava matando todo mundo ao redor dele. Procurando não pisar no sangue, verificou banheiro e armário, depois ligou para Maya.

– Acabamos de encontrar três ratos mortos.

– Saia daí e ajude nosso amigo a encontrar o irmão dele – disse Maya. – Ligo para você quando tiver mais informação.

Priest saiu do hotel e voltou para o carro.

Quando eles revistaram o quarto de hotel de Boone, Maya tinha encontrado um envelope pardo cheio de fotografias em preto e branco das crianças sequestradas. Gabriel estava sentado no banco do carona, examinando cada fotografia daquelas.

– Boone falou a verdade. Havia três corpos no quarto. E agora, o que vamos fazer?

– Este podia ser momento de desafiar a Irmandade. Se as crianças estiverem vivas, serão a comprovação da nossa história.
– Você fará o seu discurso?
– Vamos esperar notícia de Maya. Se for boa, ativamos o Verme da Revelação. Tenho um notebook e uma webcam. Temos de entrar na internet em um lugar seguro.
– Acho que podemos usar minha academia de artes marciais. Continua sendo administrada pelos meus alunos.

Priest foi para o sul e atravessou seu antigo bairro. Todas as vistas conhecidas pareciam flutuar no para-brisa. Uma escola com uma cerca de arame em volta. Uma loja de rosquinhas doughnuts com grades nas janelas. Uma linha de palmeiras com os troncos manchados de grafite marcando os limites dos territórios de diferentes gangues de rua.

Havia arranha-céus no centro de Los Angeles, mas o estilo urbano era diluído em prédios de dois andares de construção barata, com fachadas de estuque. Priest não sentia mais nenhuma ligação com qualquer cidade, nem língua, nem nome, nem passaporte. Muitas coisas no mundo não passavam de purpurina no chão de um salão de dança.

Sua antiga escola de artes marciais ficava num minisshopping na avenida Florence. A loja de bebidas continuava lá, mas a locadora de vídeo tinha sido substituída por uma loja que vendia artigos de beleza. Seus dois melhores alunos, Marco Martinez e Tommy Wu, não tinham mudado as palavras pintadas na vitrine, mas puseram uma placa na faixa de terra perto da calçada. A placa mostrava quatro pessoas – uma negra, uma branca, uma asiática e outra latina – voando com uma série de golpes de capoeira. PENSE. SINTA. EXISTA, dizia a placa. DEFENDA-SE!

– Temos de arrombar? – perguntou Gabriel.
– Há uma chave para emergências. Talvez ainda esteja no lugar.

Havia um vaso com um cacto perto da entrada da escola. Priest enfiou a mão na terra e encontrou uma pedra falsa, com um compartimento secreto. Tirou a chave de dentro, abriu a porta e levou Gabriel para a sala de recepção.

O mostruário de vidro com os troféus de caratê e capoeira ainda estava lá, mas alguém tinha posto mais uma homenagem. A fotografia de Hollis estava na parede com um cartaz que dizia HOLLIS WILSON. NOSSO PROFESSOR. NOSSO MESTRE. NOSSO GUIA. Embaixo havia uma prateleira onde as pessoas puseram velas votivas, medalhas de ouro recebidas em competições e pedaços de papel dobrado. Priest desdobrou um desses e leu: *O guerreiro usa o poder do cérebro para refletir e o poder do coração para ser instintivo.* Ele tinha dito isso para os alunos. Séculos atrás.

– Isso é novo. Gabriel deu risada.

– Você sempre teve o ego inflado. Mas nunca pensei que ia erigir um altar para si mesmo.

– É isso que é. Um altar. Como se eu estivesse morto.

– Esta é uma oportunidade para ver o seu legado. É óbvio que você mudou algumas vidas.

Passaram pelos dois vestiários e entraram numa sala comprida, sem janelas, com um espelho e um pequeno escritório no fundo. Alguém tinha posto uma estante e limpado a mesa. Enquanto Priest instalava a câmera e ligava um cabo da internet no computador, Gabriel ligou para Lumbroso.

– Vamos apresentar ao mundo uma Revelação. Diga para todos os grupos se prepararem.

Gabriel sentou à mesa e ligou a webcam. O rosto do Peregrino apareceu no monitor, mas meio encoberto por sombras. Priest acendeu todas as luzes da sala e arrumou a luminária da mesa. Quando tudo estava pronto, Gabriel entrou na rede virtual e usou o telefone celular para entrar em contato com Nighthawk em Londres.

– Aqui é o seu amigo nos Estados Unidos. Chegou a hora de enviar a mensagem. Estou no seu site neste momento. Está vendo meu rosto? E o som, como está?

Gabriel abaixou o telefone celular e virou para Priest.

– Precisamos do microfone que está na mochila. Ele disse que não está dando para me ouvir direito.

– Não tem problema.

## A CIDADE DOURADA

Priest ligou um fio de áudio e prendeu um microfone na camisa de Gabriel.

Gabriel desligou o celular e começou a ajustar a luminária.

– Neste momento, tudo que podemos fazer é esperar. Vamos ver o que acontece no deserto.

Priest saiu da sala, foi até a geladeira da escola e pegou duas garrafas de água. Deu uma garrafa para Gabriel e ficou andando de um lado para outro no salão de ginástica, vendo sua imagem no espelho. O que ia acontecer quando Tommy ou Marco abrissem a escola na manhã seguinte? Eles iam notar que alguém esteve ali? Ele tinha passado anos da sua vida naquela sala, ensinando, procurando mostrar um caminho melhor para as pessoas. Agora Hollis Wilson tinha se transformado num deus doméstico, um espírito menor que protegia uma nova geração de alunos.

Ele ouviu o toque do celular e voltou correndo para o escritório. Gabriel estava sorrindo e falando com Maya.

– Isso é maravilhoso! Está bem. Eu entendi. Tenha cuidado e volte para a cidade assim que puder. Vou enviar a mensagem dentro de cinco minutos.

Gabriel desligou o telefone e começou a digitar no teclado.

– As crianças estão vivas. Maya vai ligar para o xerife do lugar. Vai esperar numa estrada paralela até a polícia aparecer lá na mina.

– E quanto ao Doyle?

– Está morto e parece que Boone se matou.

– A Tábua não vai gostar nada disso.

– Vamos lhes dar outra coisa para se preocupar.

Apareceram palavras na tela: *Som o.k. Imagem o.k. Pronto para transmissão. Nighthawk.*

Priest se sentia alerta e preparado. Há anos o Pan-óptico estava crescendo, ficando mais abrangente. Agora alguns muros daqueles iam ruir.

Gabriel se empertigou na cadeira.

– Dê-me dez segundos.

Priest levantou a mão e fez a contagem regressiva dos segundos finais. Quatro. Três. Dois. Um.

E então o Peregrino começou a falar.

## 42

— *O*lá, sou Gabriel Corrigan. Entendo que é uma surpresa ver meu rosto na tela do seu monitor. Alguns de vocês podem estar apertando sem parar a tecla Delete, ou até pensando se deveriam desligar o computador.

"A primeira coisa que tenho de explicar é que o seu computador não foi danificado e que nenhum dado se perdeu. A minha mensagem para vocês é um evento que acontecerá apenas esta vez. Quando eu acabar de falar, este vídeo terminará e nunca mais aparecerá sem a sua permissão. Vocês podem apagá-lo ou passá-lo de novo, procurando no seu HD um arquivo chamado 'Revelação'.

"Neste momento estou nos Estados Unidos, na Califórnia, onde aconteceu uma coisa terrível. Catorze crianças desapareceram... – Gabriel mostrou a fotografia de uma das crianças sequestradas. – Inclusive um menininho chamado Roberto Cabral.

"As pessoas que estão vendo e ouvindo esta mensagem são de diversas nacionalidades e falam línguas diferentes. Mas todos vocês entendem que a perda de um filho evoca emoções muito fortes. Os pais que vivem na Califórnia estão assustados. Estão preocupados porque não conseguem proteger os seus filhos.

"Quase no final desta mensagem vou dar algumas notícias sobre as crianças desaparecidas, mas primeiro quero explicar por que tudo isso aconteceu. Os desaparecimentos não foram um acontecimento ao acaso nem obra de um louco. As crianças foram sequestradas por causa de um plano elaborado e criado pelo meu irmão, Michael Corrigan, que é, atualmente, presidente da Fundação Sempre-Verde.

"A Fundação é a face pública de um grupo chamado Irmandade, uma organização secreta que existe há muitos anos. Seus membros se escondem nas sombras enquanto empurram e guiam nossos líderes para um sistema de amplo controle social. Qualquer um que tenha notado as mudanças que vêm ocorrendo em todo o mundo pode sentir a presença e o poder deles. Os homens e mulheres que pertencem à Irmandade têm um único objetivo: querem controlar a sua vida.

"Agora, alguns de vocês devem estar perguntando, a Irmandade é um grupo de esquerda ou de direita? Qual é a filosofia política deles?

"Esse tipo de pergunta não é fora de propósito, mas apenas irrelevante. A ideologia está morrendo na nossa nova era. As bandeiras políticas se transformaram em palavras, em código para diversos grupos culturais e econômicos. Na maior parte dos países, governos de esquerda ou de direita compartilham os mesmos objetivos: reforçar a tecnologia que vigia nossas vidas. Esse sistema abrangente de vigilância eletrônica é chamado de Imensa Máquina.

"Alguns de vocês já se conscientizaram desse novo sistema. Numa manhã vocês acordam, olham em volta e percebem que há câmeras de vigilância por toda parte. A sensação é de ter entrado numa imensa prisão eletrônica.

"Mas as câmeras são apenas uma pequena parte da Imensa Máquina. Todos os grandes governos do mundo estão lendo seus e-mails e ouvindo suas ligações telefônicas com programas de varredura que reagem a certas palavras e certas frases. Agências de segurança e empresas monitoram a atividade da sua conta bancária e do seu cartão de crédito. Seus telefones celulares e seus automóveis geram dados sobre a sua localização e suas atividades.

"Em geral podemos ver as câmeras, mas o resto da nossa prisão é invisível. Programas de software sofisticados adquirem informações sobre as suas compras, sobre sua atividade no trabalho e suas fichas médicas, para criar uma imagem sombra da sua vida. Bases de dados separados estão sendo combinados num sistema de informação total e esses dados ficarão guardados para sempre.

"Muita gente trocará de bom grado sua privacidade pessoal por pequenas melhorias em suas vidas. Eu não fiz nada de errado, proclama o cidadão honesto. Então por que devo me preocupar? "Estamos sendo vigiados, mas quem se encarrega dessa vigilância? Embora alguns ofereçam livremente suas vidas privadas para a Imensa Máquina, não sabemos como a informação está sendo usada e quem a está usando. Criminosos podem duplicar nossas identidades. Empresas podem manipular nosso comportamento de consumo. Os governos podem fabricar opiniões e esmagar a dissidência. Nós somos vistos, mas eles são anônimos. Nos pedem para viver numa casa transparente, enquanto as forças do poder estão escondidas.

"Para justificar essas mudanças, a Irmandade tem usado a política do medo. Reis e ditadores sempre usaram o medo para ampliar e validar seu poder. Grande parte da história é simplesmente o registro de um grupo de pessoas tentando destruir outro grupo de pessoas que fala uma língua diferente, tem outra fé, outra cultura.

"Mas a nova tecnologia provocou algumas mudanças cruciais na política do medo. A mídia moderna permite que imagens assustadoras sejam transmitidas imediatamente, com enorme poder e impacto emocional. Além disso, há pouquíssimos líderes que conclamam o público a ter coragem e a assumir a responsabilidade por suas vidas. O credo político do nosso tempo parece um pai todo-poderoso dizendo para o filho: Sente aí e não faça perguntas. Nós cuidaremos de tudo.

"Michael Corrigan criou uma crise aqui na Califórnia. Ele usou a política do medo para ganhar apoio para uma coisa que chama de sistema do Anjo da Guarda. Nesse sistema, todas as crianças com menos de treze anos terá implantado um chip de ondas de rádio embaixo da pele. Vocês podem estar pensando que isso é uma fantasia impossível, mas a tecnologia é bastante simples. Na China as autoridades estão insistindo para todos usarem um cartão especial de identidade. Esse cartão pode ser detectado por sensores que permitem que a Imensa Máquina rastreie seus movimentos.

"A infraestrutura já está pronta para um mundo em que os indivíduos se transformam em apenas mais um objeto, como um automóvel ou um aparelho de televisão. Nesse sistema nos tornamos um chip de identidade móvel, nos movendo num ambiente com outros chips que se ligam e se comunicam uns com os outros. Nossos atos individuais são apenas mais dados para a Máquina.

"Privacidade é a capacidade de controlar acesso a informação sobre o nosso ser. É fácil entender que esse sistema invisível e abrangente destrói qualquer tipo de privacidade. Perderemos o poder de nos proteger, de proteger a nossa individualidade, do escrutínio de grupos ou indivíduos desconhecidos.

"E alguns de vocês podem perguntar: A privacidade tem algum valor?

"Todas as novas ideias dependem de algum tipo de privacidade mental – o potencial da paz e da reflexão. A Imensa Máquina fornece informações sobre nós e dá às autoridades uma grande variedade de maneiras de manipular nossos pensamentos com um poder sutil. Tudo que ouvimos e vemos pode ser moldado para criar certos preconceitos. O livre-arbítrio, isto é, a nossa capacidade de fazer escolhas verdadeiras sobre questões importantes, torna-se uma ilusão. Aos poucos vamos sendo cercados por mensagens dirigidas que destroem a oportunidade de tomar nossas próprias decisões.

"Liberdade de pensamento não é o único valor que está sendo atacado por essa cultura da vigilância. A Imensa Máquina também dá aos governos o poder de controlar nossos atos. No início desta mensagem eu disse que a ideologia está morta. Mas um novo tipo de nacionalismo pernicioso surgiu, junto com a disseminação do fundamentalismo religioso. Os dois grupos querem usar a nova tecnologia para controlar seus cidadãos.

"E há um perigo semelhante nas democracias. Muitos líderes eleitos querem restringir a liberdade para parecer mais eficiente, ou simplesmente porque podem. Em vez de controlar a tecnologia, eles a servem. Dia a dia a Imensa Máquina vai ganhando poder sobre os seus criadores.

"Alguns de vocês já viram o futuro claramente. Para essas pessoas é como estarem presas num shopping gigantesco, assustadas, mas escondendo o medo, andando de loja em loja, carregando objetos comprados por algum motivo... que já esqueceram. Celebridades aparecem e desaparecem em telas de monitor, e a música continua a tocar.

"Quando as pessoas acreditam que têm o verdadeiro poder, sua única escolha passa a ser o que vão consumir. A ênfase constante que nossa sociedade dá ao consumo obsessivo não tem nada a ver com perda de moralidade. Nós nos sentimos poderosos quando compramos alguma coisa, por isso somos facilmente manipulados para comprar sempre mais.

"Eu falei de liberdade em toda esta mensagem, mas para muitos de nós a palavra perdeu o significado. Os rostos na televisão usam a palavra *liberdade* como justificativa para a guerra e para a expansão da Imensa Máquina. A palavra *liberdade* é usada para vender passagens de avião e cortadores de grama.

"Liberdade é a capacidade de pensar, agir e expressar nossos pontos de vista. Numa sociedade livre, nossos direitos são respeitados, desde que não prejudiquem os outros. Um sistema político que permite que a liberdade tenha validade, não importa como se encara a humanidade.

"Se você acredita que a humanidade é gananciosa, violenta e intolerante, então a liberdade de pensamento desmascara os maus líderes e as instituições corruptas.

"Se você tem uma visão positiva da humanidade, então pode entender como a liberdade gera novas ideias e inovações técnicas. Ditaduras religiosas e políticas bloqueiam a estrada como um velho caminhão cuspindo fumaça preta. O país inteiro não pode virar numa direção nova quando o cenário começa a mudar.

"A Imensa Máquina nos leva para um mundo em que a liberdade de pensamento e a expressão desse pensamento ficam difíceis e, por vezes, impossível. E a política do medo dá aos nossos líderes justificativa para aumentar o controle."

Gabriel pegou as fotografias.

– E às vezes a ameaça é exagerada ou, então, até mesmo falsa. Aqui na Califórnia a Fundação Sempre-Verde fez catorze crianças desaparecerem. Mas elas estão vivas... e em segurança... e a história delas vai corroborar o meu recado. Claro que existem terroristas de verdade e que devemos nos defender dos ataques deles. Mas o incidente com antraz em Tóquio, as bombas em Paris e a comida envenenada na Austrália são ocorrências criadas deliberadamente para estabelecer um sistema permanente de controle. Deem uma espiada atrás dos bastidores e reflitam: Quem realmente se beneficia com essas mudanças?

"Alguns de nós não aguentam mais o medo e a manipulação. Nos próximos dias vamos aparecer nas câmaras de poder e nas ruas. Juntem-se a nós. Marchem conosco. Quem é pela liberdade? A escolha é sua."

## 43

Priest desligou a câmera de vídeo. O rosto de Gabriel desapareceu do monitor e poucos segundos depois apareceu uma mensagem na tela. *Declaração em vídeo recebida e gravada. Qualidade boa. Vou anexar a chave e enviar imediatamente. Meu corpo é cativo, mas meu espírito voa. Nighthawk.*

O Peregrino suspirou e apertou os olhos com as mãos.

– Você está bem, Gabe?

– Não estou com vontade de falar com as pessoas. Ligue para Simon Lumbroso e diga para ele ativar os grupos.

– Boa ideia. Depois devemos encontrar algum lugar para nos esconder.

– Não. Precisamos encontrar meu irmão. – Gabriel se levantou. – Boone disse que ele estava hospedado no Hotel El Dorado.

Priest ligou para Simon quando eles voltaram para o carro e foram para o norte, na direção das praias. O Peregrino ficou o tempo todo quieto, encostado na porta do carro. Olhava para o para-brisa, e as luzes deslizavam sobre o seu rosto.

– O que vai fazer quando encontrar seu irmão?

– Michael vai achar que o que aconteceu foi um revés, mas não vai desistir. Os semideuses do Quinto Mundo mudaram seu jeito de encarar a realidade.

– Quer que eu o mate?

O Peregrino pareceu surpreso.

– Você se transformou mesmo num Arlequim.

— Ele quer destruir você, Gabriel. Minha obrigação é mantê-lo vivo.
— Sou eu que tenho de lidar com Michael. Ele é meu irmão. Temos uma ligação um com o outro.

O celular tocou e Priest pôs o fone de ouvido. Era Simon ligando de Roma.

— Diga para o Peregrino que sua mensagem chegou ao público.

Como uma onda que cresce e ganha força, o discurso de Gabriel começou a aparecer nos computadores pelo mundo inteiro. Priest sabia que isso era possível graças a um complicado pacote de códigos de programação, capazes de replicar a si mesmos e se espalharem para outras máquinas, mas achava mais fácil ver o Verme da Revelação como uma criatura que se esconde no leito de um rio. O discurso do Peregrino só precisava ser enviado para um computador. Em poucos segundos a chave da programação ativou o verme escondido. Enquanto o discurso estava sendo copiado inúmeras vezes, a função de comando do verme assumia a capacidade do computador de executar um vídeo. Então, assumiu o controle e ficou insistindo que o discurso de Gabriel aparecesse na tela dos monitores. Depois que a fala de Gabriel foi transmitida, o verme propriamente dito murchou e morreu, mas a chave continuou a se espalhar pela internet.

Simon ligou diversas vezes quando a estratégia de Gabriel, organizada em dois níveis, começou a se desdobrar. Os cidadãos de classe média envolvidos com a Resistência enviavam os primeiros do que seriam milhares de e-mails para jornalistas e autoridades escolhidas. Exigiam uma investigação na Fundação Sempre-Verde e contestavam as novas leis contra a liberdade pessoal.

Esses cidadãos eram os que Gabriel tinha chamado de a "Voz dos Fóruns", mas a "Voz das Ruas" também estava se organizando. Era bem cedo na Europa. Pequenos grupos de Corredores Livres se apressavam pelas ruas de meia dúzia de cidades, colando cartazes e grafitando muros e paredes. QUEM É O RESPONSÁVEL? OUÇAM O PEREGRINO! DEFENDAM SUA LIBERDADE ANTES QUE ELA DESAPAREÇA!

Priest ligou o rádio do carro e encontrou uma estação que transmitia notícias. Quando o locutor entrou no ar parecia que tinha acabado de chegar correndo ao microfone.

– Estão vivas! As crianças estão vivas! Poucos minutos atrás o xerife de Antelope Valley anunciou que as catorze crianças desaparecidas tinham sido encontradas numa mina de ouro abandonada perto de Rosamond. Quatro adultos mortos também foram encontrados no local e os policiais estão tentando...

Gabriel inclinou o corpo para frente e desligou o rádio.

– Não quer saber o que aconteceu?

– Já está no passado.

– Do que você está falando? Isso vai mudar tudo.

– Essa é apenas uma batalha. O conflito não vai acabar nunca.

– Gabriel espiou pelo para-brisa como se buscasse um amigo perdido. – Mas nós realmente temos uma vantagem sobre a Tábula. Como eles veneram o poder, possuem uma hierarquia e alguns poucos locais centralizados para seus equipamentos e empregados. Podem parecer fortes e eficientes, mas na verdade são mais vulneráveis do que nós.

– Nós não passamos de um monte de grupos.

– Isso mesmo. A Resistência é uma coleção de grupos diferentes, com motivações diferentes, mas com o mesmo objetivo geral. É difícil nos encontrar, é difícil nos destruir.

– Isso pode ser verdade, Gabe. Mas tudo isso está acontecendo porque você apareceu.

– Meu pai passou anos procurando entender por que os Peregrinos existem. Alguns são mortos. Outros morrem no anonimato. Alguns nos dão uma lição que sobrevive por algum tempo e depois se apaga. Pode ser que sejamos algum tipo de anomalia cósmica que precisa ficar aparecendo repetidamente, para guiar os seis mundos em certa direção.

Eles estacionaram a poucos quarteirões do Hotel El Dorado e desceram do carro. Priest tinha pegado uma colcha do quarto de Boone, que enrolou no rifle de assalto para parecer um monte de roupa suja. Os dois homens passaram pelo saguão do hotel e pegaram o elevador para o quarto andar.

— Boone disse o número do quarto para você? — perguntou Priest.
— Quatrocentos e doze.
— Deixe que eu cuido disso. Eu ponho nós dois lá dentro.
Quando estavam no corredor, Priest viu uma bandeja do serviço de quarto no chão. Escondeu os pratos sujos sob seus invólucros de plástico, pegou a bandeja com a mão esquerda e segurou firme o rifle com a direita.
— Bata na porta, Gabriel. Depois saia daí.
Priest estava ali parado no corredor com um enorme sorriso quando um jovem asiático, com uma arma num coldre de ombro atendeu a porta.
— Serviço de quarto para o sr. Corrigan.
— Ele não pediu...
Priest jogou a bandeja e tudo que tinha em cima direto na cara do mercenário. O homem cambaleou para trás, e Priest o derrubou no chão com uma rasteira, depois bateu nele com o cabo do rifle de assalto. Viu com o canto do olho Gabriel entrar no quarto de fininho. Primeiro ele limpou a área, certificou-se de que não havia mais nenhum guarda-costas, depois ouviu os dois irmãos discutindo.
— Não, não vai não! — berrou Michael. — Isso não vai acontecer!
Priest atravessou a sala de estar correndo e abriu a porta do quarto. Havia uma mala aberta sobre a cama e outra menor na mesinha de centro. Ele deu a volta na cama e parou.
Havia dois corpos imóveis no chão... vivos, mas sem vida, desprovidos de sua Luz.

# 44

As quatro barreiras do ar, da terra, do fogo e da água ficavam entre os diferentes mundos. Para alguns Peregrinos as barreiras eram sua única experiência em uma realidade diferente. Tinham um pesadelo em que estavam se afogando num redemoinho ou vagando por uma planície desértica. Essas experiências podiam ser tão aterradoras que os Peregrinos não queriam voltar para aquele lugar nunca mais. Passavam o resto de suas vidas com medo de dormir, agarrados ao mundo conhecido que os rodeava.

QUANDO GABRIEL abriu os olhos estava caindo no céu azul. Seu irmão estava bem lá na frente, um ponto preto de raiva e desejo, pequeno como um estorninho que atravessa voando uma catedral. Michael mudou a posição do corpo, chegou ao portal e desapareceu. E Gabriel o seguiu, deslizando no céu em direção a uma sombra.

ESCURIDÃO. Ele abriu os olhos de novo e viu que estava de pé numa planície desértica. Não havia montanhas nem desfiladeiros naquela barreira de terra, apenas a terra grossa e vermelha, rachada e desgastada por uma seca eterna. Michael estava a cerca de dois quilômetros de distância, ajoelhado na terra feito um atleta que perdeu o equilíbrio. Quando ele viu Gabriel indo na sua direção, ficou de pé de um pulo e começou a correr. Os dois irmãos sentiram onde o portal estava escondido, mas Michael parecia cauteloso e inseguro. Parou duas vezes como se fosse encarar o irmão, depois mudou de ideia e voltou a correr. Gabriel acelerou o passo e tentou encurtar a distância que o separava de Michael. Mas Michael chegou ao portal e desapareceu.

GABRIEL PASSOU rapidamente pelas ondas verde-escuras da barreira de água e de repente se viu numa cidade vazia, cercada por uma floresta morta. Aquela era a barreira do fogo e tudo em volta dele pegava fogo. Se ficasse ali muito tempo poderia observar o ciclo infindável de destruição e renovação.

Uma imensa muralha de fumaça se erguia das árvores incendiadas. Brasas laranja e pedaços de cinza voavam no ar. Os prédios de dois e três andares eram ligados por uma calçada feita de pinho e as tábuas soltas gemeram e tremeram quando ele passou correndo, indo para a igreja. A fumaça forçava o caminho por fechaduras e aberturas para correspondência. Gabriel espiou por uma janela e viu uma cadeira de barbeiro pegando fogo, como se uma criatura de fogo tivesse sentado ali para fazer a barba.

Quando chegou à igreja, ele abriu a porta pesada de madeira e entrou. As vigas estavam em chamas, e brasas brilhavam no chão. Diretamente atrás do altar o fogo subia pelas paredes como fios tremulantes de água.

Gabriel seguiu pelo corredor central e parou ao ver o portal que flutuava na superfície de um vitral. Será que seu irmão já tinha atravessado? Se tivesse atravessado, então Michael podia estar em qualquer um dos seis mundos. Gabriel podia procurá-lo centenas de anos e jamais encontrar.

A porta rangeu com suas dobradiças de ferro, e Michael entrou na igreja. Parou ao ver Gabriel e sorriu um pouco. Mesmo naquele lugar ele fazia o papel de irmão mais velho e confidente.

– O que está fazendo parado aí? Atravesse o portal.

– Vou ficar aqui com você, Michael.

Michael enfiou as mãos nos bolsos e caminhou lentamente entre os bancos, como se fosse um turista visitando uma atração menor.

– Vivi o ciclo completo nesta barreira. Tudo se queima e depois reaparece.

– Eu sei.

– Não há comida neste lugar. Não tem água. Temos de atravessar e seguir em frente.

– Isso não vai acontecer, Michael. Você é como um vírus que infecta todos que se aproximam de você.

– Eu sou um Peregrino... exatamente como você. Só que vejo as coisas como elas realmente são.

– E por isso mata crianças?

– Se for necessário...

O altar pegou fogo, a madeira seca estalava enquanto queimava. Gabriel olhou para trás e viu o fogo lambendo as rosas mortas num vaso de cobre. As flores estremeceram um pouco e se transformaram em pontos de fogo minúsculos.

Quando virou para frente de novo, Michael estava de pé num banco, tentando subir no batente do vitral. Gabriel saiu correndo, agarrou o irmão, e os dois caíram no chão. Aos chutes e socos Michael lutou para se libertar de Gabriel, mas Gabriel segurou firme. Eles rolaram de lado, derrubaram os bancos, e Michael deu uma cotovelada no peito do irmão. Ficou de pé de um pulo e voltou para o vitral. Dessa vez empilhou os bancos e formou uma plataforma improvisada.

– Você pode ficar aqui! – berrou Michael. – Fique aqui para sempre!

Uma viga do teto se desprendeu da parede. Ela girou quando caiu, soltou fagulhas e bateu no ombro de Michael, que caiu no chão. Ele ficou atordoado alguns segundos, então outra viga despencou e mais outra. Michael se apoiou nas mãos e tentou ficar de pé, mas o peso das vigas não permitiu.

Gabriel viu o ódio e a fúria nos olhos do irmão. Sabia que não podia salvá-lo, mas também não podia deixá-lo morrer ali. Gabriel sentou no chão, cruzou as pernas e esperou. Ele aceitou o momento, aceitou tão completamente que foi como se obtivesse resposta para todas as suas perguntas. Respire. Respire outra

## A CIDADE DOURADA

vez. E um campo luminoso apareceu diante dele, infinito, em expansão, de aceitação.

As ÚNICAS DUAS ruas da cidade se encontravam numa praça central que tinha bancos e um obelisco de pedra com um círculo, um triângulo e um pentagrama desenhados. Qualquer pessoa que estivesse perto desse memorial assistiria aos momentos finais da conflagração quando as chamas fizeram explodir as janelas e abriram caminho incendiando portas. Por fim os próprios prédios começaram a ruir, as vigas carbonizadas não sustentavam mais o peso dos andares superiores. A igreja, com suas colunas de madeira e cúpula branca, foi a última a vir abaixo. Parecia estar explodindo de dentro para fora, criando um ponto de energia brilhante e poderoso como um novo sol.

# 45

O apartamento em Roma não tinha ar-condicionado, apenas um conjunto de ventiladores elétricos antigos. Um ventilador ocupava uma mesa de canto em todos os oito cômodos, e Alice Chen os tinha enfeitado com fitas vermelhas e azuis que ondulavam no ar sempre que as pás giravam.

Eles acordaram muito cedo por causa do calor de setembro. Priest empurrou os sofás e poltronas da sala de estar contra a parede e transformou o espaço em uma academia. Depois de tomar duas xícaras de café expresso, ele fez suas flexões e seus abdominais no piso de mármore branco, em seguida completou uma série complicada de exercícios de artes marciais. Terminados os seus exercícios, começou a aula de caratê de Alice.

Agora que estava no sétimo mês de gravidez, Maya tinha dificuldade de pular e chutar, por isso sentava num tapetinho de ioga, alongava os músculos e dava conselhos. Ela e Priest iam fechar a manhã de treinamento com uma luta de espadas kendo. Maya se sentia gorda e desajeitada, mas seu timing de reação não tinha mudado, e ela conhecia uma vasta gama de dribles e manobras. Numa sessão de dez minutos ela costumava bloquear o ataque de Priest e estocá-lo com sua espada de bambu.

Depois de um leve café da manhã eles saíam do apartamento para comprar comida e o que mais precisassem nas ruas transversais perto da Piazza Navona. À tarde Maya tirava um cochilo e vários tutores apareciam no apartamento. Priest estava apren-

## A CIDADE DOURADA

dendo italiano e um universitário ensinava história, literatura e matemática para Alice. Linden tinha voltado para Paris. Com a ajuda dele, eles começavam a juntar uma coleção de carteiras de identidade falsas e passaportes clonados que possibilitariam viagens para qualquer canto do mundo.

Simon Lumbroso costumava chegar às sete da noite, com uma sacola de frutas frescas ou uma caixa de sorvete. Eles preparavam o jantar no apartamento mesmo, ou saíam para passear pelas ruas tranquilas à noite e iam até um restaurante no antigo gueto judeu. Os funcionários mimavam Alice com sobremesas especiais e todos perguntavam por *l'arrivo benedetto* de Maya – a chegada abençoada do filho dela.

Maya se recusava a ler jornais e a assistir à televisão, por isso Simon era sua principal fonte de informações do que estava acontecendo no mundo. Tinham ocorrido algumas mudanças nos meses que seguiram o discurso de Gabriel. Nos Estados Unidos o programa Anjo da Guarda fora cancelado e quase todos os pais removeram os chips RFID do corpo dos filhos. Uma lei que tornava obrigatório um cartão de identidade foi rejeitada por diversos países europeus, e a legislação alemã tornou ilegal monitorar compras em lojas que não envolvessem produtos perigosos.

Uma organização chamada We Stand Together tinha sido criada na Inglaterra e estava se espalhando rapidamente para uma dúzia de outros países. No início o grupo criticava as atividades da Fundação Sempre-Verde, mas agora cada célula tinha se envolvido com problemas locais que diziam respeito à liberdade pessoal. Enquanto isso acontecia, os Corredores Livres continuaram a organizar demonstrações informais contra a Imensa Máquina. Jugger inventou um slogan – Chega de Medo! –, e essas três palavras eram grafitadas em muros e pontes em todo o mundo. Nos países de língua espanhola o slogan se transformou em *No Más* ao lado da imagem de desenho animado de um homenzinho com cara de medo. Além do grafite havia manifestações locais como a famosa noite do "Soco no Olho" em Glasgow, quando as lentes de todas as câmeras de vigilância da cidade levaram um jato de tinta preta.

Todas essas atividades públicas estavam sendo noticiadas pela mídia e havia também outros movimentos da cultura alternativa. Pessoas criavam blogs e grupos de discussão que explicavam como criar uma identidade paralela. Publicavam panfletos e montavam sites que desafiavam a política do medo. Depois que Simon descreveu todas as últimas novidades, ele pegou um grande lenço branco e secou a testa.

— O discurso de Gabriel criou uma enorme agitação, como quando se joga uma pedra num lago parado. Em alguns lugares a água voltou à placidez anterior. Mas as pequenas ondas se espalharam e não sabemos de que modo elas mudarão o mundo.

CHOVEU NA TERÇA-FEIRA à noite e o dia seguinte amanheceu quente e úmido. Quando Simon chegou no final da tarde, eles resolveram ir passear no parque que cercava a Villa Borghese. Levaram mais ou menos dez minutos caminhando para chegar à Piazza del Popolo, um espaço oval grande de paralelepípedos, com um obelisco no meio. Atravessaram aquele espaço aberto e seguiram pela escada em zigue-zague que galgava a colina Pincio e chegava aos jardins. Como sempre, Alice ia na frente, como uma batedora guiando os outros pela floresta. Maya e Simon seguiam atrás dela. O bebê começou a chutar a barriga de Maya na metade da subida, e Simon parou várias vezes para apontar alguma construção ao longe.

Priest fechava a fila, carregando sua espada num tubo preto com alça de ombro. Maya ainda usava a faca presa ao antebraço esquerdo, mas sua espada estava guardada num armário no apartamento.

Alice chegou primeiro ao topo do morro e ficou esperando os outros na praça principal com vista para Roma. Se ficassem ao lado do muro podiam ver a maior parte da cidade, desde o monte Mario até o Janiculum. A poeira e a poluição daquele dia de verão suavizavam a luz. Os domos das igrejas e os monumentos de mármore tinham aquela cor branco-amarelada do marfim antigo que encontramos nos museus.

## A CIDADE DOURADA

Eles foram andando por um caminho que ia dar no Giardino del Lago, no centro do parque. Pinheiros enormes e choupos da Lombardia os protegeram do sol até chegarem a um lago artificial perto do centro do jardim, que Alice chamava de "Mar". No verão a água do lago ficava verde, cheia de algas e pontilhada com folhas de nenúfar. As famílias alugavam barcos a remo de alumínio e passavam as tardes trombando uns nos outros e jogando miolo de pão para os cisnes.

Maya sentou num banco da praça e comeu dois *biscotti*. Diretamente na frente do lago havia um templo jônico dedicado a Esculápio, o deus da saúde. Dava uma sensação de sorte olhar para a estátua dele.

Alice tinha energia demais para suportar tais prazeres sedentários. Ela corria pelo parque jogando pedrinhas no lago e procurando um bando de filhotinhos de pato escondidos entre os bambus e as bananeiras. Mas afinal ela voltou para o banco e disse para Simon:

— Vamos até o Rio. Você trouxe um barco?

— Em vez de apenas uma embarcação, eu trouxe uma esquadra.

Simon tirou de dentro da sua sacola de compras de tela um pedaço de madeira balsa com um mastro e velas de papel. No meio dos jardins alguém tinha construído um canal de tijolos e concreto, mais ou menos do tamanho de uma vala de drenagem. Alice chamava essa obra ornamental de "Rio", porque a água no canal serpenteava colina abaixo, passava por baixo de pontes minúsculas e acabava desaguando no Mar. As crianças italianas gostavam de lançar lascas de madeira ou barquinhos de papel por esse rio em miniatura, mas Alice tinha insistido que queria um barco de brinquedo "de verdade". Três semanas antes Simon aparecera com um barco de madeira balsa. Suas criações foram ficando mais sofisticadas aos poucos.

Alice espiou dentro da sacola.

— Quantos você fez?

— Cinco. Um navio de guerra do século XVIII. Um catamarã da Polinésia. Um iate de gente rica. Um transatlântico. E um

rebocador. Admito que todos se parecem, mas você terá de usar a sua imaginação.
— Quem fica com o quinto barco?
— O quinto é a nau do Destino e *quel dio* veleja nela sempre que deseja. Mas você pode escolher o seu, Alice.
— Vamos experimentá-los primeiro — disse Alice. — Vamos pôr cada um para navegar até a primeira curva do rio.
— Excelente ideia — Simon fez uma mesura para Maya. — Vamos executar um teste rápido para ver se as embarcações são boas e voltamos.

Os dois foram andando juntos, e Priest sentou ao lado de Maya.
— Eu tenho a impressão de que Alice vai acabar ficando com o barco mais veloz.
— Acho que você tem razão nisso. E Simon será um cavalheiro, pegará o mais lento.

Maya bebeu água de uma garrafa e olhou para o Mar. A oeste do parque o sol se aproximava do horizonte e a luz em volta deles começou a mudar. O lago raso artificial ficou parecendo eterno e profundo. Quando uma brisa leve tocou nos galhos em cima deles as sombras dançaram no chão.

Hollis Wilson teria iniciado uma conversa sobre o restaurante aonde iam jantar aquela noite, mas Priest era capaz de ficar horas sentado sem dizer uma só palavra. A fúria que ele demonstrou sentir depois da morte de Vicki tinha desaparecido e deixou uma seriedade serena que intimidava os desconhecidos. Ele escolheu o nome certo, pensou Maya, imaginando se o amigo ficaria sempre triste quando via namorados passeando pelo parque.

— Alice disse que você recebeu um recado de Linden.
— Eu ia contar para você. No fim de semana, Linden e dois dos mercenários dele viajaram para a Inglaterra e invadiram a Wellspring Manor. Eles iam resgatar o corpo de Matthew Corrigan, mas só encontraram um túmulo. De acordo com um livro de registros, o coração do Peregrino parou de bater por volta de duas semanas atrás.

Maya olhou para os cisnes e procurou não entrar em pânico. Será que isso queria dizer que Gabriel também tinha morrido? Depois do incidente em Los Angeles, os corpos dos dois irmãos foram levados para o norte e escondidos no porão de uma igreja de Jones nas montanhas Sierra.

Priest viu o medo nos olhos dela. Tocou em seu braço e falou com a voz suave para acalmá-la.

— Não se preocupe. Tommy Wu foi para o norte da Califórnia no último fim de semana para se certificar de que estava tudo bem. Gabriel e Michael continuavam respirando. Os corações deles batem a cada dois ou três minutos. O que significa que ainda estão vivos.

— Quando eu era pequena meu pai costumava contar histórias do herói adormecido — disse Maya. — Havia sempre uma pessoa lendária que se escondia numa caverna, como o rei Arthur na Inglaterra ou Prester John na África. Eles dormem, mas estão vivos, esperando para se levantarem novamente.

— Então nós esperamos?

— É, esperamos, mas damos força para a Resistência.

— Vamos fazer uma corrida! — Alice chegou correndo perto do banco e dançou em volta dos dois. — Eu fico com o iate, Maya com o catamarã e Priest com o navio de guerra.

— E eu escolhi o transatlântico — disse Simon solenemente. — Como o dono, ele é meio desajeitado na água.

Eles se afastaram do lago e seguiram por uma trilha de terra que serpenteava morro acima. O Rio nascia numa fonte de mármore que descia até um poço coberto de folhas. Colocaram os barcos na água e ficaram assistindo à correnteza empurrá-los por cima de uma estreita beirada de concreto, para cair no canal. O barco de Alice parecia ser o mais veloz, mas as cinco embarcações pararam na primeira curva do Rio.

— Não vale empurrar — disse Simon para Alice. — Deixe que sigam o próprio caminho.

Quando Simon não estava olhando Maya pegou um galho e jogou na água. Esse catalisador Arlequim foi boiando até a primeira curva e bateu no navio de guerra, que imediatamente bateu nos outros barquinhos.

Foi o que bastou. Um por um os barquinhos de madeira passaram da curva. Animada, Alice ficou correndo de um lado para outro, torcendo para que cada barco avançasse. Simon foi atrás dela, inventando o início do que seria uma história épica sobre a corrida. Até Priest foi atraído para a competição. Ele sorriu um pouco quando pulou por cima do Rio.

Maya ficou sozinha e viu tudo, o sol tocando no horizonte a oeste com uma explosão de luz, seus três amigos e a copa verde-escura das árvores. Não apareceram anjos com seus clarins. Mas ela soube naquele momento, com uma certeza sutil e calma, que tinha um novo profeta em seu ventre, que ela ia dar à luz um Peregrino.

E os quatro barquinhos, e o quinto barquinho também, continuaram em sua viagem, parando e virando, depois correram para o Mar.

Este livro foi impresso na Editora JPA Ltda.,
Av. Brasil, 10.600 – Rio de Janeiro – RJ,
para a Editora Rocco Ltda.